Frank Goldammer
Die Verbrechen der anderen

Frank Goldammer

DIE VERBRECHEN DER ANDEREN

Kriminalroman

dtv

Von Frank Goldammer
sind bei dtv außerdem erschienen:
Im Schatten der Wende
Großes Sommertheater
Zwei fremde Leben
Die Max-Heller-Reihe:
Der Angstmann
Tausend Teufel
Vergessene Seelen
Roter Rabe
Juni 53
Verlorene Engel
Feind des Volkes

Originalausgabe 2023
© 2023 dtv Verlagsgesellschaft mbH & Co. KG, München
Umschlaggestaltung: zero-media.net, München
Umschlagmotive: Natasza Fiedotjew / Trevillion Images;
2ebill / Alamy Stock Photo
Satz: Fotosatz Amann, Memmingen
Gesetzt aus der Minion und der DIN Pro 11/14
Druck und Bindung: CPI books GmbH, Leck
Printed in Germany · ISBN 978-3-423-26332-0

»Und das soll nun der Westen sein? Sieht ja auch nicht besser aus als die Dresdner Neustadt.« Tobias Falck, seines Zeichens Leutnant der Volkspolizei der DDR, Abteilung Kriminaldauerdienst Dresden, sah sich skeptisch um.

»Das ist Kreuzberg!«, erklärte seine Kollegin, Leutnant der VP Stefanie Bach, die mit forschem Schritt neben ihm lief, was ihr in der bitteren Februarkälte trotzdem nichts nutzte. Sie fror erbärmlich.

Falck hatte sich von ihr überreden lassen, an ihrem freien Tag nach Westberlin zu fahren. Er war gern mit Bach unterwegs, auch wenn er solche gemeinsamen außerberuflichen Aktivitäten noch nicht so richtig einschätzen konnte. Es war nur wenige Wochen her, dass sie sich kennengelernt hatten, beim Kriminaldauerdienst der Dresdner Kriminalpolizei. So viel war schon passiert, nicht einmal vier Monate, dass sich die Grenzen für sie wie auch alle anderen DDR-Bürger geöffnet hatte. So viel war geschehen in diesen wenigen Wochen, beinahe jeden Tag geschah Neues, und sogar Steffis Leben hatte er schon einmal gerettet. Ob sie ihm einfach nur dankbar war oder ihn wirklich mochte, war nicht leicht herauszufinden. Heute hatten sie endlich den Plan verwirklicht, sich endlich mal dieses verheißungsvolle Westberlin genauer anzusehen, und das hatten sie zur Genüge getan.

Sie hatten sich die Schaufenster angesehen, die teuren Autos auf dem Ku'damm bestaunt, waren im KaDeWe herumgelaufen, wie unzählige andere DDRler auch, und hatten sich wie

Besucher eines Museums, wie in einer fremden Welt gefühlt, nicht wie Kunden in einem Geschäft, denn Geld hatten sie keines, um sich etwas kaufen zu können. Ihre hundert Mark Begrüßungsgeld hatten sie jeder für sich bei einem allerersten Besuch noch im November ausgegeben. So waren sie an den endlos langen Regalen mit Kleidung, Süßigkeiten, Fernsehern, Radios, CD-Spielern und Sportartikeln vorbeigegangen, sogar Spielzeug hatten sie sich angeschaut, um sich dann vorzustellen, wie es wohl gewesen wäre, wenn sie als Kind damit hätten spielen können. In der Bücherabteilung des Kaufhaus des Westens waren sie erstaunt, wie viele Bücher es gab, die man einfach so kaufen konnte, ohne dass sich jemand unter die Ladentheke bücken musste, um einem das Buch verstohlen zuzustecken. Was man früher nur mit viel Glück oder Beziehung, meistens aber gar nicht hatte kaufen und lesen können, stapelte sich hier auf Tischen. Zeitschriften gab es im Überfluss, zu jedem Thema, Autos, Pflanzen, Kleidung, Sport, Segeln, Kochen, Backen, Sex. In der Lebensmittelabteilung vom KaDeWe fühlten sie sich, als würden sie durch das Schlaraffenland wandern. Vieles hatten sie noch nie gesehen, echte Tintenfische, Süßwasserfische, Krabben, Kaviar, exotische Früchte, Wurst und Schinken aus aller Herren Länder, Schokolade in hunderten Variationen, Pralinen, unzählige Sorten Kaffee mit fantasievollen Namen. Seife, Waschmittel, Parfüms, und auch die Auswahl an Zigaretten fiel Falck auf, obwohl er gar nicht rauchte. Besonders beeindruckten ihn die Bilder von den einsamen, Marlboro rauchenden Cowboys auf ihren prächtigen Pferden in den weiten Landschaften Amerikas. Genau dorthin wünschte er sich in dem Augenblick auch.

Sie hatten stundenlang schwelgen können, allein nur in den Gerüchen, sie hatten sich gar nicht sattsehen können an dem Überfluss. Wie musste es wohl sein, sich all das hier zu jeder Zeit kaufen zu können, fragte er sich, und ob die Westdeutschen das zu schätzen wussten. Wenigstens die, die sich das hier leisten konnten. Bach und er jedenfalls konnten es nicht. Sie waren schier überwältigt vom Ku'damm, von seinen teuren Läden, den Casinos, Männern in Sportwagen. Nicht weit davon hatte Falck seinen ersten Obdachlosen gesehen, und erst da war ihm wirklich bewusst geworden, was das hieß. Dieser Mann, dessen Besitz aus ein paar Decken und zwei Taschen bestand, der in einem Durchgang lag und von niemandem weiter beachtet wurde, als würde er nicht existieren. Und er hatte festgestellt, dass oft in den Nebenstraßen der Glanz verschwunden war und sich der Müll türmte. Wie nahe Glamour und Schmutz hier doch waren.

Die Füße hatten sie sich wund gelaufen und völlig unterschätzt, wie groß Berlin war. Aber sie bereuten keinen Schritt und keinen Meter, den sie zurückgelegt hatten. Sie hatten Stadtviertel entdeckt, in denen sicherlich richtig reiche Leute wohnten, in Villen, die so groß waren, dass acht Familien darin hätten wohnen können. Durch die Hecken hatten sie Swimmingpools gesehen und teure Autos vor Garagen, Mercedes, Jaguar, sogar einen Ferrari und eine echte Harley Davidson. Lebten so Millionäre? Wie in einem Freilicht-Museum waren sie sich manchmal vorgekommen. Nachdem der letzte heiße Tee aus der Thermosflasche getrunken war und ihr Plan, auf einer Parkbank eine Pause einzulegen und ihre belegten Schnitten aus der Brotbüchse zu essen, an der eisigen Kälte gescheitert war, hatten sie ihre letzten paar Mark bei einem McDonalds ausgegeben.

Falck war von der Hektik und dem Angebot komplett überfahren gewesen und hatte in seiner Verzweiflung und der Angst, irgendetwas falsch zu machen, auf irgendeinen dieser »Bürger« gezeigt und Pommes frites und eine Cola mit Unmengen an Eiswürfeln im Becher bestellt. Nicht gerade die beste Idee, bei minus fünf Grad Celsius. Nun rumpelte es in seinem Magen, der mit dem ungewohnten Westessen nichts anzufangen wusste. Am Nachmittag, auf dem Weg zurück in den Osten, waren sie schließlich in Kreuzberg gelandet. Und hier zeigte sich mehr als deutlich die Kehrseite der westlichen Gesellschaft.

Jetzt froren sie beide und waren völlig erschöpft, auch wenn Bach es nicht zugeben wollte, weil sie dann nämlich auch hätte zugeben müssen, dass ihr Plan, Westberlin auf diese Weise zu erkunden, nicht wirklich gut durchdacht gewesen war. Sie wagten nicht, sich in ein Café zu setzen, denn sie hatten kein Geld mehr übrig, und es wäre ihnen peinlich gewesen, hinausgeworfen zu werden, weil sie nichts bestellten.

»Überleg mal, wie die hier gelebt haben, wie auf einer Insel! Das muss komisch und geil zugleich gewesen sein, so eingeschlossen von einem anderen Land, oder?« Bach wollte ihn anscheinend mit ihrer etwas aufgesetzten Euphorie anstecken.

Falck hob die Schultern. Er konnte es sich tatsächlich nicht vorstellen, aber vermutlich waren sich die Westberliner ihrer Sonderstellung mehr als bewusst gewesen.

»Mensch, Tobias, so viele Jahre haben wir davon geträumt, mal über die Mauer zu kommen. Und jetzt sind wir mittendrin!« Bach breitete die Arme aus und drehte sich einmal um sich selbst. »Das ist doch geil, oder? Überleg mal, das haben wir geschafft, ohne Blutvergießen, einfach so, indem wir auf die Straße gegangen sind.«

Falck sah sich um, das auffällige Verhalten seiner Kollegin war ihm etwas peinlich, doch anscheinend störte das hier niemanden.

»Wir? Du weißt aber schon noch, dass du mal einen Eid geleistet hast auf das Land. Mit allem Drum und Dran!«

»Ach, quatsch doch jetzt nicht. Ist doch Wahnsinn, was da alles passiert ist. Wirklich einmalig in der Weltgeschichte. Fühlst du das denn nicht? Wie toll es ist, nicht mehr gegängelt zu werden? Niemand bestimmt mehr, was du zu tun und zu lassen hast.«

Falck nickte und hob wieder die Schultern. Aber wenn er mal ehrlich war, hatte er nie wirklich darunter gelitten. Natürlich wusste er, wie der Staat und die Stasi mit den Bürgern umgesprungen waren. Vor allem, wenn sie nicht das taten, was ihnen aufgetragen wurde. Er sah sich um.

»Aber mächtig runtergewirtschaftet ist das hier schon auch, oder?«, sagte er trotzig. »Das nennt sich immerhin Sehnsuchtsort.«

»Ach, du Miesepeter!« Bach winkte ab. »Die mussten doch hier nur Geld reinbuttern, um Westberlin halten zu können. Hab gehört, wer hier wohnte, musste nicht zur Armee. Und früher gab es sogar Geld für diejenigen, die nach Westberlin zogen. Aber irgendwie ist das doch stark, wenn man hier direkt hinter der Mauer leben konnte. Und du musstest immer durchs Feindesland, wenn du in die BRD wolltest!«

»Feindesland. Wie das klingt. Das waren wir!«, protestierte Falck, aber für einen kurzen, kaum greifbaren Moment war ihm die Tragweite der ganzen Sache bewusst geworden.

»Ja, aber wir waren Feindesland für sie!«, wusste es Bach besser, dabei schlugen ihre Zähne vor Kälte aufeinander.

Falck versuchte noch einmal das Gefühl zu erhaschen, das ihn gerade übermannt hatte. Was es bedeutete, hier in Westberlin einfach so herumlaufen zu können. Das betraf nicht nur sie beide, das betraf die ganze Welt, und sie waren mittendrin im Geschehen. In Berlin hatte sich sinnbildlich und ganz konkret die Spaltung der Welt gezeigt. Hier hatte sich die Absurdität des Kalten Krieges manifestiert, in einem Bollwerk, das die Menschen einer Stadt voneinander trennte, und nun war diese Mauer gefallen, weil die Menschen in Polen, in der Tschechoslowakei, in der DDR und anderswo auf die Straße gegangen waren, weil sie ihre Stimmen erhoben und friedlich gegen Bevormundung, Unterdrückung, Gewalt und Unrecht demonstriert hatten. Man konnte nur hoffen, dass das nicht so schnell in Vergessenheit geriet.

»Du frierst, gib es endlich zu«, sagte er zu Bach. »Ich glaube übrigens nicht, dass die Westler uns als Feindesland betrachtet haben. Eher hatten sie Mitleid mit uns. Oder, keine Ahnung, haben uns belächelt. Ist bestimmt ein geiles Gefühl, der reiche Onkel aus dem Westen zu sein. Die armen Schweine ›aus der Zone‹, weißte.«

Bach ging nicht darauf ein. »Schau mal.« Sie zeigte nach vorn. »Das ist doch eine Kneipe. Da gehen wir jetzt rein!«

»Dschungel!«, las Falck laut. »Also, ich weiß nicht …«

»Komm schon!« Bach zitterte jetzt wie Espenlaub, und Falck ließ sich von ihr mitziehen.

»Hast du das gewusst? David Bowie war hier schon mal drin!« Bach hüpfte wie elektrisiert auf und ab. »David Bowie, überleg mal!« Zwei Stunden lang hatten sie sich in dem Lokal aufgewärmt, hatten sich unterhalten und Essen und Trinken spendiert bekommen von irgendwelchen Typen, die sie noch nie vorher gesehen hatten. Sie hatten über alles Mögliche geredet und immer wieder gestaunt, wie offen und locker die Leute waren. Niemand hatte sich über sie lustig gemacht. Interessiert waren sie gewesen und freundlich.

Nun wurde es dunkel, und morgen war Dienst. Immerhin mussten sie noch zur S-Bahn, um nach Königs Wusterhausen zu kommen, wo sie Bachs Trabi abgestellt hatten, und dann noch über zwei Stunden nach Dresden fahren.

»Ehrlich gesagt wusste ich bis vor Kurzem gar nicht, dass es einen David Bowie gibt!«

»Weil du immer nur *Bong* oder *Sprungbrett* geguckt hast!«, lachte Bach ihn aus. »Und Iggy Pop, kennst du den?«

Falck schüttelte den Kopf und war sich sicher, dass auch Bach gerade eben das erste Mal diesen Namen gehört hatte. »Nenn mal irgendein Lied von dem Kerl!«, rief er herausfordernd.

»Das Lied heißt: Tobias schwimmt auf der Wurschtsuppe.« Bach lachte gutmütig. »Aber Depeche Mode kennst du doch, oder? Die haben hier irgendwo ein Studio gehabt, wo sie schon drei Platten aufgenommen haben.«

Depeche Mode sagte Falck natürlich etwas, daran war man selbst in der DDR nicht vorbeigekommen. Die Musik mochte er.

»Komm jetzt, in diese Richtung müssen wir!« Er hakte sich bei Bach unter, die sich das auch gefallen ließ.

»Na, ihr zwee Hübschen!«, sprach sie jemand mit rauer Stimme an, als sie in Sichtweite der Mauer gekommen waren. »Wollta een echtes Souvenir, vonne Maua?«

Bach, die aufgewärmt, satt und leicht angesäuselt war, blieb sofort stehen. »Zeig mal!«, forderte sie den Typen auf, der mit seinen Jeansklamotten viel zu dünn gekleidet war.

Der Mann mittleren Alters legte seinen Aktenkoffer auf das Knie und klappte ihn auf. Er balancierte geschickt auf einem Bein, er musste das schon oft gemacht haben. Vermutlich konnte man so am schnellsten wegrennen, wenn die Polizei um die Ecke kam. Koffer zu und ab.

»Echte Mauabrocken, vonna echten Maua, mit meinen eijnen Händen rausgekloppt, im Schweeße meenes Anjesichts. 'n kleener für fünf Mark, 'n jroßer für zehne, wa? Fast jeschenkt!«

»Steffi!«, sage Falck mahnend, der nicht verhindern konnte, dass Steffi sich interessiert über den Koffer beugte.

»Nu sei mal keen so'n Spaßverderber!«, sagte der Mann. »Schließlich muss unsereens ooch leben, wa!«

»Ist das echt von der Mauer?«, fragte Steffi.

»Watn? Denkste, ich betrügt so ne hübsche Pflanze wie dir? Dit is so echt, wie ick hier steh! Willste deiner Liebsten nicht een kleenes Jeschenk machen?«, sprach er jetzt Falck direkt an.

Falck traute dem Mann nicht, der Betrug war förmlich zu riechen, doch es war ihm unangenehm, Steffi so offen vor dem Kerl zu warnen. Wie er auch nicht gewagt hatte, nach einer Cola ohne Eis zu fragen. Was hinderte ihn eigentlich daran? Eine Hemmung, eine Art Angst und das Bedürfnis, jede Konfrontation schon im Keim zu ersticken. Als hätte er kein Recht dazu, seinen Mund aufzumachen und für seine Ansprüche einzustehen.

Steffi nahm einen der kleineren Betonbrocken, die in Plastetüten abgepackt waren. »Den nehme ich!«

»Der is hübsch, wa, kieck ma, mit Graffiti druff!«

Steffi kramte in ihrer Handtasche und zog einen Fünfmarkschein heraus.

»Wat'n, nee, Süße, wat soll ick mit Spieljeld? Ick will echtes Jeld!«

»Hab ich aber nicht mehr!«

»Begrüßungsjeld schon ausjejeben?«

»Na ja«, Steffi hob die Schultern und gab dem Mann den Stein zurück.

»Weeßte wat, für zwanzig Ostmark jeb ick ihn dir, weil de so traurich kieckst!«

Steffi zögerte, und Falck zog sie unmerklich am Arm.

»Also gut!«, sagte Steffi, holte einen Zwanziger heraus und gab ihn dem Mann.

»Zwanzig Mark für einen Betonbrocken, der von überallher sein könnte? Du bist wirklich verrückt!«, raunte Falck ihr zu, als sie weitergegangen waren.

»Ich weiß!«, gab Steffi zu.

»Den hätten wir uns selbst von der Mauer klopfen können!«

»Ich weiß!«

»Der Typ lacht sich scheckig!«

»Ich weiß, Tobias, ich hab mich nur nicht getraut, Nein zu sagen!«

Falck schwieg. Tröstlich zu wissen, dass es nicht nur ihm so ging.

»Wenigstens hab ich jetzt ein Souvenir!«

»Ein gefälschtes.«

»Für mich ist es echt«, hielt Bach dagegen. »Selbst wenn es nicht von der Mauer ist!«

»Ach, ja?« Falck verstand seine Kollegin nicht.

Plötzlich schnellte Bach einen Schritt vor und stellte sich vor ihn. »Danke, dass du mitgekommen bist!« Ehe er sich's versah, umarmte sie ihn für einen kurzen Moment. »War doch schön, oder?«

Falck nickte, ja, es war schön gewesen, vergaß man mal die Kälte und dass ihm die Beine wehtaten und dass er etwas deprimiert war angesichts der tausend schönen Dinge, die er sich so schnell nicht würde leisten können.

Und vielleicht wäre es jetzt an ihm gewesen, Steffi noch ein bisschen länger in seinem Arm zu halten. Doch die Gelegenheit war schon wieder vorbei.

1

Durch eine unscheinbare Tür betrat Falck das stillgelegte Fabrikgebäude auf der sogenannten Straße E. Sofort umfing ihn Wärme. Er durchquerte einen langen dunklen Gang, an dessen Wänden sich stumme Gestalten herumdrückten, die ihn und Steffi Bach beobachteten, die ihnen folgten. Es roch nach Zigarettenqualm, Alkohol und nach Mensch. Je tiefer sie in das Gebäude vordrangen, desto wärmer und feuchter schien es zu werden. Ein lautes Wummern ließ die Wände vibrieren. Nach wenigen Metern wurde ihm so warm, dass er den Reißverschluss seines Anoraks aufzog. Dann hatte er die nächste Tür erreicht und stieß sie auf.

Wie ein Schlag trafen ihn Hitze, Lärm und stickige Luft. Ein harter, wahnsinnig schneller Bass, so laut, wie er ihn noch nie in seinem Leben gehört hatte, legte sich auf sein Trommelfell. Der Anblick der unzähligen jungen Leute, die dicht gedrängt auf einer kleinen Fläche im Rhythmus tanzten und auf und ab sprangen, das trübe flirrende Licht, all das überwältigte ihn, so dass er unvermittelt stehen blieb.

Steffi Bach schob sich an ihm vorbei. Sie sagte etwas, das er nicht verstand, deshalb kam sie ihm so nahe, dass ihre Lippen fast sein Ohr berührten.

»Hast du Schiss?«, schrie sie ihm ins Ohr.

Er ging nicht darauf ein, denn er wusste, jedes Wort war in diesem Falle eines zu viel. Er folgte ihr, die zielsicher nach rechts abbog und sich am Rand der Tanzfläche tiefer in die Halle hineinbewegte. Irgendwo da vorne, ahnte er, wo ein Licht wie eine kaputte Glühlampe flackerte und ihm latente Übelkeit verursachte, musste der DJ sein. Die Musik, die kaum lauter und schneller sein konnte, steigerte sich urplötzlich in ein wahnsinniges Stakkato und ließ die Tanzenden aufschreien. Plötzlich sprang ihn jemand an. Falck erschrak, merkte jedoch, dass es nicht in böser Absicht geschehen war. Er blickte in ein Gesicht mit weit aufgerissenem Mund und riesigen Augen. Der junge Mann schrie, ließ von ihm ab, warf sich wieder ins Getümmel, wo er augenblicklich in der wild tanzenden und stampfenden Menge verschwunden war.

Falck beeilte sich, Bach wieder einzuholen. Sie zeigte keine Hemmungen, sich durch die immer dichter werdende Masse zu zwängen, durch Lücken, die es gar nicht gab, energisch schob sie Männer und Frauen beiseite. Keiner störte sich daran. Falck spürte, wie ihm der Schweiß von der Stirn rann, wie ihm heiß wurde in seinem Anorak und in den langen Unterhosen, die er sich vor Dienstbeginn vorsorglich angezogen hatte. Steffi drehte sich um und schrie ihm etwas zu, doch was immer es war, es ging in ohrenbetäubendem Lärm unter.

Auf der anderen Seite des Raumes stellte sich ihnen ein großer Typ in den Weg. Als Bach ihm ihren Ausweis zeigte, entlockte ihm das gleichermaßen ein Lachen und ein genervtes Augenrollen. Aber er ließ sie durch.

Hinter den riesigen Lautsprecherboxen war es etwas erträglicher, doch immer noch war es so laut, dass man sich nur durch Schreien verständigen konnte. Steffi stand jetzt vor dem Podium, das aus Brettern und Paletten errichtet worden war. Oben standen zwei Männer, der eine war voll beschäftigt mit seinen Plattentellern, der andere starrte einfach nur ins Leere. Dass Steffi ihn am Arm berührte, bemerkte er gar nicht. Der andere Typ stieß Steffi an und winkte lachend ab. Dann langte er selbst über die hüfthohe Seitenwand, tippte den DJ an und zeigte auf Steffi. Der DJ nickte, legte eine neue Platte auf, setzte die Nadel auf und wandte sich dann mit einem vom Ohr gezogenen Kopfhörer den beiden Polizisten zu.

Steffi Bach schrie ihm ins Ohr, er schrie zurück, zuckte mit den Schultern und ließ seinen Kopf ununterbrochen zur Musik vor und zurück schnellen. Dass sie Polizisten waren, schien ihm völlig egal zu sein. Wir sind hier wirklich die Trottel der Nation, dachte sich Falck. Er machte sich darüber schon längst keine Illusion mehr.

Als sie wieder gehen wollten, gab ihnen der große Typ auf dem Podium zu verstehen, dass sie einen anderen Ausgang benutzen sollten. Durch eine Tür kamen sie in einen Nebenraum. Auch hier war es immer noch zu laut, um sich in normaler Lautstärke zu unterhalten. Eine junge, spärlich bekleidete Frau kam auf Steffi Bach zugerannt. Die Frauen kannten sich offenbar, denn es folgten Umarmungen, Gelächter und längere Gespräche. Falck stand untätig daneben und fühlte sich ausgeschlossen. Er musste Steffi unbedingt dazu bringen, endlich weiterzugehen. Er brauchte frische Luft und wollte dem Lärm entfliehen.

Nun sprach die Fremde ihn an. Er verstand nichts, doch ihr offenes Lachen und ihre aufgedrehte Art entlockten ihm ein Lächeln. Steffi verabschiedete sich von ihr und zeigte entschuldigend nach draußen, fasste Falck am Ärmel und zog ihn mit sich. Die andere warf ihm eine Kusshand zu, die bei ihm mehr Eindruck hinterließ, als einer solch kleinen Geste zustand.

»Was hat sie gesagt?«, fragte Falck im nächsten Raum, in dem endlich eine erträgliche Lautstärke vorherrschte.

»Hübsche Jacke!« Steffi lachte vergnügt und zupfte ihn am Anorak.

Falck sah an sich herab. Noch vor einem Jahr hatte er sich sehr über den Anorak gefreut, den seine Mutter ihm zu Weihnachten geschenkt hatte. Blau mit weißem Streifen, leicht und trotzdem warm. Nun stigmatisierte ihn dasselbe Kleidungsstück als DDR-Bürger. Und egal wie neu, sauber oder modisch die Jacke bis vor Kurzem noch gewesen war, im Vergleich zur Mode aus dem Westen, den Jeans, Mänteln, den Jacketts und Blousons, wirkte sie jetzt einfach nur billig und schäbig.

»Was hat der DJ gesagt? Was hast du ihm gesagt?«

»Ich hab ihm gesagt, dass die Veranstaltung illegal sei und umgehend aufgelöst werden muss. Er meinte, ich solle ans Mikro gehen und es den Leuten selbst sagen.«

»Und warum hast du nicht?«

Steffi hob sichtlich amüsiert die Augenbrauen und deutete freundlich einladend auf die Tür hinter ihnen. »Bitte schön!«

Falck schüttelte den Kopf. Ständig wurde gewitzelt und gefrotzelt, doch wenn er einen Scherz machte, verstand es niemand.

»Komm jetzt!« Er wollte raus.

»Nee, ich warte noch. Ich bin so durchgeschwitzt, da friere ich draußen gleich ein.« Bach zog ihren Mantel aus.

Sie hatte recht. Falck folgte ihrem Beispiel und lehnte sich an ein dick isoliertes Rohr. »War das eine Freundin?«

Bach hatte sich eine Kippe angezündet und nickte. »Ist die Freundin vom DJ, zumindest zurzeit.«

»Ach, du kennst den?«

»Na klar.« Sie bewegte den Kopf zur Musik, wie der DJ es getan hatte.

»Du bist sonst selbst hier«, stellte Falck fest.

»Schlau kombiniert.«

»Was ist so gut hier? Hier gibt's keinen Brandschutz, keine Fluchtwege, und vermutlich bekommt man einen Hörschaden nach ein paar Minuten!«

»Hä?«

»Vermutlich bekommt man …« Falck verstummte, er war schon wieder reingefallen. Eine junge Frau rannte an ihnen vorbei, stieß die nächste Tür auf und erbrach sich dahinter lautstark.

»Gib's zu, du fandest das auch geil!«, sagte Steffi, als die Tür wieder zu war.

Falck erwiderte nichts, er musste das Erlebte erst einmal sacken lassen. Diese Musik, der Anblick der wie in Trance tanzenden Masse hatten ihn mehr beeindruckt, als er sich eingestehen wollte. Es war eine neue körperliche Erfahrung gewesen. Etwas Großes, das einen erfasste, betäubte und gleichzeitig aufputschte.

»Komm doch mal mit!«, sagte Bach.

Falck zuckte unsicher mit den Schultern, was aber vor allem daran lag, dass er mit der lockeren, direkten Art seiner Kollegin nicht umzugehen wusste. Wollte sie ihn provozieren, war das rein freundschaftlich gemeint, oder wollte sie etwas von ihm? Er verstand diese Frau einfach nicht.

»Na los, wir müssen!«, sagte er betont forsch und zog sich die Jacke über. Steffi Bach folgte ihm wortlos.

Weil sie das Gebäude über den Nebenausgang verließen, mussten sie das halbe Gebäude umrunden, um zum Auto zurückzukommen. Die Kälte packte sie sofort, obwohl sie versucht hatten, sich zu akklimatisieren. Falck fror augenblicklich, und Bach ging es nicht besser. Sie zitterte regelrecht und eilte auf den Dienstwagen zu. Der Trabant war zwar klein und eng, aber der geschlossene Innenraum versprach wenigstens ein bisschen Schutz vor der Kälte.

»Wo kommt ihr denn her?«, pflaumte ihr Vorgesetzter Hauptmann Edgar Schmidt sie auf halbem Wege an. »Habt ihr euch schön vergnügt da drinnen? Und was ist nun?« Ihm schien die Kälte nichts auszumachen. Mit offener Jacke und geöffnetem Hemdkragen kam er ihnen ein Stück entgegen. Allein sein Anblick ließ Falck noch mehr frieren.

»Was soll schon sein?«, konterte Steffi mit vor Kälte klappernden Zähnen, »da sind mehr als fünfhundert Leute drin, wenn du die Bude räumen willst, viel Spaß.«

Schmidt winkte genervt ab. »Geht uns sowieso nichts an, und ich lass sowieso nicht mehr so mit uns umspringen«, knurrte er wütend. »Guck sie dir doch mal an! Stehen da zu acht und bestellen uns her, damit wir reingehen!« Mit dem Kinn deutete er auf eine Gruppe uniformierter Polizisten, die abseits bei ihren Funkstreifenwagen standen und einen eher unbeteiligten Eindruck machten. »Anarchie, sag ich euch! Jeder macht, was er will. Habt ihr irgendwelche Drogendealer gesehen?«

»Drogendealer?«, fragte Bach nach und stampfte auf den Boden, um sich Wärme zu verschaffen.

»Na, Typen, die illegale Rauschmittel verkaufen. Das würde einen groß angelegten Polizeieinsatz rechtfertigen. Habt ihr welche gesehen? Bitte sag Nein!«

»Nein!«

»Gut, danke schön.«

Bach schlotterte. »Gib mir mal den Schlüssel vom Trabi!«, forderte sie Schmidt auf.

»Wo willste denn hin?«

»Nirgendwohin. Ich will die Heizung anmachen.«

»Der heizt doch kaum!«

»Besser als nichts, gib jetzt bitte!«

Schmidt langte in seine Tasche und händigte ihn ihr aus.

Steffi Bach setzte sich hinein und startete den Motor.

»Außerdem, Drogendealer, wie sollen die überhaupt aussehen? Haben ja kein Schild umhängen, wo das draufsteht«, sagte sie dabei.

Falck stöhnte innerlich auf. Schmidt war sowieso schon mies drauf. Entweder sah Steffi das nicht, oder sie ließ es absichtlich darauf ankommen.

Schmidt schnappte sich die Trabitür, ehe Bach sie zuziehen konnte. »Leute, die betont cool tun, die mit Händen in den Hosentaschen rumlaufen.«

»Dann müssen wir alle verhaften, auch Tobias!« Bach zog an der Tür, wollte sie schließen. Falck kam sich ertappt vor, nahm die Hände aus den Hosentaschen, steckte sie aber gleich wieder rein, denn es war wirklich eiskalt. »Guck dir die Leute doch an, Eddi, die tanzen und haben Spaß. Das ist doch nicht verboten! Lassen wir sie, und jetzt lass bitte die Tür los, wenn ich weiter so friere, bin ich morgen krank!«

Schmidt gab die Tür frei, wartete, bis Bach sie geschlossen hatte. Dann beugte er sich zur Scheibe herunter. »Ich sage nur Ecstasy«, sagte er laut, damit Steffi ihn hören konnte. »Oder E, wie die Insider sagen. Und wo sind wir hier? Straße E.« Er machte eine Geste, als erklärte das alles.

Falck war das jetzt zu dumm. »Mensch, lass doch jetzt. Können wir einfach ins Büro fahren?«

Schmidt wollte aufbrausen, dann winkte er ab. »Ja, ist ja gut.«

»Was ist denn los mit dir?«, fragte Falck. Er hatte den Eindruck, dass die Streitereien im Team zugenommen hatten, seit sie sich duzten. Ihn störte das. Vor gerade mal zwei Monaten hatte er zwei einschneidende Erfahrungen gemacht. Er hatte im Dienst einen Mann erschossen, und er hatte erfahren, dass er Vater eines kleinen Mädchens war. Seit diesem Tag fühlte er sich anders, ernster, reifer, weniger naiv. Seitdem wurde ihm das alberne Geplänkel im Büro und unter den anderen Kollegen schnell lästig, manchmal unerträglich. Irgendwie schienen alle gereizt zu sein. Schmidt sowieso immer. Bach neuerdings auch.

Schmidt hob die Schultern. »Geht mir alles auf den Kranz hier. Wir sind doch keine Polizei mehr, nur noch ein Kasperhaufen. Selbst die eigenen Leute lassen einen auflaufen.

Am besten läufst du mit dem Gesetzbuch unter dem Arm herum. Es hält dir ja heutzutage keiner mehr den Rücken frei. Schau doch, wie die alle feixen. Selbst unsere Kollegen da drüben. Vor ein paar Monaten noch haben die alle gespurt.«

»Das war aber auch nicht die richtige Methode«, wagte Falck einzuwerfen, dabei wusste er sehr gut, was Schmidt meinte. Könnte es nicht den goldenen Mittelweg geben?

Schmidt hatte keine weitere Muße für Diskussionen. Er öffnete die Beifahrertür, klappte den Sitz vor. So weit ging er dann aber doch nicht, dass er sich hintersetzte. Falck musste sich auf die Rückbank quetschen.

»Nächsten Montag sind wir wieder eingeteilt«, knurrte Schmidt, als sie auf der Otto-Buchwitz-Straße stadteinwärts fuhren. Keine Neuigkeit. Es war zur Regel geworden, dass sie zu den Montagsdemonstrationen Bereitschaft hatten. Ihre Aufgabe bestand darin, möglichst unauffällig am Rand zu stehen und zu warten, bis die Demo zu Ende war und sich auflöste. Eine harmlose Angelegenheit eigentlich, jetzt, da es kein Regime mehr gab, das dies zu unterbinden versuchte. Über die Wochen war Falck jedoch aufgefallen, dass der Ton der Demonstrierenden sich geändert hatte. Die Stimmen, die einen neuen Staat und einen freundlichen Sozialismus forderten, waren beinahe verstummt, dagegen wurde jetzt immer lauter nach der D-Mark und der deutschen Einheit gerufen. Außerdem fielen die Neonazis auf, die mit ihren Reichskriegsflaggen in der Menge mitliefen und immer mehr wurden. Meistens junge Kerle mit kurzen Haaren oder Glatze. Sie schienen gut aufgestellt zu sein und traten so selbstbewusst auf, dass Falck sich fragte, ob sie nicht wirklich aus dem Westen gesteuert wurden, denn so schnell konnte sich die Szene eigentlich nicht organisiert haben.

»Fahr mal unten rechts!«, befahl Schmidt an der Doktor-Kurt-Fischer-Allee. »Bisschen Präsenz zeigen.«

»Wird gar keine da sein, ist doch viel zu kalt«, erwiderte Bach, bog aber ab wie geheißen.

Es dröhnte im Auto, als die harten Reifen über das Kopfsteinpflaster knatterten. Stumm sahen sie sich um. Bach bremste ein wenig ab.

»Ein paar sind schon da«, sagte Schmidt. Sie hatten es selbst schon gesehen. Der Straßenstrich war hier entstanden, kaum dass die Mauer gefallen war. Erschreckend viele junge Frauen, gerade aus dem sozialistischen Erziehungssystem entlassen, waren bereit, ihren Körper anzubieten, um sich damit schnelles Geld zu verdienen. Einige von ihnen waren sogar erstaunlich flexibel, was die Bezahlung betraf, und ließen sich auch mal mit Kassettenrekordern entlohnen oder mit Schmuck. Sie machten dabei einen völlig unbekümmerten Eindruck, und einmal mehr stellte Falck fest, wie unterschiedlich die Menschen die neue Freiheit definierten. Während einige kreativ wurden, Geschäfte eröffneten, Cafés, Galerien oder Versicherungsagenturen, trauten andere noch immer nicht diesem Frieden. Jeden Tag gingen Hunderte oder Tausende in den Westen. Andere glaubten, den Hitlergruß machen und Ausländer jagen zu dürfen, und andere prostituierten sich, als wäre es das Normalste auf der Welt, auf diese Art sein Geld zu verdienen. Andere verlegten sich auf Schwerstkriminalität. Zwei Banküberfälle hatte er in der kurzen Zeit seit dem Mauerfall schon miterlebt, wie im wilden Westen, mit Tuch vor dem Gesicht und Pistole. Die Zahl der Einbruchsdiebstähle war extrem angestiegen. Es hatte sogar offenen Straßenraub gegeben. Falck verstand seine Welt nicht mehr und konnte und wollte diese Entwicklung nicht einfach so akzeptieren. Nur weil das DDR-Regime zusammengebrochen war, hieß das doch nicht, dass alle gängigen Regeln über Bord geworfen werden konnten. Ein Diebstahl blieb ein Diebstahl, ein Raub ein Raub, egal unter welcher Regierung. Oder etwa nicht? Doch Schmidts düster gemaltes Bild von der neuen Gesellschaft schien sich schneller zu verwirklichen, als man sich hätte vorstellen können. Im Gegenzug schienen sich die Polizei und das Recht langsam aufzulösen.

Da musste man kein Prophet sein, um das zu erkennen. Der eine oder andere Kollege hatte schon angekündigt, nicht für den ehemaligen Staatsfeind arbeiten zu wollen. Andere gab es, die so mit der Stasi verstrickt gewesen waren, dass es ein Wunder wäre, würde man sie weiter beschäftigen. Und dann gab es noch diejenigen, die sich mit Sicherheitsunternehmen selbstständig machen wollten, und natürlich immer wieder die, die von einem zum nächsten Tag in den Westen gingen.

»Da warte ich noch drauf, dass wir hier die Erste kalt aus dem Gebüsch zerren«, brummte Schmidt und setzte Falcks Gedanken damit nahtlos fort. Wieder schwiegen alle im Auto, denn es schien wirklich nur eine Frage der Zeit, dass jemand diese Freizügigkeit und Offenheit falsch interpretierte.

»Ach, dreh um«, befahl Schmidt in das Schweigen hinein, »wir fahren ins Büro, und ich schwöre, bis Dienstschluss fahren wir heute nicht mehr raus. Dann ist erst mal langes Wochenende. Und, ihr Turteltäubchen, habt ihr wieder was vor?« Vom Beifahrersitz aus drehte er sich erst nach links und sah dann nach hinten.

Dass Falck und Bach zusammen in Berlin gewesen waren, sollte eigentlich niemand wissen. War es so offensichtlich, dass sie sich gegenseitig sehr sympathisch fanden? Sie hatten es noch nie ausgesprochen. Falck fürchtete, sich mit seiner Vermutung lächerlich zu machen, er sah Bach schon, wie sie lachte und ihm einen Vogel zeigte. Und im Grunde genommen wollte er diesen gewissen Zauber zwischen seiner Kollegin und sich auch nicht zerstören, der durch diese ungeklärte Situation entstanden war.

»Also, ich für meinen Teil«, sagte Bach nun, »ich werde drei Tage lang pennen.«

»Mit wem?«, fragte Schmidt und zwinkerte Falck über die Schulter zu.

Bach seufzte. »Wahnsinnig originell!«

2

»Mensch, Tobias!« Claudia strahlte ihn an. »Das muss ja ein Vermögen gekostet haben!«

Falck hob die Schultern, freute sich und war doch verlegen. Es bereitete ihm Vergnügen, sie so zu überraschen, andererseits fühlte er sich in der Pflicht.

Claudias Wohnung in der Böhmischen Straße war kalt, trotz der Kohle, die er ihr besorgt hatte. Die hohen Räume waren schlecht zu heizen, noch dazu standen alle anderen Wohnungen im Haus leer. Auch das machte ihm Sorgen. Er wollte sie und das Kind hier nur ungern allein lassen. Er hatte ihr schon einen zusätzlichen Türriegel und eine Kette montiert. Lieber wäre ihm noch, sie hätte ein Telefon.

Der Einkauf, auf der Küchenanrichte ausgebreitet, hatte tatsächlich ein Vermögen gekostet. Joghurt aus Westdeutschland, Kaffee, Schokolade. All das gab es jetzt für DDR-Mark zu kaufen, aber zu horrenden Preisen. Allein die kleinen Becher Joghurt kosteten drei Mark das Stück. Claudia war von ihren Eltern komplett allein gelassen worden, regelrecht verstoßen, mit ihrer kleinen Tochter, deren Vater er sein sollte, es sicherlich auch war und auch sein wollte.

»Ich hasse Joghurt eigentlich!«, flüsterte sie und griente verlegen.

»DDR-Joghurt hasst du, aber den hier nicht!« Das glibberige, stichfeste Zeug, dass ihnen bisher als Joghurt bekannt gewesen war, verabscheute er regelrecht. Der hier war sahnig und hatte Geschmack.

Claudia nickte, nahm sich einen Becher und holte einen Löffel aus der Schublade, doch dann legte sie beides ab.

»Du«, sagte sie leise und wendete ihren Blick ab, sah zur Tür, dann auf die Anrichte, »das ist wirklich ganz anständig von dir!«

Endlich sah sie ihn wieder an und hatte feuchte Augen.

»Ach, so teuer war das nun auch nicht!«

»Nicht das!«, sagte sie und kam dann ganz nah an ihn heran, um ihn kurz zu umarmen.

»Ach so, das ...«, fiel es ihm ein, und es war ihm doppelt peinlich, »das war doch das Mindeste.« Seine erste Alimente-Zahlung war offenbar auf Claudias Konto eingegangen. Er zahlte das wirklich gern, und es riss kein Loch in seine Finanzen. Allerdings hatte es erst des Hinweises seiner Mutter bedurft, von alleine wäre er nicht darauf gekommen.

»Viele wären nicht so anständig, schon gar nicht in solchen Zeiten.« Claudia hob die Schultern. »Bin ja auch schuld, hätte was sagen müssen, damals.«

Falck winkte ab. Er hätte sich vielmehr gewünscht, ihre Umarmung hätte länger gedauert, und sie würden sich nicht immer nur mit Wangenkuss begrüßen und verabschieden. Jetzt waren sie Eltern eines Kindes, das in ihrer ersten und einzigen gemeinsamen Nacht entstanden war. Und doch verband sie dieses Kind nun für immer. Insgeheim fragte er sich, ob vielleicht irgendwann doch noch einmal ein richtiges Familienleben daraus entstehen würde. Überhaupt befand sich Falck seit dieser Zeit in einem seltsamen Zustand. Neben Steffi und Claudia gab es ja auch noch seine Exfreundin Ulrike, die aus dem Westen zurückgekehrt war. Auch sie hatte er geliebt, und obwohl sie ihn sehr verletzt und vor allem in eine äußerst verfängliche Situation gebracht hatte mit ihrer Ausreise noch vor dem Mauerfall, hatte der Gedanke an sie einen gewissen Reiz. Geschrieben hatte sie ihm schon mehrmals und immer wieder beteuert, wie leid ihr das alles tat und dass sie es wiedergutmachen wollte. Er konnte nicht behaupten, sie eindeutig zurückgewiesen zu haben, er hatte ausweichend geantwortet.

Wenn Claudia ihm jetzt ein Zeichen geben würde, eine Geste, ein Wort, dann wüsste er, was er tun würde. So aber blieb alles offen, war alles möglich und unmöglich. Irgendwie war es auch reizvoll. Doch irgendwann würde er sich entscheiden müssen.

»Wollen wir zu Julia gehen?«, fragte Claudia. »Sie wird bald aufwachen!«

Sie sahen alle drei gleichzeitig auf, als sich am Montagvormittag die Tür zu ihrem Büro öffnete, ohne dass jemand vorher angeklopft hätte. Frau Zille, die ihrer Abteilung zugewiesene Schreibkraft, winkte eine Frau ins Zimmer. Falck schätzte sie auf um die fünfzig.

»Ja?«, fragte Schmidt gedehnt. Frau Zille gegenüber schlug er einen deutlich moderateren Ton an, obwohl sie keine Polizistin war, oder vielleicht gerade deshalb. Frau Zille war immer sehr freundlich, wenn auch resolut. Sie kochte für sie ungefragt Kaffee, erstellte lesbare Fassungen von ihren Protokollen und war sehr geschickt darin, unliebsame Besucher abzuwimmeln.

»Das ist Frau Reinders, sie wurde mit ihrem Anliegen an unsere Abteilung verwiesen«, stellte sie jetzt die Frau vor und sah Schmidt dabei bedeutungsvoll über die Ränder ihrer Brille an. Schmidt nickte nur.

»Setzen Sie sich bitte«, forderte er Frau Reinders auf.

Frau Zille ließ ihren Blick noch ein, zwei Augenblicke auf Schmidt ruhen, wie eine Lehrerin, die mahnend in das Klassenzimmer blickte, bevor sie es verließ.

Schmidt erwiderte diesen Blick ungerührt und wandte sich dann an die Besucherin. »Wie können wir Ihnen denn helfen?«

Frau Reinders war modisch gekleidet, trug einen Rollkragenpullover unter dem aufgeknöpften Wintermantel und eine Pelzmütze. Sie hielt ihre Handtasche auf dem Schoß, nachdem sie sich hingesetzt hatte.

»Ich möchte meinen Sohn als vermisst melden«, sagte sie. Falck ahnte an der Art, wie sie es sagte, dass sie heute schon einige Male abgewiesen worden war.

Schmidt gab sich alle Mühe, sich seinen Unmut nicht anmerken zu lassen. Eigentlich gab es eine eigene Abteilung für Vermisstenfälle. Das war nicht die Aufgabe des Kriminaldauerdienstes. Schmidt räusperte sich.

»Wie alt ist denn Ihr Sohn?«

»Sechsundzwanzig. Wissen Sie, das habe ich heute schon drei Mal erzählt. Immer wies man mich ab. Dann bin ich zufällig Frau Zille über den Weg gelaufen. Wir kennen uns flüchtig.«

Schmidt ging nicht weiter darauf ein, blieb aber geduldig. »Seit wann ist er weg?«, fragte er dann.

»Seit Sonntag.«

»Also seit gestern.«

»Ja, das kann ich mit Sicherheit sagen, aber ich glaube, er war Samstag schon weg. Da wollte er eigentlich zum Abendessen kommen.«

»Wohnt er allein?«

»Ja. Ich war heute schon bei seiner Wohnung. Da ist er nicht. Und die Nachbarn sagten, er sei Sonntag schon nicht da gewesen. Er würde nicht wegfahren, ohne mir Bescheid zu geben!«

»Haben Sie bei Bekannten oder Freunden nachgefragt?«, fragte Schmidt.

»Ja, habe ich. Erfolglos. Sonst wäre ich ja wohl nicht hier. Da muss etwas passiert sein. «

Schmidt sah nun doch einigermaßen gequält aus. »Frau Reinders, ich will Ihnen nicht zu nahe treten, aber … wissen

Sie, jeden Tag hauen Leute in den Westen ab. Manche auch ganz spontan.«

»Nein, das würde er nicht tun. Das weiß ich. Ich bin sicher, dem Jungen ist etwas geschehen.«

»Was macht Sie da so sicher?« Schmidt lehnte sich zurück, griff automatisch nach seiner Hemdtasche, ließ aber die Zigarettenschachtel dann anstandshalber doch unangetastet.

Frau Reinders atmete tief durch. »Mein Sohn war während seiner NVA-Zeit bei den Grenztruppen. Da kam es dreiundachtzig zu einem Vorfall, einem … illegalen Grenzübertritt. Mein Sohn sah sich gezwungen, zu schießen. Wissen Sie, ich muss Ihnen das ja nicht erzählen, aber er hatte keine andere Wahl. Hätte er nicht geschossen, hätte sein Streifenführer ihn gemeldet. Mario sagte mir, er hätte versucht, vorbeizuschießen. Er traf aber unglücklicherweise. Der … der Flüchtende ist gestorben, verblutet.«

Schmidt warf einen ungewohnt hilflosen Blick zu Falck, dann zu Bach. »Glauben Sie, das steht in einem Zusammenhang mit dem Verschwinden Ihres Sohnes?«

»Kommt Ihnen das denn so abwegig vor?« Frau Reinders sah in die Runde.

»Wissen Sie denn, wer das Opfer war? Kennen Sie den Namen?«, fragte Falck.

»Nein. Und was heißt denn hier ›Opfer‹? Er ist der Täter gewesen. Das war ein illegaler Grenzübertritt, ob es einem nun passt oder nicht. Egal, wie sich mein Sohn entschieden hätte, jede Entscheidung hätte sein Leben verändert, so oder so. Wenn er nicht geschossen hätte, hätte man ihn eingesperrt. Er ist eigentlich das Opfer.«

»Wir wollen hier nicht über die Deutung von Begriffen oder die Rechtslage debattieren«, übernahm Schmidt das Gespräch wieder. »Den Angehörigen dürfte der Name des Schützen nicht bekannt sein. Ich wüsste nicht, wie sie ihn herausgefunden haben sollten. Ich denke, Sie müssen sich hier wirklich in Geduld üben. In dieser neuen Zeit ist so mancher überfordert. Wenn Sie wüssten, was hier alles schon passiert ist.«

Frau Reinders hatte nur aus Höflichkeit abgewartet, bis Schmidt fertig war. »Die Angehörigen des Toten haben aber offenbar Anzeige erstattet, wegen Mordes. Noch im November oder Dezember letzten Jahres.«

Schmidt seufzte leise. »Aber gegen wen denn? Gegen den Staat oder Ihren Sohn persönlich? Das ist, wie gesagt, kaum möglich.«

»Mein Sohn hat nur Andeutungen gemacht. Er wollte nicht weiter darüber reden, weil Weihnachten war. Aber das alles hat ihn sehr mitgenommen. Einen Menschen umzubringen, auch wenn man nach Recht und Gesetz handelt, das lässt einen nicht kalt.«

Dass sie ihn ausgerechnet jetzt ansah, musste wohl Zufall sein, doch Falck spürte, wie ihm das Blut ins Gesicht schoss und leichte Übelkeit seinen Magen flutete.

»Frau Reinders«, sprach Schmidt weiter, »die Angehörigen können bestenfalls gegen den Staat geklagt haben, wie eine Million anderer Leute. Der Name Ihres Sohnes wurde nicht preisgegeben. Man müsste jahrelang in den Akten recherchieren, um die Vorgänge aufzudecken und zu analysieren. Dazu müsste man aber erst einmal Einsicht bekommen.«

»Ja, vielleicht hatte ja jemand Einsicht. Es wurden doch auch schon Stasizentralen gestürmt, und Unmengen von Akten kamen in alle möglichen Hände. Ich weiß nur: Mein Sohn ist weg, und er würde nie einfach so weggehen! Das weiß ich einfach.«

»Gut«, beschwichtigte Schmidt und nahm sich jetzt doch eine Zigarette. »Gut, angenommen, es ist so. Was sollten wir tun?«

Die Frage verblüffte Frau Reinders. »Sie sind doch die Polizei«, sagte sie und klang dabei weder überheblich noch aggressiv.

»Ich kann die Angelegenheit dem Staatsanwalt vortragen, der wird sie aller Voraussicht nach abtun. Ich bekomme keinen Ermittlungsbefehl. Also bekommen wir keine Akteneinsicht und keine weiteren Befugnisse. Wenn Sie nicht einen ganz konkreten Verdacht haben. Eine Morddrohung. Einen Erpresserbrief. Einen Hilferuf. Irgendetwas, das auf ein Verbrechen im Zusammenhang mit dem Verschwinden Ihres Sohnes hindeutet.«

Er hatte recht, wusste Falck und seufzte innerlich. Wie viele Leute waren sich sicher, dass ihre Kinder niemals abhauen, stehlen, vergewaltigen, morden, sich selbst umbringen würden. Suizid hatte die Frau offenbar noch gar nicht in Betracht gezogen. Die Tat hatte ihren Sohn so viele Jahre lang beschäftigt, nun war ihm der Rückhalt weggebrochen, der Staat, der ihn schützte und der ihm all die Jahre versichert hatte, richtig gehandelt zu haben. Jetzt galten Männer wie er als Mörder. Jetzt bestätigte die öffentliche Meinung, was Mario Reinders wohl selbst die ganze Zeit von sich zu wissen geglaubt hatte. Was, wenn er mit dieser Schuld nicht mehr hatte leben wollen?

Frau Reinders gab sich Schmidts Argumentation für diesen Moment geschlagen und schwieg. Dann sah sie auf.

»Und wenn ich Ihnen etwas liefere? Wenn ich in seine Wohnung gehe und etwas finde?«

»Dann schauen wir, was wir machen können«, sagte Schmidt.

Falck wusste, dass er das nur sagte, um sie loszuwerden, doch es funktionierte. Sie stand auf. »Bekomme ich Ihre Nummer?«

Bach kritzelte ihr eine Nummer und ihre Namen auf einen Zettel und gab ihn der Frau.

»Ich lasse Ihnen noch ein paar Fotos hier, ein paar ältere und eines von Weihnachten«, sagte Frau Reinders und holte aus ihrer Handtasche einen Briefumschlag heraus, den sie Steffi Bach gab, die am nächsten saß.

»Man muss nicht immer das Schlimmste vermuten«, wollte Bach sie trösten.

»Ich wäre nicht hier, wenn ich nicht das Schlimmste vermutete.«

»Der hat vielleicht einen Blinddarmdurchbruch und liegt in irgendeinem Krankenhaus«, meinte Schmidt, nachdem Frau Reinders gegangen war. »Oder er ist einfach nur abgehauen.«

Falck war aufgestanden, um sich mit Bach zusammen die Fotos anzusehen. Auf den Bildern war ein junger Mann zu sehen, mit Oberlippenbart, kurzen Haaren, einmal in NVA-Uniform, einmal mit seinem Motorrad, einmal in Badehose, einmal vor einem Weihnachtsbaum. »Wir könnten anfragen, ob es in den letzten zwei Tagen Selbstmorde gab.«

Bach wollte Schmidt die Fotos geben, der schüttelte aber nur den Kopf und zündete sich eine neue Zigarette an.

Bach steckte sie in den Umschlag zurück. »Wenn jemand den Tag und den Ort des illegalen Grenzübertritts weiß, noch dazu den Namen des Opfers, dann glaube ich schon, dass man die Sache eingrenzen kann. Wenn also jemand weiß, wo und wie er suchen muss, findet er den Vorgang. Entweder im NVA-Archiv oder bei der Stasi. Dann kann er Anzeige erstatten. Oder es war blanker Zufall.«

Schmidt winkte ab. »Aber was hat er davon? Ich glaube nicht, dass die jetzige Regierung Interesse hat, diese Fälle aufzuklären. Das wird Jahre dauern, ehe irgendeine Gesetzesgrundlage geschaffen wird. Immerhin haben die Grenzsoldaten nach dem damals vorherrschenden Recht gehandelt.«

»Wenn er den Vorgang genau benennen kann und Anzeige erstattet, wird die Anonymität des Schützen aufgehoben.« Bach zuckte mit den Achseln. »Glaube ich zumindest.«

Schmidt winkte ab. »Davon abgesehen, es ist nicht unsere Arbeit. Übrigens: Die andere Schicht hat berichtet, dass am Samstag ein Farbiger durch die Stadt gejagt wurde, über die Straße der Befreiung weiter über die Brücke bis zur Semperoper, wohin er sich hineinretten konnte. War 'ne Gruppe Glatzen, zehn Mann. Am helllichten Tag. Und die Leute haben zugeguckt. Passanten, Touristen.«

»Ich würde mich einer Gruppe Neonazis auch nicht in den Weg stellen«, wagte Bach anzumerken.

Schmidt grunzte. »Es heißt, ein paar hätten gelacht oder Beifall geklatscht. Ich sag euch, das dauert nicht mehr lang, da bringen die einen um.«

Dass ein paar Leute geklatscht hatten, konnte sich Falck gut vorstellen, doch die meisten hatten vermutlich nur Angst gehabt. Die Nazis traten so unverschämt auf. Selbst den dreizehnten Februar, den Tag, an dem Dresden fünfundvierzig im alliierten Bombenhagel untergegangen war, versuchten sie schon für sich zu vereinnahmen, als wären es nicht gerade die Nazis gewesen, die diesen Krieg erst angezettelt hatten.

»Das sind eben die Schattenseiten der neuen Zeit«, murmelte Bach, »ich lass mir die Wende nicht schlechtreden.«

»Wisst ihr, wer eigentlich den Begriff Wende geprägt hat?«, fragte Schmidt. »Egon Krenz, der wollte eine Wende einleiten, in der SED-Politik. Was so viel bedeutete wie: Wir tun ein bisschen als ob, und alles bleibt wie gehabt. Jetzt sagt jeder Wende. Dabei war es eine Revolution!«

Das Telefon brachte ihn um den Beifall für seine Ausführung, dementsprechend ungehalten ging Schmidt ran.

»Dauerdienst«, blaffte er, in seiner unnachahmlichen, stets gehetzt klingenden Art. »Ja, und? … Sie sind hier beim Kriminaldauerdienst. … Könnte ja sein, Sie haben sich verwählt … geht klar.«

Schmidt krachte den Hörer auf die Gabel. »Ein Holländer ist

abhandengekommen«, sagte er und sah sie mit großen Augen herausfordernd an. Bach ergab sich zuerst.

»Ein Holländer?«, fragte sie.

Falck ließ sich diesmal nicht ins Bockshorn jagen. »Ein Gemälde?«, fragte er.

»Wie kannst du das gehört haben?«, knurrte Schmidt beleidigt. »In der Gemäldegalerie. Alte Meister.«

Falck freute sich insgeheim. Er hatte gar nichts gehört, nur seine Schlussfolgerungen gezogen.

Es war gar nicht so einfach, sich zur Gemäldegalerie Alte Meister im Zwinger durchzuarbeiten. Die ganze Innenstadt war voller Menschen. Schmidt stellte den Trabi direkt vor dem Semperbau des Zwingers ab, sie mussten nur noch die dreißig Meter bis zur Eingangstür laufen, wo ein Museumsmitarbeiter frierend auf sie wartete.

»Hier hängt doch die sechstonnige Martina, oder?«, fragte Schmidt.

»Bitte, wer?« Der Mann sah sie irritiert an.

»Er meint die sixtinische Madonna«, klärte Bach ihn auf und hatte für Schmidt nur Kopfschütteln übrig. »Heute ist doch eigentlich Ruhetag, oder?«, fragte sie. »Aber es ist trotzdem jemand da?«

»Es ist immer jemand da. Doktor Maschke wartet dort vorn auf sie. Das ist der Kurator und stellvertretende Direktor.« Der Mann wies ihnen den Weg in die Ausstellungsräume.

Doktor Maschke, ein hagerer, weißhaariger Mann von etwa sechzig Jahren, kam ihnen bereits entgegen.

»Sie sind die Spezialisten?«, fragte er hoffnungsvoll.

Schmidt nickte. »Spezieller geht's gar nicht.«

»Ah ja.« Doktor Maschke schüttelte jedem eifrig die Hand.

Falck sah sich ehrfürchtig um. Er konnte sich nicht entsinnen, wann er das letzte Mal hier gewesen war, vermutlich als Schulkind mit seinen Eltern. Diese faszinierenden Räume müsste man viel öfter besuchen, dachte er bei sich und ahnte gleichzeitig, dass es bei dem Vorsatz bleiben würde.

»Da ist es, bitte«, sagte Maschke, nachdem er mit ihnen durch zwei Ausstellungsräume gegangen war und jetzt auf ein Bild von etwa siebzig Zentimetern im Quadrat deutete. Es handelte sich um das Porträt einer vollbusigen und etwas mehrdeutig lächelnden Frau in einem leinenen und recht offenherzigen Mieder.

»Das ist die Milchmagd von Hendrick ter Brugghen. Öl auf Eichenholz. Vermutlich um sechzehnhunderteinundzwanzig entstanden. Er war einer der nicht ganz so bekannten holländischen Alten Meister, ein Anhänger des italienischen Malers Caravaggio, zählte zu den sogenannten Utrechter Caravaggisten. Er wurde nur einundvierzig Jahre alt, schuf zahlreiche Gemälde, mit hauptsächlich religiösen und mythologischen Themen, aber auch einer ganzen Anzahl alltäglicher Personen. Von seinem Stil stark beeinflusst wurden spätere Maler wie Jan Vermeer, von dem das berühmte Mädchen mit dem Perlenohrgehänge stammt, der einige Jahrzehnte später seine Schaffenszeit hatte. Falls Sie es nicht wussten, Vermeer wurde auch nur zweiundvierzig Jahre alt. Das Leben als Künstler muss damals wirklich sehr entbehrungsreich gewesen sein.«

Schmidt nickte und hörte mit interessiertem Blick zu, und Falck wurde einmal mehr bewusst, wie angespannt er jedes Mal war, weil er die Reaktion seines Vorgesetzten nicht einschätzen konnte. Würde er sachlich bleiben, ironisch reagieren, sarkastisch, würde er seine schlechte Laune zeigen oder, was am schlimmsten war, versuchen, witzig zu sein?

»Das ist ja sicherlich alles sehr interessant«, begann Schmidt, »aber das Gemälde scheint ja offensichtlich da zu sein. Es hieß doch, es sei gestohlen?«

»Das ist es ja!« Mehr begeistert als betroffen durchbohrte

Maschke mit dem Zeigefinger die Luft. »Es ist eine Fälschung. Das Bild wurde ausgetauscht!«

Schmidt beugte sich vor, und Falck fürchtete schon das Schlimmste, dass Schmidt an der Farbe kratzen würde, zum Beispiel.

»Wie wollen Sie das erkannt haben? Ich meine, Sie haben doch die Bilder nicht so genau vor Augen, dass Ihnen so etwas sofort auffällt?«

»Nein, allerdings. Es war wirklich Zufall. Das Bild wurde kürzlich von einer unserer Restauratorinnen gereinigt. Heute war sie da, um sich ihr Werk vor Ort zu betrachten. Da fiel es ihr auf. Morgen wird ein Experte aus Westdeutschland kommen, der diese Fälschung hier analysieren soll. Vielleicht bekommen wir Hinweise darauf, wer diese angefertigt hat. Es gehört schon einiges Wissen und Geschick dazu. Der Fälscher muss es ja nicht nur ›nachmalen‹ können, sondern er muss auch über die Materialien der damaligen Zeit, die Art und Weise des Auftrags, der Grundierung informiert sein. Noch dazu braucht es ein gewisses Geschick, das Bild aus seinem Rahmen zu entfernen und auszutauschen …«

»Moment, bitte«, unterbrach Schmidt ihn und hob beide Hände. »Eines nach dem anderen.«

Maschke stoppte abrupt, sah Schmidt jedoch freundlich fragend an.

»Wieso denn ein Westdeutscher?«

»Nun, der Mann gilt als Experte für diese Epoche der holländischen Malerei.« Fast entschuldigend hob Maschke die Schultern.

»Aber wenn das eine Fälschung ist, wird sie doch jemand aus der DDR angefertigt haben. Wie kann denn ein Westdeutscher Hinweise auf den Fälscher finden?«

»Nun, ich habe den Mann nicht ausgesucht. Das haben andere bestimmt.«

»Na gut«, gab Schmidt sich zufrieden. »Zuerst benötigen wir die Namen aller Mitarbeiter hier, die Dienstpläne ...«

»Also, für unsere Leute hier lege ich meine Hand ins Feuer.«

Schmidt brachte Maschke mit nur einem Fingerzeig wieder zum Schweigen. »Da wäre ich vorsichtig«, sagte er in einem Tonfall, den Falck noch gar nicht kannte. »Ich bin jahrelang mit einem Kollegen und Freund durch dick und dünn gegangen, wie man so schön sagt.« Jetzt kippte der Ton schon wieder ins Ironische. Schmidt schien so verletzt, dass er es gar nicht anders ertragen konnte. »Dann hab ich erfahren, dass er mich für die Stasi bespitzelt hat.« Schmidt hielt inne. »Egal. Also, Namen und Dienstpläne. Dann den Zeitraum, in dem das Bild verschwunden sein könnte. Den Namen der Restauratorin benötigen wir natürlich zuerst.«

»Den kann ich Ihnen gleich nennen. Karina Schüttauf, sie arbeitet seit fast zwanzig Jahren für uns.«

»Wo wohnt sie?«

»In dem vorderen Hochhaus auf der Michelangelostraße, was ja eine ganz nette Koinzidenz darstellt, nicht wahr?« Maschke amüsierte sich über seinen eigenen Witz.

Schmidt ging gar nicht darauf ein, so etwas fand er nur lustig, wenn es aus seinem eigenen Mund kam. Er machte mit dem Zeigefinger eine kreiselnde Bewegung, die an Falck und Bach gerichtet war. Sie sollten eine Durchsuchung der Wohnung veranlassen.

Zwischen Falck und Bach entspann sich daraufhin ein wortloses kleines Duell darüber, wer von beiden zum Auto gehen musste. Falck hob Notizbuch und Stift an. Er hatte zu tun. Bach kniff die Lippen zusammen, gab sich geschlagen und marschierte ab.

»Was ist dieses Bild eigentlich wert?«

Maschke hob in einer langsamen Bewegung die Schultern.

»Schwer zu sagen. Ein paar hunderttausend Mark auf jeden Fall.«

»DDR-Mark?«

»Nein, D-Mark. Die Zeiten haben sich geändert, wissen Sie ja, ich fürchte, da wird noch einiges auf uns zukommen. Den Kunstsammlern öffnet sich ja ein Markt, der Jahrzehnte so gut wie verschlossen war. Da tun sich jetzt Möglichkeiten auf, viel Geld zu verdienen.«

Schmidt nickte scheinbar zustimmend, doch Falck sah, dass er gedanklich ganz woanders war.

»Sagen Sie«, begann der Hauptmann irgendwie unheilvoll, »wäre nicht zufällig die Restauratorin hier gewesen, hätten Sie die Fälschung vermutlich nicht entdeckt, oder?«

»Vermutlich nicht, nein. Das gebe ich zu, so genau hat man die Bilder nicht im Kopf. Da kann man jahrelang Kunsthistorik studiert haben, und diese Fälschung hier ist ja auch hervorragend gemacht.«

»Ist es dann nicht auch möglich, dass hier schon einige andere Gemälde ausgetauscht wurden?«

»Na, das ist ja ganz und gar …« Maschke sprach nicht zu Ende, stattdessen drehte er sich um und betrachtete die Bilder und Gemälde um sich herum. Dann sah er wieder Schmidt an, der eine gewisse Befriedigung in seinem Blick hatte, fiel Falck auf. Es gehörte nicht viel dazu, dachte er sich, zu erkennen, dass sein Vorgesetzter die Verunsicherung anderer brauchte, um seine eigene zu verbergen.

»Vielleicht müssen Sie mal eine groß angelegte Untersuchung durchziehen.«

Maschke nickte langsam und nachdenklich, seine fast freudige Erregung, die nicht dem Diebstahl des Originals, sondern eher der Fingerfertigkeit des Fälschers und Diebes geschuldet war, verflog gänzlich.

Nun schien es Schmidt fast leidzutun. Und ihm tat Schmidt

leid, stellte Falck fest. Dem Mann war vor einiger Zeit die Frau weggelaufen, seine Kinder durfte er nicht sehen, und jetzt noch die Sache mit seinem ehemaligen Freund und Kollegen, von der Falck bisher noch gar nichts gewusst hatte. Schmidt war zutiefst verletzt, wollte es aber nicht eingestehen und schon gar nicht sich anmerken lassen.

»Ich fürchte«, meinte Maschke nach einigem Nachdenken, »jetzt wird erst recht niemand Interesse an einer derartigen Inventur haben. Es gab ja schon den einen oder anderen Fall von Kunstraub in unserer Republik, der in Fachkreisen bekannt wurde. Es gab nur eine Richtung, in die solche Kunstgegenstände gewandert sein können. Zur Devisenbeschaffung.« Nun wirkte Maschke auf einmal fast deprimiert.

»Ist es sehr kompliziert, das Bild aus dem Rahmen zu nehmen?« Schmidt inspizierte den goldenen, verzierten Rahmen näher.

»Es bedarf schon gewisser Kenntnisse.«

»Ich gehe davon aus, dass der Täter sich auskannte. Das Gemälde wird sicher nicht zur Besuchszeit ausgetauscht worden sein«, überlegte Schmidt. »Schwer ist es nicht? Ich meine, vom Gewicht.«

»Nein, tatsächlich ist es ja nur ein dünnes Brett.«

»Ist es möglich, dass das echte Gemälde nach der Restauration gar nicht wieder zurückgekehrt ist?«

Maschke riss die Augen auf. »Sie meinen, Frau Schüttauf ...?«

»Ich meine erst mal gar nichts. Haben Sie oder jemand anderes den Rahmen angefasst?«, fragte Schmidt.

»Ja, habe ich. Und Frau Schüttauf sowieso.«

Jetzt kam Bach zurück. »Geht klar«, sagte sie nur, »wir können gleich los.«

»Gut«, sagte Schmidt, »klärt ihr das, ich bleibe hier und lasse die Spurensicherung kommen.«

3

Falck legte den Kopf in den Nacken und blickte an dem Sechzehngeschosser hoch. Hier eine Wohnung zu bekommen, das hatte er sich immer gewünscht, und wenn es nur eine ganz kleine war. Es gab hier Ein- oder Zweiraumwohnungen, das würde vollkommen genügen. Endlich raus aus der Wohnung der Schurigs. Nicht, dass sie ihn loswerden wollten, im Gegenteil, doch ihm war es langsam einfach zu lästig. Immerhin war er inzwischen fast Ende zwanzig. Die Zeiten hatten sich geändert, er würde bestimmt etwas finden. Insgeheim malte er sich aus, Claudia überraschen zu können, mit einer schönen warmen Wohnung, einem weiten Blick über Dresden, in Zentrumsnähe. Doch dazu müsste er wissen, wie es mit ihnen beiden weitergehen sollte. Noch dazu schob sich ihm gerne mal das Bild seiner Kollegin in den Kopf.

»Na, träumst du was Schönes?«, fragte Bach.

Sie stieß die Metalltür zum gläsernen Vorhaus auf. Die eigentliche Eingangstür war zu. Hier gab es eine Sprechanlage.

Falck deutete nach draußen, zwei Kinder näherten sich. Sie betraten das Vorhaus, grüßten artig, schlossen dann auf. Falck stellte seinen Fuß unauffällig in die Tür. Sie traten ein, als die Kinder um die Ecke verschwunden waren.

»Aufzug?«, fragte Bach.

»Sie wohnt in der Achten!« Für Falck erschloss sich die Antwort automatisch.

Bach drückte den Aufzugsknopf. Beide Aufzüge waren gerade unterwegs.

»Allein fahr ich mit so was nicht. Ich wurde mal begrabscht in so 'nem Ding.«

»Den hast du doch locker umgeschmissen, oder?«

»Da war ich zwölf oder so. Wir haben in Prohlis in den Sternhäusern gewohnt. Den Typen hatte ich noch nie gesehen, der hat mir regelrecht aufgelauert, und hätte sich mein Vater nicht gewundert, warum ich nicht schon oben bin, und in das Aufzugsfenster reingeguckt, wer weiß, was da noch passiert wäre.«

Sie mussten den ganzen langen Flur bis ganz nach hinten laufen, um die Wohnung von Frau Schüttauf zu finden. Auf ihr erstes Klingeln hin reagierte nur ein Hund mit Bellen. Auf das zweite Klingeln hin öffnete ihnen ein Mann, circa um die fünfzig.

»Kripo Dresden. Herr Schüttauf?«, fragte Bach und zeigte ihre Marke.

Der Mann nickte zögernd. »Was wollen Sie denn?« Ein kleiner Hund, ein Spitz, kam in den Flur, sah sie an und knurrte.

»Wir haben einen Durchsuchungsbescheid. Ist Ihre Frau zuhause?«

»Gerade nicht.« Der Mann wich zurück und machte eine einladende Geste.

Es kam Falck seltsam vor, dass der Mann gar nicht wissen wollte, warum sie die Wohnung durchsuchen wollten. Sie betraten die Wohnung, der Hund wich mit kleinen Schritten zurück, ohne sie aus dem Blick zu lassen.

»Wann kommt sie denn wieder?«, fragte Bach und sah sich dabei neugierig um.

»Ich denke, sehr bald. Sie macht nur Besorgungen.«

Oder schafft etwas weg, dachte Falck.

»Wo genau ist sie hin?«, fragte Bach.

»In die HO-Kaufhalle, nehme ich an. Ich muss auch eigentlich weg, ich muss zur Schicht. Können Sie draußen warten, bis meine Frau kommt?«

Bach runzelte die Stirn. »Sie haben verstanden, wer wir sind?«

»Ja, aber können Sie die Wohnung nicht durchsuchen, wenn meine Frau da ist? Oder meinetwegen bleiben Sie hier, ich gehe los. Ich möchte nicht unpünktlich zur Arbeit erscheinen.«

»Erzählt Ihnen Ihre Frau gelegentlich mal etwas?«

»Was soll sie mir denn erzählen?«

»Meine Kollegin meint, ob sie Ihnen Interna aus ihrem Restauratoren-Beruf erzählt, dass heute etwas geschehen ist und solche Sachen«, konkretisierte Falck.

»Ist denn etwas geschehen?«, fragte Schüttauf zurück. Er schien nervös zu sein und hatte es offenbar wirklich eilig.

Falck schüttelte den Kopf. »Wenn Sie nichts wissen, bleibt es auch dabei. Und es ist erforderlich, dass Sie hierbleiben. Wir schreiben Ihnen auch gern eine Entschuldigung!«

»Also gut!« Der Mann seufzte und ging mit ihnen ins Wohnzimmer. »Dann sehen Sie sich um«, sagte er und setzte sich an den Esstisch.

Er fragte nicht einmal nach dem Durchsuchungsbescheid, stellte Falck fest. Eigentlich sollte sich die Suche als nicht so kompliziert erweisen. Ein Gemälde, auch wenn es nicht so groß war, versteckte sich nicht so leicht.

»Ich fang im Schlafzimmer an«, verkündete Bach.

Falck öffnete ein paar Türen der Schrankwand, die aus DDR-Produktion stammte und noch neu war. Oder sie war einfach gut gepflegt, weil man auch auf solche Dinge ewig hatte warten müssen. Genauso lange wie auf einen Farbfernseher, eine Radioanlage oder auch ein gutes Fernglas. Jetzt sollte es das alles geben, schneller, preiswerter vielleicht. Fraglich war nur, ob man den Dingen dann denselben Wert beimaß. Ob man sich genauso daran erfreuen konnte. Es gab immer eine Kehrseite.

Falck bückte sich, sah unter das Sofa. Dann presste er sein Gesicht dicht an die Wand, um hinter die Schrankwand zu sehen, trat weit zurück, reckte sich, um zu sehen, ob auf ihr etwas lag, tastete die Polster der Couch ab, sah unter dem Tisch nach, zog die Platten vom Ausziehtisch auseinander. Schüttauf sah ihm teilnahmslos zu.

Dann betrat Falck die kleine Küche, sah sich um und fragte sich, warum die Frau das Gemälde zuhause aufbewahren sollte. Es gab andere Möglichkeiten. Selbst ein Schließfach auf dem Bahnhof schien ein besserer Ort zu sein.

Der Hund begann im Flur zu kläffen. »Da kommt sicher meine Frau«, meinte Schüttauf, erhob sich und ging in den Flur. Kurz darauf klingelte es. Falck öffnete den Spülschrank, wollte sich von Schmidt nicht vorwerfen lassen, nicht überall nachgesehen zu haben. Schüttauf sprach im Flur, dann schloss er die Tür. Falck sah noch im Geschirrschrank nach, einem Impuls folgend sogar im Kühlschrank. Er ging zurück ins Wohnzimmer.

»Sie haben doch sicher ein Kellerabteil«, sagte er und bekam keine Antwort. Nur der Hund kam gelaufen.

»Herr Schüttauf?« Falck eilte mit vier, fünf großen Schritten in den Flur. Hier war niemand. »Steffi?«

Bach kam aus dem Schlafzimmer. »Hier ist kein Gemälde.«

Falck riss die Wohnungstür auf und trat in den Gang. »Der ist weg!«

»Ich denke, seine Frau ist gekommen?«, sagte Bach, die jetzt auch auf dem Gang stand.

Falck schüttelte den Kopf. »Das hat der uns nur vorgespielt.«

»Wollen wir ihm nach?«

Falck schüttelte den Kopf. »Der ist längst weg. Wenn er wirklich nur zur Arbeit wollte?«

»Mann, Tobias, der hat uns einfach ausgetrickst, das müssen wir für uns behalten!«

»Aber was wollen wir Schmidt denn erzählen?«

»Weiß nicht. War halt keiner da.«

Mit einem Rumpeln kündigte sich der Aufzug an, dann öffnete sich die Tür. Eine Frau mit zwei Einkaufsbeuteln kam heraus und ging ihnen noch ein Stück entgegen. Dann blieb sie unvermittelt stehen, als sie erkannte, dass Falck und Bach in ihrer Wohnungstür standen.

»Entschuldigung«, sagte sie mit ängstlicher Stimme. »Wer sind Sie denn?« Sie war zierlich, ihr dunkles Haar dauergewellt.

»Kripo. Falck, Bach«, stellte Steffi sie vor. »Frau Schüttauf?«

Die Frau nickte, zögerte noch einen Moment, dann ging sie weiter, ihr Spitz kam hechelnd und mit dem Schwanz wedelnd aus der Tür.

»Wir haben einen Durchsuchungsbescheid für Ihre Wohnung. Ihr Mann hat uns schon mal reingelassen.«

»*Mein Mann* hat Sie reingelassen?«, fragte die Frau noch einmal nach. Sie trug einen Wintermantel und hatte den Schal fest um den Hals geschlungen. Die Einkaufsbeutel waren voll und offenbar schwer. Schüttauf schien nicht gelogen zu haben, was das betraf. Doch seine Frau konnte erst das Gemälde fortgeschafft haben und dann einkaufen gewesen sein.

»Wir müssten dann noch Ihr Kellerabteil sehen und die Garage und Ihre Gartenlaube, sofern Sie eine haben.«

»Die beiden letzten Dinge habe ich nicht. Und ich kann Ihnen versichern, ich habe das Gemälde nicht. Wieso hätte ich den Diebstahl denn sonst melden sollen?«

»Es gehört zur üblichen Prozedur«, erklärte Falck knapp.

Frau Schüttauf sah ihn ausdruckslos an, dann ging sie an ihnen beiden vorbei in die Wohnung. Der Spitz begann zu winseln, sprang an ihren Beinen hoch.

»Warte doch mal«, sagte sie zu dem Hund und stellte die Einkaufsbeutel ab, doch der Hund war ungeduldig und schlecht erzogen, er schnüffelte unablässig an den Einkaufsbeuteln. Frau Schüttauf zog Stiefel und den Mantel aus, packte ihre Taschen und ging in die Küche. Bach und Falck folgten ihr.

»Wissen Sie, vor dem Mauerfall hätte ich das nicht gemeldet«, meinte die Frau. »Da hätte ich mich blind und taub gestellt.«

»Warum hätten Sie es nicht gemeldet?«, fragte Bach.

»Warum schon?« Die Frau sah sie bedeutungsvoll an. »Liegt doch auf der Hand. Es ging einzig und allein um Devisenbeschaffung. Ich will nicht wissen, wie viele Kunstgegenstände in den Westen abgewandert sind. Auch aus privaten Haushalten, vor allem von Leuten, die in den Westen ausgereist sind. Die durften ja nichts mitnehmen, von wegen ›Kulturgut bewahren‹. Aber die guten Sachen hat dann die Koko selbst verkauft. Da gingen Millionen über den Tisch.«

»Die Koko?«, fragte Bach.

»Na, kommen Sie, das haben Sie doch mitbekommen! Kommerzielle Koordinierung unter Schalck-Golodkowski. Die haben alles gemacht, um an Devisen zu kommen.«

»Aber eine Fälschung anfertigen lassen?«

Frau Schüttauf zuckte mit den Achseln. »Warum denn nicht? Selbst der Experte sieht das nicht auf den ersten Blick, und auch nicht auf den zweiten. Mir fiel es nur auf, weil ich eine Stelle entdeckt habe, an der ich selbst gearbeitet habe, eine Reflexion auf dem Jochbein der Magd. Die kam mir so blass vor. Das hat mich gewundert. Deshalb habe ich es mir genauer angesehen. Aber sonst verschwindet das Original in irgendeiner Privatsammlung, und vor Ort hängt eine Fälschung, die keiner bemerkt. Nebenbei verdient der Staat Geld. Und der Maler hat auch ein bisschen Geld verdient, also, der Fälscher. Ist doch ein Gewinn für alle.«

Bach war konsterniert. »So denken Sie? Das ist doch zynisch, oder?«

»Das ist die Realität. Was glauben Sie denn, wie viele Gemälde für immer in Privatsammlungen verschwinden, und kein Normalbürger wird sie je sehen. Das ist ein gigantischer Markt, da ist das hier ein Klacks. Was ist schon ein ter Brugghen gegen einen Monet oder einen van Gogh. Viele der Maler haben ja auch ihre Bilder in mehreren Variationen gemalt, weiß doch niemand, ob das die zwölfte Variante eines Heuhaufens im Sonnenuntergang ist.«

»Könnten Sie denn ein solches Bild malen?«, fragte Falck.

Die Frau wiegte den Kopf. »Hätte ich das Original als Vorlage und genügend Zeit, möglicherweise ja.«

»Sie hatten die Vorlage«, merkte Bach an.

Frau Schüttauf winkte ab. »Ich hatte das Bild zwei Wochen bei mir. Ich rede aber von Monaten. Das Bild hat jemand gemalt, der wirklich sehr gut ist. Der nicht nur kopiert, sondern selbst ein Genie ist.«

»Kennen Sie so jemanden?«, fragte Bach.

Frau Schüttauf schürzte die Lippen. »Nicht auf Anhieb.«

»Warum gerade dieses Gemälde?«, fragte Falck.

»Das ist eine gute Frage. Sie ist tatsächlich entscheidend. Einerseits ist ein ter Brugghen kein Vermeer. Ein gestohlener Vermeer zöge mehr Aufmerksamkeit auf sich. Andererseits könnte es eine Auftragsarbeit gewesen sein, jemand wollte gezielt dieses Bild.«

»Ist es möglich, das Bild während der Besuchszeit auszutauschen?«

Frau Schüttauf lächelte. »Unmöglich. Ich vermute vielmehr, dass das jemand vom Personal war. Mehr sage ich lieber nicht!«"

»Wusste Maschke von solchen Geschäften?«, fragte Bach.

»Da gibt es noch einige Ebenen über ihm.«

»Sie meinen, der Museumsdirektor könnte involviert sein?«

Frau Schüttauf zuckte mit den Schultern und hob leicht die

Augenbrauen. Doch ganz schweigen konnte sie dann doch nicht. »Einige von den Museumsleuten sind bei der Stasi. Die haben ihr Netzwerk. Sie glauben doch nicht, die verschwinden einfach so.« Und leise fügte sie hinzu: »Damit will ich nichts zu tun haben.«

4

»Ihr seid so dämlich«, grunzte Schmidt sie an, nachdem sie sich im Büro eingefunden hatten.

»Ach ja?« Steffi Bach reagierte sofort, aggressiv und doch auch unsicher.

Falck hielt sich zurück. Wenn Schmidt schon so anfing, war es meistens nicht ganz unbegründet. Sie hatten ihm alles erzählt.

»Die Frau ist gar nicht verheiratet, sondern geschieden seit sechsundsiebzig. Habt ihr euch nicht seinen Ausweis zeigen lassen?« Schmidt kannte die Antwort schon, musste aber seinen Triumph auskosten. »Und den Ausweis der Frau habt ihr wahrscheinlich auch nicht kontrolliert. Ihr wisst nicht mal, ob sie das wirklich war.«

»Das war offensichtlich«, verteidigte Bach sich. »Immerhin hat der Hund sie begrüßt, und sie kam mit Einkaufstaschen.«

»Dass der Mann ihr Ehemann war, schien euch auch offensichtlich zu sein«, zerschoss Schmidt die schwache Ausrede.

»Dass er in die Wohnung kam und der Hund ihn nicht verbellte, beweist immerhin, dass er zum Bekanntenkreis der Frau gehörte. Außerdem wusste er, dass sie beim Einkaufen war«, warf Falck ein. »Und die Tür war nicht aufgebrochen.«

»Keine große Kunst, ein Dreibartschloss zu knacken. War doch eines, oder?«

Selbst das wussten sie nicht, gestand Falck sich ein.

»Hast du denn noch etwas herausgefunden?«, fragte Bach.

»Eine Menge. Wir haben Fingerabdrücke gefunden, sie an

Interpol gesendet, die haben uns umgehend Namen und Adresse des Fälschers geschickt. Müssen ihn nur noch verhaften.«

Das Klingeln des Telefons brachte Schmidt um den erwarteten Kollegenbeifall. Mal wieder. Ungeduldig ging er ans Telefon.

»KDD Schmidt«, blaffte er in den Hörer.

»Mannomann, hat der wieder eine Laune«, stöhnte Bach. »Hab ich dir gleich gesagt, dass wir das lieber für uns behalten sollten.«

Falck nickte, winkte aber ab, weil er hören wollte, was Schmidt sagte.

»Ernsthaft?«, sagte Schmidt. »Also gut, bleiben Sie vor Ort! Fassen Sie nichts mehr an!« Er legte auf und sah seine Kollegen bedeutungsvoll an. Er ließ sich wie gewohnt eine Sekunde länger Zeit als nötig, um die Theatralik noch etwas zu steigen.

Immerhin, dachte sich Falck, geht es wenigstens nicht um Leben und Tod.

»Das war Frau Reinders. Sie ist in der Wohnung ihres vermissten Sohnes und behauptet, es sei eingebrochen worden.«

Die Frau kam ihnen schon auf der Straße entgegen, kaum dass sie das Haus im finsteren Ortsteil Dresden-Kleinzschachwitz gefunden hatten. Das Haus war nicht sehr groß, hatte nur zwei Stockwerke. Dreißig Minuten waren seit Frau Reinders' Anruf auf der Dienststelle vergangen.

»Sie denken sicher, ich bin verrückt, aber etwas muss passiert sein.«

Keiner der drei Polizisten erwiderte etwas, sondern sie folgten der Frau ins Haus, wo sich unten im Hausflur bereits mehrere Leute eingefunden hatten. Falck zählte zwei Männer und drei Frauen, alle im Rentenalter.

»Sie wohnen hier?«, fragte Schmidt und erntete allgemeines Nicken. »Gehen Sie bitte in Ihre Wohnungen zurück, wir brauchen später noch Ihre Zeugenaussagen.«

Frau Reinders wartete ungeduldig. Falck folgte ihr nach oben.

»Da!« Aufgeregt zeigte sie auf die Tür, die eindeutige Einbruchsspuren aufwies. Das Schloss war mit einem Brecheisen ausgehebelt, das Holz zersplittert.

Falck nahm seine Taschenlampe, leuchtete den Türknauf an, suchte nach Fingerabdrücken.

»Sie waren schon drin?«, fragte er.

»Ja, natürlich. Ich habe mir Sorgen gemacht. Aber Mario ist nicht hier.«

»Was haben Sie angefasst? Die Tür?«

»Die habe ich mit dem Ellbogen aufgestoßen.« Frau Reinders nickte eifrig.

»Am Griff sind auf den ersten Blick keinerlei Spuren, der scheint sorgfältig abgewischt zu sein«, sagte Falck zu Schmidt und zu Bach, die jetzt auch das Treppenpodest erreicht hatten.

»Ich bin nur hineingegangen und habe in alle Zimmer gesehen. Im Wohnzimmer ist ein Schrank offen, in dem er seine Unterlagen aufbewahrt. Da hat jemand was gestohlen, das ist völlig klar!«

»Einen Moment mal«, unterbrach Schmidt die Frau. »Fällt uns hier eigentlich etwas auf? Ich sage, wir könnten erst auf einen begründeten Verdacht hin handeln, und prompt wird hier eingebrochen.«

»Was soll denn das heißen?«, entrüstete sich Frau Reinders.

Schmidt hatte kein Problem mit direkter Konfrontation. »Sie waren doch schon mal hier, haben Sie gestern gesagt, da war noch nicht eingebrochen. Und die Nachbarn haben offenbar nichts bemerkt, wenn Sie den Einbruch selbst erst entdeckt haben. Dem Schaden nach muss es einigen Lärm verursacht haben.«

Frau Reinders hob hilflos die Hände. »Sehen Sie sich drinnen doch mal um.«

»Tobias, hol mal den Koffer!«, bestimmte Schmidt. »Steffi, du fragst die Hausbewohner ab.«

Falck nickte, lief die Treppe hinunter, um aus dem Kofferraum des Trabants den Koffer mit den Utensilien zur Spurensicherung zu holen. Sie würden hier wohl noch eine Weile zu tun haben.

»Sie wissen, die Vortäuschung einer Straftat ist auch eine Straftat«, hörte er Schmidt sagen, als er das Haus wieder betrat.

Oben nahm ihm Schmidt den Koffer aus der Hand. Frau Reinders stand in stiller Verzweiflung im Treppenhaus.

»Sie müssen mir glauben«, sagte sie leise zu Falck, als Schmidt in der Wohnung verschwunden war. »Ich würde sonst nicht einen solchen Aufstand machen, wenn ich mir nicht sicher wäre, dass etwas passiert ist.«

»Haben Sie die Wohnung aufgebrochen?«, fragte Falck leise.

»Nein«, erwiderte die Frau und sah ihm nicht in die Augen. Falck wusste, sie log. Vielleicht waren sogar die Hausbewohner in die Geschichte eingeweiht. »Dieser Schuss … es zerfrisst ihn.« Frau Reinders holte sich ein Taschentuch aus ihrer Handtasche und wischte sich die Augen trocken.

»Dann fürchten Sie, er könnte sich etwas angetan haben?«

»Nein, nein!« Sie schüttelte heftig den Kopf und bewies damit genau das Gegenteil. Sie war verzweifelt und verlassen und suchte nach Hilfe.

»Darf ich Sie etwas fragen, Frau Reinders?« Die Frau nickte schwach. »Sind Sie verheiratet?«

»Ich bin geschieden. Schon lange. Mein Ex-Mann wohnt in Karl-Marx-Stadt.«

»Weiß er, dass Ihr Sohn weg ist? Ist er vielleicht dort, Ihr Sohn?«

»Nein, wir haben seit Jahren keinen Kontakt.«

»Was haben Sie in Ihrer Tasche?«, fragte Falck sehr unvermittelt.

»Wie meinen Sie das denn?« Sie sah ihn aus erstaunten Augen an.

»Sie haben Papiere bei sich. Das habe ich gesehen!« In dem Moment hörte Falck Schritte, und Steffi Bach kam die Treppe hoch, schüttelte knapp den Kopf. Es gab also in diesem überschaubaren Haus voller Rentner keinen einzigen Zeugen für einen Einbruch.

»Das sind meine Papiere«, sagte die Frau jetzt. »Ich war letzten Freitag auf dem Amt und habe nur vergessen, die Tasche auszuräumen.«

»Frau Reinders, wenn Sie Hilfe wollen, müssen Sie ehrlich sein. Was sind das für Papiere? Haben Sie die gerade aus der Wohnung Ihres Sohnes geholt?«

Frau Reinders kniff die Lippen zusammen, schien einen Moment zwischen Trotz und Gehorsam zu schwanken, dann gab sie sich einen Ruck, langte fast wütend in die Handtasche, nahm die Papiere heraus und gab sie Falck.

Er faltete sie auf, um hineinzulesen. Bach war nähergekommen und blickte ihm halb über die Schulter. Falck nickte, atmete aus, reichte der Frau die Blätter zurück.

»Entschuldigen Sie bitte.« Es war ein Wohnungsantrag auf ihren Namen.

Schmidt kam im gleichen Augenblick aus der Wohnung. »Leutnant Falck, mitkommen! Raucherpause!«

»Spinnst du?«, fragte Schmidt unten, kaum dass sie das Haus verlassen hatten. »Mach doch der Frau keine Hoffnung. ›Wenn Sie Hilfe wollen, müssen Sie ehrlich sein.‹« Er ahmte Falcks Stimme nach, die sich nach einem oberschlauen Kind anhörte. »Tobias, wenn wir anfangen, nach jedem Mittzwanziger zu suchen, der in den Westen abgehauen ist, werden wir nicht mehr froh.«

»Aber die Frau ist wirklich verzweifelt.«

»Du hast doch selbst zu ihr gesagt, dass er rübergemacht haben könnte. Was weiß die schon von ihrem Sohn? Weiß deine Mutter alles über dich? Vielleicht, als du zehn warst, aber jetzt doch nicht mehr.«

Falck schwieg. Nein, seine Mutter wusste natürlich nicht mehr alles. Dass er in Leipzig gewesen war, neunundachtzig, bewaffnet mit Knüppel und Schild, hatte er nie erzählt, genauso wie er verschwiegen hatte, unter welchen Umständen er zu einem Kind gekommen war. Seine Eltern hatten die Kunde von ihrem dritten Enkel mit Freuden vernommen und sich jeglichen Kommentar dazu verkniffen, dass Claudia und er nicht verheiratet waren. Ihnen zu sagen, dass es sozusagen bei einem One-Day-Stand passiert war, hatte er nicht übers Herz gebracht, so wie er auch nicht erzählt hatte, dass er derjenige gewesen war, der den Mann im Dezember in Notwehr erschossen hatte, wovon in Zeitung und Radio berichtet worden war.

Schmidt war noch nicht fertig mit seiner Rede. »In der Zeit, die wir hier rummurksen, passiert irgendwo anders wirklich was.« Dann unterbrach er sich, zögerte und sah prüfend an Falck hinunter.

»Sag mal, hast du das Funkgerät?«

»Nein.« Falck war sicher, niemand hatte es bei sich, auch an Bach hatte er das Gerät nicht gesehen.

Schmidt fluchte und marschierte wütend zum Auto. »Hab ich es doch richtig gehört«, rief er, riss die Tür auf und schnappte sich das Sprechteil des mobilen Funkgeräts.

»Schmidt hier, kommen!« Er lauschte. »Verstanden. Ende.« Schmidt sah sich zu Falck um. »Hol die Steff, schnell!«

5

Das Altbauviertel in Dresden Friedrichstadt wirkte noch mehr heruntergekommen als die Neustadt, dachte Falck bei sich. Es war inzwischen spät und so kalt geworden, dass niemand mehr auf der Straße unterwegs war. Vor einem Hauseingang auf der Gambrinusstraße stand ein Funkstreifenwagen. Ein Uniformierter erwartete sie und salutierte lasch.

»Wir müssen in die dritte Etage. Haben Sie Taschenlampen? Es gibt keinen Strom. Das Haus steht eigentlich leer.«

Oben erwartete sie ein zweiter Polizist vor der offenen Wohnungstür. Neben ihm im Dunklen stand noch eine zweite Person, schniefte leise und wurde nun von drei Taschenlampen geblendet.

»Frau Schüttauf?«, rief Steffi Bach verblüfft.

Die Restauratorin sah sie an und hatte vom Weinen verquollene Augen.

»Was machen Sie hier?«, fragte Falck. Doch sie konnte nicht sprechen.

»Sie hat ihn gefunden«, erklärte einer der Polizisten. »Drinnen ist Licht, er hat ein Kabel vom Keller des Nebengebäudes bis hier hochgezogen.«

Schmidt ging vor. »Sie bleiben«, bestimmte er, als Frau Schüttauf ihm folgen wollte. »Und Sie passen auf sie auf!«, befahl er dem Uniformierten, der ihnen hinaufgefolgt war.

Zwar war der Korridor auch unbeleuchtet, doch aus einem Zimmer fiel Licht durch die offene Tür. Die Wohnung war karg und schlicht möbliert, der Fußboden bestand aus Dielenbrettern. Die Tapete war größtenteils von der Wand gerissen. Weit oben unter der Decke waren Wäscheleinen gespannt, an denen Blätter mit Zeichnungen und Aquarellen hingen. In einer Ecke standen Skulpturen aufgereiht, manche aus Stein oder Gips, andere aus Metall, die größten waren etwa einen Meter hoch. Das Wohnzimmer entpuppte sich als Atelier. Auf Rahmen gespannte Leinwände standen an den Wänden gestapelt, ein großer Tisch in der Mitte des Raumes war vollgestellt mit unzähligen Behältern, in denen Farbe und Zeichenwerkzeug, Pinsel und Bürsten aufbewahrt wurden. Es gab kaum einen Platz an den Wänden, an den nicht ein Gemälde oder eine Zeichnung gelehnt war. Es roch streng nach Farbe, Terpentin und Zigarettenrauch. Die Szenerie wurde von zwei glockenartigen Baustellenscheinwerfern ausgeleuchtet. Vor den Fenstern hingen schwere dunkle Vorhänge, vermutlich hatte der Maler vermeiden wollen, dass man in der Nacht das Licht sah.

»Soweit wir wissen, ist er hier nicht gemeldet«, erklärte der Uniformierte. »Es gibt noch zwei Zimmer. In dem kleineren der beiden scheint er gelegentlich zu übernachten. Vielleicht wohnt er auch hier.«

»Wo liegt er?«, fragte Schmidt.

»Gleich hier hinten. Er hatte eine Kerze an, aber die ist inzwischen runtergebrannt.« Der Schutzpolizist zeigte auf die Tür am hintersten Ende des Korridors, und alle drei Polizisten richteten ihre Taschenlampen darauf.

Es handelte sich um ein kleines Badezimmer, mit Wanne, Badeofen und Toilette. Eine reglose Gestalt lag rücklings am Boden. Ohne Zweifel ein Mann. Ohne Zweifel tot.

»Ach du Heiland«, flüsterte Bach.

Der Tote war bekleidet mit einer Stoffhose und einem weiten Hemd, beide voller Farbflecke. Sein Kopf lag in einer großen Blutlache und war zur Seite gekippt, weshalb man die riesige klaffende Wunde an seinem Hinterkopf sehen konnte.

Eine Metallskulptur lag im Blut, etwa dreißig Zentimeter groß, eine schmale Figur auf einem quadratischen Sockel, an der nun Hirnmasse und Haare klebten.

Falck leuchtete das kleine Badezimmer aus. Von einem Kampf war nichts zu erkennen. Die Toilette und das kleine Waschbecken waren voller Farbränder. Rasierseife lag auf einer Plastikablage, neben einem Rasierer und einer Zahnbürste und einem Stück Seife auf dem Waschbeckenrand. Es roch durchdringend nach Blut und Urin.

»Mensch, so will doch keiner sterben«, raunte Schmidt. »Beim Pinkeln.«

»Das war heimtückischer Mord«, urteilte Bach.

Die drei Polizisten standen reglos und stumm da und starrten die Leiche an.

Schmidt raffte sich auf. »Im Prinzip ja auch kein schlechter Tod. Du denkst an nichts, erleichterst dich, und zack, ist's aus«, sagte er trocken. »Und jetzt muss die Spurensicherung ran. Und die Frau da draußen, ist das die, deren Mann«, er malte Anführungszeichen in die Luft, »euch weggelaufen ist?«

»Hm«, murmelte Bach als Bestätigung.

Falck lehnte sich jetzt an den Türrahmen und versuchte, dem Toten ins Gesicht zu leuchten.

»Was machst du denn da?«, fragte Schmidt ungehalten.

Falck antwortete nicht, denn er musste sich auf seine Körperhaltung konzentrieren, um nicht auf den Toten zu fallen.

»Und das hier ist der Mann, der uns weggelaufen ist!«, sagte er schließlich.

»Warum haben Sie uns vorhin verschwiegen, wer der Mann in Ihrer Wohnung war?«, fragte Falck kurz darauf Frau Schüttauf, als sie wieder im Treppenhaus standen.

Die Frau hatte sich mittlerweile wieder gesammelt. »Ich wusste es ja auch nicht genau.«

»Wissen Sie etwa nicht, wer alles einen Schlüssel zu Ihrer Wohnung hat?«, fragte Bach.

»Können wir mal eine ganz wesentliche Sache klären?«, mischte Schmidt sich ein. »Wer ist der Tote? Wie heißt der Mann?«

»Wolfgang Klanghausen«, sagte die Frau.

»Und er ist offenbar Maler und Bildhauer gewesen. Muss man ihn kennen?«

»Seine Kunst wurde in der DDR nicht anerkannt.«

»Und?« Schmidt wedelte ungeduldig mit der Hand. »Warum war er bei Ihnen? Ausgerechnet heute, als Sie das gestohlene Bild meldeten?«

»Ich weiß es nicht.« Schüttauf sah Schmidt unglücklich an.

»Kommen Sie mir nicht mit einer wehleidigen Miene. Sie reden jetzt endlich Klartext, sonst sitzen Sie demnächst in U-Haft wegen Mordverdacht! Und mit demnächst meine ich heute noch.«

»Wolfgang und ich kennen uns schon lange. Er hat früher gelegentlich bei mir übernachtet, wenn er keine Bleibe hatte. Entweder hatte er meinen Schlüssel noch, oder er hat ihn nachmachen lassen. Vielleicht wollte er nur etwas aus dem Kühlschrank holen. Das traue ich ihm zu.«

Schmidt war eindeutig noch nicht zufrieden. »Das ist mir alles zu vage. Wieso sollte der keine Bleibe gehabt haben? In der DDR hatte jeder ein Dach über dem Kopf. Außerdem habe ich einen Ehering an seinem Finger gesehen. Gibt es eine Frau Klanghausen?«

»Ja, gibt es. Sie ist auch Künstlerin. Sie führen eine sehr … verrückte Ehe. Sie haben eine gemeinsame Wohnung, drüben in der Radeberger Vorstadt, aber die meiste Zeit ist er hier. Sie sind beide unausstehlich, wenn sie in einer Schaffenskrise stecken, und darin stecken sie meistens.«

»Wir kommen der Sache näher«, grummelte Schmidt, fingerte seine Zigaretten heraus und bot Schüttauf und Bach eine an. Mit seinem neuen West-Feuerzeug zündete er alle drei Kippen an.

»Wenn ich jetzt ein Experte wäre und da reinginge«, begann Schmidt nach dem ersten Zug, »und mir die Bilder genau ansähe, würde ich da möglicherweise an seinem Pinselstrich erkennen, dass er die Milchmagd von ter Brugghen gemalt hat?«

Schüttauf ließ den Kopf sinken. »Hat er. Da liegen Skizzen und Vorlagen.«

»Sie wussten doch vorher schon, dass er das Bild gefälscht hat!«

»Nein! Warum hätte ich es dann melden sollen? Wir sind doch Freunde!«

»Das ist kein Argument. Freunde können sich zerstreiten. Dann wird es erst recht giftig.«

»Vom wem kam denn der Auftrag, dieses Bild zu fälschen?«, fragte Falck.

»Ich hab es doch schon gesagt, dazu sage ich nichts mehr.«

»Ist doch jetzt auch egal«, meinte Schmidt. »Sie entdecken die Fälschung, am selben Tag kommt der Maler zu Ihnen in die Wohnung. Warum? Um Sie zur Rede zu stellen? Das Original zu suchen? Den weiteren Plan zu besprechen? Woher wusste er überhaupt, dass die Fälschung aufgeflogen ist? Das wurde ja gar nicht öffentlich gemacht.«

»Was meinen Sie mit Plan besprechen?«, fragte Schüttauf naiv.

»Kommen Sie, Sie haben das Bild wochenlang in Ihrer Werkstatt. Er kann es sich in Ruhe ansehen, abpausen, abmalen, was weiß ich.«

»Nein, so geht das nicht, die Fälschung ist lange schon durchgetrocknet. Das dauert Monate. Ich habe damit nichts zu tun.

Und hätte ich geahnt, dass er es gemalt hat, ich hätte geschwiegen! Jetzt ist er tot, darüber sollten Sie sich Gedanken machen. Und ich erst.«

Schmidt wedelte ihre Worte weg wie lästige Obstfliegen. »Wann sind Sie denn hierhergefahren? Gleich nachdem meine Kollegen weg waren? Das war vor fast vier Stunden.«

»Nein, ich habe erst etwas gegessen und Coco Futter gegeben. Außerdem musste ich eine Weile darüber nachdenken, ob tatsächlich Wolfgang in meiner Wohnung gewesen sein konnte. Dann fuhr ich her und ....«

»... und fanden ihn tot«, schloss Schmidt ab. Dann sah er der Frau fest in die Augen. »Ich glaube Ihnen kein Wort, Frau Schüttauf. Sie kommen jetzt bitte mit. In der Zelle können Sie noch mal in Ruhe nachdenken.«

»Wisst ihr, dass ich in den drei Monaten nach dem Mauerfall mehr erlebt habe als in den ganzen fünfzehn Jahren Kriminaldienst vorher?«

Nachdem sie das Haus noch durchsucht hatten, standen sie zu dritt auf der Straße und froren sich die Beine ab. Schmidt rauchte seine inzwischen zehnte Zigarette, seit sie den Toten gefunden hatten.

Obwohl es mitten in der Nacht war und eisig kalt, hatten sich ein paar Schaulustige eingefunden, die hartnäckig aushielten, obwohl lange Zeit nichts passierte. Auch die Bestatter standen herum und warteten, dass sie den Leichnam wegbringen konnten.

»Wenn das so weitergeht, haben wir hier bald Zustände wie in New York«, schimpfte Schmidt.

»Was meinst du damit?«, fragte Bach.

»Da gibt's Viertel, da gehen nicht mal Polizisten hin. Habt ihr nicht *Beatstreet* gesehen? Übel dort. Da werden jeden Tag Leute umgelegt. Und nicht nur dort, überall auf der Welt. Aber da waren es immer die Verbrechen der anderen. Jetzt kommt das alles hierher.«

»Aber bei uns gab's doch auch Mord und alle möglichen anderen Verbrechen.«

»Bei uns«, wiederholte Schmidt und grinste amüsiert, »stimmt schon, aber da hat mal jemand aus Eifersucht einen im Suff erschlagen, oder ein Überfall ging schief. Heimtückischer Mord, Raubmorde und so was waren selten. Und die paar Irren konntest du in den vierzig Jahren DDR an einer Hand abzählen.«

»Macht dir das Sorgen?«, fragte Falck. Er hatte irgendwie das Gefühl, Schmidt freute sich darüber, dass er den Sheriff spielen konnte. Garantiert war er ein Fan von Schimanski, der nie nach irgendwelchen Regeln ermittelte. Zu einer Antwort kam es nicht. Ein Mann von der Spurensicherung kam herunter, reichte Schmidt die Tatwaffe, mit der Klanghausen erschlagen worden war. Die Skulptur war in einer Tüte verpackt.

»Keine Spuren dran. Der Täter muss Handschuhe getragen haben. Leider ist die Oberfläche so glatt poliert, dass nichts daran hängen geblieben ist. Das müsste noch mal ins Labor.«

»Danke.« Schmidt reichte die Tüte wortlos an Falck weiter und wies mit dem Kinn in Richtung Auto. Falck beschloss, gelassen zu bleiben. Immer noch besser als Schmidts joviales Getue.

»Wir haben die Stelle gefunden, an der die Figur stand. Zeichnet sich im Staub ab. Der Täter kam wahrscheinlich unbewaffnet und hat dann die Figur genommen, um den Mann zu erschlagen. Deutet eher auf eine Affekthandlung als auf Vorsatz hin.«

Kaum war der Spurensicherer wieder im Haus, erschien Gerichtsmediziner Manfred Otte mit seiner Assistentin im Schlepptau.

»Das ist Birgit Nymann«, stellte er sie vor. Dann zog er sich die Gummihandschuhe aus. Er war ein großer, grob wirkender Mann um die fünfzig, mit grauem, schütterem Haar und lautem, dominantem Auftreten. Seine deutlich jüngere Assistentin wirkte daneben klein und verschüchtert. Sie war eine schmale und farblose Frau und trug eine Brille mit Gläsern, die in ihrem Gesicht übergroß wirkten.

»Ihr könnt ihn jetzt mitnehmen«, sagte Otte zu den Bestattern. Mit einem Fingerzeig beschaffte er sich eine Zigarette von Schmidt und ließ sie sich von ihm anzünden. Beim Sprechen behielt er sie im Mund.

»Es war nur ein einziger Schlag. Der hat die Schädeldecke ein paar Zentimeter über dem Hinterhauptbein zertrümmert und ist tief ins Gehirn eingedrungen. Schwere Beschädigung des Scheitellappens und des Hinterhauptlappens. Der Mann war sofort tot.«

»Der Täter kommt also in die Wohnung, hört Klanghausen pinkeln, schnappt sich die Skulptur und zieht sie ihm über den Schädel.«

»Oder er war schon in der Wohnung«, korrigierte Bach.

»Den Moment abzuwarten, bis Klanghausen aufs Klo geht, das ist schon Vorsatz. Hätte er ihn im Affekt erschlagen, müsste doch ein Streit oder ein Kampf vorausgegangen sein.«

»Weißte ja nicht, ob die sich gestritten haben. Ist jedenfalls 'ne komische Sache«, nuschelte Otte mit der Kippe im Mundwinkel. »Das ist mir jedenfalls nicht geheuer, was du mir erzählt hast. Erst das Bild weg, jetzt der Fälscher tot, da soll was vertuscht werden. Würde mich nicht wundern, wenn es bald den nächsten erwischt.«

»Meinste wirklich?«, fragte Schmidt. »Die Stasi? Oder wer?«

Nun nahm Otte doch die Zigarette aus dem Mund. »Was denkst du, warum der Schalck-Golodkowski gleich im Dezember nach Westberlin geflüchtet ist und dort in Untersuchungshaft war, und jetzt ist er angeblich nach Bayern verzogen. Der hat genauso Angst, dass alle Beteiligten und Mitwisser zum Schweigen gebracht werden. Gibt ja auch im Westen Leute, die nicht wollen, dass die ganzen Geschäfte jetzt ans Tageslicht kommen, Geschäftsleute, Politiker, was weiß ich, wer. Am Ende war's einer von drüben.«

»Oh, nee, nicht schon wieder«, stöhnte Bach.

Otte steckte sich die Kippe wieder in den Mund. »Wir spekulieren ja nur. Kann ja auch sein, es war ein Alki, auf der Suche nach einer Bleibe für die Nacht. Der liegt vielleicht hier irgendwo, schläft seinen Rausch aus und weiß morgen nichts mehr davon, wenn er nicht erfriert. Das ist aber zum Glück nicht meine Arbeit, sondern eure.«

6

Falck hatte schlecht geschlafen. Die Schurigs waren zwar bemüht, leise zu sein, wenn er Nachtschicht hatte und tagsüber seinen Schlaf nachholte. Doch das eine oder andere Geräusch blieb natürlich nicht aus. Oder es kam die Müllabfuhr, so wie heute Morgen. Das Scheppern und Rollen der blechernen Mülltonnen weckte Tote. Wurden die Futtertonnen geholt wie heute, folgte dem Lastwagen dazu noch eine Wolke üblen Fäulegestanks, der durch die Ritzen der undichten Fenster drang. Außerdem hatte Falck schlecht geträumt. Von Frau Reinders, die immer wieder aufs Neue insistierte, dass sie nach ihrem Sohn suchen sollten. In diesem Traum schaffte es selbst Schmidt nicht, die Frau aus dem Zimmer zu komplimentieren.

»Guten Morgen«, grüßte ihn Frau Zille freundlich, als sie sich auf dem Gang begegneten, auch wenn es kein Morgen mehr war. Doch es war Usus, mit »Guten Morgen« zu grüßen, wenn die Schicht begann, egal zu welcher Zeit.

»Sie sind heute der Erste, wollen Sie Kaffee?«

»Danke, gern.« Falck hatte leichte Kopfschmerzen.

»Auf dem Schreibtisch vom Hauptmann habe ich etwas hingelegt.«

»Was Wichtiges?«

»Ich fürchte, ihn wird's nicht freuen.«

Falck betrat das Büro, stellte seine Tasche ab und setzte sich an seinen Platz. Es war schön warm, stank aber leider wie in einer Kneipe, nach kaltem Zigarettenrauch. Falck überlegte kurz, entschied sich dann aber zu lüften. Für einen Moment dachte er darüber nach, die Nachricht auf Schmidts Schreibtisch zu lesen, ließ es dann aber bleiben. Allein schon, um nicht von Schmidt dabei ertappt zu werden.

Frau Zille brachte Falcks Kaffee.

»Das hätte ich mir doch auch geholt. Danke schön.«

»Dafür bin ich doch da.«

»Frau Zille«, hielt Falck sie auf, ehe sie wieder gehen konnte. »Sie kennen doch viele Leute hier. Denken Sie, irgendeiner von denen kann mir bei etwas helfen, das vielleicht sogar die Dresdner Staatsanwaltschaft betraf.«

»Worum geht's denn?«

»Ein Grenzsoldat hat einen Republikflüchtling erschossen, und dessen Eltern haben letztes Jahr noch den Staat verklagt.«

»War der Tote ein Dresdner? Falls nicht, wird die Klage am Wohnort der Opferfamilie eingereicht worden sein. Haben Sie Konkreteres?«

»Der Schütze heißt Mario Reinders.«

Jetzt löste sich die abweisende Miene von Frau Zille. »Ach, deshalb war sie hier. Das war seine Mutter.«

»Aber Sie haben die Frau doch zu uns gebracht!«

»Weil sie sagte, sie müsse ganz dringend einen Polizisten sprechen.«

»Ihr Sohn ist verschwunden, und sie hat Angst, dass die Verwandten des Opfers Rache üben wollen. Mehr gibt's eigentlich kaum zu sagen.«

Frau Zille, nun auf einmal sehr engagiert, nickte heftig. »Gut, ich höre mich um.«

Schmidt kam ins Zimmer, grüßte grunzend, setzte sich an seinen Platz und fluchte leise. Keine zehn Sekunden später betrat Bach den Raum.

»Mahlzeit«, grüßte sie.

»Musst du immer so laut sein?«, ging Schmidt sie an.

»Oh, herrlich«, kommentierte Bach die Stimmung, sah Falck fragend an, er konnte nur achselzuckend antworten.

»Wir sollen uns darum kümmern.« Schmidt hob fragend einen Zettel hoch. »Nichts weiter. Keine Erklärung, nichts. Als ob wir nichts zu tun hätten. Kann mir das einer erklären?«

»Sagst du uns, worum es geht?«, fragte Bach, von Schmidts Laune angesteckt.

»Klanghausen. Der wurde doch umgebracht, und wir haben eine Morduntersuchungskommission. Wieso haben wir das dann an der Backe?«

»Weil sie mit uns umspringen, wie sie wollen«, erklärte Bach. »Mich können sie nicht leiden, weil ich nerve, Tobias nicht, weil er ein Streber ist, und dich, Eddi, weil du unfreundlich bist, launisch, zynisch, aggressiv und ...«

»Schon gut!«, unterbrach sie Schmidt. »Ich sag euch, warum wir das machen sollen. Weil es politisch ist. Die anderen haben Schiss, wollen damit nichts zu tun haben.«

»Glaubst du das ernsthaft?«, fragte Bach und sah wirklich besorgt aus. Auch Falck war nicht ganz wohl. Die Stasi gab es noch und tausende Mitarbeiter, kleine wie große, die irgendwie ihre Haut retten wollten oder noch mehr.

Schmidt grunzte nur, hatte den Telefonhörer abgenommen und gewählt. »Ja, Schmidt hier, KDD. Was ist denn in Sachen Klanghausen unternommen worden? ... Super, großartige Leistung... natürlich, ihr seid überlastet. Und wir spielen Halma den ganzen Tag.« Schmidt knallte den Hörer auf die Gabel. Dann drehte er sich um und grinste. »Dann haben wir wenigstens was zu tun«, sagte er. »Klanghausens Frau weiß noch gar nichts vom Tod ihres Mannes. Die Schüttauf muss noch mal vernommen werden, und der Experte, der das Bild begutachten soll, kommt in einer halben Stunde. Ihr fahrt zu Frau Klanghausen, ich übernehme den Rest. Die gute Nachricht des Tages: Wir haben jetzt zwei Autos. Ihr den Trabi, ich einen

Lada, den haben sie wohl vom Ministerium für Staatssicherheit gezockt. Das sagt man so heutzutage.« Schmidt lachte durch die Nase und schüttelte den Kopf. »Das hätte mir mal einer vor einem halben Jahr sagen sollen.«

Bach war nicht einverstanden. »Können wir nicht mit, um den Experten zu sehen? Interessiert mich auch! Zu Frau Klanghausen können wir nachher fahren. Schenken wir ihr noch zwei, drei Stunden Frieden.«

Schmidt wollte dagegenhalten, doch ein triftiger Grund schien ihm nicht einzufallen. »Na, dann«, schnaufte er und erhob sich.

»Man könnte ja fast denken, der nimmt Drogen.« Bach sah nach rechts, Falck ließ sie wie immer den Trabant fahren. Sie folgten dem Lada, den Schmidt mit seiner lästigen Penetranz für den KDD organisiert hatte.

Falck nickte, um irgendeine Reaktion zu zeigen.

»Der wechselt seine Stimmungen wie andere ihre Unterhosen.«

»Ich glaube, er hat echte Probleme.«

»Der trägt immer dieselben Klamotten, ist dir das schon mal aufgefallen?«

»Steffi, wer weiß, was mit dem ist. Das ist doch alles nur Fassade.«

»Willst du das ewige Hü und Hott akzeptieren? Wir machen uns doch nur lächerlich mit dem. Und werden zum Schluss rausgeschmissen.«

Falck zog die Mundwinkel runter. »Schmidt hat schon was auf dem Kasten. Wart's nur ab, am Ende sind wir diejenigen, die übrig bleiben.«

»Bist du nicht der gewesen, der sich über ihn mokiert hat?«

»Ja, der war ich, und mir gefällt's auch nicht. Aber guck dir Neubert an, der kommandiert seine Leute rum, dabei erzählt man, dass der auch bei der Stasi war als IM. Wer weiß, wie lange der noch bei der Kripo ist. Steuert ja alles auf Wiedervereinigung und Großreinemachen zu. Neue Besen kehren gut.«

»Jetzt redest du schon wie Schmidt!«

Falck musste grinsen. »Stimmt, aber guck doch. Guck, wie die West-CDU hier wirbt. Die Leute werden hier voll auf Kommerz und Kapitalismus eingestimmt.«

»Quatsch, sieh dir doch den runden Tisch an, die bewegen was.«

Da glaubte Falck inzwischen nicht mehr dran. Auch nicht, dass es den runden Tisch noch lange geben würde. Die kapitalistische Industrie würde sich die neuen Märkte garantiert nicht entgehen lassen. Man musste nur sehen, wie viele Gebrauchtwagenhändler es plötzlich überall gab und welche Dynamik die Montagsdemonstrationen bekamen, welche Slogans inzwischen gerufen wurden. Und wie viele von denen, die die neuen Slogans riefen, nun behaupteten, angeblich von Anfang an dabei gewesen zu sein.

»Wie geht's eigentlich deinem Kind und seiner Mutter?«

Falck sah ruckartig zu Steffi Bach. Er wollte zu dem Tonfall das Gesicht sehen. »Was fragst du denn so schnippisch?«

»War doch nicht schnippisch. Ganz normal. Wie geht es den beiden?«

»Gut«, er wusste nichts weiter zu sagen.

»Wenn ich daran denke, dass wir uns damals begegnet sind, gerade als du …«

»Kannst du das bitte sein lassen!«, bat Falck. Es war ein Fehler gewesen, ihr die ganze Geschichte zu erzählen. Warum war sie plötzlich so zickig?

»Und deine Ex, die dich damals so abserviert hat, läuft mit der was?«

Falck atmete durch. »Steffi, was ist los mit dir?«

»Was denn? Ich betreibe nur Konversation.«

»Okay, gut, dann erzähl mal, wie geht's denn deinen Exfreunden?«

»Sind alle glücklich verheiratet.«

Falck sah sie noch einmal an und registrierte, dass ihr eine Träne über die Wange lief. Sie tat aber so, als sei nichts.

»Was ist denn auf einmal los?«, versuchte Falck es ernsthaft versöhnlich.

»Ich habe heute Geburtstag, und ihr Arschgeigen habt es vergessen.« Jetzt wischte sie die Träne hastig weg.

»Mensch, Steffi, das hab ich nicht gewusst.« Dann fiel ihm ein, dass sie es mal erwähnt hatte, irgendwann im Januar.

»Ich kenne eure Geburtstage! Und ich dachte noch, ihr überrascht mich. Stattdessen komm ich ins Büro, und der alte Affe geht mich gleich an.«

Falck schämte sich, aber sie waren gerade mal zweieinhalb Monate richtige Kollegen, da konnte so was schon mal vorkommen, fand er. Musste sie deswegen gleich heulen? Vielleicht hatte sie eine Krise. Mit Ende zwanzig noch keinen Mann und kein Kind zu haben, war zumindest in der DDR nicht die Regel gewesen. In der BRD war es offenbar normal, mit weit über dreißig erst Kinder zu bekommen. Sehr seltsam, fand Falck. Andere Länder, andere Sitten.

»Was ist denn mit ihr?«, fragte Schmidt leise, als sie vor der Gemäldegalerie ausstiegen. Ihm waren Bachs gerötete Augen nicht entgangen.

Falck kam nicht dazu, zu antworten. Ein großer Mercedes hielt hinter ihren beiden Autos, Maschke kletterte aus der Beifahrertür, rot im Gesicht vor Aufregung, zu zaghaft warf er die Tür zu, als fürchtete er, das teure Auto kaputt zu machen, und benötigte noch zwei weitere Versuche. Der Fahrer des Wagens stieg aus. Er trug einen schicken Anzug mit einem seidenen

Schal um den Hals, hatte lange grau melierte Haare und ein frisiertes Kinn- und Schnauzbärtchen.

»Dem fehlt nur noch ein Degen, dann kann er als Musketier Karriere machen«, murmelte Schmidt.

»Die Herrschaften von der Kriminalpolizei!«, rief Maschke erfreut, wendete sich dann erklärend an seinen Begleiter. Gemeinsam kamen sie näher.

»Darf ich vorstellen, Alexander Freiherr von Palitzsch, habe ich es richtig gesagt?«

Der Freiherr nickte gütig. Er reichte den drei Polizisten nacheinander mit reserviertem Blick die Hand. Er trug ein herbes Männerparfüm, und Schmidt stand die Frage ins Gesicht geschrieben, ob das wohl bei allen Westdeutschen so war.

Falck bemühte sich darum, den Mann nicht anzustarren, immerhin war er der erste Adlige, den er sah, von Karl Eduard von Schnitzler mal abgesehen. Angesichts der Kleidung des Freiherrn kam ihm alles schäbig vor, was in seinem Schrank hing, selbst sein bester Anzug.

»Sie sind also die Einheit, die auf Diebstahl von Kunstgegenständen spezialisiert ist?«, fragte er ohne jeden Dialekt.

»Wenn man es so sagen will«, antwortete Schmidt.

»Sie verstehen, dass ich mich erst mal akklimatisieren muss, die Anfrage kam ja recht kurzfristig, und ich bin dem Ruf auch deshalb gefolgt, weil es mir Gelegenheit gibt, die Zustände in der DDR mit eigenen Augen zu sehen.«

»So wie es gerade aussieht, hätten Sie dazu auch ganz einfach ins Auto steigen und privat in die DDR fahren können«, erklärte Schmidt völlig ernst, und nur seine beiden Kollegen wussten, dass er sich köstlich amüsierte. »Wie ist denn der Zustand in der DDR so?«, hakte er gleich nach, ehe Freiherr von Palitzsch zur Erklärung ausholen konnte.

»Herr von Palitzsch meint den Zustand der Liegenschaften

seiner Familie, so habe ich es doch verstanden?«, sprang Maschke dem Freiherrn zur Seite.

Es widerte Falck an, wie Maschke sich dem Freiherrn anbiederte.

»Liegenschaften?«, fragte Schmidt.

»Nach dem Krieg wurde meine Familie enteignet, zwei Schlösser und einige Hektar Land gingen verloren. Ich will mich über deren Zustand informieren. Was ich so höre, klingt wenig vielversprechend. Eines der Gebäude soll wohl als Klinik verwendet worden sein, eines gar als Waisenhaus.«

»Das ist in der Tat furchtbar«, meinte Schmidt süffisant, wobei von Palitzsch wohl so weltgewandt war, die Ironie zu ignorieren.

»Lassen Sie uns hineingehen!«, moderierte Maschke, dem Schmidts wahre Natur wohl jetzt erst aufgegangen war.

»Sind Sie mit Johann Georg Palitzsch verwandt, dem Astronomen aus Dresden?«, fragte Falck den Adeligen auf dem Weg in die Katakomben.

Von Palitzsch sah ihn bedauernd an. »Das weiß ich leider nicht. Darf ich Sie fragen, ob Sie schon vor dem Mauerfall Polizisten gewesen sind?«

»Ja.« Falck wartete gespannt darauf, was jetzt noch kam. Doch das schien schon alles gewesen zu sein.

»Nun ja«, meinte von Palitzsch, nachdem er etwa zwanzig Minuten lang das Bild von allen Seiten mit der Lupe betrachtet, es angehoben, umgedreht, ins Licht gehalten und sogar beschnuppert hatte, »es ist eine Kopie, eine sehr gute zwar, aber eine Kopie. Ich muss sagen, von wirklich hoher Qualität, das Holz, auf dem sie angefertigt wurde, scheint tatsächlich aus dem siebzehnten Jahrhundert zu stammen, ich fürchte fast, ein anderes, noch weniger bekanntes Gemälde musste dafür herhalten oder ein altes Möbelstück, oder es gibt hier irgendwo einen Bestand an solch altem Holz. Noch dazu wissen wir, dass ter Brugghen nach einem ersten Malansatz die Komposition verändert hat, er rückte diesen Stuhl in den Hintergrund, übermalte den ursprünglichen Stuhl mit diesem goldroten Vlies. Bei genauem Hinsehen war das noch zu erkennen, unter dem Röntgenapparat wurde es deutlich, und sogar das hat der Fälscher kopiert. Ganz hervorragend. Es zeugt jedenfalls von großer Fachkenntnis.« Freiherr von Palitzsch sah auf. »Und jetzt das Original!«, bat er und blickte in vier gleichermaßen verblüffte Gesichter.

»Oh«, rief Maschke, »das muss ein Missverständnis sein. Darum geht es ja, das Original ist weg!«

Von Palitzsch sah von einem zum anderen. »Es ist gar nicht da?«, fragte er noch einmal nach.

»Nein, wie gesagt, es wurde entwendet.«

»Aber wieso wurde ich denn hierherbestellt?«, entrüstete sich der Mann. »Nur um die Fälschung zu erkennen? Das haben Sie doch selbst schon getan! Glauben Sie, ich habe unbegrenzt Zeit? Wissen Sie, was das für eine Anreise für mich war? Ich bin stundenlang gefahren. Allein was diese Straßen den Stoßdämpfern meines Wagens angetan haben. Mal ganz abgesehen von meinem Stundensatz.«

Schmidt hatte schon Luft geholt, um zurückzupoltern. Doch Falck berührte ihn mit dem Ellbogen. Das hier ging sie nichts an.

Maschke war hilflos. »Sehr verehrter Herr von Palitzsch, ich bin auch nur … man sagte mir, Sie könnten anhand der Fälschung erkennen, wer der Fälscher ist«, stammelte er.

»Das haben wir schon herausgefunden«, trumpfte Schmidt auf. »Das war Wolfgang Klanghausen.«

»Klanghausen?«, fragte von Palitzsch. »Ist das nicht ein Surrealist? Seine Werke finden gerade in der BRD großen Anklang. Es ist nicht mein Fachgebiet, aber soviel ich weiß, soll er bald eine Ausstellung in Köln haben.«

Klanghausens Name hatte Maschke aufsehen lassen. »Er war hier vor ein paar Wochen und hat Frau Schüttauf in ihrer Werkstatt besucht«, sagte er.

»Ach, ja? Haben sie etwas besprochen?«, fragte Schmidt.

»Ich weiß es nicht, ich habe ihn nur gesehen. Hat er Ihnen gesagt, dass die Fälschung von ihm ist?«

»Herr Maschke, wo waren Sie gestern Abend?«, fragte Schmidt, anstatt zu antworten.

»Ich war bis gegen zehn in der Nacht hier.«

»Gibt es Zeugen?«

»Ja, natürlich, einige Angestellte. Die Nachtwache.«

»Herr Maschke, Klanghausen ist tot, er wurde in seinem Atelier erschlagen.«

Maschke fuhr erschrocken zurück. »Was sagen Sie da? Wirklich?«

»Ich scherze nicht.«

Falck war nicht ganz klar, warum Schmidt das so schnell preisgegeben hatte, doch vermutlich wollte er die Reaktion der beiden Männer sehen.

Auch von Palitzsch wich unmerklich zurück. »Sie meinen, der Mann, der dieses Bild hier angefertigt hat, wurde umgebracht?«

»So sieht es aus.«

Augenblicklich brach dem Mann der Schweiß aus. »Meinen Sie, das könnte ...« Er unterbrach sich, und Falck ahnte, warum. Er glaubte, die Stasi hätte ihre Finger im Spiel, und die Stasi, das waren in seinen Augen auch sie.

»Was könnte das Original wert sein?«, fragte Falck.

Von Palitzsch sah ihn erschrocken an, als hätte er ihn bedroht. »Eine Million Mark oder mehr. Holländer sind gerade begehrt. Möglich, dass jemand gezielt dieses Bild bestellt hat. Dann dürfte der Preis vielleicht bei zwei Millionen Mark liegen. D-Mark!«

»Das ging diesen von Palitzsch eigentlich nichts an, dass Klanghausen tot ist«, sagte Falck zu seinem Chef, nachdem sie wieder draußen waren.

»Das hast du mit Absicht gesagt«, pflichtete Bach ihm bei, »dem sprach die blanke Angst aus den Augen. Wer weiß, was der jetzt von der DDR denkt.«

»Das hat er doch sowieso gedacht«, winkte Schmidt ab. »Soll der ruhig ein bisschen Angst haben. Der wird jetzt hurtig in seinen Mercedes springen und nach Hause düsen.«

»Machst du das jetzt bei jedem Wessi? Ich habe schon ein paar kennengelernt, die waren alle nett. Die denken übrigens genauso naiv über die DDR, dass überall Stasi ist und ständig Leute beseitigt und dass wir Ossis durch den Westen stolpern und alles ganz super finden.«

»Naiv? Der ist nicht naiv«, lachte Schmidt. »Was denkst du denn, was der mit seinen enteigneten Grundstücken vorhatte? Dem Waisenhaus und der Klinik Geld spenden? Der wird ganz schnell klagen, damit sie wieder in den Besitz der Familie gehen.«

»Wenn es aber sein Besitz war!«

»Ja? Was soll denn werden? Dann bekommen alle Großgrundbesitzer und Fürsten ihr Land zurück, das ihnen, wann noch mal genau?, vom lieben Gott geschenkt wurde? Und dann setzen wir den König wieder ein?« Schmidt wurde über seine Fragen immer wütender. »Das wird noch was geben, sag ich euch. Leute, die ihre Häuser verlieren an Rückkehrer, die nach vierzig Jahren ihre Häuser zurückhaben wollen. Demnächst räumen die die ganzen Schätze aus dem Grünen Gewölbe, weil die irgendwelchen Grafen und Baronen gehören und irgend so ein Nachfahre vom August dem Starken verlangt, dass man ihm die Festung Königstein und Schloss Moritzburg übergibt. Und den Kofferraum hat er sicher voller Glasperlen und Feuerwasser für die Ureinwohner.«

»Mein Gott, bis du zynisch!« Bach stöhnte auf.

»Das ist kein Zynismus, das ist Realität!«

»Realität ist jetzt«, mischte sich Falck wieder ein, »dass wir zu Frau Klanghausen müssen.«

Schmidt warf seine Kippe weg. »Macht ihr das, ich horche mich hier noch mal um. Danach besuchen wir die Schüttauf.«

Frau Klanghausen wohnte in einem großen Haus in der Arndtstraße, nahe des Waldschlösschen-Areals. Diese Häuser, einst Wohnstätten von Offizieren der Reichswehr und der Wehrmacht, waren großzügig und luftig und vor allem schwer zu heizen, wusste Falck. Im Hof spielten Kinder, trotz der Kälte und aufkommender Dunkelheit, im Sandkasten. Ein Klappfahrrad stand an die Wand gelehnt. Die meisten Fenster waren hell erleuchtet. Auf ihr Klingeln reagierte niemand, doch die Haustür stand offen.

»Wo wollen Sie denn hin?«, fragte ein Mann, der fast gleichzeitig aus der Kellertür kam, als sie das Haus betraten. Er stellte zwei volle Kohleeimer ab.

Auch das war neu, so direkt wären sie noch vor Kurzem nicht angesprochen worden, wenn überhaupt. Die Leute begannen, misstrauisch zu werden. Wer früher ein fremdes Haus betrat, würde einen Grund dazu gehabt haben, heutzutage vermutete man Betrug und Diebstahl.

»Kripo«, erwiderte Bach knapp.

»Das wurde Zeit.«

»Ach ja?«, sagte Bach und sah Falck fragend an.

»Ja, kommen Sie!« Der Mann nahm die Eimer wieder auf und ging zur Treppe. Sie folgten ihm. Im ersten Obergeschoss stellte er die Eimer ab. »Da, bitte schön!«, sagte er und zeigte auf die Tür.

Bach und Falck betrachteten die Tür genau, aber sie konnten nichts entdecken. Keine Einbruchsspuren, keine Schmierereien. Einzig ein fingerstarkes Loch in Augenhöhe. Ihre Blicke sprachen wohl Bände.

»Da! Das Loch!« Jetzt zeigte der Mann deutlich darauf. »Und nicht nur bei mir, überall im Haus, außer bei der Klanghausen. Und vom Nachbarhaus weiß ich das auch und noch von anderen in der Straße.«

»Ich verstehe nicht, hat jemand die Löcher gebohrt?«, fragte Bach.

»Na klar, wie sollen die denn sonst reingekommen sein?«

»Ja, und warum?«

»Weil ... was?« Der Mann sah sie verständnislos an. Es war offensichtlich, dass sie aneinander vorbeiredeten. »Die mussten die Löcher ja bohren.«

»Ach ja?« Bach sah Falck mit einem Blick an, der deutlich zu erkennen gab, dass sie den Mann für verrückt hielt.

»Na klar«, rief der Mann, »wie soll denn sonst der Türspion da reingehen.«

»Ach so«, rief jetzt Bach, und auch Falck war ein Licht aufgegangen. »Da war jemand, der Ihnen Türspione verkauft hat!«

»Die hatten ein Muster dabei und Visitenkarten. Ich habe da schon ganz oft angerufen, da geht nie einer ran.«

»Aber das Loch haben sie gebohrt?«

»Ja, sie sagten, sie müssten es bohren, damit das Montage-Team am nächsten Tag gleich loslegen kann.«

»Wie viel haben Sie denn bezahlt?«, fragte Falck.

»Zwanzig Mark! Ich hielt das für angemessen, der Spion hatte ja echt gute Qualität, von Würth oder so war die Fassung. Die Linse von Carl Zeiss.«

Der Mann ereiferte sich immer mehr und hatte den Betrug noch immer nicht erkannt. Bach warf einen erneuten Blick zu Falck. Sie musste sich das Lachen verkneifen. Falck übernahm das Sprechen, denn Bach sah zu Boden und nestelte am Jackenreißverschluss, um den Mann nicht ansehen zu müssen.

»Wir geben das in die Zentrale weiter. Die werden morgen Vormittag einen Spezialisten schicken. Wir sind eigentlich in einer anderen Angelegenheit hier.«

»Beherrsch dich mal«, ermahnte Falck seine Kollegin auf der nächsten Etage, sie hatten schließlich noch eine ernste Angelegenheit zu klären.

»Der lässt sich ein Loch in die Tür bohren und bezahlt noch zwanzig Mark dafür«, presste Bach heraus.

»Ich muss unbedingt meine Eltern warnen, die sind auch so gutgläubig.« Falck musste sich eingestehen, dass er den Betrügern eine gewisse Anerkennung zollte, wegen der Idee und ihrem Mut, die Sache durchzuziehen. Doch er musste sich jetzt zusammenreißen. Die Sache war ernst.

Er ließ Steffi Bach Zeit, sich zu sammeln. Als Falck bei Klanghausen klingelte, kräuselten sich Bachs Lippen immer noch verdächtig. Als dann Frau Klanghausen öffnete, packte Bach ihn so fest am Handgelenk, dass es wehtat.

Frau Klanghausen war das wandelnde Klischee einer Künstlerin. Ihre Frisur ein gigantischer Berg schwarzgrauer gelockter Haare, riesige Silbergehänge zerrten an ihren Ohrläppchen. Sie trug eine schwarze Toga. Ihre Augen waren schwarz geschminkt. Vor der Brust baumelten Ketten aus bunten Glasperlen. Rasselnde Armreifen an beiden Handgelenken, sie trug einen fingerfreien Stoffhandschuh an nur einer Hand. So stand sie vor ihnen und rauchte eine Zigarette, die in einem fast zwanzig Zentimeter langen Damenmundstück steckte.

»Bitte?«, fragte sie affektiert, weshalb es eher wie ›Bütte‹ klang. Dann fiel ihr Blick auf Bach.

»Ist etwas mit Ihnen?«, fragte sie und ging leicht in die Knie, um Bach besorgt ins Gesicht sehen zu können.

»Nichts, nur eine kurze Unpässlichkeit«, antwortete Falck,

denn Bach presste die Lippen zusammen. »Wollen Sie kurz Luft schnappen, Leutnant Bach?«

»Leutnant? Sind Sie von der Polizei?«, fragte Frau Klanghausen.

»Ja, Kripo Dresden! Leutnant Bach, Leutnant Falck.«

Die Frau zog noch einmal mit einer affektierten Geste an der Zigarette. »Das musste ja irgendwann passieren«, stöhnte sie und blies den Rauch aus.

»Dürfen wir reinkommen?«

»Ja, bitte gern!« Sie gab den Weg frei.

Die beiden Polizisten betraten die Wohnung, blieben erstaunt stehen. Diese Wohnung wirkte wie Galerie und Antiquitätengeschäft in einem, vollgestopft mit Kunstwerken, Bildern, Skulpturen aus Stein, Holz, Kunststoff und Glas. Alte Möbel im Rokokostil rundeten das Bild ab. Frau Klanghausen schloss hinter ihnen die Tür und zog einen schweren Vorhang zu, der wohl vor Kälte und Geräuschen aus dem Treppenhaus schützen sollte.

»Gehen Sie nur rein!«

»Was meinten Sie damit, dass es irgendwann passieren musste?«, fragte Falck. Er wartete, bis die Frau selbst das Wohnzimmer betrat, und folgte ihr dann. Das Wohnzimmer stand dem Flur in nichts nach. Kunstwerke, wohin man sah, teure Möbel, ein kristallener Kronleuchter, ein wandfüllendes Buchregal, dazwischen Rokokostühle und eine Chaiselongue. Hinter einer offenstehenden doppelflügeligen Tür konnte man das Atelier sehen.

»Dass sie eine seiner Fälschungen entdecken. Darum geht es doch, nicht wahr?«

»Sie wussten also davon?«

»Natürlich, ich bin seine Frau. Ich habe ihm gesagt, dass das nicht gut gehen würde. Aber eigentlich hatte er ja auch keine Wahl.«

»Inwiefern?«

Sie sog an der Zigarette und ließ sich wie eine Diva auf der Chaiselongue nieder. »Liegt doch auf der Hand. Seine Kunst wurde vom Staat nicht anerkannt. Er hatte weder einen Lehrstuhl, noch durfte er ausstellen. Die drohten ihm, ihn aus dem VBK zu werfen. Und man benötigt ja nun mal Geld zum Leben. Also willigte er ein, diese Bilder zu malen.«

»Bilder? Mehrzahl?«

Frau Klanghausen zuckte nur mit den Achseln.

»Und die Bilder malte er für wen?«

»Für wen genau, weiß ich nicht. Es gab einen Verbindungsmann. Der brachte ihm die Aufträge. Ich war da nie dabei, bei so etwas hat er mich stets ausgeschlossen.«

»War das immer derselbe Mann?«

»Ja, Wolfi nennt ihn ›den Schwarzen‹.«

»Den Schwarzen? Ist es ein Schwarzer?«

»Nein, ach was, kein Schwarzer, aber er macht wohl so einen finsteren Eindruck. Hat eine dunkle Aura, Sie wissen schon.«

»Und sein Name?«

»Den kenne ich nicht. Fragen Sie Wolfgang!«

»Wie lief das mit den Bildern?«, fragte Falck.

Frau Klanghausen war die Frage lästig, das war ihr anzusehen, es wurde anscheinend zu viel über ihren Mann gesprochen.

»Das passierte ja nicht ständig, nur gelegentlich. Alle paar Jahre. Er bekam gesagt, welches Bild er malen sollte, dann sah er es sich an, bekam Fotografien, Skizzen. Er malte es, und dann meldete er sich bei ›dem Schwarzen‹. Der holte es ab und brachte das Geld im Umschlag mit, Ostgeld, aber auch Westgeld.«

»Woher wissen Sie speziell von dieser Fälschung, die entdeckt wurde? Es gibt keine offizielle Meldung. Bisher wurde alles intern bearbeitet.«

»Ich wusste nichts ›Spezielles‹ davon, doch als Sie jetzt vor der Tür standen, war mir klar, es konnte sich nur darum handeln. Um welches Bild es geht, weiß ich ja gar nicht. Ist es einem also aufgefallen?«

Diese Antwort ließ Falck vorerst aus. »Wer wusste davon? Die Museumsdirektion?« Er müsste der Frau sagen, was geschehen war. Doch dann würde sie nicht mehr freiheraus sprechen.

»Weiß ich nicht, wird wohl jetzt auch jeder behaupten, er wusste nichts. Weder Maschke noch Hirschfeld.«

»Hirschfeld ist der Direktor?« Den hatten sie noch nicht persönlich gesehen.

Die Frau nickte genervt. »Sind Sie hier, um mich das alles zu fragen?«

»Hatte ihr Mann viel mit Frau Schüttauf zu tun?«

»Ach, Gott ja, diese wichtige Person.« Klanghausens Miene drückte höchstes Unbehagen aus. »Es wurde gelegentlich so arrangiert, dass das Gemälde, das kopiert werden sollte, von ihr restauriert wurde. So stieg es wohl im Wert, und Wolfi konnte es bei ihr in Ruhe studieren.«

»Heißt das, Frau Schüttauf wusste über diese Aktionen Bescheid?«

»Auch sie wird sagen, sie wusste nichts. War sie es, die den Diebstahl gemeldet hat?«

Bach stieß ihn von hinten sacht in den Rücken. Falck nickte unmerklich, er wusste, er musste es der Frau sagen. Dazu waren sie hier, doch so einfach war das nicht. Noch dazu war die Frau gerade ins Reden gekommen. Falck schluckte und holte Luft.

»Wir hatten es wirklich nicht leicht«, sprach Klanghausen weiter und bremste Falck in seinem Vorhaben wieder aus. »Wir sind Künstler und wollen unsere Kunst machen. Nur das, mehr nicht. Zwar hat man unsere Bilder und Objekte in den

Westen verkauft, es gab da einen Markt, aber wir bekamen nur wenig von dem Geld. Das begann aber erst in den Achtzigern, die ersten zwanzig Jahre nagten wir buchstäblich am Hungertuch. Man legte uns permanent Steine in den Weg, sie wollten uns sogar zwingen, sogenannten ordentlichen Berufen nachzugehen. Zum Glück kannten wir jemanden, der in den Westen ging und dort einen Liebhaber für Wolfis Kunst fand, erst dann kam Geld ins Haus.«

»Frau Klanghausen …«, setzte Falck an.

»Und ist es nicht absurd, dass man hier unsere Kunst nicht anerkannte und nach drüben verkaufte? Wie Biermann, der hatte Berufsverbot, schrieb seine Lieder heimlich und verkaufte sie nach drüben, aber das Geld von der GEMA, das nahmen sie gern.«

»Frau Klanghausen …«

»Du hast keine Ausstellung, kannst dich nicht äußern dazu. Erpresst haben sie Wolfi, haben gedroht, dass sie uns den Geldhahn zudrehen, wenn er die Bilder nicht malt.«

Bach stieß ihn noch einmal in den Rücken, weniger sacht als beim ersten Mal. Falck wurde nervös, es war, als ob die Frau ahnte, dass sie schlechte Nachrichten zu überbringen hätten, und deshalb ihren Redefluss nicht versiegen ließ.

»Frau Klanghausen!«, hob Falck nun energisch die Stimme. »Ihr Mann wurde gestern Abend umgebracht …«

»… dabei waren wir noch gut dran, hatten zum Schluss so viel Geld, wir wussten gar nicht, was, was wir kaufen sollten, deshalb all diese Möbel hier …« Jetzt verstummte sie.

»Frau Klanghausen, haben Sie mich verstanden?«, fragte Falck.

Sie blieb stumm, von der Zigarette fiel Asche zu Boden. »Wie bitte? Was haben sie gesagt?«, fragte sie gedehnt, als kehrte sie aus weiter Ferne zurück.

Falck trat jetzt näher an sie heran. »Wir wurden gestern

Nacht ins Atelier Ihres Mannes gerufen. Dort fanden wir ihn tot auf.«

Frau Klanghausen wurde schlagartig weiß im Gesicht, und Falck machte sich darauf gefasst, sie aufzufangen, sollte sie von der Chaiselongue kippen.

»Tot?«

»Ja. Wir konnten ihm nicht mehr helfen.«

»Was ist denn geschehen?«, fragte sie fast lautlos. Noch einmal fielen Asche und Glut von der Zigarette und landeten diesmal auf dem Polster des teuren Möbelstücks. Sie bemerkte es nicht, und Falck wusste nicht, was er tun sollte. Die Asche wegzuwischen, erschien ihm unpassend für diesen Moment.

»Er wurde offenbar hinterrücks erschlagen.«

»Erschlagen? Hinterrücks? Ein Mord? Ein richtiger Mord?«

»Totschlag, Mordverdacht. Ja.«

Frau Klanghausen sah ihn zwar an, doch sie starrte durch ihn hindurch. »Und dann kommen Sie einfach hierher und sagen mir das?«, klagte sie leise.

»Nun, das gehört mit zu unserem Beruf.«

»Aber wir hatten unsere erste gemeinsame Ausstellung geplant. In Köln. In zwei Wochen sollte es losgehen, der Transport ist schon bestellt.«

»Frau Klanghausen, vielleicht wissen Sie etwas, das uns weiterhelfen kann.«

Die Frau starrte vor sich hin, ohne sich zu regen. Inzwischen war die Zigarette verglüht. Nun fokussierte sie ihren Blick.

»Wer hat Sie denn zu seinem Atelier gerufen? Das kennen nur ganz wenige Leute.«

Falck sah Bach an. Waren das Informationen, die sie preisgeben durften?

»Können Sie uns sagen, wer die Adresse kannte?«

»Sagen Sie erst, wer Sie gerufen hat!«

»Frau Schüttauf.«

Die Augen Klanghausens verengten sich. »Die? Karina?«

»Ihr Mann war gestern Nachmittag bei ihr, wir trafen ihn zufällig, Frau Schüttauf war aber nicht da und erfuhr von seinem Besuch erst durch uns. In der Nacht fuhr sie zu ihm, um zu erfahren, was er wollte, sie war es, die ihn tot auffand. Wissen Sie, was er bei ihr gewollt hatte?«

Frau Klanghausen schüttelte nur abwesend den Kopf.

»Hätte Frau Schüttauf ein Motiv gehabt, Ihrem Mann etwas anzutun?«, fragte Falck.

»Nicht, dass ich wüsste. Vielleicht aus Versehen. War es denn ein Versehen?«

Falck schüttelte den Kopf. »Wer sind denn die Leute, die noch von dem Atelier wussten?«

Klanghausen war erneut in die Reglosigkeit versunken und reagierte wie ferngesteuert.

»Maschke und Hirschfeld, Ullrich, der Schwarze, nehme ich an. Und die Schüttauf, wie wir nun wissen. Und Hansi.«

»Ullrich und Hansi, wer ist das?«

»Ullrich ist einer aus dem Museum, Aufsichtspersonal. Ein alter Freund von ihm. Und Hansi ist sein bester Freund seit der Kindheit.«

»Ullrich ist ein Museumsangestellter?«

»Thomas Ullrich, ja.« Frau Klanghausen nickte abwesend.

»Und Hansi, wie heißt der richtig?«

»Hans Peter Stein«, murmelte die Frau. »Wie geht es denn jetzt weiter?«

Falck hatte nicht den Eindruck, darauf antworten zu müssen, die Frau sprach eher zu sich selbst. »Sagen Sie, wieso hatte Ihr Mann denn das Atelier in der Friedrichstadt? Es scheint doch, als hätten Sie hier ausreichend Platz.«

Frau Klanghausen kehrte nur mit Mühe in die Realität zurück. »Bitte?« Sie sah ihn mit müden Augen an. »Ja, Platz genug, aber nicht für zwei solche Menschen, wie wir es sind.

Manchmal müssen wir uns aus dem Weg gehen. Gerade wenn er in seiner Arbeitsphase ist. Den Tipp mit dem leerstehenden Haus gab ihm Hansi.«

»Und warum nicht in der Neustadt? Hier gibt's doch Unmengen leerstehender Häuser, und es wäre nicht so weit gewesen.«

»Vielleicht ging es ja gerade um die Entfernung. Er hielt es oft nicht lange aus ohne mich. Er war sehr potent, müssen Sie wissen. Aber es ist nicht gut, wenn wir uns in solchen Phasen sehen.«

»Wie lange dauerten denn diese ... Phasen?« Potent, wiederholte Falck in Gedanken. Was für eine Aussage in so einem Moment.

»Wochen manchmal.«

»Frau Klanghausen, haben Sie einen konkreten Verdacht, wer Ihrem Mann das angetan haben könnte?«

»Gibt es da nicht viele? Wer weiß.« Jetzt erst betrachtete sie das Zigarettenmundstück in ihrer Hand. Zerstreut legte sie es schließlich auf der Lehne der Couch ab. »Vielleicht räumen sie jetzt alle aus dem Weg.« Die Frau erhob sich. »Haben Sie noch viele Fragen? Ich muss mich jetzt ausruhen. Können Sie nicht später wiederkommen?«

»Brauchen Sie Hilfe? Können wir jemanden informieren? Haben Sie Kinder?«

»Nein, wir haben keine Kinder. Und Hilfe brauche ich jetzt auch nicht, nur meine Ruhe.«

»Wenn etwas ist, Ihnen etwas einfällt, kontaktieren Sie uns bitte!« Falck reichte ihr eine Karte, auf der sie ihre Telefonnummer notiert hatten.

»Natürlich.« Sie nahm die Karte und legte sie auf das nächstbeste Schränkchen.

»Komm!« Bach zupfte ihn schon wieder am Ärmel.

»Finden Sie allein hinaus?«, fragte Klanghausen und stützte sich mit einem Arm auf einen Tisch.

»Geht es Ihnen gut?«, fragte Falck besorgt.

»Ja, bitte, ich will mich nur kurz hinlegen!«

»Nu komm!«, mahnte Bach, sie hatte schon den Flur erreicht und den schweren Vorhang von der Tür geschoben.

Falck sah ein, dass es keinen Zweck hatte, noch länger zu insistieren, und folgte seiner Kollegin.

»Die hält ihre Gefühle zurück«, flüsterte Bach und öffnete die Wohnungstür.

»Meinst du?« Falck sah sich um. Er war sich nicht sicher. Frau Klanghausen war ans Fenster getreten, die Arme um den Körper geschlungen, als fröre sie.

»Mensch, komm jetzt.« Bach zog ihn aus der Wohnung und wollte die Tür zudrücken.

Falck stellte den Fuß in die Tür. Seine Intuition sagte ihm, dass er sich umdrehen sollte. Dabei sah er, dass Frau Klanghausen das Fenster geöffnet hatte. Blitzschnell rannte Falck durch den Flur zurück ins Wohnzimmer. Die Frau war schon auf die Fensterbank geklettert. Falck hechtete über die Chaiselongue und landete auf einem kleinen Teppich, der unter ihm wegrutschte und ihn fast zu Fall brachte. In dem Moment, als die Frau sich nach vorn fallen ließ, packte er zu und erwischte mit beiden Händen den Stoff ihres Kleides. Kraftvoll zerrte er sie zurück.

»Lassen Sie mich!«, schrie die Frau unter Tränen, wehrte sich energisch gegen ihn und stemmte sich mit den Händen gegen die Wand, um sich nach vorn abzustoßen. Endlich war auch Bach da und fasste die Frau um die Hüfte. Trotzdem hatten sie auch zweit die größte Mühe, die verzweifelte Frau zurückzuhalten.

»Hören Sie auf!«, keuchte Falck. »Das ist doch Blödsinn!«

»Lassen Sie mich, es ist doch mein Leben, lassen Sie mich!«, flehte sie.

»Hören Sie, Frau Klanghausen, das Leben wird weitergehen«, redete Bach mit ruhiger Stimme auf sie ein.

Die Kräfte der Frau erlahmten langsam, und endlich gab sie den Widerstand auf. Sie ließ sich von den beiden Polizisten hineinziehen, und Falck legte sie auf die Couch.

»Was ist denn da los?«, rief eine Stimme von unten.

»Polizei«, erwiderte Bach. »Rufen Sie bitte einen Krankenwagen!«

»Ich brauche keinen«, stöhnte Klanghausen halb ohnmächtig. Falck prüfte ihren Pulsschlag, der kaum zu spüren war.

Da umklammerte die Frau plötzlich seinen Arm. »Die bringen uns alle um!«

»Wen meinen Sie, Frau Klanghausen? Die Stasi?«

»Die und die anderen. Die Kunsthändler, alle. Das ist eine Mafia! Die gehen über Leichen. Das war nur der Anfang.«

7

»Ach, die spinnt doch.« Schmidts Urteil stand fest, nachdem sie sich im Büro getroffen und er sich die Geschichte angehört hatte. »Da hat einer das Bild bei Klanghausen vermutet und wollte es klauen. Er trifft auf Klanghausen, zieht ihm eins über den Schädel, bumm und aus. Und entweder hatte er das Bild, dann ist es jetzt weg, oder er hatte es nicht, dann war es sowieso nicht da.« Er zückte eine Schachtel Zigaretten, schüttelte eine hoch und zog sie routiniert mit den Lippen heraus.

»Chef, jetzt mach aber mal halblang!«, sagte Bach.

Schmidt erstarrte in der Bewegung, das brennende Feuerzeug vor seinem Gesicht. »Was'n?«, fragte er, »Was hab ich denn gesagt?« Jetzt zündete er sich die Zigarette an.

»Eben, das meine ich! Deine Zigaretten. Du rauchst echt Kette!«

»Dann habe ich wenigstens keinen Hunger!« Schmidt klatschte sich beide Hände flach auf den Bauch und hob ihn triumphierend an.

»Very sexy«, stöhnte Bach. »Mein Bruder ist Arzt in der Pneumologie. Willst du nicht mal wissen, wie so eine Raucherlunge aussieht?«

»Will ich nicht.« Schmidt drehte sich um und nahm sich eine Mappe vor. »Der von Palitzsch meinte doch, Klanghausen würde demnächst in Köln eine Ausstellung haben. Wahrscheinlich alles wegen der ›Ard Kolong‹.«

»Weswegen?«

»Ard Kolong«, wiederholte Schmidt genervt.

»Art Cologne«, mutmaßte Falck. »Eine Kunstmesse.«
Schmidt zeigte auf Falck, als hätte der ihm beigepflichtet. »Dort müsste man sich umsehen, ob das Bild auftaucht. Öffentlich oder auf dem Schwarzmarkt.«

»Wenn es stimmt, was die beiden Frauen vermuten«, sagte Falck, »hängt auch die Stasi dran.«

»Tobias, überleg mal. Die Stasileute haben schön zu tun jetzt. Der Verein wird bald aufgelöst. Die nutzen ihre Zeit und vernichten Akten.«

»Ich rede ja nicht von allen, sondern von denen, die involviert waren. Gerade wenn's um so viel Geld geht. Wir sollten rausfinden, wer dieser sogenannte ›Schwarze‹ sein könnte.«

»Wir müssten das Bild finden«, schlug Bach vor. »Dann lässt sich die Spur vielleicht zurückverfolgen.«

Schmidt winkte ab. »Das ist längst weg!«

»Man muss hier die Verdächtigen beobachten und gleichzeitig jemanden drüben den Kunstmarkt beobachten lassen.«

»Ja, und wie willst du das anstellen?«, fragte Schmidt, jetzt ehrlich interessiert. »Kennste etwa wen aus dem Westen?«

Bach mischte sich ein. »Wir kennen jemanden!«

»Aha, und …?« Dann verstand Schmidt. »O, nee …«

»Kennst du jemand anderen?« Bach runzelte die Stirn.

»Nee, aber ausgerechnet die …?«

»Wieso denn nicht?«

Auch Falck wunderte sich. Sie waren doch vor knapp zwei Monaten im Guten auseinandergegangen. Warum war Schmidt schon wieder so ablehnend? Passte es ihm bloß nicht, dass jemand Dienstfremdes sich einmischte? Oder weil sie von einer Wessi redeten?

»Also gut, ja, alles klar. Ihr macht ja eh, was ihr wollt.« Schmidt klatschte den Ordner auf den Tisch und stand auf, um seine Jacke anzuziehen.

Besonders viel her machte das Schild neben der Eingangstür nicht. Dafür war die Lage der Kanzlei hervorragend. Mitten in der Stadt am Altmarkt, der Kulturpalast und das Centrum Warenhaus in Sichtweite, im Winter der Striezelmarkt direkt vor der Haustür.

Detektei Suderberg stand auf dem Schild, *Termine nach telefonischer Vereinbarung*, darunter die Telefonnummer. Nachdem man die ehemalige Hauptkommissarin aus Frankfurt am Main aus dem bundesdeutschen Polizeidienst suspendiert hatte und in Westdeutschland einige Verfahren wegen illegalen Waffenbesitzes, Hausfriedensbruch und Körperverletzung gegen sie liefen, hatte Sybille Suderberg beschlossen, in Dresden zu bleiben und ein Geschäft zu eröffnen. Das hatte sie ihnen schon letztes Jahr erzählt, da hatten sie sich noch gefragt, wie das funktionieren sollte und wer sich eine Privatdetektivin würde leisten können. Doch offenbar funktionierte es ganz gut.

Die drei Polizisten betraten das Haus, das auch schon vor dem Mauerfall zu Dresdens begehrtester Wohnlage gehört hatte. Hier etwas anmieten zu können, war so gut wie unmöglich gewesen, und wer eine Wohnung hatte, sah zu, dass sie beim Auszug an Verwandte oder Freunde weitervermietet wurde.

Suderbergs Detektei befand sich gleich im Erdgeschoss mit Fenstern, die zur Rückseite des Gebäudes zeigten. Die unscheinbar wirkende Tür war verschlossen. Ein Türspion zeugte von neuem Misstrauen und Vorsicht. Bisher waren solche Dinge nie nötig gewesen.

»Steht ja draußen dran: *Termine telefonisch vereinbaren.*« Schmidt stand etwas abseits und machte den Eindruck, als wollte er gleich wieder weg.

Bach klopfte an die Tür, nachdem sie vergeblich eine Klingel gesucht hatten.

»Es ist zu spät, ist doch keiner mehr da!«, murrte Schmidt.

»Ich höre es aber klappern.« Bach legte das Ohr an die Tür und klopfte noch einmal. »Aufmachen, Polizei«, rief sie kurzerhand.

»Spinnst du?«, beschwerte sich Schmidt.

Tatsächlich näherten sich Schritte. »Wer ist da?«, fragte jemand.

»Polizei, wir möchten Frau Suderberg sprechen.« Bach nahm sogar ihre Marke heraus und hielt sie vor den Spion.

Jetzt öffnete sich die Tür. Eine junge, stark geschminkte Frau in Kleidung wie für einen Opernabend sah sie mit überraschtem Blick an. »Hatten Sie einen Termin?«, fragte sie, und Falck tippte in Gedanken auf einen fränkischen Dialekt, so viel hatte er in den letzten Monaten schon gelernt.

»Wir sind die Polizei, wir brauchen keinen Termin«, polterte Schmidt.

»Doch, bei uns brauchen Sie den schon!«

»Frau Suderberg ist wohl nicht da?«, fragte Schmidt, ohne auf die Rüge der Frau einzugehen.

»Kommt darauf an, was Sie wollen«, erwiderte die junge Frau.

»Wir wollen sie in einer dringlichen Angelegenheit sprechen. Sie wird uns bestimmt empfangen, wir kennen uns«, presste Schmidt hinter schmalen Lippen hervor.

»Ach, ja? Dann warten Sie bitte, ich frage nach!« Sie wollte die Tür schließen.

»Frau Dehner, das geht in Ordnung, Sie können dann Feierabend machen«, ertönte eine ihnen bekannte Stimme von drinnen, und dann stand Sybille Suderberg auch schon an der Tür. Aber anstatt sie hineinzubitten, lehnte sie sich in den Türrahmen und verschränkte die Arme. Falck staunte nicht schlecht, als er die frühere westdeutsche Kollegin sah. Sie sah aus wie eine erfolgreiche Geschäftsfrau in ihrem Hosenanzug, den zu einem strengen Dutt gebundenen Haaren und dem dezenten Make-up.

Aber Suderbergs verwunderter Blick galt allein Schmidt, und auf einmal hatte Falck eine leise Ahnung davon, was hier gerade vor sich ging.

Im Hintergrund packte die Mitarbeiterin hastig ihre Sachen zusammen, und Sybille Suderberg machte für einen kurzen Moment den Weg frei, damit Frau Dehner das Büro verlassen konnte.

»Vielen Dank, bis morgen!«, verabschiedete Sybille sie.

»Schönen Abend noch«, erwiderte Frau Dehner, würdigte aber die drei Polizisten keines Blickes.

»So«, sagte Suderberg, nachdem Frau Dehner gegangen war, und stellte sich wieder provozierend breit in die Tür. »Wie kann ich helfen?«

Steffi Bach fand als Erste die Sprache wieder. »Äh, also, Sybille, was ist denn los? Hab ich dir irgendwas getan?«

Frau Suderberg schüttelte den Kopf. »Nein, du nicht. Und er auch nicht.« Sie zeigte mit einem Finger auf Falck.

»Also, hör mal«, sagte Schmidt schnell, »ist halt blöd gelaufen.«

»Na, das kann man wohl laut sagen!«, konterte Suderberg mit versteinertem Gesicht.

Bach hob entschuldigend die Hand. »Also, ich weiß ja nicht, was hier läuft zwischen euch, aber wir sind aus einem beruflichen Grund hier. Wir wollten dich um Hilfe bitten.«

Suderberg sah jetzt Bach an und versuchte zu lächeln, was ihr nicht wirklich gelang. »Um Hilfe bitten? Dann muss ich mal sehen, ob die Detektei noch Kapazitäten hat, Fälle zu übernehmen. Das hängt natürlich auch von der Bezahlung ab.«

Bach ging gar nicht darauf ein und blieb freundlich. »Vielleicht kannst du uns ja nur einen Rat geben?«

Falck spürte, dass er ungeduldig wurde. Was auch immer

zwischen Schmidt und Suderberg passiert war, es hatte nicht dazu beigetragen, dass das Verhältnis zwischen ihnen besser geworden war. Im Gegenteil. Dabei hatte es vor zwei Monaten mal so ausgesehen, als hätten sie sich angenähert.

Suderberg entspannte sich jetzt etwas und versuchte noch mal ein schiefes Lächeln. »Dann schieß mal los.«

»Hier, im Treppenhaus?«, fragte Bach.

»Warum nicht!«

Bach seufzte. »Es geht um ein gestohlenes Gemälde aus der Gemäldegalerie. Es wurde eine Fälschung angefertigt und gegen das Original ausgetauscht. Wir vermuten, der Dieb wird es an einen westdeutschen Händler veräußern oder hat das schon getan, und wir dachten, du könntest für uns ein Auge auf die Kunstszene drüben werfen.«

»Aha. Weil ich eine Westdeutsche bin und alle Westdeutschen kenne, oder warum?«, fragte Suderberg freundlich, aber mit süffisantem Unterton.

»Einfach nur, weil du aus Westdeutschland kommst und dich dort auskennst.«

Suderberg schüttelte den Kopf. »Du lieber Himmel, wie stellt ihr euch das denn vor? Das bedeutet doch überhaupt nichts. Das ist doch gar nicht mein Metier. Ich kenne die Kunstszene nicht. Außerdem habe ich auch keine Zeit. Meine Auftragsbücher sind voll. Und täglich klingeln hier Leute, die nicht lesen können, was auf dem Schild steht.«

»Du hast gar keine Klingel!«, widersprach Schmidt.

»Doch! Draußen, an der Haustür!«, erwiderte Suderberg.

»Okay, ich hab's verstanden«, übernahm Bach wieder. »Entschuldige die Störung, Sybille. Komm!« Sie packte Falck am Arm und zog ihn fort, was er sich allzu gern gefallen ließ.

»Steffi«, rief Sybille Suderberg die Polizistin noch einmal zurück.

Bach ließ sich noch einmal zurückwinken. Aber Falck folgte

seinem Chef, der an ihm vorbei das Haus verließ. Zusammen warteten sie jetzt draußen in der Kälte auf Steffi Bach. Schmidt sagte nichts, sondern zündete sich nur wieder eine Kippe an. Auch Falck schwieg.

Kurz darauf kam Bach aus dem Haus, ignorierte Schmidt und marschierte stumm an ihnen vorbei, auf Schmidts neuen Lada zu.

»Was hat sie denn nun erzählt?«, drängte Schmidt.

Bach reagierte nicht. »Schlüssel!«, sagte sie nur, als sie am Auto angelangt war. Schmidt kramte in seiner Tasche und warf ihn ihr zu.

Falck setzte sich freiwillig auf die Rückbank, was bei dem viertürigen Fahrzeug kein Problem war, während sich Schmidt auf den Beifahrersitz quetschte.

»Sag doch mal«, forderte Schmidt auf, als sie losgefahren waren.

«'ne Frauensache!«, zischte Bach und bog auf die Ernst-Thälmann-Straße ein.

Schmidt schüttelte ungläubig den Kopf, sagte aber nichts weiter dazu.

Falck übte sich in Geduld. Er wusste, Steffi würde ihm bestimmt erzählen, was Suderberg gesagt hatte. Später, wenn Schmidt nicht mehr dabei war.

Frau Schüttauf wirkte gefasst, als man sie aus der Untersuchungshaftzelle geholt und ins Büro gebracht hatte. »Geht es Coco gut?«, fragte sie als Erstes. »Es wollte sich jemand um ihn kümmern.«

»Dem Hund geht es gut«, log Schmidt, und Falck fuhr der Schreck in die Glieder. Sie hatten den Hund völlig vergessen. Ein Blick zu Bach bestätigte ihm das.

»Wie stehen Sie zu Frau Klanghausen?«, fragte Schmidt, um von dem Hunde-Thema wegzukommen.

»Sie hasst mich.«

»Wie stehen Sie zu Frau Klanghausen?«, wiederholte Schmidt.

»Sie ist mir egal!«

»Und warum soll Frau Klanghausen Sie hassen?«

Schüttauf hob die Schultern. »Sie glaubt, ich hätte eine Affäre mit ihrem Mann gehabt.«

»Hatten Sie?«

Frau Schüttauf schüttelte den Kopf. »Nein.«

»Aber er durfte früher bei Ihnen übernachten, sagten Sie. Und Sie haben weder Mann noch Kind.«

Frau Schüttauf wich zurück angesichts Schmidts Aggressivität. »Was soll denn das heißen? Ich habe keinen Mann, *weil* ich keine Kinder bekommen kann, ich bin seit fünfzehn Jahren geschieden. Aber heißt das für Sie automatisch, dass ich mit verheirateten Männern ins Bett gehe?«

Schmidt gab sich ungerührt. »Hier geht es nur um den Fall! Ist es üblich, dass Sie mitten in der Nacht zu Klanghausen fahren?«

»Wie gesagt, ich musste mir erst mal klar werden, was ich überhaupt da will. Ich fürchtete, in etwas hineingezogen zu werden. Und Sie sehen ja, es ist passiert.«

»Haben Sie einen konkreten Verdacht, was passiert ist?«

»Ja, natürlich. Das war die Stasi, die Wolfgang beseitigt hat.«

»Und wer genau?«

»Das weiß ich nicht!«

»Aber Sie sind sich in dieser Sache sicher!«

»Allerdings!«

»Und wer könnte das Bild ausgetauscht haben? Wer wusste davon?«

»Das weiß ich auch nicht.«

»Hatte Klanghausen Feinde, von denen Sie wussten?«

»Nein, ich weiß von keinen Feinden.«

»Wissen Sie, wen Klanghausen ›den Schwarzen‹ genannt haben könnte?«

»Nein.«

»Wissen Sie, ob Hirschfeld oder Maschke in den Bildertausch oder auch in frühere Aktionen involviert waren? Oder wer sonst?«

»Nein. Und wenn ich es wüsste, würde ich es Ihnen nicht sagen!«

»Frau Schüttauf, Sie wissen, dass Sie unter Mordverdacht stehen? Und so werden Sie nicht aus der Sache rauskommen, wenn Sie nicht mitarbeiten!«, drohte Schmidt.

Die Frau schürzte die Lippen und nickte. »Ich will da ja auch gar nicht rauskommen! Hier drinnen im Gefängnis fühle ich mich wenigstens halbwegs sicher. Draußen, fürchte ich, wäre ich die Nächste, die über die Klinge springt.«

Schmidt schnaufte, dieser Logik hatte er nichts entgegenzusetzen. Deshalb schlug er einen versöhnlicheren Tonfall an. »Thomas Ullrich und Hans Peter Stein. Sagen Ihnen die Namen etwas?«

»Ullrich ist Museumsangestellter, Stein ist Wolfgangs Freund. Er malt auch. Sie kennen sich aus frühester Jugend.«

»Was wollte Klanghausen bei Ihnen?«

»Das wollte ich ihn ja fragen, aber er war schon tot!«

»Sie könnten ihn erschlagen haben.«

Schüttauf lächelte gequält. »Aber warum?«

»Vielleicht haben Sie den Bildertausch gemeinsam angezettelt, und jetzt wollen Sie das Gemälde für sich allein. Den Erlös, den Sie sich dafür erhoffen. Oder vielleicht ist es ja schon verkauft. Habgier also.«

»Aber ich habe doch die Polizei gerufen! Wieso sollte ich meinen eigenen Diebstahl aufdecken? Ich hätte doch zugesehen, dass ich das Weite suche, und meine Klappe gehalten. Ich war doch aber da und hatte kein Bild.«

»Weil Sie es in der Zwischenzeit irgendwo deponiert haben!«

»Dann durchsuchen Sie doch alles.«

Schmidt überlegte einen Moment. »Sollten Sie nicht größtes Interesse daran haben, dass wir den Fall lösen, die Hintermänner aufdecken und das Bild wieder auftaucht? Sie wären wieder in Sicherheit«, versuchte er es nun mit einem Appell an die Vernunft.

»Das will ich. Aber erstens habe ich das Bild nicht, zweitens kann ich Ihnen nichts weiter sagen. Und noch mal: Ich würde es auch nicht, wenn ich könnte.«

»Sehen Sie!«, triumphierte Schmidt. »Warum betonen Sie das denn immer wieder, wenn Sie vorgeben, nichts zu wissen?«

»Weil sie glaubt, hier wird alles von der Stasi abgehört«, mischte sich jetzt Falck ein und hatte den Nagel auf den Kopf getroffen, denn Frau Schüttauf nickte mit großen Augen.

Ein Uniformierter betrat nach kurzem Klopfen den Vernehmungsraum. »Kennen Sie einen Freiherrn von Palitzsch?«, fragte er Schmidt. »Es gab einen Vorfall im Hotel Bellevue.«

Der Freiherr war sichtlich geschockt. Was immer er im Westen über die DDR erzählen würde, es konnte nichts Gutes sein. In sein Hotelzimmer war eingebrochen worden, das Schloss kurzerhand aufgehebelt. Sein Gepäck und die Schränke durchsucht, die Kleidung herausgerissen, das Bett zerwühlt.

»Ich wollte ursprünglich heute abreisen, aber man riet mir, nicht im Dunkeln zu fahren. Deshalb beschloss ich, zu bleiben, und bin zum Essen gegangen. Ein Restaurant in der Straße der …. Also, beim Goldenen Reiter … Sie wissen schon?«

»Straße der Befreiung«, half Falck aus.

»Genau. Als ich zurückkam, da war es schon geschehen. Ich war höchstens eine Stunde weg.«

»Wieso riet man Ihnen, nicht in der Nacht zu fahren?«, fragte Schmidt.

Von Palitzsch hob die Hände, als sei das offensichtlich. »Es sei viel zu gefährlich.«

»Ich glaube, ich spinne, wir sind ja hier nicht in … was weiß ich … Kolumbien«, brauste Schmidt auf.

»Aber Sie sehen doch…« Von Palitzsch deutete auf das verwüstete Zimmer.

»Ja, weil die Einbrecher glaubten, Sie hätten das Gemälde! Sind denn Ihre Wertsachen noch da?«

»Meine Brieftasche hatte ich bei mir, sonst hatte ich nichts dabei.«

»Kein Zepter, eine Krone, Siegelringe?« Schmidt grinste abfällig.

Jetzt war Falck es leid. »Wo haben Sie denn Ihren Wagen stehen?«, fragte er und hoffte, ausreichend Sachlichkeit in seine Stimme zu legen.

Wenige Minuten später stellten sie fest, dass auch von Palitzsch' Wagen auf dem Hotelparkplatz aufgebrochen war. Eine Scheibe war eingeschlagen, der Kofferraum einfach aufgestemmt. Der Schaden war erheblich, der oder die Täter waren rücksichtslos vorgegangen. Es musste alles sehr schnell gegangen sein.

»Und Sie hatten das Gemälde definitiv nicht dabei?«, fragte Schmidt.

Der Freiherr stutzte kurz und verstand dann erst. »Also hören Sie mal«, entrüstete er sich. »Das ist eine unverschämte Unterstellung. Natürlich nicht. Sie wissen wohl nicht, welchen Ruf ich zu verlieren habe?«

8

»Macht dir das eigentlich keine Angst?«, fragte Bach. Sie waren auf dem Weg zu Frau Schüttaufs Wohnung, um Coco endlich aus seinem Elend zu befreien. Schmidt hatte ihnen gnädigerweise den Trabant überlassen, während er mit dem Lada ins Büro zurückfahren wollte.

»Du meinst, es könnte wirklich die Stasi gewesen sein?«

»Der von Palitzsch kommt hierher, schaut sich das Bild an, drei Stunden später werden sein Hotelzimmer und sein Auto aufgebrochen. Das ist doch kein Zufall.«

»Wirklich Sorge macht mir das nicht. Da will jemand das Gemälde. Einfach des Geldes wegen.«

»Immerhin wurde ein Mensch deshalb umgebracht!«

»Stimmt«, sagte Falck, wobei längst noch nicht klar war, ob der Mord nicht aus anderen Gründen geschehen war, Neid, Eifersucht, Hass, Rache, wer wusste das schon. »Aber mal was anderes: Was hat Sybille dir denn erzählt?«

Bach verzog bedauernd das Gesicht. »Ich habe versprochen, nichts zu sagen.«

»Die beiden hatten was miteinander, stimmt's?« Was nicht schwer zu erraten war, dachte Falck bei sich.

Bach nickte nur. Falck verstand die Welt nicht mehr. Welchen Grund hatte eine attraktive Frau wie die Suderberg, sich auf einen solchen zynischen, ungepflegten, übergewichtigen Typen einzulassen, auch nur für eine Nacht?

»Du fragst dich sicherlich gerade, was Sybille von so einem wie Schmidt wollte«, sagte Bach.

»Och …. Nein ….« Falck kam ins Stottern.

»Stell dir vor, du bist in einem anderen Land, du bist einsam, deine Schwester ist gerade ermordet worden, niemand will dir helfen. Und dann ist Weihnachten, und der Typ dir gegenüber ist mindestens genauso einsam wie du.«

»Das macht Schmidt trotzdem nicht attraktiver«, sagte Falck trocken.

»Das kannst du als Mann schon mal gar nicht einschätzen«, widersprach Bach.

»Willst du damit sagen, Schmidt sei attraktiv?« Falck sah sie abrupt an.

»Na ja, der hat schon was. Er ist ja nicht gerade ein Adonis, aber hässlich ist er nicht, lässt sich halt ein bisschen gehen. Aber daran kann man arbeiten, denkt man sich. Vom Alter her passt es auch ganz gut. Schmidt hat so was Raues an sich, das kommt gut an bei Frauen, der ist nicht so glatt, weißt du?«

Nein, wusste er nicht. Und was sollte das überhaupt? Galt das ihm? War er zu glatt, zu nett?

»Und möglicherweise hat sie auch gedacht, dass so einer wie Schmidt sie nicht einfach so nach ein paar Nummern abserviert. Und genau das hat er wohl gemacht«, mutmaßte Falck weiter und musste gleichzeitig an Claudia denken, wie sie sich wohl gefühlt haben musste vor anderthalb Jahren.

»Hm, so ungefähr«, meinte Bach vage. Sie schien ein schlechtes Gewissen zu haben, denn eigentlich hätte sie gar nichts sagen sollen.

»Und diese Frau Dehner, die Sekretärin, wo hat sie die her?«

»Darüber haben wir nicht gesprochen.«

»Die ist mindestens so überheblich, wie es Sybille am Anfang war.«

»Ach was, Tobias, das musst du anders sehen. Die Dehner hat den Auftrag, lästige Menschen abzuwimmeln, und das macht sie gut. Warum gehen wir eigentlich immer automatisch davon aus, dass Wessis überheblich sind?«

In den Hochhäusern an der Michelangelostraße brannte in unzähligen Fenstern Licht. Feierabendzeit war Fernsehzeit. Wie überall. Das Fernsehprogramm hatte sich sehr erweitert. Auch Dresden, das Tal der Ahnungslosen, war nun mit Antennen und Satellitenschüsseln gut bestückt. Ob die Menschen deshalb weniger ahnungslos waren, galt es noch zu beweisen. Falck wusste von sich, wie schnell man am Fernseher hängenblieb, um endlich das zu sehen, von dem man früher nur gehört oder im Urlaub was mitbekommen hatte, *Ein Colt für alle Fälle* oder *Alf*, die *Bill Cosby Show* oder MTV, *Tatort* oder die *Hitparade* und natürlich die Werbung. Gerade die Werbung.

Er stieg aus dem Auto aus und warf die Tür zu. »Was machen wir denn eigentlich jetzt mit dem Hund?«

»Den nehme ich erst mal mit zu mir«, sagte Bach, die ebenfalls ausgestiegen war. »Habe ja meine Eltern im Haus, die hatten früher einen Hund.«

»Ich hoffe nur, der ist noch nicht verhungert.« Falck sah besorgt aus.

»Nicht nach einer Nacht. Komm schon.«

Die Haustür war nicht richtig verschlossen gewesen, doch sie mussten eine halbe Ewigkeit auf den Aufzug warten. Schweigend fuhren sie in die achte Etage.

»Der bellt schon das ganze Haus zusammen«, raunte Bach. Falck hatte es auch gehört. Coco kläffte wie wild. Sie beschleunigten ihre Schritte, stoppten dann aber abrupt. Die Wohnungstür bei Frau Schüttauf war aufgebrochen.

Bach zog sofort ihre Waffe, Falck tat es ihr gleich. Langsam näherten sie sich der Tür und warfen einen vorsichtigen Blick in den dunklen Flur. Das hohe, heisere Kläffen nahm kein

Ende, wie von einem Spielzeugtier mit Batterie. Wo sich der Hund befand, war nicht auszumachen.

Falck tastete nach dem Lichtschalter. Gelbes Licht erhellte den Gang.

»Polizei!«, rief Bach. »Ist jemand hier?«

Nacheinander betraten sie den schmalen Flur. Die Möglichkeiten für einen Eindringling, sich zu verstecken, waren überschaubar. Es gab ein Wohnzimmer mit Küche, ein Schlafzimmer und das Bad. Aus diesem kam das Kläffen, gleichzeitig kratzte der Hund an der Tür. Wohn- und Schlafzimmer standen offen. Falck schaltete alle Lichter an.

Bach zeigte auf das Bad. Falck nickte, langte nach der Klinke und öffnete die Tür einen Spalt. Sofort verstummte das Bellen. Bach wich zurück und drückte schnell die Tür zu. Augenblicklich begann der Hund wieder zu bellen.

»Den lassen wir erst mal da drinnen, sonst haut der gleich ab.« Sie zeigte auf die Wohnzimmertür.

Hier hatte jemand etwas gesucht und ganze Arbeit dabei geleistet, selbst die kleine Küche war verwüstet. Auch im Schlafzimmer herrschte Chaos, sämtliche Schrankfächer waren ausgeräumt, das Bettzeug heruntergerissen, die Matratzen verschoben. Falck fühlte sich unmittelbar an das durchsuchte Hotelzimmer des Freiherrn erinnert.

Im nächsten Moment erlosch das Licht in der Wohnung und ließ sie im Finsteren zurück. Cocos Bellen wurde lauter. Falck, dessen Augen sich noch nicht an die Dunkelheit gewöhnt hatten, erkannte gerade noch, dass die Badtür offenstand und eine Gestalt mit schweren Schritten durch den Flur lief, gefolgt von dem kläffenden Hund. Erst als Coco zu winseln begann, erwachten Falck und Bach aus der Schockstarre und liefen los.

Im Hausflur waren sie jetzt nicht mehr allein, im Licht einiger Taschenlampen standen mehrere Hausbewohner herum.

Im ganzen Haus schien der Strom ausgefallen zu sein. Falck sah sich hektisch um.

»Ist hier jemand entlanggelaufen?«, fragte er laut.

»Da rannte gerade einer die Treppe runter«, rief eine Stimme.

Falck lief los. Neben den Aufzugstüren stieß er die Tür zum Treppenhaus auf und horchte, ehe er losrannte. Schnelle Schritte nach unten waren zu hören. Falck rannte, so schnell es die schwache Notbeleuchtung zuließ. Doch es hatte keinen Zweck. Als er keuchend unten angelangt war, war der Flüchtige längst in der Dunkelheit verschwunden.

Mittlerweile war das gesamte Haus auf den Beinen. Im Treppenhaus kamen ihm unablässig Leute entgegen, die in den Keller wollten. Ein ungutes Gefühl ließ Falck plötzlich losrennen. Er hatte Steffi Bach zurückgelassen.

»Das waren diese Rowdys, die immer vorm Haus herumlungern«, rief ihm ein älterer Mann wütend nach. Aber Falck hatte keine Zeit, er spurtete die acht Stockwerke hinauf und taumelte vor Anstrengung schon mehr, als dass er lief.

»Lassen Sie mich mal durch«, keuchte er.

»Schweinerei ist das!«, beschwerte sich jemand. »So was gab's früher nicht!«

»Steffi?«, rief Falck in die Wohnung, als er endlich oben angekommen war. Dumm, dass er keine Taschenlampe hatte, und noch dümmer, dass er keine aus dem Auto geholt hatte, da er ja schon unten gewesen war. Er bekam keine Antwort.

»Hat jemand eine Taschenlampe für mich? Das ist ein Notfall!«, rief er.

»Hier«, erwiderte ein Mann und drückte Falck eine Taschenlampe an den Bauch. Falck griff dankbar zu, beeilte sich, in die Wohnung zu kommen, und leuchtete in die Wohnräume.

»Steffi?« Er leuchtete ins Bad, wo sich der Einbrecher versteckt hatte.

Falck kehrte in den Flur zurück. Er zwang sich, nachzudenken. Dass der Strom ausfiel, war kein Zufall gewesen. Das hieße, es waren mindestens zwei Personen, und sie wussten, wo und wie man den Strom für das ganze Haus abschaltete.

»Steffi.« Er erkannte jetzt seine Kollegin und war erleichtert.

»Tobias, Gott sei Dank!«, sagte Bach. Sie hielt den Hund auf den Armen. »Schau mal, Coco hat dem Einbrecher ein Stück Stoff aus der Hose gefetzt.«

»Mensch, wo warst du denn? Ich hab mir schon Sorgen gemacht.«

»Der Hund hat so gewinselt, ich habe ihn mir bei einer Frau in der Nachbarwohnung angesehen. Aber er scheint nicht weiter verletzt. Bist ein ganz Braver, wolltest Frauchens Wohnung beschützen!« Bach kraulte den Hund hinter den Ohren.

»Ich denke, der Typ hat sich direkt neben der Tür auf den Wannenrand gestellt. Am Ende kann ich noch froh sein, dass ich nicht ins Bad hineingegangen bin, der hätte mich niedergeschlagen, oder Schlimmeres.« Das war kaum eine Entschuldigung, mehr eine Ausrede. Einmal mehr war er inkonsequent gewesen, er hätte richtig nachsehen müssen.

Bach hatte andere Sorgen. »Ich frage mich, wie wir das Schmidt gegenüber rechtfertigen sollen? So dämlich, wie wir sind, erklärt der uns noch für dienstuntauglich.«

Falck hatte inzwischen einen anderen und weitaus beunruhigenderen Gedanken. »Wenn das nun stimmt mit der Stasi? Wenn die hier waren, um das Bild zu suchen?« Und wenn sie wirklich bereit waren, zum Äußersten zu gehen, ergänzte er für sich.

In dem Moment ging das Licht wieder an. Ein erleichtertes Raunen machte im Treppenhaus die Runde.

»Ich weiß nicht, Tobias, wir sollten aufpassen, dass wir nicht dem Verfolgungswahn verfallen.«

»Das sagst du nur, weil Schmidt das sagt.« Und vermutlich, um sich selbst Mut zu machen.

»Na ja, vielleicht ...« Bach sah sich um. »Schau doch mal, ob du eine Leine findest, ich kann den Kleinen ja nicht die ganze Zeit tragen.«

»Wir sollten uns besser um die Spurensicherung kümmern.«

»Ja, Tobias, auch das«, erwiderte Bach genervt. »Aber trotzdem müssen wir den Hund anleinen. Und wenn es solche Profis waren, wie du denkst, werden die eh keine Spuren hinterlassen haben.«

Das war nicht wirklich logisch, dachte Falck bei sich, wollte aber nicht weiter mit seiner Kollegin streiten. Außerdem hatte er bereits im nächsten Garderobenschrank etwas Geeignetes gefunden. Bach leinte Coco an, der sich das nur ungern gefallen ließ, und band das Leinenende an der Türklinke fest, was dem Hund noch weniger behagte.

»Rufen wir jetzt die Spurensicherung?«, fragte Falck. »Hast du eigentlich irgendwas erkennen können? Ich meine, an dem Mann?«

»Nein, aber von den Schritten her tippe ich auf einen großen und eher schweren Menschen.« Sie betrat das Schlafzimmer, hob das Bettzeug auf und warf es aufs Bett. »Jetzt mal ernsthaft, das können wir Schmidt nicht erzählen.«

»Was wollen wir denn erzählen, woher wir das Stück Hosenstoff haben?«

Bach sah ihn mit einem Hauch Resignation an. »Mensch, Tobias, manchmal gehst du einem aber auch auf den Sack.« Sie verließ das Schlafzimmer.

Falck war inzwischen zum Fenster gegangen, weil ihm etwas aufgefallen war. Er bückte sich, strich mit den Fingerkuppen über den Teppichboden. Da war ein Schlitz.

»Was ist denn?« Schon stand Bach hinter ihm und beugte sich so vertraulich über ihn, dass für einen kurzen Moment ihre Brust seine Schultern berührte. »Wie hast du das denn entdeckt?«, fragte Bach. »Lass mich mal ran, ich habe Fingernägel.« Bach kniete jetzt neben ihm und fingerte geschickt an dem Teppichboden herum. Es gelang ihr, den Belag anzuheben. Der Schnitt erwies sich als länger als einen Meter. Falck beugte sich so weit vor, dass sein Kopf fast auf dem Boden lag, sah erst in die eine Richtung, dann in die andere unter den Teppich. Aber außer einem DDR-typischen PVC-Belag war nichts zu erkennen. »Groß genug, ein Gemälde darunter zu verstecken.«

»Was die Schüttauf aber leugnet.«

»Vielleicht hat Klanghausen es ohne ihr Wissen bei ihr versteckt«, schlug Falck vor.

»Aber denkst du, der Einbrecher hatte es bei sich?«

Falck schüttelte den Kopf, sah nachdenklich aus dem Fenster. »Hätte der es gefunden, wären wir sicher nicht auf ihn gestoßen.«

»Es sei denn, er wollte gerade abhauen, als wir kamen.«

Falck zuckte mit den Achseln. Es war müßig, darüber zu spekulieren. Von hier aus hatte er einen weiten Blick über die Stadt mit ihren tausenden orangegelben Lichtern. Unten auf der Straße bewegten sich Menschen und Autos wie Spielzeug. Plötzlich erregte ein auffallend großes Auto seine Aufmerksamkeit. Es fuhr die Zufahrtsstraße entlang, entfernte sich vom Hochhaus, bewegte sich langsamer als die anderen Autos, beschleunigte dann wieder, um an der Kreuzung noch mal kurz stehen zu bleiben, obwohl alles frei war.

»Steffi! Komm mal her! Schau dir das an!«

Schon stand Bach neben ihm und folgte seinem Fingerzeig. »Ja, und?«

»Das ist ein BMW!«

»Ja, und?« Steffi sah ihn fragend an.

Falck dreht sich zu ihr um. »Wie viele Leute mit BMW kennen wir?«

9

Im Büro herrschte eine bedrückende Stille.

»Und ihr wollt aus dem achten Stock im Dunkeln Sybilles Auto erkannt haben?«, fragte Schmidt schließlich.

»Er!« Bach zeigte auf Falck.

»Das Kennzeichen haste aber nicht lesen können?«

Falck ignorierte Schmidts Ironie. Er war sich sicher. Etwas an der Fahrweise des Autos hatte ihn darauf schließen lassen, dass Suderberg die Fahrerin gewesen sein musste. Es war ihm sogar vorgekommen, als hätte sie noch zu ihnen nach oben geschaut.

»Was sollte Sybille denn dort gewollt haben?«, fragte Bach.

»Lassen wir das Thema!« murrte Schmidt. »Es war dunkel, und ihr wart im achten Stock, das hätte genauso gut ein Moskwitsch oder sonst was gewesen sein können.«

»Das Bild wollte sie!«, antwortete Falck unbeeindruckt.

Jetzt reichte es Schmidt. »Der Schlitz im Teppich kann ja alles bedeuten, am Ende hat sich nur jemand beim Teppichverlegen blöd angestellt«, sagte er und hob dabei unwillig die Füße an, weil Coco an ihm schnupperte. »Mensch, nimm doch mal den Köter weg!«, beschwerte sich der Hauptmann.

Bach schnalzte mit der Zunge. »Coco, komm!«

»Also nehmen wir mal an, die Schüttauf hat das Bild gestohlen und unter dem Teppich versteckt, dann hat sie es beiseitegeschafft, bevor sie den Diebstahl meldete. Wer auch immer im Hotel und bei der Schüttauf eingebrochen ist, sucht das Gemälde.« Falck versuchte es einmal mehr konstruktiv. Dass

Schmidt sich weder lustig machte noch darüber aufregte, dass ihnen schon wieder ein Verdächtiger durch die Lappen gegangen war, machte Falck stutzig. Was war passiert?

»Nimm den Hund weg, sag ich!«, regte Schmidt sich auf, denn Coco war schon wieder dabei, sich seinen Füßen zu widmen. »Die Schuhe sind übrigens neu. Salamander macht Sonderangebote.«

Bach schnaubte belustigt. »Kein Wunder, wer kauft schon noch Salamander?«

»Ja, genau!«, hob Schmidt an. »Ihr werdet noch sehen, wenn die Leute richtige D-Mark haben, kauft keiner mehr DDR-Waren. Dann wird hier bald das große Jammern einsetzen!«

»Warum das denn?«, fragte Bach.

»Weil, liebe Steffi, dann alle Ostbetriebe pleitegehen!«

Falck sah sich wieder gezwungen, die Kollegen zum eigentlichen Thema zurückzulenken. »Vielleicht hilft das ja weiter?« Er zeigte auf das Stück Stoff in der Zellophan-Tüte, das Coco aus der Hose des Einbrechers gerissen hatte.

Schmidt betrachtete die Tüte. »Ihr wisst, wonach das aussieht? Wie der Stoff, aus dem die Hosen der Museumswärter gemacht sind.«

Das war auch schon Falcks Gedanke gewesen, aber er hatte sich erst einmal zurückhalten wollen. Es schien nämlich ein gewisses Prinzip zu geben, nach dem hier gearbeitet wurde, nämlich, dass jede Idee grundsätzlich erst mal bescheuert und abwegig war, wenn ein anderer sie äußerte.

»Dazu habe ich nämlich etwas herausgefunden, nicht, dass ihr denkt, ich mache hier nichts. Dieser Ullrich ist sozusagen als Ungelernter vor zehn Jahren in die Gemäldegalerie gekommen. Vorher war er offenbar Offizier bei der NVA gewesen, hat sich aber bei einem Unfall so schwer verletzt, dass er ausscheiden musste. Und ich vermute mal stark, dass er für die Stasi arbeitet.«

»Das kann man ja heutzutage von jedem behaupten«, sagte Bach und winkte ab.

Da war es wieder, das Prinzip, dachte sich Falck. »Können wir nicht mal laut nachdenken oder etwas sagen, ohne dass sich gleich darüber lustig gemacht wird?«, fragte er.

»Ja, genau«, hakte Schmidt ein. »Man muss alles in Betracht ziehen und andenken. Unsere westdeutschen Brüder nennen das ›Breinschtorming‹.«

»Du meinst Brainstorming«, korrigierte Falck.

»Hab ich doch gesagt.«

»Und Schwestern«, sagte Bach.

Schmidt sah sie fragend an.

»Du hast nur Brüder gesagt«, sagte Bach und zog die Augenbrauen hoch.

Schmidt öffnete den Mund, doch zu Falcks Erleichterung verhinderte das Telefonklingeln eine weitere Diskussion.

»KDD Schmidt«, raunzte der Hauptmann. Doch dann wurde er ernst. »Okay«, sagte er. Er notierte sich etwas. »Na gut.« Er legte den Stift weg. »Du, hör mal ...« Er verstummte, sah den Telefonhörer an und legte auf. Dann erhob er sich.

»Zieht euch an, wir müssen los.«

»Wer war denn am Telefon?«, fragte Bach. »Sybille?«

Schmidt überhörte das und nahm seine Jacke. »Um das noch mal zusammenzufassen. Ihr besucht zwei Mal am Tag dieselbe Wohnung, einer verarscht euch, der andere versteckt sich im Bad. Wie geht denn das? Kannste das erklären? Hat der an der Decke geklebt? Sich hinter die Kloschlüssel gekauert?«

»Wer war am Telefon?«, fragte Bach.

»Sybille. Sie hat uns gebeten, ihr zu helfen.«

»Ihr helfen?«, fragte Bach erstaunt.

»Jemand hat Hirschfeld überfallen. Kommt, wir nehmen beide Autos. Ich fahre vor.«

10

In Briesnitz war alles ruhig. Nachdem sie den Ortskern durchfahren hatten, vorbei an der alten Kirche, folgten sie Schmidts Lada hinauf in ein Wohngebiet, das nach dem Krieg errichtet worden war. Von hier aus war es nicht mehr weit zum Zschonergrund.

Die Straße, in der sie hielten, hatte den ungewöhnlichen Namen Wolfszug. Zwei Krankenwagen standen vor der Tür. Seit Suderbergs Anruf waren dreißig Minuten vergangen.

Als sie ausstiegen, öffnete sich auch die Haustür, und Sybille Suderberg kam heraus. Statt des Business-Hosenanzuges trug sie jetzt eine weit geschnittene stonewashed Jeans, wie man sie im Osten noch nirgendwo im Handel bekam, einen Rollkragenpullover und eine weite Winterjacke. Falck musterte Suderberg genau und hoffte auf eine verräterische Geste, einen unsicheren Blick. Schon einmal hatte die Frau sie alle drei an der Nase herumgeführt. Auch wenn sie dafür ihre Gründe gehabt hatte, es war trotzdem nicht in Ordnung gewesen. Jetzt hatte sie sich in den unsichersten Zeiten im Osten selbstständig gemacht, musste vermutlich viel Geld investieren in die Detektei, Miete, Ausstattung und Gehalt für ihre Mitarbeiterin. Dabei wusste gerade keiner, wie es in der DDR weitergehen würde.

»Wir müssen warten. Die kämpfen noch.«

»Wer mit wem?«

»Die Sanitäter. Um Hirschfelds Leben!«, erklärte Suderberg und runzelte fragend die Augenbrauen, als sie Falcks scharfen Blick bemerkte.

»Wo ist es passiert?«, fragte Schmidt.

»In der Wohnung. Ich weiß noch nichts Genaueres. Seine Frau fand ihn.«

»In seiner Wohnung?« Schmidt wollte auf Nummer sicher gehen.

»Ja, sieht so aus«, erwiderte Suderberg.

»Und was ist mit ihm?«, fragte Bach.

»Jemand hat ihm etwas auf den Kopf geschlagen. Irgendeine Figur, glaube ich. Ich war vor dem Rettungsdienst hier, aber ich konnte nichts machen. Hirschfeld hat ein richtiges Loch im Hinterkopf. Ich meine, ein richtiges.«

»Eine Figur?«, fragte Falck.

»Eine Bronzestatue, etwa dreißig, vierzig Zentimeter hoch.«

»Darf ich mal was fragen?«, begann Schmidt. »Warum bist du eigentlich hier? Wohnst du hier, oder woher kennst du die Hirschfelds?«

Suderberg sah ihn ruhig an. »Wenn du es genau wissen willst: Ich wohne in dem Haus, in dem ich auch mein Büro habe. Frau Hirschfeld rief mich an.«

»Aha«, sagte Schmidt und verstand trotzdem nichts. »Also kennt ihr euch?«

»Hirschfeld hat sie engagiert«, mischte sich jetzt Falck ein.

Schmidt sah ihn erstaunt an und blickte dann zu Suderberg, die nickte bestätigend.

»*Angaschiert*? Wofür denn?«

»Ich vermute mal, um das Bild zu finden«, sagte Falck, dem gerade einiges klar geworden war. Deshalb war Suderberg in ihrem Büro so abweisend gewesen. Deshalb und wegen Schmidt. Es war ihr Auftrag. Durchaus möglich, dass einer ihrer Leute in Schüttaufs Wohnung gewesen war. Jetzt warf Schmidt Falck einen wissenden Blick zu, er hatte wohl denselben Gedanken gehabt.

Suderberg verzog entschuldigend das Gesicht. »Tobias hat recht.«

»Wie immer«, fügte Bach trocken hinzu.

Schmidt nahm seine Zigarettenschachtel heraus und hielt sie Suderberg hin. Sie nahm dankbar eine an, obwohl es eine Cabinet war und keine Marlboro oder PallMall. Schmidt nahm sich selbst eine und zündete beide an.

»Bist wohl neuerdings unser Oberschlaumeier«, nuschelte Schmidt und blies den Rauch in Falcks Richtung. Dass er die Suderberg nicht danach fragte, ob sie in der Michelangelostraße gewesen war, musste wohl taktische Gründe haben.

»Er ist immer der Oberschlaumeier«, kommentierte Bach sichtlich beleidigt, weil ihr Schmidt keine Zigarette angeboten hatte.

»Alles Gute zum Geburtstag übrigens«, sagte Sybille Suderberg unvermittelt zu ihr.

»Du hast Geburtstag?«, rief Schmidt. »Und hast keinen ausgegeben? Wolltest du uns das verheimlichen?«

Bach antwortete nicht, sah konsequent an ihm vorbei und redete nur mit Suderberg. »Wieso weißt du, wann ich Geburtstag habe?«

»Hast du mir doch mal erzählt, als wir was trinken waren im Dezember.« Für die westdeutsche Ex-Kommissarin schien das alles logisch zu sein.

»Aber jetzt mal ehrlich.« Schmidt wollte Sybilles Aufmerksamkeit. »Wie muss ich mir das vorstellen? Hirschfeld will, dass du das Bild findest?«

»Er rief mich am Montagabend an.«

»Warum dich?«

»Aus demselben Grund, aus dem ihr vor meiner Tür standet!«

»Am Montag, also gestern!«

»Nein, letzte Woche.«

Das verblüffte alle drei Polizisten. »Echt jetzt?«, rief Schmidt empört. »Der wusste schon seit einer Woche, dass das Original weg war? Und wollte das vertuschen, oder wie? Hat er gedacht, dass du das Bild so schnell findest?«

»Ja, er hoffte offenbar, die Sache klären zu können, ohne dass die Öffentlichkeit davon erfährt.«

»Und dann?«

»Ich habe ein paar meiner Kontakte bemüht, sie sollten Bescheid geben, falls das Bild irgendwo auftauchte. Hirschfeld vermutete aber, dass ein Maler namens Klanghausen das Bild gestohlen hatte. Ich habe Klanghausen daraufhin ein paar Tage lang beobachten lassen, er blieb aber unauffällig.«

»Wie lange hast du ihn beobachten lassen?«

»Von Dienstag letzter Woche bis Samstag. Eine Observierung ist teuer. Hirschfelds Budget war knapp.«

»Büdschee ... so so«, brummte Schmidt grimmig. »Und jetzt ist Klanghausen tot, erschlagen mit einer Figur aus Metall. Gestern. Also ganz knapp, nachdem deine Observierung endete.«

»Menschenskinder«, flüsterte Suderberg. Falck beobachtete sie unauffällig. Entweder war ihre Verblüffung echt, oder sie spielte sehr gut.

Schmidt nickte. »Hat Hirschfeld dir noch was gesagt? Irgendwelche Verdächtige? Vermutungen?«

»Nicht viel. Er hat mir die Adresse von einem Typen namens Stein genannt, ist wohl ein Freund von Klanghausen. Hab ich schon gecheckt. Der ist ein Komplettausfall. Alkoholiker im letzten Stadium.«

»Den sehen wir uns trotzdem noch mal an. War bei den Kontakten zufällig ein Freiherr von Pipapo dabei?«

»Von Palitzsch, ja, der gilt als Experte.«

»Offensichtlich hat Hirschfeld ihn gleich nach Dresden bestellt, nachdem die Schüttauf den Diebstahl des Originals gemeldet hat. Der war ein bisschen ungehalten, als ihm klar wurde, dass er wirklich nur die Fälschung sehen würde. Anscheinend hatte man ihn nicht darüber aufgeklärt, dass das Original verschwunden ist. Heute wurde in sein Hotelzimmer eingebrochen, und in Schüttaufs Wohnung war jemand, und nun das!« Schmidt deutete auf die Wohnung der Hirschfelds, warf die Kippe weg, um sich gleich die nächste zu nehmen.

Falck bemerkte, dass Schmidts Aufzählung einen gewissen Eindruck auf Suderberg machte.

Schmidt nahm einen tiefen Zug. »Das kann dem Hirschfeld also nicht in den Kram gepasst haben, als die Schüttauf die Fälschung entdeckte, wenn er es doch verheimlichen wollte.«

»Ihr redet von Karina Schüttauf?«, fragte Sybille Suderberg.

»Der Restauratorin? Hirschfeld behauptete, sie hätte ein Verhältnis mit Klanghausen gehabt. Früher mal. War sogar angeblich schwanger von ihm gewesen, er hätte sie gezwungen, das Kind wegmachen zu lassen. Danach hatte sie mit dem anderen Maler ein Verhältnis. Ist auch schon länger her.«

»Dem anderen Maler?«

»Ja, Zetsche heißt der. Klanghausen und Zetsche hatten so was wie eine Fehde.«

»Wird ja immer interessanter«, kommentierte Schmidt.

»Ja?«, sagte Bach. »Ich blick bald nicht mehr durch.«

Das Treppenhauslicht ging an. Gespannt blickten alle vier zur Tür.

Einer der Sanitäter kam heraus. Auf seiner Kleidung waren Blutspritzer.

»Hab ihr mal 'ne Kippe?«, fragte er. Schmidt reichte ihm wortlos eine und zündete sie ihm an.

»Sieht schlecht aus. Kreislauf ist jetzt zwar stabil, er atmet auch selbstständig, aber die Fraktur ist erheblich. Muss jetzt funken, wie wir den ins Krankenhaus bekommen. Er benötigt eine Notoperation, da muss sicher ein Gehirnchirurg ran.

Inzwischen mussten wir seine Frau ruhigstellen, bevor sie vollkommen durchdreht. Kann man ja verstehen.«

»Ist denn sein Hirn betroffen?«

Der Mann nickte. »Das Ding steckte bestimmt zwei Zentimeter tief in seinem Kopf, wenn nicht tiefer, da sind Knochenfragmente eingedrungen, und er hat viel Hirnwasser verloren. Ich fürchte, selbst wenn er durchkommt, wird es Spätfolgen geben.«

»War das ein Mordversuch?«, fragte Falck.

»Also, ich bin da ja kein Experte, aber bei der Härte, mit der der Schlag ausgeführt wurde, sag ich Ja. Fragt sich bloß, wer so eine Figur durch die Gegend schleppt, um jemanden zu erschlagen? Warum keine Eisenstange oder zumindest einen Totschläger? Die gibt's ja jetzt überall zu kaufen bei den Fidschis.«

»Können wir hoch?«

»Ja, wir haben uns im Wohnzimmer breitgemacht.«

»Sag mal«, raunte da Sybille Suderberg und stieß Falck mit dem Ellbogen an, »was guckst du mich denn immer so an?«

Falck, unangenehm berührt, so direkt angesprochen zu werden, wusste nicht, wie er reagieren sollte. »Warst du gestern auf der Michelangelostraße?«

»Was soll denn da sein?«, fragte Suderberg.

»Warst du da?«

»Nein, ich weiß noch nicht mal, wo die ist!«

»Kommt ihr?«, unterbrach Schmidt ihr Gespräch.

Die drei noch anwesenden Sanitäter sahen kaum auf, als die KDD-Polizisten mit der Privatdetektivin im Schlepptau die Wohnung betraten. Schmidt hatte sich im Treppenhaus deutlich angekündigt, indem er die Hausbewohner in ihre Wohnungen gescheucht hatte.

»Kripo«, stellte Schmidt sich vor. »Wo lag er denn ursprünglich?«

»Im Bad«, lautete die Auskunft.

»Wo ist die Frau?«

»Im Bett. Wir können uns aber nicht weiter um sie kümmern.«

Schmidt kehrte um. »An der Tür sind keine Einbruchsspuren?«

Falck hatte sie sich schon angesehen. »Nichts.«

Schmidt hob den Kopf und stellte sich in die Badtür. Dort waren Spuren zu erkennen, eine Pfütze und etwas Blut auf dem PVC-Boden.

»Der lag mit dem Kopf hier«, erklärte Suderberg. »Die Statue steckte in seinem Kopf, als er umfiel.«

Falck hatte einen Blick ins Schlafzimmer geworfen, Hirschfelds Frau schlief oder war tatsächlich sediert. Sie musste etwa sechzig sein, doch wie sie dalag, auf der Seite, die Beine angezogen, wirkte sie wie eine Greisin.

»Schien gerade austreten zu wollen, sein Hosenstall war offen.«

»Wie bei Klanghausen!« Schmidt verzog den Mund, sah zur Wohnungstür, wieder ins Bad, dann ins Schlafzimmer. »Keine Einbruchsspuren. Wurde der Täter in die Wohnung gelassen?«

»Der Täter könnte einen Schlüssel haben«, meinte Bach. »Oder sie vergaßen, die Wohnungstür zu schließen.«

Falck sah Suderberg an. »Sie hat nichts sagen können?«

»Nichts, sie bekam keinen ganzen Satz raus, nur dass ich schnell kommen sollte.«

Schmidt fiel etwas ein, und er ging zur Wohnzimmertür. »Wo ist denn das Teil, das in seinem Kopf steckte?«

»Hier«, sagte jemand.

Schmidt kam dazu. »Gib mir mal so 'nen Handschuh«, hörte Falck ihn sagen, und schon kam er mit der Statue zurück. Die Figur war etwa dreißig Zentimeter groß, grazil, in einer seltsamen Haltung, halb in der Hocke, die Hände geformt, als würde sie zwei unsichtbare schwere Kugeln tragen. Ihre Füße standen auf einem quadratischen Sockel.

»Massive Bronze, oder?« Schmidt wog die Figur in seiner Hand. »Sieht beinahe aus wie die Figuren in Klanghausens Atelier. Hat der Täter sie mitgenommen, oder ist sie von hier?«

Suderberg deutete auf das Schlafzimmer. »Das müssen wir die Frau fragen.«

»Als du kamst, war er nicht ansprechbar?«

»Eine Bronzestatue steckte in seinem Kopf …«, sagte Suderberg sehr betont.

»War er ansprechbar?«, wiederholte Schmidt seine Frage.

»Nein«, sagte sie langsam und deutlich.

»Hat er dein Honorar denn aus eigener Tasche bezahlt?«

»Erstens: Noch habe ich mein Geld nicht, und zweitens: Ich weiß es nicht.«

»Was bekommst du denn so?«

»Das geht dich nichts an!«

Schmidt hob bedeutungsvoll die Augenbrauen. »Und ob! Ich meine, das hat schon eine gewisse Relevanz im Fall.«

Suderberg sah ihn zweifelnd an, dann zu Bach und Falck. Der sah sich genötigt, seinem Chef mit einer vagen Geste recht zu geben.

»Fünftausend Mark.«

»Ost!«

»Deutsche Mark, West!«, korrigierte Suderberg. »Plus einen Finderlohn von einem Prozent des Marktwerts des Gemäldes.«

»Noch mal zehntausend?«

»Oder mehr. Hirschfeld sagte, jemand hätte wohl besonderes Interesse speziell an dem Bild. Das treibt den Preis hoch. Man sagt inzwischen zwei Millionen.«

Schmidt pfiff leise. »So was hat dieser Freiherr auch gesagt, es könnte ein gezielter Diebstahl gewesen sein. Vielleicht hat

Klanghausen das Geschäft schon abgewickelt, und wir müssten nicht das Bild suchen, sondern das Geld?«

Suderberg verzog das Gesicht, sie war offenbar anderer Meinung. »Hirschfeld deutete an, dass dieses Geschäft möglicherweise schon länger eingefädelt war. Ein Niederländer, der sechsundachtzig in Dresden war, hatte schon damals großes Interesse an dem Bild gezeigt. Ich fürchte, hier haben noch ganz andere Mächte ihre Finger im Spiel.«

»Jetzt fängt die auch noch damit an«, stöhnte Schmidt.

»Frau Suderberg? Sind Sie das?«, fragte eine Stimme leise aus dem Schlafzimmer.

Suderberg ging eilig an das Bett von Frau Hirschfeld. »Ich bin hier.«

»Wie geht es ihm?«

»Nicht gut, ich will Ihnen nichts vormachen. Er lebt noch, aber sie wissen noch nicht, ob er die Nacht übersteht.«

Frau Hirschfeld bedeckte ihr Gesicht mit den Händen. »Lieber Gott.«

»Frau Hirschfeld«, mischte sich jetzt Schmidt ein, der ans Fußende des Bettes getreten war. »Hauptmann Schmidt von der Kripo Dresden. Können Sie uns sagen, was geschehen ist?«

»Ich weiß es nicht, wirklich.« Die Frau zitterte am ganzen Leib. »Ich kam nach Hause, und er lag im Bad. Einfach so.« Sie hatte eine schwere Zunge und lallte, als sei sie betrunken.

»Wo waren Sie?«

»Spazieren.«

»Spazieren? Um elf in der Nacht?«

»Manchmal mach ich das!«

Schmidt, sichtlich um einen moderaten Ton bemüht, dachte kurz nach. »Also gut, angenommen, Sie waren spazieren, Frau Hirschfeld. Haben Sie vielleicht die Tür nicht verschlossen? Stand sie offen, als Sie zurückkamen?«

»Nein, sie war zu … glaube ich.«

»Erwartete Ihr Mann Besuch?«
»Nein... Ich weiß nicht.«
»Frau Hirschfeld, das hört sich seltsam an. Sie gehen alleine in der Nacht spazieren, kommen heim, und jemand hat Ihren Mann niedergeschlagen.«
»Aber so war es«, beteuerte die Frau.
»Wissen Sie, was passiert ist? Dass ein Gemälde gestohlen wurde?«
»Ja, mein Mann erzählte es.«
»Und wissen Sie auch von Klanghausen?«
»Herbert meinte, er hätte die Fälschung angefertigt.«
»Kennen Sie die neuesten Nachrichten über Klanghausen?«
»Was? Bitte, welche Nachrichten?«, fragte die Frau weinerlich.

Schmidt gab ihr keine Antwort. »Gehen Sie öfter spazieren, allein, nachts?« Langsam schien Schmidt die Geduld zu verlieren, sein Ton wurde rauer.

»Gelegentlich, ja. Ich schlafe immer schlecht, und deswegen gehe ich viel spazieren. Nur eine kleine Runde, fünfzehn Minuten.«

»Wissen andere von Ihrer Gewohnheit?«
»Nun, ich mache das seit Jahren.« Die Frau bedeckte ihr Gesicht wieder mit den Händen.

»Hatte irgendjemand einen Schlüssel zu Ihrer Wohnung?«
»Unsere Kinder. Aber die wohnen außerhalb.«
»Die Figur«, erinnerte Falck seinen Chef leise.

Schmidt reagierte unwirsch. »Ich hätte es schon nicht vergessen«, raunte er. »Frau Hirschfeld, diese Bronzefigur, stammt die aus Ihrem Haushalt?«

»Die ist von Klanghausen«, schniefte die Frau.
»Ob Sie aus Ihrem Haushalt stammt? War sie hier, stand sie irgendwo?«
»Ich glaube, ja.«

»Sie glauben?«

»Ich kann nicht denken. Ich weiß es nicht!« Die Frau versank in Verzweiflung.

»Chef«, mahnte Bach jetzt. Schmidt gab sich einsichtig, nickte und verließ das Schlafzimmer. Falck folgte ihm.

»Hol mal den Koffer«, sagte Schmidt, »Hier sind zwar so viele Leute in der Wohnung, schätze mal, jeder von denen hat sämtliche Türklinken angefasst. Aber vielleicht finden wir etwas.«

Kurz vor Schichtende waren sie zurück im Büro. Sie hatten Sybille Suderberg mitgenommen und saßen nun beieinander. Die schwere Verletzung Hirschfelds, der Kampf der Sanitäter um sein Leben, der Kollaps seiner Frau, all das hatte ihnen einmal mehr aufgezeigt, wie fragil und verletzlich ein Leben war und wie nichtig alle Zwistigkeiten. Falck konnte sich jedoch nicht wirklich entspannen. Der Burgfrieden zwischen Schmidt und Suderberg konnte nicht ewig bestehen bleiben. Außerdem nagte wieder ein altbekanntes Gefühl an ihm: Er fühlte sich nicht ernst genommen. Er war sich sicher, Suderbergs BMW kurz nach dem Stromausfall gesehen zu haben, und jetzt saß sie hier und verzog keine Miene. Genau wie vor drei Monaten, als sie sich illegal Zugang zu ihrer Dienststelle verschafft und sie alle an der Nase herumgeführt hatte.

»Hirschfeld hat jemanden in die Wohnung gelassen«, überlegte Suderberg laut. »Entweder kannte derjenige die Angewohnheit seiner Frau, spazieren zu gehen, oder Hirschfeld rief denjenigen an und bestellte ihn zu sich. Der nutzte die Gelegenheit, als Hirschfeld auf die Toilette ging, und schlug ihn nieder, so wie auch Klanghausen.«

Schmidt schüttelte den Kopf. »Ich sag euch was«, schnaufte er. »Und bestimmt haltet ihr mich für einen Spinner. Aber die Hirschfeld hat ihren Mann selbst erschlagen.«

»Ich hab's geahnt«, stöhnte Bach.

»Hirschfeld hat das Bild verschachert. Er hat die Knete. Sie wollte das Geld.« Schmidt sah fragend zu Suderberg, die hob zwar zweifelnd die Schultern, schien aber der These nicht abgeneigt zu sein.

»Sie hat das Geld, es ist ihr Mann!«, widersprach Bach.

»Kann man ja nachforschen, wie die Ehe lief.«

»Nee«, konterte Bach, »nur weil deine Frau weggelaufen ist, heißt das nicht, dass alle Ehen automatisch irgendwann schlecht sind.«

»Schön langsam, Steffi«, sagte Schmidt ruhig, war aber sichtlich getroffen und konnte seinen Ärger darüber kaum zurückhalten.

»Das war gemein!«, fügte Suderberg leise hinzu.

Bach wurde rot bis unter die Haarspitzen. Einen Tadel aus dieser Richtung hatte sie nicht erwartet. »Aber warum sollte Hirschfeld einen Privatdetektiv engagieren, wenn er das Bild verschachert hat?«, fragte sie.

»Um den Schein zu wahren. Man fragt sich doch, wieso er so viel Westgeld hat? Vielleicht schützt er sich damit auch vor konkreten Gefahren, erhofft sich Informationen von Sybille, zum Beispiel über die polizeilichen Ermittlungen.« Wieder sah Schmidt zu Suderberg.

Diese hob die Augenbrauen. »Darf ich erinnern: Ihr seid zu mir gekommen!«

»Wo hast du denn eigentlich deine Vorzimmerdame aufgegabelt?«, fragte Schmidt.

»Die kenne ich seit ein paar Jahren. Ich wusste, dass sie auf Jobsuche war.«

»Und dann kommt die Dame einfach so in den Osten! Oder hat sie auch was auf dem Kerbholz?«

»Was soll das denn heißen? Wieso *auch*?«

»Was ist denn mit dem Ullrich?«, fragte Falck schnell dazwischen, um den aufkeimenden Streit zu verhindern. Er war erschöpft. Er wollte ins Bett. Er glaubte nicht daran, dass die Frau ihren eigenen Mann umgebracht hatte. Aber ein Rätsel war es.

»Sagtest du nicht selbst, der Ullrich hat für die Stasi gearbeitet? Warum sollte der nicht in der Lage sein, in die Wohnung einzudringen, und die Spaziergewohnheiten von Frau Hirschfeld könnten ihm auch bekannt sein«, wandte er sich an Schmidt.

»Ich vermute das. Hat Hirschfeld dazu was gesagt?«, fragte Schmidt Suderberg.

»Hirschfeld glaubt, alle im Museum waren Informelle Mitarbeiter der Stasi.«

Falck konnte seinen Blick nicht von der westdeutschen Ex-Polizistin wenden. Er wurde den Eindruck nicht los, dass sie ihnen nicht die Wahrheit sagte. Sie sagte ihnen nicht alles, wenn sie nicht sogar log. Vor gar nicht so langer Zeit hatte Falck dieser Frau das Leben gerettet. Sein Gefühl, nicht ernst genommen zu werden, verstärkte sich gerade um ein Vielfaches.

»Ich bleib dabei, die Hirschfeld hat ihrem Mann selbst eins übergezogen.« Schmidt nahm sich eine Kippe. »Vielleicht im Affekt. Kann doch sein, der gängelt die seit Jahrzehnten, und irgendwas hat bei ihr das Fass zum Überlaufen gebracht, sie schnappt sich den erstbesten Gegenstand und schlägt zu.«

»Warum gibt sie es nicht zu?«, fragte Bach.

»Weil sie es eben nicht zugeben will.«

»Warum ruft sie erst dich anstatt gleich den Rettungsdienst?«, fragte Bach Suderberg und sah sie provozierend an. Ein bisschen war es, als wollte sie sich für den Tadel rächen.

»Weil sie eben nicht ganz klar im Kopf war«, sagte Suderberg. »Wir haben uns gut verstanden. Sie vertrauten mir. Anderen offenbar nicht mehr.«

»Oder sie hoffte, er nibbelt in der Zwischenzeit ab«, meinte Schmidt zynisch. »Ich würde vorschlagen, Sybille geht heim, und wir schreiben noch ein paar Protokolle, dann ist Feierabend. Und denk dran, Steffi, morgen gibst du einen aus!«

11

Es war gar nicht so leicht, die gestrigen Geschehnisse und Eindrücke zu verarbeiten und gleichzeitig sein Kind im Arm zu halten. Es kam ihm vor, als ob diese beiden Welten nicht miteinander zu vereinbaren wären, sich nicht ineinanderfügen wollten. Das war vergleichbar mit der Tatsache, dass im letzten Dezember ein Mensch durch ihn ums Leben gekommen war. Das wollte sich auch nicht in die andere Realität einfügen. Die Welt hier, bei Claudia und seiner Tochter, bestand aus Freude und Sorgen, Glück und Unsicherheit. Die Welt hier hielt ganz andere Dinge für ihn bereit, unsichere Blicke, ein unerwartetes Lächeln in ganz banalen Momenten, jede Minute neuen Mut und Zuversicht, doch in der nächsten Sekunde wieder Zweifel.

Claudia mochte ihn. Aber mochte sie ihn so wie im Mai achtundachtzig? Hatte sie ihm verziehen, oder wollte sie es wenigstens versuchen? Er müsste sie einfach mal fragen. Doch vielleicht wäre ihre Antwort eine Enttäuschung und würde zerstören, was sich in den letzten Monaten zwischen ihnen aufgebaut hatte.

»Ich weiß ja nicht, ob du es bemerkt hast, aber sie müsste gewickelt werden. Dringend.« Claudia grinste ihn verschmitzt an.

Er hatte es gerochen, und er hatte gehofft, Claudia würde es nicht bemerken. Eigentlich musste er los, der Dienst rief, und vorher wollte er noch etwas besorgen. Die Windelgeschichte hätte er sich gerne erspart.

»Na, komm, du kannst nicht nur die schönen Dinge erleben.« Claudia war aufgestanden und zupfte ihn an der Schulter. Falck folgte ihr zum Esstisch, der zum Wickeltisch umfunktioniert war, und legte Julia vorsichtig ab. Die Kleine kannte die Prozedur, fuchtelte mit den Armen und ließ lächelnd zu, dass Claudia ihr den Strampler auszog. Als dann aber Falck sich daranmachte, die Windel zu öffnen, verflog ihr Lächeln und wich einer beinahe gespannten Miene.

Claudia beugte sich zu ihr hinunter und ließ das Kind nach ihren Haaren greifen. »Ja, mal sehen, wie der Vati sich schlägt. Ganz tapfer bestimmt. Der ist doch Polizist!«

Falck war sich da nicht so sicher. Er nahm die Sicherheitsnadel ab, löste die Enden der Stoffwindel, und als er das Mittelteil zurückschlug und die Duftwolke aufstieg, musste er das Gesicht zur Seite drehen.

»Überraschung«, alberte Claudia, »es ist Kacke!« Julia freute sich mit ihr und strampelte mit den Beinen.

»Du musst sie so festhalten, sonst ditscht sie noch rein!« Claudia zeigte ihm, wie man dem Baby die strampelnden Füße festhielt.

Falck versuchte sein Bestes und war darum bemüht, die Luft anzuhalten, er atmete durch den Mund. Er glaubte nicht, dass sein Vater jemals ihn, seine Schwester oder seinen Bruder gewickelt hatte. Das war immer die Aufgabe seiner Mutter gewesen. Doch die Zeiten hatten sich geändert. Er putzte das Kind zaghaft ab und musste noch nacharbeiten, weil Claudia nicht zufrieden war.

»Die Kleene geht schon nicht kaputt«, kicherte sie über seine Unbeholfenheit.

»Was machst du damit?«, fragte Falck und deutete auf die Windel.

»Waschen, auskochen, jeden Tag aufs Neue. Es gibt Windeln zum Wegwerfen, aus dem Westen, aber die kann sich niemand leisten. Sonst könnten wir ja gleich deinen kleinen Pops vergolden.« Sie tätschelte Julias Babypopo, die daraufhin wieder lachte und gurrte vor Vergnügen.

»Es stand gestern übrigens jemand vor dem Haus«, sagte Claudia auf einmal. Sie hatte jetzt das Wickeln wieder übernommen, da Falck guten Willen bewiesen hatte.

»Wie meinst du das?«

»Na ja, da stand einer, länger als nötig. Bestimmt werde ich bald ausziehen müssen.«

»Wie meinst du denn das? Jetzt sag doch mal!«

»Ich kam heim, es war schon leicht dämmerig, so gegen fünf. Da stand jemand. Erst dachte ich, da raucht nur einer oder wartete aber er hat einfach nur das Haus angestarrt. Dann hat er an der Haustür gerüttelt, hat es dann aber sein lassen, dachte wohl, sie sei zugeschlossen. Aber du weißt ja, die klemmt nur. Dann stand er da und hat hochgesehen, als wollte er prüfen, ob da noch jemand wohnt.«

»Hast du ihn erkannt?«

»Nee, natürlich nicht, ist ja stockfinster hier vorn. Die Straßenlaterne ist schon den ganzen Winter über kaputt. Ich weiß nicht mal, ob es ein Mann oder eine Frau war. Trug Mantel, Mütze und Schal vor dem Gesicht.«

»Und du hast auch nichts gesagt?«

»Wo denkst du hin? Ich bin vorbeimarschiert, als wäre es nicht mein Haus. Das muss ja auch keiner wissen, dass ich hier ganz allein wohne.«

Das war einer dieser Momente, in denen Falck sich fragte, ob das nicht als leiser Vorwurf zu verstehen war. Oder als Wink mit dem Zaunpfahl?

Aber Claudia sprach schnell weiter. »Ich bin einfach noch eine große Runde gelaufen, und als ich zurückkam, war der Typ weg.«

»Warum bist du denn auch so spät noch unterwegs?«, warf

Falck ihr ohne Nachdruck vor. Wieder hatte er eine Gelegenheit verpasst.

»Julia hat so lang Mittagsschlaf gemacht, dann muss ich sie ja noch füttern.«

Er musste sie jetzt fragen. Was sollte schon passieren? Wollen wir es versuchen? Verzeih mir. Lass uns eine Familie sein. Ich will mit euch meine Eltern besuchen, euch meinen Geschwistern und deren Partnern vorstellen, den beiden Cousins. Ich will Familienfeste feiern. Jetzt. Er müsste einfach fragen. Er würde endlich Klarheit haben, alle Unsicherheit wäre weg.

Falck holte tief Luft. Und schwieg doch.

12

Diesmal war Falck der Letzte, der das Büro betrat. Bach begrüßte ihn mit einem Augenrollen. Schmidt, der über seinen Schreibtisch gebeugt etwas las, ignorierte ihn. Kein gutes Zeichen.

Im Vorbeilaufen legte er Bach ein kleines Päckchen auf den Tisch. Er hatte ewig nach einem Geschenk für sie gesucht, konnte sich nicht entscheiden, wie viel ein Präsent für eine Kollegin kosten durfte. Es durfte nicht billig, aber auch nicht zu teuer sein. In der Kosmetikabteilung hatte er unzählige Cremes, Lippenstifte und Deos in der Hand gehabt, aber zu jedem Produkt war ihm ein Grund eingefallen, warum Steffi das Geschenk falsch verstehen könnte. Bei den Musikkassetten wusste er nicht, was ihr gefiel, Phil Collins vielleicht oder Michael Jackson oder besser Techno? Doch damit kannte er sich so wenig aus, dass er sich garantiert lächerlich machte. Außerdem waren sie mit vierzig Mark Ostgeld schon sehr teuer, auf dem Markt draußen am Postplatz waren sie zwar billiger, doch wahrscheinlich waren das leiernde Raubkopien aus Polen.

Bach zwinkerte ihm ein Dankeschön zu. Dass sie nichts sagte, war ein noch schlechteres Zeichen.

Falck setzte sich an seinen Platz. »Also, was ist los?« Er musste in die Offensive gehen.

Schmidt, in dessen Rücken Falck saß, richtete sich langsam auf, so dass es aussah, als würde er sich aufpumpen. Er drehte sich zu Falck um.

»Hast du Frau Zille beauftragt, im Fall dieser Frau Reinders nachzuforschen?«, fragte er.

Falck war einerseits erleichtert, dass das offenbar der Grund für Schmidts schlechte Laune war, andererseits ärgerte er sich über Frau Zille, die er gebeten hatte, vertraulich damit umzugehen.

»Ist das ein Problem?«

Jetzt sah Schmidt ihn richtig an. »Allerdings ist es das.«

»Was hat sie denn erreicht?«

»Sie hat erreicht, dass der Anwalt der Familie Bretzig heute Morgen Strafanzeige gegen Mario Reinders gestellt hat und Orloff von der Staatsanwaltschaft fragt, was wir mit der Sache am Hut haben.«

Falck musste erst mal nachdenken. »Wer ist denn die Familie Bretzig?«

»Das sind die Eltern von Heiko Bretzig, dem Republikflüchtling, der von Mario Reinders beim Versuch des illegalen Grenzübertrittes erschossen wurde. Frau Zilles Nachfrage ist wohl bei einer Organisation gelandet, die sich solcher Fälle annimmt. Das sind Anwälte und Menschenrechtler aus der DDR und der BRD.« Schmidt sagte das, als sei das etwas Abstoßendes. »Die hatten nichts Besseres zu tun, als umgehend Anzeige gegen Mario Reinders zu erstatten.«

»Und? Ist das grundsätzlich falsch?«, fragte Bach nach. »Ist doch gut, wenn man sich um solche Fälle kümmert.«

»Aber jetzt hängt das an mir!«, klagte Schmidt. »Ich bin doch der Gelackmeierte.«

»Das ist ja nun etwas übertrieben, oder?«

»Nee, das ist nichts anderes als deine Theorie von den Stasileuten, die den Gemäldediebstahl vertuschen wollen. Um uns herum gibt es haufenweise Leute mit Dreck am Stecken. Die hätten es gern ruhig und freuen sich überhaupt nicht, wenn jemand im Schlamm stochert, weil alle Angst haben, ihren Arbeitsplatz und ihre Stellung zu verlieren. Da möcht ich nicht hineingeraten, wenn die beginnen, um sich zu schlagen. Außerdem, und das mag der positive Nebeneffekt deiner unautorisierten Handlung sein, beweist es ja, dass Reinders nicht von den Bretzigs entführt wurde, denn offenbar wussten die bis gestern gar nicht, wer der Schütze war.«

»Und diese Familie Bretzig, wo wohnt die?«

»Warum willst du das denn jetzt noch wissen?«

»Wenn du es mir nicht sagst, frag ich Frau Zille«, drohte Falck und staunte über sich selbst, dass er mit seinem Chef so redete.

»Im Bezirk Cottbus, irgendwo in der Pampa. Was hast du denn vor?«

»Vielleicht fahre ich mal hin und sehe mir die Sache an.«

»Na, dann viel Spaß. Das machst du aber nicht in der Dienstzeit!«

»Kein Problem.«

»Wir haben hier nämlich genug zu tun. Wir müssen ein paar Leute besuchen. Ullrich zum Beispiel. Und Zetsche, der andere Maler, mit dem Klanghausen im Streit war, der interessiert mich. Ich habe übrigens die Gelegenheit genutzt, dass Orloff anrief, er hat Frau Hirschfeld zum Haftrichter bestellt. Die holen wir dann ab.«

»Ernsthaft?« Bach sah auf. Sie hatte in der Zwischenzeit ihr Geschenk ausgepackt und hielt jetzt eine dünne Kette mit einem Anhänger zwischen den Fingern, wie Spaghetti, die man aus dem Topf geangelt hatte.

»Geschenk von Tobias?«, fragte Schmidt und hob belustigt die Augenbrauen.

»Wenigstens hat er daran gedacht«, antwortete Steffi Bach. »Aber sag mal, du willst die Hirschfeld festnehmen? Wegen versuchten Totschlags?«

»Solange wir keine anderen Indizien finden, müssen wir davon ausgehen, dass sie es war.«

Thomas Ullrich war ein großer, stattlicher Mann. Allein seine Präsenz im Ausstellungsraum ließ den Besucher in Ehrfurcht erstarren, wenn er es nicht angesichts der Kunst schon war. Ullrich war mindestens eins neunzig groß, und sein leichtes Übergewicht war gut verteilt, wie bei einem Schwergewichtsboxer. Sein schwarzes Haar und die dunklen Augen ließen ihn fast indianisch wirken. Seine Sprache verriet ihn als gebürtigen Sachsen.

Ullrich gab sich kühl und zurückhaltend. Als er sich hinsetzte, legte er seine Hände auf die Oberschenkel, und Falck fielen seine stark behaarten Handrücken auf.

»Ihr Name ist Thomas Ullrich?«, begann Schmidt, nachdem sie Maschke rausgeschickt hatten. »Weshalb wir hier sind, wissen Sie?«

»Wegen des Gemäldediebstahls«, erwiderte Ullrich mit tiefer Stimme.

»Darf ich Sie zuerst bitten, Ihre Hosenbeine hochzuziehen. Wir müssen Ihre Schienbeine und Unterschenkel sehen.«

Wortlos beugte sich Ullrich vor, zog die Hosenbeine hoch und zeigte erst das linke, dann das rechte Bein.

»Bitte noch die Strümpfe runter! Und dann müssen wir auch Ihre Unterarme sehen.«

Ullrich folgte in konzentrierter Ruhe der Anweisung, zeigte auch seine Arme, nachdem er sein Jackett ausgezogen und die Hemdsärmel aufgeknöpft und hochgekrempelt hatte. Weder seine Beine noch seine Arme zeigten Spuren von Hundebissen. In gleicher Langsamkeit richtete er seine Kleidung wieder her.

»Wie viele Garnituren Dienstkleidung haben Sie?«, fragte Schmidt.

»Fünf vielleicht. Genau weiß ich das gar nicht, ich müsste zu Hause nachsehen.«

Falck notierte sich in Gedanken, dass sie eine Probe von den

Haaren an Ullrichs Beinen nehmen müssten. In dem Stück Stoff, das Coco aus dem Hosenbein des Angreifers gerissen hatte, waren Haare gewesen. Vielleicht genügte es, auf dem Boden nachzusehen, wenn Ullrich gegangen war, sicher würde sich wenigstens ein Haar finden.

»Sie kennen Wolfgang Klanghausen?«

»Er ist mein Freund.«

Präsens, dachte Falck. Wusste Ullrich nichts vom Tod des Malers? Oder war er einfach durchtrieben?

»Wissen Sie, wo er sein Atelier hat?«

»Ich kenne beide, das in der Friedrichstadt und das in der Arndtstraße.«

»Wie würden Sie Ihre Freundschaft mit Klanghausen beschreiben? Sehen Sie sich oft?«

»Gelegentlich. Er ist sehr eigen, er braucht viel Zeit für sich.«

»Wissen Sie, wo Herr Hirschfeld wohnt?«

»Nicht genau, irgendwo in Briesnitz.«

»Wo waren Sie die letzten zwei Tage nach Dienstschluss?«

»Daheim mit meiner Frau. Wir waren einkaufen und im Garten. Da muss man ab und zu nach dem Rechten sehen, die Russen brechen oft in die Lauben ein.«

Er zeigte wirklich keinerlei Regung, stellte Falck fest. Vielleicht war das sein Temperament. Oder seine Strategie.

»Wie es aussieht, sind hier im Laufe der Jahre etliche Gemälde durch Fälschungen ersetzt worden. Die Originale wurden in den Westen verkauft.« Für Falcks Geschmack wagte sich Schmidt deutlich zu weit vor, das war reine Spekulation.

»Hatten Sie Kenntnis davon? Waren Sie je Zeuge eines solchen Vorgangs?«

Ullrich schüttelte den Kopf, ohne eine Miene zu verziehen. Falck merkte, dass Bach ihn anstarrte. Als er zu ihr sah, deutete sie mit dem Kopf knapp in Ullrichs Richtung, nickte dann. Sie schien überzeugt, dass Ullrich der Mann in Schüttaufs Wohnung gewesen war.

»Wurden Sie in die Entscheidungen für das Museum mit einbezogen?«

»Nein. Ich gehöre nur zum Aufsichtspersonal.«

»Wann haben Sie Klanghausen das letzte Mal gesehen?«

»Lange her, vier Wochen etwa. Er war hier.«

»Ich habe Informationen, dass Sie als Informeller Mitarbeiter für die Stasi gearbeitet haben. Ist das wahr?« Schmidt spekulierte schon wieder.

»Ja, das stimmt. Aber hat das nicht jeder?«, fragte Ullrich emotionslos. »Ich sollte über das Verhalten einiger Kollegen Bericht erstatten.«

»Wen sollten Sie beobachten?«

Ullrich sah einen Moment zur Decke, dann hob er die rechte Hand, ließ den Daumen hochschnellen. »Doktor Maschke.« Dann zählte er mithilfe seiner Finger weitere Namen auf. »Sabine Arendt, Holger Mussig, Karina Schüttauf, Hajo Baumann. Vermutlich waren die auch alle IM.«

»Sagt Ihnen der Name Ernst Zetsche etwas?«

»Ein Maler. Systemkonform. Hat oft Großaufträge bekommen, Arbeiterglorifizierung, Wandbilder für die NVA und so was. Hat nicht schlecht verdient damit. Aber das ist ja nun vorbei, wer will schon noch den Sozialismus glorifizieren?« Ein undeutbares Lächeln huschte über sein Gesicht.

»Der Typ ist aalglatt«, meinte Schmidt, nachdem sie das Museum verlassen hatten. Sie warteten kurz auf Bach, die noch mal zur Toilette gegangen war. Mit ihrem Atem stießen sie weiße Wölkchen in die kalte Winterluft.

»Denkst du, er weiß Bescheid?«

»Denke schon, der wusste auf jeden Fall von den Fälschungen.«

»Könnte er Interesse daran haben, die Leute aus dem Weg zu schaffen, die ihn denunzieren könnten? Vielleicht ist er ja einer der eigentlichen Drahtzieher.«

Schmidt sah Falck in stiller Belustigung an. »Um einen staatlich gelenkten Bilderdiebstahl zu vertuschen, ein paar Morde begehen? Meinst du nicht, dass da die Kosten-Nutzen-Rechnung etwas ins Ungleichgewicht gerät? Außerdem ist Ullrich ein viel zu kleines Licht.«

»Das hat nichts zu sagen. Er könnte dieser ›Schwarze‹ sein, von dem die Klanghausen sprach.«

»Aber sie kennt Ullrich doch. Dann hätte sie das doch gesagt, wenn er der ›Schwarze‹ gewesen wäre.«

»Eben nicht, ihr Mann hat den nur so genannt«, sagte Falck. Jetzt sah er sich noch einmal um, doch Bach war noch immer nicht da. »Sag mal, Eddi, hat das eigentlich irgendeine Bedeutung, wenn man eine Kette verschenkt?« Diese Frage brannte Falck seit Stunden auf der Seele.

»Man sagt, wer eine Kette verschenkt, will die Angebetete an sich ketten, sozusagen. Fragst du, weil du Steffi eine geschenkt hast?«

Das war Falck peinlich. »So war das gar nicht gemeint.«

Schmidt feixte. »Sag das Steffi, die freut sich bestimmt ein Loch in den Bauch. Und ich sage euch gleich, wenn ihr was miteinander anfangt, kommt nicht nachher zu mir und heult euch aus.«

»Hier seid ihr.« Bach kam aus der Tür und zog angesichts der Kälte sofort die Schultern hoch. »Ich schwöre, das war dieser Ullrich gestern bei der Schüttauf. Und warum soll der nicht einen Schlüssel von Hirschfelds haben? Und der weiß auch sicher, wo Hirschfeld wohnt. Diesen Schlüssel mal an sich zu nehmen und nachmachen zu lassen, ist nicht so schwer.«

»Wie ›an sich zu nehmen‹?«, fragte Schmidt.

»Könnte ich auch! Du wirfst deine Schlüssel zum Beispiel

immer auf den Schreibtisch, ich könnte die mir ohne Probleme schnappen, behaupte, ich müsse was erledigen, und eine Stunde später bin ich wieder da, mit einem nachgemachten Schlüssel. Ullrich hat also einen, nehmen wir an, er schleicht sich ins Haus, vielleicht kennt er Hischfelds Gepflogenheiten, dass die Frau spazieren geht zum Beispiel, erst recht, wenn er für die Stasi arbeitet und sie die Hirschfelds beobachtet haben. Er huscht in die Wohnung, schlägt Hirschfeld nieder, verschwindet lautlos.«

»Und niemand im Haus merkt es?«, fragte Schmidt.

»Lautlos«, betonte Bach. »Schleichen, lautlos, im Dunkeln.«

»Eh!«, rief Schmidt plötzlich laut und winkte, weil zwei Personen sich an den Autos, die im Halteverbot standen, zu schaffen machten. »Polizei!« Er rannte los und drehte sich im Lauf aber noch mal um. »Ihr spinnt ja, los, fahren wir jetzt zu dem Zetsche. Ihr wisst, wo!?«

»Ja, fahr nur«, flüsterte Bach ihm hinterher. Dann wandte sie sich an den überraschten Falck, nahm dessen Hand und sah ihn mit großen Augen an. »Und ja, ich will …«

Falck war so perplex, dass er gar nicht erst nach Worten suchte. Bach sah ihn mit einem koketten Grinsen an.

«…mitkommen, wenn du wegen Reinders zu den Bretzigs fährst!« Sie amüsierte sich offenbar köstlich über Falcks verdattertes Gesicht. »Hübsche Kette übrigens, danke! Ist das echtes Gold?«

»Äh, …. nein, also, die ist …«

»Mensch, Tobias, ich mach doch bloß Spaß.«

Es war schon fast wieder dunkel, als sie Zetsches Grundstück an der Stadtgrenze zu Radebeul erreichten. Genau genommen war sein Grundstück ein von Mauern umschlossenes Anwesen, mit einer fast herrschaftlichen Villa und einem richtigen kleinen Wald dahinter. Das einzige Manko war die Autobahn, die sehr nahe lag und deren beständiger Geräuschpegel wie ein Druck auf den Ohren lag.

»Wann willst du denn eigentlich zu diesen Bretzigs fahren?«, fragte Bach, nachdem sie den Trabant am Straßenrand abgestellt hatte. Sie warteten auf Schmidt, der vor ihnen losgefahren, aber noch nicht angekommen war. Da Schmidt nie langsam fuhr, musste er wohl irgendwo aufgehalten worden sein.

»Übermorgen. Ich will nur mal die Adresse besuchen und sehen, ob sich die Familie irgendwie verdächtig verhält.«

»Mal angenommen, die haben wirklich etwas mit dem Verschwinden von Reinders zu tun, dann müsste doch etwas geschehen sein, oder? Ich meine, entweder ist Reinders tot, oder die Entführer hätten sich irgendwie gemeldet.«

»Mit einem Erpresserbrief?«

»Sie könnten Presseaufmerksamkeit erreichen. Sie könnten erzwingen, dass solche Fälle schnell bearbeitet werden. Aber es ist ja nichts dergleichen geschehen. Falls sie etwas damit zu tun haben, und Reinders ist aber tot, dann könnten wir die Bretzigs lange beobachten, da werden wir nichts sehen.«

Falck wusste nicht, was seine Kollegin damit bezwecken wollte. »Dann komm eben nicht mit!«

»So meine ich das doch nicht. Ich will damit nur sagen, wir müssten schon ein bisschen … rumschnüffeln.«

Falck sah Steffi an. »Affengeil«, sagte er und kam sich dämlich vor.

»Und außerdem freu ich mich … na ja, du weißt schon.«

Nein, er wusste nicht. Dass sie Zeit miteinander verbrachten?

»Das ist schon blöd«, redete Bach weiter, als sein Schweigen zu lang wurde. »Würden sie den Fall aufnehmen und Ermittlungen erlauben, könnte man wenigstens sein Konto prüfen, ob er Geld abgehoben oder vielleicht auch welches umgetauscht hat.«

Was ist nur los mit mir?, ärgerte sich Falck über sich selbst. Warum bin ich nicht in der Lage, einen vernünftigen Satz zu sagen, wenn es darauf ankommt?

»Wo bleibt der denn?« Bach sah demonstrativ in den Spiegel und gab sich geschäftig. »Bestimmt Kippen kaufen. Irre, was der quarzt. Will der was verbergen?«

»Verbergen, mit Rauch?«

»Mit Geruch.«

»Dass er sich nicht wäscht?«, fragte Falck belustigt.

»Nee, Blödmann, dass er trinkt!«

Falck wurde ernst. »Denkst du?« Es würde gut ins Bild passen. Launisch, wie der Chef war, unstet, unzufrieden.

Bach zuckte mit den Achseln, wollte anscheinend das Thema nicht vertiefen. »Wollen wir einfach allein reingehen?«, fragte sie.

Falck sah durch das Gittertor zur Villa, in der Licht brannte. Davor war ein Škoda geparkt. »Nein, lass uns noch kurz warten.«

Endlich kam Schmidt und stellte den Lada knapp vor ihnen am Bordstein ab.

Er stieg aus und pfiff anerkennend, als er das Haus sah. »Offenbar lebte es sich nicht schlecht mit dem Erschaffen sozialistischer Symbolik.«

Schmidt ging zum Tor und presste den metallenen Klingelknopf und probierte dann die Klinke. Das Tor ließ sich öffnen. Das nahm er als Einladung.

Zu dritt liefen sie über die fast dreißig Meter lange unbefestigte Einfahrt, die in einem Rondell vor dem Haus endete. Auf der rechten Seite war eine weitere Einfahrt zu sehen, die zu zwei Garagen führte. Links befand sich ein gemauerter Swimmingpool. In der Mitte des Rondells war ein Springbrunnen, der für den Winter stillgelegt war.

»Mein lieber Scholli.« Schmidt wurde nicht müde, seine

Verwunderung immer wieder zum Ausdruck zu bringen. »Der war ja 'ne große Nummer. Habe aber noch nie was von dem gehört.« Fast hüpfte er die vier Sandsteinstufen zur übergroßen Eingangstür hoch, die wie ein Kirchenportal wirkte. Mangels einer Klingel hämmerte er mit der Faust dagegen. Wieder geschah nichts. Schmidt probierte auch diese Klinke und öffnete kurzentschlossen die Tür.

»Hallo?«, rief er hinein. »Herr Zetsche? Jemand da?« Er lauschte ins Haus. Nun sah er sich doch nach seinen Kollegen um. »Und nu?«

»Gefahr im Verzug?«, schlug Bach vor.

Schmidt dachte eine Sekunde nach. »Kann man machen«, entschied er. »Herr Zetsche, Kripo Dresden, wir kommen rein.« Noch mal sah er sich um. »Hat der Mann Familie?«

»Eine Frau! Kinder sind erwachsen«, wusste Bach.

»Frau Zetsche«, rief Schmidt. »Kripo Dresden!« Er betrat den holzgetäfelten Vorraum, winkte Bach und Falck, ihm zu folgen. Mit beiden Händen drückte er die doppelflügelige Schwingtür auf, wartete, bis Falck sie übernahm, und trat dann in einen hohen, offenen Raum, von dem aus eine geschwungene Treppe ins erste Obergeschoss auf eine Galerie führte. Alles war hier überdimensioniert, der Kronleuchter an der Decke, die Türen, die Fenster, die Wände samt den diversen Wandgemälden. Nur der Parkettfußboden war auffallend abgenutzt.

»Meine Fresse«, ächzte Schmidt anerkennend. »Hallo?«, rief er laut. »Klappern wir einfach alle Räume ab«, entschied er, als niemand reagierte.

Hinter der ersten Tür fanden sie eine leere Küche vor, hinter der nächsten Tür ein wahrhaft riesiges Wohnzimmer, hinter der dritten das Atelier des Malers. Ein vierter Raum diente als Bibliothek. Die Wände waren mit Bücherregalen verkleidet, in der Mitte ein einziger Sessel mit Beistelltisch. Von hier aus ging es hinaus auf eine Terrasse und in den Garten. Die Tür war verschlossen. Blieben noch eine Toilette und eine Besenkammer.

»Also hoch!«, befahl Schmidt. »Ihr beide, ich bleibe hier!«

Bach und Falck gingen die Treppe hinauf und durchsuchten die Zimmer. Im ebenfalls gigantisch großen Schlafzimmer sah Falck vorsichtshalber auch unter dem Bett nach. Die anderen beiden Zimmer mussten mal Kinderzimmer gewesen sein. Jetzt dienten sie als Abstellräume für unzählige Bilder. In einem stand zusätzlich noch ein Fitnessgerät, mit Hanteln und Zuggewichten.

»Hier oben ist auch niemand«, rief Falck übers Geländer, nachdem sie alle Räumlichkeiten inklusive Bad und Toilette überprüft hatten.

»Hier ist noch ein Dachboden«, rief Bach.

Schmidt legte den Kopf in den Nacken. »Dann guckt dort auch nach.« Er hatte schon wieder eine Zigarette zwischen den Lippen. Falck hoffte, er besaß so viel Anstand, sie im Haus nicht anzuzünden.

»Ladys first.« Falck wollte Bach vorlassen.

»Du willst mir nur auf den Hintern glotzen«, beschwerte sich Bach.

Falck wollte nicht diskutieren und ging einfach vor. Erst als er oben war, kam ihm der Gedanke, dass dies womöglich nur Koketterie von Steffi gewesen sein könnte und er vielleicht einfach nur hätte Ja sagen können.

»Oh, Mann«, stöhnte Bach, als sie den großen, unübersichtlichen Dachboden sah. Falck nickte. Das war ein wahrer Irrgarten aus Balken, Stützen und kleinen Abteilen aus Sprelacart-Wänden. Zwei größere Nischen waren mithilfe dieser Pressspanpappe sogar zu richtigen Wohnräumen ausgebaut. Überall standen alte Möbel und Kisten herum.

»Hallo, ist hier wer?«, rief Bach und wollte schon umkehren, da stutzte sie. Auch Falck hatte ein Knistern gehört.

»Hallo?«, fragte Bach noch einmal.

Falck ging ein paar Schritte weiter in den Raum hinein. Mit der Hand deutete er an, sich umsehen zu wollen, zeigte auf sich und nach rechts, dann auf Bach und nach links. Sie verstand.

Falck ging vorsichtig los und nahm sich jetzt die Zeit, in jede Nische zu sehen, hinter jede größere Kiste. Er warf einen Blick in das erste ausgebaute Dachzimmer, eine kleine Kammer mit Fenstergaube, mit Bett und Tisch, fast gemütlich, mit Ausblick auf die Bäume hinter der Villa. Als Kind hätte er hierher all sein Spielzeug gebracht, seine Bücher. Das wäre sein Ausguck gewesen, sein Platz, sein Burgturm.

Er lief weiter, duckte sich unter Balken durch, stieg über kleinere Kartons und Bücherkisten. Im zweiten Zimmer, das dem ersten glich, wollte er aus Neugierde noch mal ans Fenster gehen und trat dabei auf eine laut knarrende Diele.

Ein hastiges Rascheln ließ ihn herumfahren, er hörte eilige Schritte und dann einen spitzen Schrei. Falck rannte los, an das andere Ende des Raumes. Schon sah er Steffi Bach, die mit einer Frau rangelte und versuchte, sie festzuhalten. Die Frau, klein und schlank, um die sechzig, wehrte sich verzweifelt, sank dann in die Knie und schrie verzweifelt auf.

»Frau Zetsche«, rief Falck und wollte seiner Kollegin zu Hilfe kommen. Aber die Frau schrie aus Leibeskräften. Plötzlich kreischte sie grell auf und verlor ihre Kraft. Falck musste sie auffangen, damit sie nicht zu Boden stürzte. »Nein, bitte nicht«, flehte sie. »Bitte nicht, ich weiß nichts, bitte, bitte tun Sie mir nichts!«

Falck ließ sie langsam zu Boden gleiten. Bach kniete sich hin, um die Schultern der Frau zu stützen. Sie war immer noch erstaunt. »Die ist mir einfach in die Arme gelaufen.«

»Bitte, bitte tun Sie mir nichts«, flehte die Frau wieder.

»Wir tun Ihnen nichts, wir sind von der Polizei«, redete Bach ihr zu. Dann sah sie auf. »Schmidt ruft dich, Tobias!«

Falck hatte es auch gehört.

Bach winkte ab. »Geh nur, ich komme klar hier.«

Falck war schon aufgesprungen, nahm die schmale Dachbodentreppe, fast ohne die Stufen zu berühren. Irgendwo unten hörte er Glas splittern, eine Tür schlug. Die große Treppe im Vestibül nahm er jeweils mit drei Stufen und sah sich dabei um. Die Schwingtür stand still. Er hastete weiter zur Bibliothek, doch die Terrassentür war noch zu. Gerade wollte er sich abwenden, da sah er einen Mann zwischen den Bäumen verschwinden. Schmidt lief ihm nach, sie mussten durch den Keller das Haus verlassen haben.

Falck sparte sich den Umweg, riss die Terrassentür auf und sprintete los. Mit großen Schritten holte er Schmidt ein, der sofort die Verfolgung aufgab, als Falck ihn überholte. Sein Keuchen und Husten verloren sich, während Falck dem flüchtenden Mann folgte. Dieser bewegte sich behände und schnell zwischen den Bäumen des Grundstücks, als hätte er ein genaues Ziel vor den Augen. Offenbar war er ein geübter Läufer. Nach etwa hundert Metern konnte Falck in der Dunkelheit eine Mauer ausmachen, die an einer Stelle eingestürzt war. Darauf steuerte der Flüchtende zu. Falck hatte keine Ahnung, was sich dahinter befand, noch mehr Wald, dichtes Unterholz oder die Autobahn? Er wollte es nicht darauf ankommen lassen. Falck sammelte seine letzten Reserven und beschleunigte. Inzwischen waren nur noch zehn Meter zwischen ihm und dem Flüchtigen. Die Mauerlücke war nicht einfach zu überwinden, man musste klettern. Das war die Gelegenheit. Falck warf sich nach vorne und fasste den Mann am Arm. Der schrie panisch auf, schlug einen Haken, um die Richtung zu wechseln. Ein sinnloses Unterfangen, denn da waren die Mauer und außerdem Schmidt, der ihm vorausblickend den Weg nach links abgeschnitten hatte. Der Mann bog noch einmal ab, doch Falck hatte diese Bewegung geahnt, hechtete nach vorn und umklammerte den Mann. Gemeinsam gingen sie zu Boden und schlugen heftig auf.

»Nein, bitte«, schrie der Mann augenblicklich. »Bitte, bitte nicht.«

»Herr Zetsche?«, keuchte Falck, genauso hatte die Frau reagiert.

»Bitte, ich gebe Ihnen auch Geld, ich habe genug, wirklich.«

»Herr Zetsche, beruhigen Sie sich. Wir sind von der Kripo.«

»Bitte, nein, bitte«, keuchte der Mann weiter und begann zu hyperventilieren.

»Ruhig, Mann!« Jetzt war Schmidt dazugekommen. »Wir wollen Ihnen doch nur ein paar Fragen stellen.«

»Ich weiß nichts!«, schrie Zetsche verzweifelt. »Ich kann nichts sagen!«

»Beruhigen Sie sich, stehen Sie auf, los!« Schmidt zerrte den Mann hoch.

Falck stand auf, klopfte sich die Knie ab, auch er keuchte. »Seine Frau war oben auf dem Dachboden. Auch völlig hysterisch.«

»Was ist denn nur los? Was haben Sie getan?«, fragte Schmidt. »Haben Sie Klanghausen umgebracht?«

»Nein, nein!« Der Mann versuchte vergeblich, seine Atmung unter Kontrolle zu bringen. »Haben Sie meiner Frau etwas getan?«

»Was? Wir? Warum denn?« Falck verstand nichts mehr.

»Haben Sie Hirschfeld überfallen, waren Sie das?«, fragte Schmidt.

»Hirschfeld?«, stöhnte der Mann auf. Und jetzt begriff Falck auf einmal alles.

Schmidt allerdings nicht. »Waren Sie das?«

Falck warf ihm einen Blick zu, den dieser aber nicht deuten konnte.

»Können wir erst mal reingehen und in Ruhe alles besprechen?«, schlug Falck vor und riss seine Augen bedeutungsvoll weit auf, damit Schmidt es auch wirklich sah.

»Angst? Vor uns?«, fragte Bach und warf einen vorsichtigen Blick durch die Tür in die Küche, wo sie das Ehepaar Zetsche hingesetzt hatten, damit es sich beruhigen konnte.

»Die denken, wir sind von der Stasi, die hatten regelrechte Todesangst«, flüsterte Falck. »Genau wie dieser von Palitzsch.«

»Ich habe aber doch den Ausweis gezeigt«, brummte Schmidt.

»Das bedeutet in deren Augen doch nichts«, flüsterte Falck eindringlich.

Schmidt zeigte ihm einen Vogel. »Du spinnst, wirklich. Der dachte, wir sind ihm auf die Schliche gekommen. Der hat Klanghausen umgelegt.«

»Und den Hirschfeld auch gleich?«

»Keine Ahnung.« Und damit er nicht weiter diskutieren musste, ging er in die Küche.

»Werden Sie uns jetzt umbringen?«, japste Herr Zetsche. Er war ein schmaler, drahtiger Mann, durchaus möglich, dass er täglich eine lange Strecke lief. Sein Haar war schütter und jetzt völlig verschwitzt. Sein Kinn zierte ein Künstler-Bärtchen.

»Mal halblang jetzt, ja?«, sagte Schmidt zuerst und nahm sich einen Stuhl. »Nein, natürlich nicht, Herr Zetsche. Wir sind von der Kriminalpolizei und ermitteln wegen eines Diebstahls in der Gemäldegalerie Alte Meister und den damit in Zusammenhang stehenden Delikten. Bei einer Vernehmung fiel Ihr Name. Wissen Sie von dem Austausch verschiedener Gemälde durch Fälschungen?«

»Das wissen Sie doch selbst.« Zetsche hatte sich offenbar mit der Situation abgefunden.

»Sie wussten also davon? Haben Sie auch Fälschungen hergestellt, haben Sie Klanghausen unterstützt?«

»Sie wissen genau, in welchem Verhältnis ich zu Klanghausen stehe!«

»Nein, ich weiß gar nichts, sagen Sie es mir!«

»Er wirft mir vor, ich hätte seine Karriere zerstört.«

»Haben Sie?«, fragte Schmidt auf seine unnachahmlich mitfühlende Art. Falck schüttelte heimlich den Kopf.

Zetsche öffnete den Mund und hob die Hände. Das war gerade eine übliche Geste, mit der man andeuten wollte, dass in der DDR Dinge getan wurden, die getan werden mussten, dass man manchmal jemandem schaden musste, damit einem selbst nicht geschadet wurde oder man gar einen Vorteil hatte.

»Ich gehörte zu einer Kommission, die über den künstlerischen Wert verschiedener Werke zu urteilen hatte. Wir haben Prüfungen abgenommen, Diplome vergeben.«

»Wer kein Diplom bekam, konnte damit keinen Lebensunterhalt verdienen, nehme ich an. Und Klanghausen wurde dieses Diplom verwehrt.«

»Ihm wurde gedroht, aus dem Verband bildender Künstler geworfen zu werden. Das habe ich aber nicht allein entschieden. Aber er machte mich dafür verantwortlich.«

»Fürchten Sie jetzt nach dem Mauerfall, das alles könnte Ihnen auf die Füße fallen?«

»Was denn?«, fragte Zetsche in einer seltsam weinerlichen Aggressivität.

»Das hier!« Schmidt zeigte um sich herum.

»Ich habe mir nichts vorzuwerfen, ich habe alles ehrlich erworben. Kann ich was dafür, dass er sich nicht anpassen wollte? Kann ich was dafür, dass er überall als Querulant auffiel? Ich habe ihm mehrmals geraten, Ruhe zu geben. Aber Sie wissen das doch alles!«

»Wurden Sie beauftragt, Fälschungen herzustellen?«

»Das wissen Sie auch. Und dass meine Arbeiten nicht abgenommen wurden.«

Noch gelang es Schmidt, Zetsches andauernde Unterstellungen zu ignorieren, aber er wurde sichtlich ärgerlich.

»Wussten Sie, dass Klanghausen Fälschungen produzierte?«

»Natürlich, warum fragen Sie das? Ich selbst habe ihn ja Ihren Kollegen empfohlen!«

Schmidt schloss die Augen für einen Moment. »Zum letzten Mal, Herr Zetsche: Wir sind nicht von der Stasi! Könnte es sein, dass Sie Klanghausen erpresst haben?«

»Ich?«, schrie Zetsche auf und lachte laut auf in seiner Verzweiflung. Seine Frau langte nach seiner Hand, und er klammerte sich förmlich an ihr fest.

Schmidt sah sich gezwungen, konkreter zu werden. »Klanghausens Frau deutete an, dass sie gezwungen waren, mit Fälschungen ihr Geld zu verdienen, und dass man drohte, Klanghausens Werke nicht mehr in den Westen zu verkaufen. Da gab es anscheinend großes Interesse an seiner Arbeit.«

Zetsches hatte den Mund in Empörung aufgerissen, seine Augen waren glasig. Seine Angst und Zerrissenheit standen ihm ins Gesicht geschrieben. Das war nicht nur die Angst vor der Stasi und vor dem eigenen Niedergang, jetzt, da seine Gönner verschwanden, seine Kunst als angepasst und veraltet galt. Da war auch Neid zu erkennen. All das hatte ihm die Sprache verschlagen.

Dafür sprach Frau Zetsche. »Was Erika sagt, ist falsch. Die Klanghausens wurden nicht erpresst, man bot ihnen die Möglichkeit, auf diese Art und Weise ihren Lebensunterhalt zu verdienen. Dass sie sich jetzt als Opfer darstellt, passt zu ihrer Rolle. Sie hat Wolfgang immer gelenkt, um nicht zu sagen unterdrückt. Sie neidete ihm den Erfolg, auch wenn sie das nicht zugeben würde.«

»Als Sie angesprochen wurden, Bilder zu kopieren«, mischte sich Falck jetzt ein, »wurden Sie da direkt von jemandem kontaktiert, oder geschah das anonym?«

Zetsche sah unsicher zu seiner Frau.

»Nun sag's ihm schon, hat doch eh keinen Zweck«, redete sie ihm zu.

»Zuerst wurde ich von Hirschfeld angesprochen. Das war aber nichts Konkretes, mehr ein Herantasten, ein Vorfühlen seinerseits.«

»Und dann?«

Zetsche sah wieder zu seiner Frau, die nickte. Die beiden gingen auffallend vorsichtig mit ihrem Wissen um, wägten ab und überlegten gut.

»Ich hatte einen Verbindungsoffizier. Ich weiß seinen Namen nicht. Sein Deckname war Rembrandt.«

»War es Thomas Ullrich?«, fragte Falck direkt.

»Ich kenne keinen Ullrich.«

Er log, wusste Falck. »Welches Bild genau sollte kopiert werden?«

»Die Milchmagd von ter Brugghen. Ich habe mehrere Monate an der Kopie gearbeitet, das ist jetzt schon ein paar Jahre her. Dann lieferte ich das Bild ab, doch es wurde nicht abgenommen. Ich empfahl Klanghausen, bekam eine geringe Aufwandsentschädigung, dann war die Sache für mich abgetan.«

Zetsche richtete sich auf, machte seinen Rücken gerade. Dies sollte sein Schlusswort gewesen sein.

»Wem gaben Sie die Kopie?«

»Niemand Bestimmtem, ich gab es einfach ab.«

»An Ullrich?«

»Ich weiß nicht, wer dieser Ullrich sein soll.«

Nun hatte Schmidt genug. »Herr Zetsche, ich bin mir sicher, dass Sie lügen. So oder so. Sie kennen die Namen. Aber wir kommen schon noch drauf! Was wir jetzt benötigen, ist Ihre Aussage, wo Sie sich gestern und vorgestern in der Zeit zwischen siebzehn und dreiundzwanzig Uhr aufgehalten haben. Möglichst detailgenau, bitte, und benennen Sie Zeugen.«

»Wie sollen wir Zeugen benennen? Wir waren doch hier?«, mischte sich jetzt Frau Zetsche ein.

»Nachbarn vielleicht, Bekannte, Freunde, was weiß ich denn? Das ist jetzt nicht mein Problem!«

»Sie wollen uns doch nur unterstellen, wir hätten Klanghausen und Hirschfeld etwas angetan«, rief sie aufgebracht. »Das ist doch alles schon ausgemacht!«

»Von wem denn? Wer soll das denn ausgemacht haben?«

»Sie! Sie alle hier, Ihre Chefs! Ihre Vorgesetzten, die ganzen Leute, die sich eine goldene Nase verdient haben!« Obwohl sie die ganze Zeit über als die Bedächtigere aufgetreten war, verlor sie plötzlich völlig ihre Beherrschung.

»Hör auf, Katarina!«, ermahnte Zetsche seine Frau.

»Und ganz sicher werden Sie Spuren von uns finden, Haare, Fingerabdrücke. Ist ja auch ganz klar, wir waren ja da zu Besuch, aber das wird denen egal sein. Die bringen uns nicht um, Ernst, die werden das sauber hinbekommen, dass wir an allem schuld sind, und die Leute aus dem Westen werden ihnen schön dabei helfen.«

»Warum sollten sie das?«, fragte Schmidt die Frau.

»Hör auf jetzt!« Zetsche fasste seine Frau fest am Oberarm.

Sie schleuderte seine Hand weg. »Weil die alle da mit drinhingen, Politiker, Geschäftsleute. Ich kann dir sagen: Das wird wie immer sein, die Kleinen hängen sie, die Großen lassen sie laufen!«

13

»Was machen wir denn mit ihnen?«, fragte Falck. Für eine kurze Beratung hatten sie sich ins Vestibül zurückgezogen, das Ehepaar hatten sie im Blick.

Schmidt verzog das Gesicht. »Ich würde sie in U-Haft nehmen. Polizeidienstlich erfassen, Fingerabdrücke, der ganze Zirkus. Steffi, hol doch mal das Funkgerät.« Bach verzog das Gesicht, folgte aber der Aufforderung, ohne sich zu beschweren.

»Sie zu verhaften, bestätigt nur, was sie sowieso glauben«, sagte Falck.

»Oder uns weismachen wollen. Erst hauen sie ab, dann spielen sie Opfer. Guck dich um, das sind ganz bestimmt keine Opfer. Die haben was zu verlieren. Ich werde einen Haftbefehl anfordern.« Er griff sich an die Brusttasche, erinnerte sich daran, dass er hier nicht rauchen konnte, ließ den Arm wieder fallen. »Stinkt mir alles. Jedes Mal, wenn wir jemanden aufsuchen, hoffe ich, eine Lösung zu finden, doch jedes Mal wird die Sache komplizierter. Ich glaube, die stecken alle unter einer Decke. Hier weiß jeder was, und jeder versucht seine Haut zu retten. Aber irgendwer muss der Oberdrahtzieher sein, und irgendwer hat Klanghausen umgelegt.«

Bach kam mit dem tragbaren Funkgerät zurück. »Kennst du eine Frau Lange?«, fragte sie Falck.

»Claudia heißt so.«

Bach verzog das Gesicht. »Die Zentrale hat gemeldet, dass eine Frau Lange angerufen habe. Sie wollte dich dringend sprechen und meinte, sie sei bei ihren Eltern.«

Bei ihren Eltern, wunderte sich Falck. Das war seltsam. Claudias Eltern hatten ihre Tochter gewissermaßen verstoßen und wollten von der unehelichen Enkelin nichts wissen. Was musste passiert sein, dass Claudia auf einmal zu ihnen ging?

»Sonst nichts?«

»Ich soll dir das so ausrichten. Hier ist eine Telefonnummer. Die sollst du anrufen.«

»Haben die hier ein Telefon?«, fragte Falck.

»Na, rate!«, knurrte Schmidt.

»Schubert«, meldete sich eine Frauenstimme, nachdem Falck vom Wohnzimmer der Zetsches aus angerufen hatte.

»Falck hier. Frau Lange bat darum, dass ich anrufe.«

»Ja, wir sind die Nachbarn, warten Sie, ich hole sie!«

Falck harrte ungeduldig. Ob etwas mit Julia war? Aber wieso sollte Claudia dann bei ihren Eltern sein und nicht im Krankenhaus?

»Tobias«, hauchte Claudia.

»Ja, was ist denn los?«

»Ich musste weg von daheim. Ich hatte Angst. Da war jemand im Haus.«

»Das waren doch bestimmt nur irgendwelche Penner, Claudia, das hattest du doch schon einmal.« Das machte die Sache nicht besser, dachte sich Falck, sie war mit dem Kind immerhin ganz allein in dem Haus.

»Nee, das war anders. Da war auch jemand an meiner Tür, wirklich!«

»Und was wollte der?«

»Ich weiß nicht, aber es hat gekratzt und geschabt. Ich habe so getan, als sei mein Mann da. He, Schatz, kannst du mal die Teller bringen, und so in dem Stil. Dann habe ich Schritte gehört, die Treppe hoch und wieder runter. Ich hab mir einen

Regenschirm geschnappt, zum Zuschlagen. Hat ewig gedauert, bis die endlich abgehauen sind. Mensch, Tobias, verstehst du das? Ich hatte solche Angst. Ich hab dann das Licht ausgemacht und aus dem Fenster gesehen. Ich glaube, das war der, der schon mal vorm Haus gestanden hatte, vorgestern. Dann habe ich schnell das Nötigste gepackt und bin los. Ich wusste nicht, wohin, da bin ich zu meinen Eltern. Hab meine letzten paar Mark für ein Taxi ausgegeben.«

»Was sagen die denn? Wie haben sie dich empfangen?«

»Verdammt noch mal, Tobias, das ist doch jetzt egal. Kannst du nicht was machen?«

»Wir fahren hin«, gab Bach Falck zu verstehen, sie hatte offenbar alles verstanden.

»Wir fahren hin, Claudia. Aber was soll denn das werden, mit deinen Eltern?«

»Die haben dumm geguckt, das kannst du dir vorstellen, aber als sie Julia gesehen haben, da hatten sie Tränen in den Augen. Mutti hat sie auch gleich genommen, und mein Vater ist gleich mal ab in den Keller, angeblich um etwas holen, aber er wollte nur nicht zugeben, dass es ihn rührt.«

»Na gut, wenigstens das.«

»Aber alleine geh ich da nicht mehr hin, in die Wohnung. Da habe ich keine ruhige Minute.«

»Ich hole dich ab bei deinen Eltern.«

»Du verstehst nicht, ich meine, alleine wohne ich da nicht mehr. Da müssen wir uns was einfallen lassen!«

»Wir lassen uns was einfallen«, versprach Falck und legte dann auf.

»Was iss'n?«, fragte Schmidt laut ins Zimmer.

»Wir müssen mal kurz weg«, erklärte Bach, »in die Neustadt, geht das? Tobias muss dringend was Privates klären!«

Schmidt sah Falck an. »Wirklich dringend?«

»Da scheint jemand Claudia nachzustellen.«

»Das ist doch die Mutter deines Kindes, oder?« Schmidt sah auf die Uhr. »Kommt gleich 'ne Streife, da könnt ihr los. Aber ihr seid in anderthalb Stunden spätestens wieder da und nehmt das Funkgerät mit, das muss immer am Mann sein.«

»Und?«, fragte Bach später im Trabant. »Du willst wohl nicht bei ihr einziehen?«

»So hat sie das doch gar nicht gemeint. Sie will gern umziehen.«

»Tobias, ich habe gehört, was sie gesagt hat. Das war eindeutig.«

»Eindeutig wäre, wenn sie mich richtig gefragt hätte.«

Bach schenkte ihm einen kurzen Seitenblick, fragend und belustigt zugleich. »Stellst du dich dumm, oder bist du so naiv? Natürlich fragt sie dich nicht geradeaus, das wäre ja Bettelei. Sie hat ihren Stolz, ist doch klar. Und du hast sie verletzt, das ist auch klar. Da bist du an der Reihe, zu fragen, als Teil der Wiedergutmachung sozusagen. Aber der Witz ist, wir können noch ewig diskutieren, es beantwortet die Frage nicht. Würdest du bei ihr einziehen, wenn sie das wollte?«

Falck war noch zu keiner Antwort gekommen. Jetzt, insofern musste er Bach recht geben, schien die Frage nicht so eindeutig zu beantworten, wie er es noch vor ein paar Minuten geglaubt hatte. Denn würde er diese Tür öffnen, schlug eine andere Tür zu.

Irgendwie schien Bach sein Dilemma erkannt zu haben und erließ ihm vorerst die Antwort. »Du müsstest halt darüber nachdenken. Ist es eine Vernunftentscheidung? Würdest du es dem Kind zuliebe tun, oder willst du es wirklich, also vom Herzen aus? Sie scheint sich da ja recht sicher zu sein. Die Frage ist, willst du es?«

Vielleicht wollte Bach ja selbst nicht, dass diese Tür zuschlug. Ihre nächsten Worte schienen das noch zu bestätigen.

»Ist auch gar nicht leicht zu beantworten. Du magst das Kind ja sehr, da kann es leicht passieren, dass diese Gefühle auf die Mutter übertragen werden«, fuhr sie fort.

»Ich bin nicht sicher«, sagte Falck, um Antwort zu geben. Es war nicht gelogen. Er war nicht sicher.

»Weil du nicht weißt, was du für sie empfindest, oder wegen einer anderen? Wegen dieser Ulli?«

»Ach, Quatsch«, erwiderte er so schnell, dass es sich gelogen anhören musste. Und es war ja auch gelogen, nur dachte er dabei nicht an Ulli. Im Grunde genommen hätte er das mit Ulli schon längst klären müssen. Ihr sagen, dass es nichts werden konnte, dass sie sich keine Hoffnung machen sollte. Vielleicht zögerte er das nur hinaus, um sie ein bisschen zappeln zu lassen.

Bachs Laune war über dieses Gespräch wieder gekippt. »Hältst dir wohl gern alle Möglichkeiten offen, was?«, frotzelte sie grimmig. »So funktioniert das aber nicht, zumindest nicht langfristig. Man muss sich entscheiden.«

»Wenn man sich aber entscheidet und stellt dann fest, dass man gar nicht in der Position war, zu wählen, dann verliert man mit einem Schlag alles.«

»Tja, so ist es nun mal in der Liebe«, bemerkte Bach mit bitterer Miene, und dann schwieg sie. Vielleicht bereute sie jetzt ihre Frage, bereute das ganze Gespräch oder mochte etwas anderes erwartet haben. Vielleicht hatte sie gerade selbst eine Tür aufgestoßen, und er war daran vorbeigegangen.

Falck starrte aus dem Beifahrerfenster, ließ das Gespräch noch einmal Revue passieren. Warum musste das alles immer so kompliziert sein? Er mochte Bach, auch wenn sie ein Jahr älter war. Er mochte ihren manchmal zynischen Witz, wie sie Schmidt Paroli bot. Er mochte sie, wenn sie betroffen war, von den Dingen, die ihnen manchmal im Dienst begegneten, und wie kalt sie manches ließ. Er wusste, er sollte mit ihr nichts anfangen, sie waren Kollegen. Er sollte das Ganze gleich vergessen, denn dass es schiefging und sie dann miteinander auskommen mussten, wie es der Hauptmann prophezeit hatte, das war sehr wahrscheinlich.

14

»Hier ist es aber wirklich zappenduster«, kommentierte Bach, als sie in die Böhmische Straße einbogen. Es war menschenleer, die Geschäfte hatten inzwischen geschlossen, und es war kalt und finster. Ein paar wenige parkende Autos standen herum, die Laterne vor dem Haus war aus.

Bach stellte den Trabant vor der Haustür ab.

»Nehmen wir lieber die Taschenlampen mit.« Falck stieg aus.

»Und wonach schauen wir?«

»Ob ein Obdachloser im Haus ist oder jemand versucht hat, einzubrechen.«

Bach öffnete den Kofferraum, holte die Taschenlampen heraus, und Falck beugte sich noch einmal ins Auto, um das Funkgerät zu holen. Er wollte sich deshalb nicht noch einmal von Schmidt anfahren lassen.

»Sag mal«, Bach trat neben ihn, »hat das vorhin keinen Eindruck auf dich gemacht? Was die Zetsches für Panik hatten vor uns? Die haben doch gedacht, denen schlägt das letzte Stündlein? Die Zetsche ist auf dem Dachboden beinahe kollabiert. Die hat gedacht, ich erwürge sie, die hat sich buchstäblich in die Hose gepinkelt, echt! Als ich ihr in der Küche sagte, sie soll mal ein Glas Wasser trinken, da glotzte die mich an, als redete ich Chinesisch.«

»Zetsche ist auch um sein Leben gerannt.« Falck nahm die Klinke in die Hand, die Haustür war nur angelehnt. Von allein schloss sie nicht. Zog man sie zu, ließ sie sich nur mit einem

Tritt wieder öffnen. Da half nichts, da müsste ein Schlosser ran.

»Aber die Frage ist, spinnen die nur? Inzwischen glaubt ja jeder, dass er von der Stasi kontrolliert wurde und dass die vor keinem Mord zurückschreckten. Aber was, wenn Klanghausen wirklich von der Stasi umgebracht wurde und Hirschfeld auch sterben sollte?«

»Red doch jetzt kein Zeug.« Falck betrat das Treppenhaus und drehte am Lichtschalter. Doch das Licht ging nicht an.

»Haha, von wegen«, sagte Bach dazu. »Vielleicht Zufall«, sagte sie dann, aber ihre Stimme behauptete das Gegenteil.

Falck schaltete die Taschenlampe ein und leuchtete den Hausflur aus. Sie mussten in Erfahrung bringen, ob nur das Hauslicht kaputt oder der komplette Strom abgeschaltet war.

Bach hielt sich dicht hinter ihm. »Als wir bei der Schüttauf waren, ging auch das Licht aus.«

»Ich weiß«, sagte Falck und hoffte, Bach würde verstehen, dass ihre Anmerkungen in diesem Moment nicht hilfreich waren. Er wusste, wo er den Sicherungskasten suchen musste. Hinten bei der Kellertür. Das Türchen des hölzernen Stromkastens war nur angelehnt. Falck leuchtete die Reihe der Sicherungen ab, viele fehlten, waren herausgeschraubt und als Ersatz für durchgebrannte Sicherungen verwendet worden. Er versuchte, aus dem uralten vergilbten Plan, der auf die Rückseite der Tür geklebt war, herauszulesen, welche Sicherung zu welcher Wohnung gehörte. Die Sicherungen für Claudias Wohnung und für das Hauslicht fehlten. Jemand hatte sie entfernt. Falck leuchtete auf den Boden, suchte die nähere Umgebung ab, konnte aber keinen der Keramikzylinder entdecken.

Von den verbliebenen Sicherungen waren die allermeisten durchgebrannt. Eine nach der anderen schraubte er sie aus und probierte sie in der Fassung für das Hauslicht. Endlich, nach dem fünften Versuch ging das Hauslicht an.

»Und jetzt?«, fragte Bach leise. Falck deutete auf die Erdgeschosswohnung, die inzwischen auch schon ein Jahr leer stand.

Christian, der hier gewohnt hatte und sich als Blueser ausgegeben hatte, als systemkritischer Asozialer, war noch vor der Wende als IM entlarvt worden. Und nicht ohne Grund war auch Falck für seine verdeckten Ermittlungen in eine Wohnung hier im Haus einquartiert worden. Dieses Haus war ein Stützpunkt der Stasi gewesen.

Mehr als eine Erinnerung kam in Falck hoch, als er die Wohnung betrat. Die Feier, die vielen Leute, die subversiven Gespräche. Heute kam ihm das irgendwie absurd vor, es schien Jahrzehnte her zu sein.

In der Wohnung gab es keine Möbel mehr, das war wohl kein Versteck, dachte er sich. Falck winkte Bach raus. Gemeinsam stiegen sie die Treppe hinauf. Claudias Wohnungstür war geschlossen. Einbruchsspuren waren auf den ersten Blick nicht zu erkennen. Deutlich zu erkennen aber war ein Schriftzug, mit Kreide auf die Tür gemalt. *Verschwinde Schlampe!*, in großen Druckbuchstaben. Claudia hatte das bei ihrer Flucht wahrscheinlich gar nicht bemerkt.

»Vielleicht nur Vandalen?«, fragte Bach, und es klang beinahe hoffnungsvoll.

Selbst wenn die Reaktion der Zetsches übertrieben schien, Klanghausens Tod einer anderen Motivation geschuldet war, niemand wollte irgendetwas mit der Stasi zu tun haben. Der Gedanke, dass die Stasi noch immer ungestört agierte, ihre Verbindungen, Kanäle nutzte, verursachte Unbehagen, egal, wie oft man versuchte, sich selbst zu beruhigen und alles als unwahrscheinlich abtat. Doch genau wie gerade die SED, oder PDS, wie sich jetzt nannte, mithilfe von Gregor Gysi ihre Schäfchen ins Trockene brachte, würden auch Stasileute versuchen, ihren Ruf und ihr Vermögen zu retten.

Mit dem Jackenärmel versuchte Falck die Schrift zu verwischen, auch wenn es eigentlich ein Indiz war, eine Spur vielleicht, doch Claudia sollte das nicht sehen. Es gelang ihm leidlich, wenigstens konnte man es nicht mehr lesen.

Schweigend stiegen sie die nächste Treppe hinauf. Das Hauslicht erlosch, sprang aber wieder an, als Bach den Schalter drehte. Die Wohnung im zweiten Obergeschoss musste schon viel länger leer stehen. Früher hatte hier offenbar mal jemand gehaust, doch das musste lange her sein.

Bach war Falck gefolgt, wortlos, bis hinauf ins dritte Obergeschoss, in die kleine Wohnung, die einmal sein Domizil gewesen war, wenn auch nur für drei Tage. Der Raum sah aus, als hätte er ihn gerade verlassen, alles war noch an seinem Platz, die alte Couch, der Tisch, die fadenscheinigen Vorhänge.

Jetzt zeigte Bach fragend auf die Dachbodentür. Falck nickte und ging zielstrebig darauf zu.

»Warte hier!«, sagte er. Es war ihm lieber, sie sicherte ihn hier unten. Mit Dachböden hatte er schon schlechte Erfahrungen gemacht. Auf keinen Fall wollte er jemals wieder auf das Dach eines brennenden Hauses klettern.

Der Dachboden, den er jetzt vor sich sah, war mit Holzgattern in kleine Abteile eingeteilt, die er nacheinander ausleuchtete, stets darauf bedacht, dass ihn jemand unverhofft angreifen könnte. Aber nichts dergleichen geschah. Gerade als er die steile Holztreppe wieder hinuntergestiegen war, ging das Licht erneut aus. Bach langte nach dem Schalter, doch diesmal blieb es dunkel. Stattdessen hörten sie die Haustür unten quietschen.

»Verdammt noch mal!«, fluchte Falck. Ohne nachzudenken, rannte er die Treppe hinab, das Licht der Lampe hüpfte mit seinen schnellen Bewegungen. Er brauchte keine zwanzig Sekunden, bis er unten angekommen war, und riss die Haustür auf. Hundert Meter entfernt erkannte er eine Gestalt, die in Richtung Martin-Luther-Platz rannte. Falck wusste, von dort aus gab es viele Möglichkeiten, weiterzulaufen oder sich in irgendeinem Hauseingang zu verstecken. Ein Vorteil für den Flüchtenden. Trotzdem lief er los.

»Tobias!«, rief Bach hinter ihm her. »Tobias!«

Warum stieg sie nicht ins Auto ein, um ihm zu folgen? Dann gellte ein Pfiff. Falck bewunderte Steffi auch dafür. Er hatte noch nie durch die Finger pfeifen können. Und Steffi wendete es auch nur im Notfall an. Er stoppte seinen Lauf und ging außer Atem zu ihr zurück. Er hätte sowieso keine Chance gehabt.

Bach stand neben dem Auto. »Schon mal einen Reifen gewechselt?«

Falck stöhnte auf. Der rechte Vorderreifen war zerstochen.

»Eineinhalb Stunden, habe ich gesagt!« Schmidt hatte sie im Hausportal der Zetsches in Empfang genommen und schien auf seinen Auftritt nur gewartet zu haben. »Welcher Teil dieser Anweisung war denn so schwer verständlich?«

Falck ging nicht darauf ein. Sie hatten Schmidt per Funk über den Reifenschaden informiert. Und über alle anderen Vorgänge auch.

»Wird das jetzt Mode, dass euch die Leute immer wegrennen?«

Auch Bach ging nicht darauf ein, was Schmidt noch gereizter werden ließ. Er war in Stänkerlaune.

»Jetzt sag halt mal!«, forderte er Falck auf und klapste ihm provozierend mit dem Handrücken auf den Oberarm.

Aber Falck hatte keine Lust auf die Spielchen, er musste nachdenken. Was sollte er Claudia erzählen?

»Was ist denn hier eigentlich los?«, fragte er dann doch noch, angesichts der Tatsache, dass nichts los war.

Der Hauptmann gab sein Gestichel auf und winkte enttäuscht ab. »Habe die Ansage bekommen, dass die Zetsches nicht weiter behelligt werden sollen. Die haben anscheinend sogar einen Draht zum Staatsanwalt. Und jetzt heißt es, wir hätten den Eindruck erweckt, wir seien von der Stasi.«

Das war genau das, was Falck schon vermutet hatte. Er verzichtete aber, Schmidt darauf hinzuweisen. Schmidt reagierte trotzdem, als hätte er etwas gesagt.

»Für mich ist das bloß eine Ausrede. Die haben Dreck am Stecken, ganz klar. Wenn sie so 'ne Angst vor der Stasi hätten, warum packen sie nicht ihr Zeug und verduften in den Westen?«

»Weil Sie das hier nicht einfach so aufgeben wollen«, mischte Bach sich ein.

»Wenn es aber um Leib und Leben geht?«

»Vielleicht glauben sie ja, dass sie selbst im Westen nicht sicher sind vor der Stasi. Gibt ja Gerüchte, dass prominente Flüchtlinge im Westen von Agenten umgebracht wurden. Wurde nicht einem Fußballer die Bremsleitung vom Auto durchgeschnitten? Oder war das ein Giftanschlag?«

»Bremsleitung, Giftanschlag, das kann man schnell mal verwechseln«, spottete Schmidt. »Man kann es auch übertreiben mit der Paranoia.«

Falck wollte das nicht einfach so stehen lassen. »Aber abwegig ist das überhaupt nicht. Immerhin musste sogar mal ein Bundeskanzler wegen eines DDR-Agenten zurücktreten. Dass Zetsche einen Draht zum Staatsanwalt hat, beweist ja zumindest, dass die Kanäle noch funktionieren.«

Dagegen wusste Bach etwas einzuwenden. »Oder aber der Staatsanwalt sieht einfach keine Handhabe gegen die Zetsches.«

»Und was machen wir jetzt?«

Schmidt zuckte mit den Schultern. »Ich würde gern beobachten, was die Zetsches weiter veranstalten. Aber auch das wurde mir nicht genehmigt.«

Falck bemerkte, wie ihn Schmidt bedeutungsvoll anstarrte,

und schüttelte energisch den Kopf. »Nein, vergiss es! Ich stelle mich nicht die ganze Nacht hier hin.«

»Und wenn ich es dir befehle?«, fragte Schmidt und grinste.

Da kam Bach zu Hilfe. »Übernimm du doch! Die Heizung im Lada ist bestimmt besser als die im Trabant.«

Anstatt gleich aus der Haut zu fahren, schien Schmidt die Idee zumindest in Erwägung zu ziehen. Er nahm sich eine Zigarette und benötigte drei Züge, bis er eine Entscheidung getroffen hatte.

»Gut, so machen wir es. Aber nicht, dass ihr beide denkt, ihr fahrt zum trauten Stelldichein ins Büro. Ihr fahrt zu Sybille.«

»Warum?«, fragte Bach.

»Ich habe über Funk eine Meldung bekommen, dass sie in der Zentrale angerufen hat. Wir sollen mal auf die *Seitenstraße* kommen. Ich weiß gar nicht, was das sein soll, die *Seitenstraße*. Ob die uns verarscht?«

»Wann hat sie denn angerufen?«, fragte Bach.

Schmidt sah auf die Uhr. »Vor einer halben Stunde oder so.«

»Die Seitenstraße ist im Hechtviertel, da in der Nähe waren wir gerade. Hättest du uns mal Bescheid gegeben, wir hatten das Funkgerät dabei!«, sagte Bach vorwurfsvoll.

»Ja, aber wir springen doch nicht, nur weil eine Sybille Suderberg anruft.«

»Das kann ja sein, Eddi, aber auf der Seitenstraße wohnt dieser Hans Peter Stein, der Freund vom Klanghausen!«

Als sie mit ihrem Trabant ankamen, stieg Sybille Suderberg aus ihrem dunkelgrünen BMW, der in dieser Straße wie ein Fremdkörper wirkte angesichts der zerfallenen Hausfassaden.

»Wo bleibt Edgar?« Suderberg sah sich nach beiden Richtungen um.

»Hat anderes zu tun«, erwiderte Bach knapp, und Suderberg entspannte sich etwas.

»Ist was mit dem Stein?«, fragte Bach.

Suderberg nickte. »Inzwischen wird's mir unheimlich, geb ich zu«, sagte sie, als sie das Haus betreten hatten. »Ich komme mir schon richtig verfolgt vor. Neulich stand jemand an meiner Tür. Oben, an meiner Wohnung. Konnte ich durch den Spion sehen, Typ mit Basecap und Kapuze drüber. Ich wollte ihn zur Rede stellen, musste aber erst mein Sicherheitsschloss entriegeln. Das hat er wohl gehört und ist abgehauen.«

»Wie meinst du das, zur Rede stellen? Hattest du keine Angst?«, fragte Bach.

Suderberg fuhr mit der Hand in die Manteltasche und zog eine Pistole heraus.

»Das ist nur eine Schreckschusspistole, oder?«, fragte Bach.

»Logisch!«, erwiderte Sybille.

»Wir hatten auch gerade einen Vorfall. Bei Tobias' Freundin daheim!«

»Sie ist nicht…« Falck winkte ab. Suderberg wusste, wer gemeint war.

»Und als wir letztens bei Frau Schüttauf in der Wohnung waren, hielt sich da ein Mann versteckt. Als er floh, fiel im ganzen Haus das Licht aus.« Bach hatte wohl vergessen, dass er geglaubt hatte, Sybille dort gesehen zu haben. Einmal mehr nutzte er die Gelegenheit, Suderberg zu betrachten.

Die erwiderte seinen Blick. »Was macht deine Freundin jetzt?«, fragte sie ohne jedes Anzeichen von Skrupel.

»Weiß ich noch nicht, jetzt muss sie eben bei ihren Eltern bleiben.«

»In der Not könnte sie zu mir kommen für ein paar Tage, ich habe sechs Zimmer«, bot Suderberg an.

»Im Ernst?«, fragte er verblüfft. Vielleicht hatte er sich ja doch geirrt mit dem BMW auf der Michelangelostraße.

»Na, wenn es nicht für ewig ist! Mir ist das wirklich nicht mehr geheuer. Das sind mir alles zu viele Zufälle.«

»Aber was ist denn nun mit dem Stein?«, drängte Bach.

»Müsst ihr selbst sehen. Da hoch.« Sie zeigte auf die Treppe.

»Was ist eigentlich ein *Beeskepp*?«, fragte Falck.

»Eine Schirmmütze«, erklärte Suderberg und stieg ihnen voran die Treppe hoch.

»Die Bude hier steht auch fast leer, ganz oben wohnt eine alte Frau.« Im ersten Obergeschoss hielt sie die beiden Polizisten kurz auf, deutete auf Einbruchsspuren. Mit der Fußspitze drückte sie die Tür auf.

Es war eiskalt in der Wohnung, kälter noch als im Treppenhaus. Es roch stark nach Müll, darunter lag fahl der Geruch von Rauch und Alkohol. Suderberg schaltete das Licht an und offenbarte damit einen Anblick, der ihnen den Atem verschlug. Wohin man blickte, türmten und stapelten sich Müll und Schrott. Als hätte jemand einen Schuttcontainer ausgeräumt, lag hier alles durcheinander. Alte Möbel, kaputte Kleidung, Elektroschrott, Kabel, Geräte mit zerstörten Gehäusen, daneben stapelweise alte Zeitungen, überall leere Flaschen, deren Restinhalt vor sich hin schimmelte, Lebensmittelreste, die verdarben, dementsprechend fand sich dazwischen überall Nagetierkot. Klanghausens Freund lebte buchstäblich auf einer Müllhalde.

»Er sagte, er brauche das für seine Kunst«, erklärte Suderberg flüsternd. »Er war auch Künstler. Da müssen wir rein, ins Wohnzimmer.«

Sie ging voran, schaltete auch das Wohnzimmerlicht ein. Hier sah es genauso aus, kaum ein Platz auf dem Fußboden war frei. Auf der Couch lag ein Mann, den Kopf zum Fenster gedreht und komplett bekleidet, inklusive Straßenschuhen. Es sah aus, als ob er schliefe.

»Ist das Stein?«, fragte Bach leise.

»Ja, und er ist mindestens einen Tag schon tot. Vielleicht auch zwei.«

Falck ging zur Couch und musste dazu über das Gerümpel steigen. Er schob dem Mann das Hosenbein hoch und fasste an dessen Unterschenkel.

»Ganz steif. Müsste nicht die Leichenstarre nachgelassen haben nach zwei Tagen?«

»Wir haben sieben Grad minus in der Wohnung«, merkte Suderberg an.

Falck verstand. Er schob sich an dem vollgestellten, von Zigarettenasche völlig verdreckten Couchtisch vorbei und sah dem Mann ins Gesicht, seine Augen waren geschlossen. Dann überwand er sich und versuchte, ein Auge des Toten zu öffnen. Es war nicht möglich.

»Scheint keine Fremdeinwirkung gegeben zu haben«, fasste er seine erste Untersuchung zusammen.

Suderberg nickte, begann aber, bedenklich mit dem Kopf zu wackeln. »Das hätte ich auch gesagt, vermutlich totgesoffen oder erfroren. Oder besoffen erfroren.«

»Kohle steht aber hier!« Bach zeigte auf zwei Eimer neben dem Ofen.

»Wenn du aber zu besoffen bist, um zu heizen…« Suderberg zuckte mit den Achseln. »Wie gesagt, inzwischen glaube ich nichts mehr. Stein säuft seit dreißig Jahren, übersteht den ganzen Winter, und ausgerechnet jetzt stirbt er?«

»Kanntest du ihn?«

»Seit Beginn meiner Ermittlungen. Ich war hier, sprach mit ihm, versuchte rauszufinden, was er über den Diebstahl wusste. Stein erzählte nie etwas, egal wie besoffen er gerade war.«

»Hast du dich mal nach dem Bild umgesehen?«, fragte Falck. Ganz sicher hatte sie sich umgesehen, überlegte er, und augenblicklich war das Misstrauen zurück. Vor allem, nachdem sie in Claudias Treppenhaus gerade wieder erlebt hatten, dass das Licht ausgegangen war und sich Sybille nun hier befand, keine drei Kilometer Luftlinie entfernt.

Suderberg zögerte. »Ich habe einen Anruf aus Köln bekommen. Angeblich wurde jemandem das Bild angeboten, wem, weiß ich nicht. Ich weiß nur, dass das Angebot von einem Mann namens Weinert kam, der wiederum ist mit Freiherrn von Palitzsch gut bekannt. Das Problem ist, irgendeine Behörde in der BRD hat davon Wind bekommen, jetzt hat sich die Kölner Staatsanwaltschaft eingemischt.«

»Wieso ist das denn ein Problem?«, fragte Falck.

»Wenn die Behörden ermitteln, halten drüben alle still. Da herrscht so eine Art Burgfrieden. Die Polizei weiß, dass da krumme Geschäfte gemacht werden. Weil sich aber alles in gehobenen Kreisen bewegt, halten alle still.«

»Gehobene Kreise?«

»Geschäftsleute, Adlige, Kunstmäzene, sogar Politiker, einflussreiche Leute.«

»Du willst sagen, dass da eher etwas vertuscht als aufgedeckt wird?«

Sybille ging sofort in die Verteidigung. »Ich will dir mal was erzählen. Meine Schwester war eine Prostituierte, und du weißt ja, was das ist. Ich habe mich nicht darüber gefreut, keiner in der Familie. Aber sie hatte sich nun mal dafür entschieden, und du lieber Himmel, sie hat ordentlich Geld gemacht. Sie war eine Edelnutte, die du für die ganze Nacht buchen musstest, fünftausend pro Freier oder so. Ihr Zuhälter jedenfalls ist ins Zentrum polizeilicher Ermittlungen gerückt. Er hat jemanden umlegen lassen. Dann kam heraus, dass der Tote ein V-Mann des BND war. Frag mich nicht, warum, vielleicht weil doch gelegentlich ausländische Diplomaten zu den Freiern gehörten. Und frag mich auch nicht, warum der Geheimdienstler zum Ziel des Mordanschlags geworden ist. Jedenfalls war er tot, und das konnte man nicht auf sich sitzen lassen. So kam die Maschinerie in Gang, ich wusste von Ermittlungen, Konten wurden geprüft und Razzien vorbereitet, und ich hab meine Schwester bekniet, sich abzusetzen und zu verschwinden. Leider meinte sie nur, dass ich mich nicht so haben solle, die Männer klärten das schon, das habe mit ihr nichts zu tun.«

Suderberg hielt inne und atmete durch.

»Um es kurz zu machen: Eine Razzia eskalierte, es gab eine Schießerei, bei der zum Schluss ein Polizist tot war und eine Prostituierte, das war meine Schwester. Ich habe versucht, herauszufinden, wohin man sie gebracht hat, in welches Krankenhaus, wer sie untersuchte. Ich habe nach Obduktionsberichten gesucht, wollte wissen, ob sie von einer Polizeikugel getroffen wurde. Aber ich habe nichts mehr gefunden. Selbst der Tod des Polizisten wurde in den Akten verwischt, es hieß nur, er sei in Ausübung seines Dienstes tödlich verletzt worden. Mehr nicht. Und schließlich hat man rausgefunden, dass die Tote meine Schwester war, weshalb man behauptet hat, ich hätte den Leuten da den Tipp wegen der Razzia gegeben.«

Suderberg hatte einen hochroten Kopf bekommen.

»Ich habe das noch keinem erzählt«, sagte sie leise.

»Wir werden es auch keinem weitererzählen.« Falck hatte für sie beide gesprochen.

»So viel zur Vertuschung. Irgendwann, wenn sich drüben die Wogen geglättet haben, muss ich der Sache noch mal nachgehen. Bis dahin muss ich mich mit solchem Kram hier über Wasser halten.«

»Diese Frau Dehner, deine Sekretärin, war die auch … also, war sie eine Kollegin deiner Schwester?«, fragte Bach.

Suderberg zögerte mit der Erwiderung, bis die Antwort auf der Hand lag.

»Ich habe ihr diesen Job hier angeboten, um sie drüben in Frankfurt aus der Schusslinie zu nehmen. Ursprünglich kommt sie aus Nürnberg. Meine Schwester starb in ihren Armen.«

Eine Weile standen sie zu dritt da und schwiegen.

»Was machen wir mit ihm?«, fragte Bach schließlich und zeigte auf den Toten.

»Der muss zur Gerichtsmedizin. Die werden feststellen, ob er eines natürlichen Todes gestorben ist oder nicht«, sagte Falck.

»Selbst wenn ...« Suderberg blieb skeptisch.

»Was denn? Glaubst du, dass der Gerichtsmediziner auch bestochen ist?«

»Nein, aber jemand, der es darauf anlegt, kann es auch wie einen natürlichen Tod aussehen lassen. Habt ihr von Uwe Barschel gehört? Ein CDU-Politiker, den fand man in Genf tot in der Hotel-Badewanne. Manche behaupten, der israelische Geheimdienst hätte ihn töten lassen.« Für Suderberg schien das keine unwahrscheinliche Theorie zu sein. »Unser primäres Ziel sollte sein, das Bild zu finden, bevor es wirklich nach drüben verschwindet.«

»Unser primäres Ziel sollte sein, Klanghausens Mörder zu finden.«

»Mein ich ja!«, stimmte Suderberg ihm eilig zu.

»Das erfordert aber auch, dass du nicht auf eigene Faust durch die Gegend fährst«, fühlte Falck sich genötigt zu sagen.

Suderberg nickte wortlos und wirkte ungewöhnlich einsichtig.

»Vor allem müssen wir Schmidt Bescheid geben.«

Schmidt fror. Er gab es nicht zu. Er weigerte sich aber, die Jacke zu schließen, geschweige denn einen Schal zu tragen. Den Verlust an Körperwärme versuchte er mit noch exzessiverem Rauchen zu kompensieren. Und so verlockend die Aussicht war, einmal ein paar Tage Dienst ohne Schmidt zu haben, hoffte Falck dennoch, dass der Hauptmann gesund blieb. In diesem komplexen Fall gab es doch eine Menge Verantwortung zu tragen. An der Villa der Zetsches war mehrere Stunden lang nichts geschehen, irgendwann waren die Lichter ausgegangen, und Schmidt hatte trotzdem bis weit nach Mitternacht ausgeharrt.

Er hatte Suderbergs Aussage aufgenommen wie die einer x-beliebigen Fremden, um sie dann zur Seite zu legen.

»Ich mache jetzt Folgendes«, kündigte Schmidt an. »Ich werde beim Staatsanwalt durchsetzen, dass jeder, der auch nur ansatzweise Kontakt mit dem Gemälde hatte, durchsucht und vernommen wird. Das muss hier ein Ende haben. Kann ja nicht sein, dass wir jetzt jeden Tag einen Toten haben.«

»Glaubst du denn jetzt auch, dass die Stasi dafür verantwortlich ist?«, fragte Bach leise und deutete auf den Leichenwagen.

»Ach was. Die Stasi, die Stasi, ihr habt ja nichts anderes mehr im Kopf. Der Typ hier ist besoffen erfroren, hatten wir schon und werden wir noch öfter haben.«

»Ausgerechnet jetzt aber?«, übernahm Bach Suderbergs Argumentation.

Schmidt nickte. »Ich sag dir auch, warum. Im Prinzip hat Sybille ihn umgebracht.«

»Was hab ich?« Suderberg war empört hochgefahren.

»Der da geht auf deine Kappe!«

»Ach ja? Willst du mir das wohl mal bitte erklären!« Sie gab sich entrüstet und auch belustigt, aber Falk sah ihr an, wie nervös sie war.

»Gern. Du wolltest Informationen von ihm. Du hast ihm Geld gegeben, oder?« Schmidt wartete gar nicht erst die Antwort ab. »Wie viel hast du ihm denn gegeben? Einen Hunni? In D-Mark. Was macht der damit? Kauft sich drei Pullen Johnny Walker im Intershop und süffelt die aus. Die stehen oben auf dem Tisch. Das ist selbst für den geübtesten Säufer zu viel. Der pennt ein, ohne sich zuzudecken. Zack! Aus die Maus. Deine Schuld.«

Gegen so viel Logik fielen auch Sybille keine Widerworte ein.

»Und von wo aus hast du denn eigentlich angerufen? Der Typ hatte kein Telefon in seiner Wohnung, und das Ding ist ausgebrannt!« Er zeigte auf eine gelbe Telefonzelle mit zerschmolzenen Plexiglasscheiben.

»Ich habe ein Telefon im Auto.«

Die drei Polizisten drehten sich gleichzeitig nach dem grünen BMW um.

»Im Auto?«, fragte Schmidt.

»Funktelefon Siemens C3.«

»Ah.« Schmidt versank für einen Moment in finsteres Grübeln, fragte sich sicherlich, warum er so etwas nicht hatte. Dann schüttelte er diesen Gedanken ab. »Davon abgesehen habe ich Informationen bekommen, dass der Ullrich nicht nur ein kleines Licht bei der Stasi war. War gar nicht einfach, etwas in Erfahrung zu bringen, plötzlich gelten Persönlichkeitsrechte. Ausgerechnet für die!«

»Das ist halt Demokratie«, konnte sich Suderberg nicht verkneifen zu sagen.

»Das ist Hühnerkacke«, verbesserte Schmidt, dann kniff er die Augen zusammen. »Sag mal, bei dem warst du doch auch schon, bei dem Ullrich, oder?«

Suderberg hob die Schulter. »Gehörte zu meinem Auftrag.«

»Das bedeutet, der ist schon länger vorgewarnt. Das hat auch gar nichts mit Vertuschen und der Stasi zu tun. Hier geht's nur ums Geld. Dem stinkt, dass er nichts von der Beute abbekommt. Wir müssten Hirschfeld vernehmen, das geht aber nicht, der liegt mit Matschbirne im Krankenhaus. Seine Frau wird nichts erzählen, die Schüttauf schweigt genüsslich. Doch eine Person gibt's noch, die Genaueres wissen kann.«

»Und wer soll das sein?«, fragte Bach. »Maschke?«

Falck wusste schon, wen Schmidt meinte, und gab ihm dabei auch recht.

»Der auch«, sagte Schmidt, nahm einen Zug und stieß Rauch aus. »Aber ich meine sie.« Und damit zeigte er auf Suderberg, die gleich einen Schritt zurückwich. »Du hast die meisten Informationen. Hirschfeld muss dir eine Menge erzählt haben, und ich glaube, du hältst noch hinterm Berg.«

»Ich habe euch im Prinzip alles erzählt.«

»Im Prinzip? Du hast eine ganze Menge verschwiegen. Genau genommen könnte ich dich mitnehmen.« Schmidts Augen begannen zu leuchten, er schien ganz überrascht von seiner eigenen Idee zu sein, die ihm aber zu gefallen schien. »Ja, genau. Ich könnte dich zuführen lassen!«

»Kein Haftrichter wird dich einen Zeugen verhaften lassen«, sagte Suderberg, schien sich aber nicht sicher zu sein.

»Was heißt denn hier Zeuge? Für meinen Geschmack steckst du hier viel zu tief drinnen. Du rufst uns zweimal an, und jedes Mal ist einer tot oder zumindest fast tot.«

»Du willst sie verhaften?«, fragte Bach entsetzt.

»Hätte allen Grund.«

Bach trat näher an Schmidt heran und senkte die Stimme. »Aber drüben laufen doch noch Ermittlungen gegen sie. Nicht, dass sie sie ausliefern.«

»Und wenn?«, fragte Schmidt mit finsterem Blick in Richtung Suderberg.

»Übertreib's nicht!«, sagte Suderberg warnend.

»Und wenn?«, konterte Schmidt und blickte sie provozierend an. Doch Falck sah ihm an, dass ihm durchaus bewusst geworden war, dass er den Bogen überspannt hatte. Es war nur noch der Stolz, der ihn daran hinderte, einen Rückzieher zu machen. Es galt, einzuschreiten, bevor der Hauptmann sich wirklich noch genötigt sah, Suderberg festzunehmen.

»Vielleicht setzen wir uns zusammen und Sybille erzählt alles«, schlug Falck vor.

»Damit sie dir seine Stasitheorie bestätigen kann, du Schlauberger?«, schniefte Schmidt.

Falck hatte keine Dankbarkeit für seine Diplomatie erwartet. »Es ist eine These, eine Theorie ist es erst, wenn sie gedanklich zur Erkenntnis geworden ist.«

»Ich sag's ja, Klugscheißer«, wusste Schmidt zu erwidern. »Dann fahren wir jetzt ins Büro, mal hören, was Frau Suderberg zu berichten hat.«

»Können wir machen«, sagte Sybille und war bemüht darum, sich wieder taff zu geben.

15

»Wirklich?«, fragte Claudia. Sie stand in der Tür und rieb sich verlegen den Oberarm. Sie wagte nicht, ihn in die elterliche Wohnung hineinzubitten, nachdem ihre Mutter ihm geöffnet und ihn dann an der Tür stehen gelassen hatte.

Falck hatte Claudias Mutter heute zum ersten Mal gesehen und war schon darauf eingestellt, dass man ihn nicht mit offenen Armen empfangen würde. Trotzdem ärgerte er sich. Wie komisch manche Leute waren, wie altmodisch. Seine Mutter hatte ihm lediglich übelgenommen, dass er es ihr nicht sofort erzählt hatte, und dann hatte sie es kaum erwarten können, ihr drittes Enkelkind zu sehen, völlig unberührt von den Umständen, unter denen es zur Welt gekommen war.

»Nur ein paar Penner«, wiederholte Falck seine Lüge und nahm dann innerlich Anlauf für das, was er ihr sagen wollte. »Wenn du magst ... Also, wenn dir das nicht zu ... nicht zu blöd ist ... also, ich könnte bei dir einziehen ... also, nur zu deiner Sicherheit und Beruhigung, sozusagen.« Nun war es raus.

Claudia sah verlegen zu Boden. »Also, weißt du ...«, stammelte sie und brachte den Satz dann nicht zu Ende.

Falck fühlte sich unwohl. Jetzt waren sie beide fast dreißig, hatten ein gemeinsames Kind und standen hier in der Tür von Claudias Eltern herum wie unmündige Kinder. Er war müde, er fröstelte, hatte viel zu wenig geschlafen. Seine Aussage, dass sie nichts zu befürchten habe, würde nur funktionieren, wenn er bei ihr wohnte. Wie sonst sollte er auf sie aufpassen und dafür sorgen, dass ihr nichts geschah?

»Also, ich freu mich, dass du das machen willst ...«, sagte sie langsam. Und nun rutschte ihm das Herz in die Hose, denn seine Befürchtungen schienen wahr zu werden.

»Ist das okay, wenn ich noch mal darüber nachdenke?«, fragte Claudia. »Ich meine, das ist schon etwas anderes.«

»Na, klar, logisch«, erwiderte er. Nichts war logisch, denn wenn sie gewollt hätte, dann hätte sie gleich Ja sagen können. Nun stand er dumm da, und vom Blumenstrauß der vielen Möglichkeiten war nur ein verwelkter Stängel übrig geblieben.

»Versteh das bitte nicht falsch«, flüsterte Claudia.

»Nee, ist okay«, nuschelte er und lächelte. Aber es war natürlich nicht okay. Sie wollte es nicht, sie wägte ab. Er könnte auch froh sein, die Entscheidung wäre gefallen, der Weg wäre frei, und er dachte an Steffi. Aber vielleicht wäre das auch nicht so einfach. Konnte gut sein, dass er Steffis Zeichen falsch deutete, dass sie ihn nur auslachte.

»Also gut«, versuchte Falck die unangenehme Situation zu beenden, »denk darüber nach. Und sag mir Bescheid, wenn du wieder zurückgehen willst.«

»Geht klar!«, sagte Claudia erleichtert und drückte ihm einen Kuss auf die Wange.

»Kann ich dir mal was erzählen?«, fragte Bach, als er kurze Zeit später das Büro betrat, und deutete dabei nach draußen. Falck kehrte auf der Stelle um und verließ zusammen mit Steffi das Zimmer.

»Gestern Nacht hat es bei meinen Eltern geklingelt. Mehrmals, und meine Nachbarn sagen, an meiner Tür auch.«

»Bei den anderen Nachbarn nicht?« Falck wusste, dass Steffi im selben Haus wie ihre Eltern wohnte, zwei Etagen über ihnen.

Bach schüttelte den Kopf. »Mein Vater hat aus dem Fenster

gesehen, da stand jemand. Eine dunkle Gestalt, genau wie gestern.«

»Hat er sie angesprochen?«

»Ach was, er hat heimlich nachgesehen. Aber weißt du, was in meinem Briefkasten war, als ich heimkam?« Bach griff in ihre Jackentasche, nahm etwas heraus und hielt es Falck auf der offenen Handfläche hin. Es war ein Stück Kreide. »Das hat doch was zu bedeuten, oder? Erst ist bei deiner Claudia die Tür angeschmiert, dann ist die Kreide in meinem Briefkasten.«

»Schmidt wolltest du es wohl nicht erzählen, was?«

»Der lacht uns doch nur aus.« Bach steckte die Kreide wieder weg. »Ehrlich gesagt, ich habe ordentlich Bammel. Das ist doch eine eindeutige Aufforderung: Wir sollen uns da raushalten.«

Schmidt riss die Tür auf. »Na, ihr Turteltäubchen, was wird das hier?«

»Nur was Privates.« Falck reagierte am schnellsten.

»Gründet doch eine WG, dann könnt ihr den ganzen Tag quatschen.« Schmidt wandte sich ab und warf ihnen die Tür vor der Nase zu.

»Was ist denn mit dem heute wieder los?«, fragte Falck.

»Er hat Hausdurchsuchungen beantragt, die sind alle abgelehnt worden.«

»Bei wem denn?«

»Ullrich, Maschke, die anderen Museumswächter, Zetsche.«

»Alle abgelehnt? Nicht sein Ernst!«, staunte Falck.

»Oh, doch. Jetzt will er Frau Schüttauf noch einmal befragen, keine Ahnung, was er sich davon erhofft.«

Auch Falck wusste es nicht, höchstens, dass die Frau inzwischen mürbe gemacht geworden war. Zwei Nächte in einer Zelle brachten manchen zur Räson.

»Na, komm«, sagte Steffi, »gehen wir rein, ehe er völlig ausrastet.«

»Herr Leutnant!« Frau Zille war aus ihrem Büro gekommen, und Falck ging ihr entgegen.

»Tut mir wirklich leid, dass der Hauptmann das mit den Bretzigs in die Hände bekam. Ich hatte es auf Ihren Tisch gelegt. Haben Sie in der Sache eigentlich etwas erreichen können?«

»Nein, noch nicht, Sie wissen selbst, was hier los ist derzeit.«

Frau Zille nickte. »Ich weiß schon. Es ist aber so, dass Frau Reinders mir heute etwas erzählt hat. Sie ist nämlich auf der Bank gewesen. Ich weiß schon, die hätten das gar nicht machen dürfen, aber die Angestellten dort kennen Frau Reinders, und jemand informierte sie darüber, dass das Konto ihres Sohnes komplett leergeräumt sei. Alles abgehoben.«

Falck sah zu Bach, die näher gekommen war. »Aber das würde ja eher bedeuten, er hat tatsächlich das Weite gesucht.«

»Frau Reinders schwor, dass ihr Sohn so etwas nie tun würde. Ohne etwas zu sagen.«

»Dann hat sich Frau Reinders eben in ihrem Sohn getäuscht. Aber wir werden uns das mal ansehen.«

»In Ordnung. Und wann?«

»Morgen, da haben wir frei.«

Frau Zille hob den Kopf. »Also gut«, sagte sie, sah aber nicht zufrieden aus.

Als sie gehen wollte, hielt Falck sie noch einmal auf. »Frau Zille, den Reinders haben Sie aber nichts von der Familie Bretzig gesagt, den Namen oder gar, wo sie wohnen?«

Frau Zille zögerte eine halbe Sekunde zu lange und wusste damit selbst, dass sie den Augenblick für eine Lüge verpasst hatte. »Frau Reinders tat mir so leid. Sie ist wirklich verzweifelt. Und sie ist überzeugt davon, dass ihr Junge nicht einfach so abhauen würde. Sie war sehr früh geschieden und immer allein mit ihm. Sie haben wohl eine sehr enge Bindung.«

»Was, glauben Sie, macht die Frau mit den Informationen?«

Frau Zille verzog unglücklich das Gesicht. »Ich habe erfahren, dass sie Kontakt zu ihrem Exmann aufgenommen hat, dem Vater ihres Sohnes, er wohnt in Karl-Marx-Stadt. Die hatten all die Jahre aber nichts miteinander zu tun.«
»Sie fürchten, sie will zu den Bretzigs fahren?«
Frau Zille nickte bedauernd. »Ich habe es gleich bereut, ich hätte ihr sagen sollen, ich hätte nichts gefunden. Aber wie gesagt, sie tat mir so leid.«
»Wann haben Sie ihr denn das alles gesagt?«
»Gestern Abend. Heute Morgen erfuhr ich, dass sie weggefahren ist.«
Falck blies die Backen auf und sah Bach an. »Wer sagt's Schmidt?«
Steffi hob die Augenbrauen. »Das machst mal schön du.«

Schmidt hatte es gelassen hingenommen, doch der Frieden war trügerisch, sein Achselzucken war nur Ausdruck dafür, dass er sich übergangen fühlte. Ihr Versprechen, am frühen Abend wieder da zu sein, hatte er mit einem leisen Schnauben kommentiert.
So fuhr Falck mit ungutem Gefühl nach Drachhausen, in die Nähe von Cottbus. Und nicht nur das verursachte ihm Unwohlsein, auch Bachs Fahrweise trug dazu bei. Hatte sie sich in der Stadt und auf der Landstraße als sichere Fahrerin erwiesen, zeigte sie nun auf der Autobahn ein anderes Gesicht. Allein die Auffahrt hatte für Nervenkitzel gesorgt. Größere, schnellere und vor allem massivere Fahrzeuge schossen an ihnen vorbei und fuhren dicht auf. Höhere Geschwindigkeiten erforderten heftigere Bremsmanöver. Es herrschte eine Hektik, die ihnen beiden fremd war. So mancher Autofahrer, der bisher aufgrund schwacher Motorisierung auf hundert, bestenfalls hundertzehn Kilometer pro Stunde beschränkt gewesen war, versuchte nun dieses Defizit mit seinem neu erworbenen

Opel Kadett, Ford Sierra oder Golf II wettzumachen. Keine Rede mehr vom gemütlichen Bummbumm der Räder über die Fugen der sozialistischen Betonplatten. Jetzt herrschte hier Krieg, und Bach war ein schlechter Soldat, mit schlechter Bewaffnung, ängstlich und schüchtern. Eingeklemmt zwischen zwei Lastern, weil sie sich nicht auf die Überholspur wagte, hoppelte der Trabant mit einem beständigen Sprühfilm auf der Frontscheibe auf der Landstraße. Erst als sie auf die Autobahn nach Cottbus abbogen, wurde es besser. Bach atmete merklich auf, auch wenn die Autobahn teilweise nur einspurig war und noch kaputter.

»Mensch, da muss ich mich erst dran gewöhnen«, gab sie zu. »Du kannst gern auf dem Rückweg fahren.« Das war kein Angebot, sondern eine Bitte. »Was hast du nun eigentlich mit Claudia vor?«

»Ich habe sie gefragt«, antwortete er, um nicht schon wieder um den heißen Brei herumzureden.

»Echt? Was hat sie gesagt?« Bach sah ihn nicht an, nicht mal kurz.

Dafür betrachtete er ihr Mienenspiel. »Sie will es sich überlegen.«

Bach schürzte die Lippen und dachte nach. »Sie will dich nur zappeln lassen«, meinte sie dann.

»Ich glaube, sie will nicht, wollte mich aber nicht vor den Kopf stoßen.«

»Nee, sie will dir nur nicht das Gefühl geben, nur darauf gewartet zu haben. Aus Rache, weißte.« Jetzt sah sie ihn doch kurz an und lächelte. Dann war ihr Lächeln gleich wieder verschwunden. War sie eifersüchtig? Aber worauf? Auf Claudia oder auf die Tatsache, dass sie niemand fragte, ob er bei ihr einziehen dürfe? Es lag ihm auf der Zunge, sie zu fragen, doch was hätte sie sagen sollen? Sicherlich nicht die Wahrheit.

Drachhausen war ein kleiner Ort in ländlicher Gegend mit nicht einmal tausend Einwohnern. Die Straßen waren gepflastert, mit bewachsenen und verwilderten Wegrändern. Eine rot verklinkerte Kirche war das einzige aus der Ferne herausstechende Merkmal. Im Ortszentrum, das ein paar kleine Geschäfte beherbergte, hatte die CDU einen Werbestand aufgebaut. Rund um den Ortskern lagen die meist mit Einfamilienhäusern bebauten Grundstücke. Die Bretzigs wohnten am Ortsrand, was erstaunlicherweise nicht leicht zu finden war, trotz Karte. Hier war es still und kalt, schneelos, wie auch in Dresden, und die Felder lagen da in schwarzer Winterstarre.

»Hier muss es sein«, meinte Bach endlich und hielt am Straßenrand. Ein anderes Auto mit einem Kennzeichen aus Dresden oder Karl-Marx-Stadt war nicht zu sehen.

Das Grundstück der Bretzigs war zwar groß, aber nicht besonders gepflegt, mit einer alten Garage, einem windschiefen Hühnerstall, rostigem Feldgerät und undefinierbaren, überdachten Stapeln, die Brennholz oder Heuballen sein konnten. Das Wohnhaus wirkte heruntergewirtschaftet, die Anbauten aus verschiedenen Jahrzehnten waren irgendwann mal zweckdienlich gewesen, aber alles andere als eine Augenweide, mit grauem Putz und einer neuen Satellitenschüssel auf dem Dach.

»Und was nun?«, fragte Bach. Falck wusste es auch nicht. Er hatte sich die Fahrt über Gedanken darüber gemacht, wie sie einen womöglich handgreiflichen Konflikt auflösen könnten.

»Gehen wir mal rein. Wir wissen ja noch nicht mal, ob es die Richtigen sind.«

Am Tor fand sich keine Klingel, aber auf dem Dorf herrschten sowieso andere Regeln. Ein Hund begann zu bellen, als sie das Grundstück betraten, war aber nicht zu sehen. Vielleicht war er in einem Zwinger eingesperrt. Aus dem Haus kam keine Reaktion.

»Die sind bestimmt arbeiten«, sagte Bach. »Dann müssen

wir warten. Vielleicht können wir im Ort was essen gehen? Ich müsste auch mal.«

»Moment noch.« Falck wollte wenigstens noch klopfen. Der Hund kriegte sich gar nicht mehr ein.

»Guten Tag!« Eine Frau war auf einmal hinter dem Haus hervorgekommen, um die fünfzig, sehr stämmig, mit gefütterten Gummistiefeln, wattierter Jacke und einem Tuch um den Kopf.

»Frau Bretzig?«, fragte Falck. »Wir sind von der Kriminalpolizei Dresden.«

»Ach ja?« Interessiert kam sie näher.

»Wir haben ein paar Fragen an Sie. Sind Sie die Mutter von Heiko Bretzig?«

Die Frau zögerte. »Warum fragen Sie das?«

Der Tod ihres Sohnes lag sechs Jahre zurück, eine angemessene Zeit, um offen mit ihr darüber reden zu können, glaubte Falck. »Haben Sie kürzlich Anzeige erstattet, wegen … des Todes Ihres Sohnes?«

»Wegen Mordes. Sprechen Sie es ruhig aus. Ja, das waren wir. Warum?« Frau Bretzig sah ihn herausfordernd an, nicht unbedingt aggressiv, eher streitlustig.

»Genau genommen haben Sie schon zwei Mal Anzeige erstattet. Einmal gegen unbekannt und einmal gegen Mario Reinders.«

»Ja, haben wir«, unterbrach ihn die Frau. »Die erste Anzeige war natürlich völlig sinnlos. Aber inzwischen haben wir Unterstützung, und inzwischen verlieren diese ganzen DDR-Bonzen ihre Posten, und die anderen, die richtigen Leute kommen ans Ruder.«

»Darf ich fragen, woher Sie den Namen des Schützen wissen?«

Die Frau lächelte freudlos. »Warum reden Sie immer drumherum? Sagen Sie doch, wie es ist. Sagen Sie ruhig ›Mörder‹. Es war Mord. Andere waren auch an der Grenze und haben nicht geschossen. Oder wenigstens bewusst daneben.«

»Frau Bretzig«, mischte Bach sich jetzt ein. »Wir sind nicht hier, um mit Ihnen zu debattieren.«

»Worum geht's denn dann? Um Persönlichkeitsrechte? Mein Sohn hatte auch keine Rechte, gegängelt haben die ihn, er durfte nicht einmal lernen, was er wollte, nichts durfte er. Und als er genug hatte und rüberwollte, haben sie ihn abgeknallt wie einen Hund. Und jetzt auf einmal, wo Demokratie herrscht, da haben die Mörder Rechte? Und man darf nicht mal ihre Namen erfahren?«

»Frau Bretzig, wir wollen nur wissen, ob Sie schon länger den Namen des Schützen gekannt haben.«

»Nein, hab ich nicht. Den erfuhren wir gestern Morgen.«

Ein Mann war jetzt ums Haus gekommen und war in einigen Metern Entfernung stehen geblieben. Wie die Frau trug auch er Arbeitskleidung und eine Pudelmütze, die er jetzt abzog. Er wischte sich über die Stirn.

»Gisela, was ist denn?«

»Walter, bleib weg!« Frau Bretzig winkte mürrisch ab.

»Was wollen Sie denn?«, fragte Walter Bretzig und blickte fragend auf die Polizisten.

»Ich hab gesagt, bleib weg, das regt dich nur auf! Es ist wegen Heiko.«

Der Mann blieb unentschlossen stehen.

»Herr Bretzig, seit wann wussten Sie den Namen des Mannes, der Ihren Sohn erschossen hat?«

»Seit gestern wohl«, meinte Bretzig. Es war ihm anzusehen, wie schwer es ihm fiel, über diesen Verlust zu sprechen.

Bach zupfte Falck am Ärmel. Sie wollte das hier beenden.

Falck nickte unmerklich. »Sind Sie heute schon einmal darauf angesprochen worden? War schon jemand anderes hier? Oder ist Ihnen ein fremdes Fahrzeug aufgefallen?«

»Nein, wieso? Ist was?«, fragte Frau Bretzig besorgt.

»Es mag sein, dass die Eltern des Schützen Ihren Namen und Ihren Wohnort in Erfahrung gebracht haben.«

»Die sollen nur kommen!«, lachte die Frau grimmig auf.

»Nein, genau das wollen wir verhindern. Haben Sie ein Telefon?«

»Wir nicht. Hedwig da drüben hat eines.« Frau Bretzig zeigte über die Straße.

»Wir geben Ihnen unsere Nummer, rufen Sie uns bitte an, falls Ihnen etwas ungewöhnlich erscheint, oder rufen Sie im Notfall eins eins null an. Bitte lassen Sie die Angelegenheit nicht eskalieren. Das dient Ihrer Sache nicht.«

Frau Bretzig atmete tief ein, gab sich aber verständig. Von Bach ließ sie sich einen Zettel mit der Telefonnummer aushändigen. »Womit müssen wir denn rechnen, wenn die hierher kommen sollten?

»Frau Reinders vermisst ihren Sohn. Sie fürchtet, dass womöglich Sie ihm etwas angetan haben könnten!«

»Wir?«, fragte Frau Bretzig spitz.

»Bitte haben Sie für die Frau Verständnis«, mischte sich Bach ein. »Sie sorgt sich einfach sehr.«

»Verständnis? Ha!« Frau Bretzig lachte hart auf. »Verständnis hat für uns auch keiner gehabt. Sie haben behauptet, dass wir Heiko zu einem Konterrevolutionär erzogen hätten.«

»Frau Reinders hat sich das alles auch nicht ausgesucht.«

»Schon gut!« Frau Bretzig winkte ab. »Aber ich kann Ihnen sagen, was mit dem Kerl ist. Abgehauen ist er, damit er nicht angeklagt wird. Ich muss jetzt wieder.« Die Frau hob die Hand zum Gruß und wandte sich ab.

Herr Bretzig stand immer noch wie erstarrt, die Pudelmütze in den Händen, und blickte ins Leere.

»Komm!«, fuhr ihn die Bretzig an, was ihn aus seiner Starre

erwachen ließ. Er setzte seine Mütze wieder auf und drehte sich um, um seiner Frau zu folgen

»Und was machen wir jetzt?«, fragte Falck und sah die Straße hinunter. Nichts regte sich hier.

Bach sah sich um. »Ich müsste mal pinkeln gehen.«

»Wir sollten irgendwo Stellung beziehen, wenigstens für eine Weile.«

»Hast du mich gehört?«

»Geh halt hinter einen Busch.«

»Wenn es einen gäbe. Komm, fahren wir Richtung Zentrum und setzen uns in ein Restaurant. Wenn die Reinders von der Autobahn kommen, müssten sie da durch. Vielleicht wäre es besser, die hiesige Polizei zu informieren.«

Das hatte Falck sowieso vorgehabt. Sie gingen zusammen zum Trabi zurück und stiegen ein. Bach wendete in einem großen Bogen, indem sie die breite Einfahrt zum Ausholen nutzte.

»Blödes Kopfsteinpflaster, macht's nicht besser«, kommentierte sie das Gerüttel im Auto und sah dann in den Spiegel. »Guck mal, da kam gerade ein Moped aus dem Grundstück.«

Falck sah sich um. »Das ist Bretzig.«

Das Moped kam näher und überholte sie dann mit hoher Geschwindigkeit. Ein Mann mit grünem Helm saß drauf.

»Was soll ich denn machen? Das ist nicht Bretzig.«

»Der winkt! Fahr ihm einfach ganz normal nach.«

Sie folgten dem Mann, der zuerst ein Stück Richtung Ortsmitte fuhr, dann aber in einen Feldweg einbog und anhielt. Bach fuhr rechts neben ihn und kurbelte ihr Fenster herunter.

Der Mann war um die sechzig, sein Gesicht vom Alkohol gezeichnet, mit knolliger Nase und von feinen Äderchen durchzogener Haut. Trotz seines mächtigen Bauches und seines Gewichts, das die Stoßdämpfer seiner Schwalbe arg strapazierte, strahlte er eine gewisse Härte aus.

»Mahlzeit, Genossen«, begrüßte er sie, was Falck und Bach

verdattert nicken ließ. »Kaluweit mein Name. Ich wohne seit zwei Jahren neben den Bretzigs. Sie sind doch wegen dem Heiko hier, oder?«

»Nicht nur«, antwortete Bach vage.

»Ich will nur sagen: Diese Leute stellen sich jetzt als Opfer dar, dabei haben sie es regelrecht darauf angelegt. Die haben den Jungen doch dazu getrieben, abzuhauen. Jetzt versuchen sie den Schützen zur Verantwortung zu ziehen. Eine Frechheit ist das. Das soll nur ablenken von ihrer eigenen Schuld.«

»*Das* wollten Sie uns sagen?« Steffi Bach sah ihn überrascht an.

»Die Bretzigs erzählen überall herum, dass sie sich für den Tod ihres Jungen rächen wollen. Schon am Tag des Mauerfalls haben sie damit angefangen.«

»Haben sie das konkretisiert?«, fragte Falck nach.

»Das nicht, aber sie werden nicht müde, darüber zu reden. Ich will eigentlich nur sagen, dass die beiden nicht so harmlos sind, wie sie tun. Gerade Bretzig behauptet immer, man hätte ihn wegen seines Sohnes aus der Partei geworfen und ihm den Leitungsposten entzogen. Aber das stimmt nicht! Der Heiko hat geklaut, und zwar im großen Stil. Heizöl, Kohle, Holz, Obst, Gemüse. Das hat er alles unter der Hand verkauft.«

»Haben sich denn die Bretzigs in letzter Zeit ungewöhnlich verhalten?« Steffi Bach wollte den Redefluss des Mannes unterbrechen.

Kaluweit wiegte den Kopf. »Sie fahren oft weg, haben ja Verwandtschaft im Westen und in Westberlin, und sind dann mal zwei Tage weg. Die Neundorf besorgt denen dann die Hühner.«

»Ist das Hedwig Neundorf?«, fragte Falck und erinnerte sich an die Bemerkung von Frau Bretzig vorhin.

»Ja, genau.«

»Und waren die Bretzigs dieses Wochenende weg?«

»Ja, von Sonntag zu Montag. Ziemlich überraschend.«

»Inwiefern? Die Bretzigs werden Ihnen ja nicht sagen, wann sie wegfahren.«

»Aber der Hedwig sagen sie immer ein paar Tage vorher Bescheid. Letzten Sonntag fragten sie Hedwig ganz kurzfristig, ob sie ihnen die Hühner und die Katze füttert. Sie wüssten noch nicht genau, wann sie wiederkämen.«

»Dann waren sie aber am Montag wieder da?«

»Ja, am Vormittag. Und ihr Auto war über und über mit Schlamm bespritzt. Die Bretzigs haben ja noch Grundstücke.«

»Was denn für Grundstücke?«

»Feld hauptsächlich und eine Waldparzelle.«

»Hatten sie jemanden dabei?«

Kaluweit schüttelte den Kopf. »Was wollten Sie denn hier, wenn ich fragen darf, Genossen?«

Bach sah Falck fragend an.

»Der Soldat, der Heiko Bretzig damals erschossen hat, ist verschwunden. Seine Mutter fürchtet, ihm könnte etwas zugestoßen sein.«

Kaluweit hob den Kopf, zeigte aber kein Erstaunen. »Ich hab ein Auge drauf. Vielleicht kriege ich noch raus, wo sie am Sonntag waren. Dieser windige Anwalt, den sie haben, war Sonntagfrüh noch da. Das ist ja auch nicht normal, oder?«

»Sie kennen den Anwalt?«

»Klar. Ein junger Kerl aus dem Nachbarort, Olaf Siebert. Der ist vor einigen Jahren abgehauen, hat drüben studiert und ist vor zwei Monaten hier wieder aufgetaucht. Hat in Cottbus gleich eine Kanzlei eröffnet.«

Bach drehte sich mit vielsagendem Blick zu Falck um. Vielleicht wusste der Anwalt Mario Reinders' Namen doch schon eher?

»Vielen Dank«, beendete Falck das Gespräch. »Vielen Dank, dass Sie für uns die Augen offenhalten. Wir geben Ihnen unsere Nummer, rufen Sie uns an?«

»Natürlich, wenn es der Sache dient.« Kaluweit nahm den Zettel entgegen, salutierte knapp, schob das Moped rückwärts, wendete und fuhr zurück.

»Was war denn das jetzt?«, fragte Bach. »Der war doch von der Stasi! Was der alles wusste! Und er scheint die Bretzigs ja noch immer zu observieren.«

»Vor allem glaubt er, dass wir auch von der Stasi sind. Das macht so einer doch aus eigenem Interesse. Glaub doch nicht, dass der noch irgendwem Berichte liefert.«

»Da wäre ich mir nicht so sicher«, sagte Bach leise.

Sicher war sich Falck keineswegs. »Aber was machen wir jetzt? Wir können hier keine Ermittlungen durchführen.«

»Wir könnten diese Neundorf befragen und den Anwalt.«

»Wollen wir jetzt vor den Augen der Bretzigs die Nachbarin besuchen?«

»Warum denn nicht? Ist dir das unangenehm?«

Falck hob die Schultern, ja, es war ihm unangenehm. Das würde die Bretzigs nur in ihrem Misstrauen bestätigen.

»Wenn die aber wirklich etwas mit Reinders' Verschwinden zu tun haben? Wäre doch jetzt Quatsch, nach Cottbus zu fahren.«

»Ja, ist ja gut!« Falck gab sich geschlagen. Bach lenkte den Trabant rückwärts aus der Einfahrt und fuhr zurück. Als sie das Haus der Bretzigs passierten, sah sie verstohlen nach rechts, doch das Ehepaar war nicht zu sehen. Sie fuhr sogar noch ein kleines Stück am Grundstück der Frau Neundorf vorbei, um den Trabant hinter einer Hecke abstellen zu können. Trotz aller Vorsicht blieb ihnen nichts anderes übrig, als das Grundstück zu betreten und an die Haustür zu klopfen. Das Haus von Hedwig Neundorf war kleiner als das der Bretzigs, älter und in keinem besonders guten Zustand. Da niemand öffnete, gingen sie ums Haus herum und entdeckten einen offenen Hintereingang, der ins Waschhaus führte.

»Frau Neundorf!«, rief Bach.

»Wir gehen jetzt einfach rein, das ist so auf dem Dorf!«

»Bist wohl jetzt auch Dorfexperte, was?«, spöttelte Bach grinsend.

Ohne zu antworten, durchquerte Falck das Waschhaus, klopfte an die nächste Tür und öffnete sie.

»Frau Neundorf? Polizei aus Dresden. Dürfen wir reinkommen?« Es roch nach Katze und Mittagessen.

»In der Küche«, rief die Frau.

Falck klopfte noch einmal an den Türrahmen, bevor er die Küche betrat. Frau Neundorf stand am Herd und wischte sich die Hände an der Schürze ab. Falck schätzte sie auf über siebzig. Ihr graues Haar war zu einem Zopf gebunden.

»Polizei aus Dresden?«, fragte sie erstaunt.

»Wir möchten Sie zu den Bretzigs etwas fragen! Wissen Sie, wohin Ihre Nachbarn am Sonntag gefahren sind?«

»Ja, natürlich«, erwiderte die Frau offen und arglos. Immerhin hatten weder Falck noch Bach sich als Polizisten ausgewiesen. »Sie haben doch in Westberlin eine Tante, der ging es wohl nicht gut. Ist ja auch schon sehr betagt. Sie fuhren sie besuchen.«

»Und gaben Ihnen vorher Bescheid?«

»Ja, sie kamen rüber und meinten, sie wüssten nicht, wie lange es dauern würde. Weil sie mit der Tante wohl ins Krankenhaus müssten. Außerdem müssten sie sich um deren Katzen kümmern. Aber dann waren sie am Montag schon zurück.«

»Wissen Sie, was mit der Tante war?«

Frau Neundorf lächelte. »Ja, sie ist wohl sehr einsam.«

»Und wissen Sie etwas über den Sohn, über Heiko? Sprechen die Bretzigs manchmal darüber?«

»Sie ja, aber er nicht. Der Tod von Heiko hat ihn sehr getroffen. Der Junge war sein Ein und Alles. Sie wollen wohl jemanden anzeigen oder verklagen, sie haben sich mit anderen zusammengetan. Es ist nur sehr schwer, meint sie, es wird alles geheim gehalten.«

Plötzlich stieß Bach Falck heftig in den Arm und zeigte zum Fenster, durch welches man das Haus der Bretzigs auf der anderen Straßenseite sehen konnte. Ein brauner Wartburg mit dem Kennzeichen T für Karl-Marx-Stadt hatte gehalten. Frau Reinders und ein Mann, vermutlich Marios Vater, stiegen aus.

Bach wollte sofort los.

»Warte mal!«, bat Falck.

Frau Reinders suchte umständlich nach einer Klingel bei den Bretzigs, probierte dann vorsichtig die Klinke zum Gartentor. Sie sah sich nach dem Mann um und forderte ihn mit einem Kopfnicken auf, ihr zu folgen. Langsam näherte er sich, man sah ihm sein Unbehagen an. Jetzt öffnete sich die Haustür, und Frau Bretzig kam aus dem Haus.

»Mensch, Tobias!«, drängte Bach. Sie wollte sofort hinüber gehen, schlichten, eingreifen, das Schlimmste verhindern.

»Warte doch mal!«

Frau Reinders trat zwei schüchterne Schritte vor, sagte etwas, woraufhin Frau Bretzig sehr unfreundlich reagierte. Frau Reinders wagte sich noch zwei Schritte vor, sprach, zeigte etwas, ein Foto vielleicht. Frau Bretzig zögerte, ging Marios Mutter ein Stück entgegen. Bretzig trat in die Tür. Während die zwei Frauen sprachen, standen beide Männer stumm und hilflos daneben. Frau Bretzig schüttelte den Kopf, doch ihre Grundhaltung änderte sich, ihre Gestik wurde sichtbar weicher, weniger harsch.

»Die sprechen nur, siehst du.«

»Ich traue dem Frieden nicht«, murmelte Bach.

Jetzt machte Frau Bretzig eine Geste, die wie eine Einladung aussah. Frau Reinders aber schüttelte den Kopf und hielt sich nun die Hände vors Gesicht, ihre Schultern bebten. Jetzt trat Frau Bretzig noch näher, berührte sie beschwichtigend an der Schulter, nahm die Frau dann sogar in den Arm. So blieben sie eine Weile stehen, während beide Männer verlegen und stumm zu Boden blickten. In Bretzig schien es zu arbeiten, seine Kaumuskeln bewegten sich, auch die Hände in den Hosentaschen. Hier so unvermittelt der Mutter des Mörders seines Sohnes gegenüberzustehen, kostete ihn augenscheinlich große Überwindung. Irgendwann wandte er sich ab und ging ins Haus. Nun bewegte sich endlich Herr Reinders und zog seine immer noch weinende Exfrau zum Wartburg. Beim Einsteigen redete er ihr ruhig zu, sagte dann noch etwas zu Frau Bretzig, die verständnisvoll nickte und dem Wagen noch lange nachsah, als er davonfuhr.

»Siehste!«, sagte Falck fast triumphierend.

Bach verzog den Mund. »Sie tut mir trotzdem leid. Und was machen wir nun? Den Anwalt besuchen?«

Falck nickte. »Jetzt sind wir einmal hier. Schmidt lacht uns sonst wieder aus. Er würde es tun.« Er wandte sich an Frau Neundorf. »Sie wissen nicht zufällig, in welcher Straße in Cottbus der Anwalt der Bretzigs sitzt?«

»Und dürfte ich bitte einmal Ihre Toilette benutzen?«, fragte Bach noch schnell.

»Gern, am Ende vom Hausflur, ist aber nur ein Plumpsklo.«

Es war nicht leicht, den Anwalt Olaf Siebert in Cottbus zu finden. Seine Kanzlei befand sich in einer Flachbaracke, wie sie in der DDR zu Hunderttausenden zu finden gewesen waren und alle möglichen Zwecke erfüllten. Als Ferienhaus, Kindergarten, Poliklinik, Werkstatt oder Lager, jeder in der DDR kannte solche Baracken, deren Außenwände lediglich aus fester Pappe bestanden. Sieberts Baracke fand sich in einer Baulücke, die noch aus dem Zweiten Weltkrieg stammte. Alte Beschriftung wies sie als

Sero-Handlung, noch ältere Beschriftung als Vulkanisierungsbetrieb aus. Einzig ein Schild mit Klebebuchstaben wies auf die Kanzlei hin.

»Ist gar keiner da«, sagte Bach, als sie ins Gelände einfuhr. Ihr Trabant war das einzige Fahrzeug.

Falck sah auf die Uhr. »Es ist noch Mittagszeit.«

Plötzlich verdunkelte sich das Fenster auf der Fahrerseite, jemand klopfte an die Scheibe. »Das ist kein Parkplatz.«

Falck stieg aus. »Sind Sie Herr Siebert?«, fragte er übers Autodach.

»Wer fragt das?«, erwiderte der junge Mann. Er hatte einen Anzug an, der ein wenig zu groß schien, die Schultern zu breit. Er trug seine Haare sauber gescheitelt.

»Kripo Dresden.« Falck zeigte seinen Ausweis.

Siebert trat zurück, ließ Bach aussteigen. »Worum geht es denn?«

»Sagt Ihnen der Name Mario Reinders etwas?«, fragte Bach.

Siebert nickte vage.

»Er ist seit vier Tagen verschwunden. Seine Mutter sucht ihn, sie ist ganz verzweifelt. Vorhin hat sie die Bretzigs besucht. Sie hatte gehofft, etwas über den Aufenthalt ihres Sohnes zu erfahren.«

»Warum? Warum war sie bei den Bretzigs?«

»Sie fürchtete, sie könnten ihrem Sohn etwas angetan haben.«

Siebert drehte den Kopf ganz leicht zur Seite. »Das ist doch erfunden!«, meinte er unsicher und misstrauisch. »Warum sind Sie denn wirklich hier? Wollen Sie uns einschüchtern?«

»Fragen Sie die Bretzigs, wir haben die Begegnung gerade beobachtet.«

»Ach ja?« Siebert wich unmerklich noch ein wenig weiter zurück, doch diesmal nicht aus Höflichkeit. »Hören Sie, das hat gar keinen Zweck, was Sie hier machen. Sie sind auch nicht die Ersten. Ich habe schon Drohbriefe und Anrufe erhalten, das wird alles direkt an die Polizei weitergeleitet. Wir lassen uns nicht einschüchtern.«

»Sie verstehen das falsch. Wir sind nur besorgt um die Bretzigs.« Bach wollte einen freundlichen Schritt auf den Mann zugehen, doch der wich hastig zurück.

»Ich scheue mich auch nicht, um Hilfe zu rufen. Sehen Sie die Leute auf der Straße? Da werden ganz schnell ein paar hier sein.«

»Herr Siebert, darf ich Sie fragen, wann die Bretzigs den Namen des Schützen erfahren haben?« Falck wollte konstruktiv sein.

Doch Siebert hatte sich sein Bild gemacht. Er bemühte sich zwar um eine feste Stimme, konnte aber nicht verhindern, dass sie vibrierte.

»Ich sage Ihnen gar nichts. Und wenn Sie nicht gleich abhauen, rufe ich die Polizei.«

»Wir sind die Polizei«, beteuerte Bach.

Falck klopfte aufs Autodach. »Komm, Steffi, es hat keinen Zweck.«

»Was ist denn bloß mit den Leuten los?« Bach war fassungslos. »Die spinnen doch alle, oder? Seh ich wie Stasi aus? Und dann tun sie so, als ob die Stasi ständig Leute umgebracht hätte.« Sie hatten in ihrer Entrüstung ganz vergessen, die Plätze zu wechseln, weshalb Bach nun wieder fuhr und bereits die Autobahn erreicht hatte.

Falck wusste selbst auch nicht, was er davon halten sollte. Die Leute hassten die Stasi. Sie alle hatten lange genug in der Angst vor der permanenten Überwachung und Bespitzelung gelebt. In welchem Umfang das wirklich stattgefunden hatte, galt es noch zu erforschen. Falck konnte sich einfach nicht vorstellen, dass jeder der achtzehn Millionen DDR-Bürger überwacht worden war, alle Post kontrolliert, jedes Telefonat abgehört worden war, das wäre logistisch doch gar nicht möglich gewesen.

Die Bretzigs und ihre Verbündeten hatten guten Grund, besorgt zu sein. Sie gaben keine Ruhe, stocherten in der Vergangenheit, wollten die Wahrheit wissen. Klar, dass keiner zugeben wollte, den Schießbefehl gegeben zu haben, weder die ganz oben noch die Kommandanten oder Offiziere. Und es gab auch genügend Leute, die die Meinung vertraten, dass Republikflüchtlinge sich des Risikos eines Fluchtversuchs bewusst gewesen sein mussten und dass die eigentlichen Opfer die Grenzsoldaten gewesen seien, die, selbst zum Wehrdienst genötigt, dadurch erst in Gewissensnot gerieten.

Und genauso wie dieser Anwalt und die Bretzigs zogen auch sie als Polizei die Aufmerksamkeit der Stasileute auf sich, indem sie wegen des gestohlenen Gemäldes ermittelten. Eigentlich wollte er nicht glauben, dass ehemalige Stasileute den Maler Klanghausen umgebracht und einen Mordanschlag auf Hirschfeld verübt hatten, doch möglich war es durchaus. Und die Belästigungen von Claudia und Steffi waren garantiert keine Zufälle.

»Sag mal, Steffi«, versuchte Falck abzulenken, »was hat dir eigentlich Sybille gesagt, als wir sie besucht haben?«

»Klar, deshalb bat sie mich, es nicht zu erzählen, damit ich es gleich weitergebe, oder was?«

»Na ja, ist ja nicht gleich, sind doch schon zwei Tage vergangen«, versuchte Falck es mit einem Scherz.

Aber Steffi Bach blieb ernst. »Sie hat es mir im Vertrauen gesagt.«

»Ich frage mich nur«, Falck suchte nach Argumenten, »was man denn von Schmidt halten soll? Es sieht ja aus, als hätte er sonst was getan.«

»Hat er auch«, erwiderte Bach finster.

Falck sah Bach aufmerksam von der Seite an. »Hat er sie vergewaltigt oder so?«

»Was?« Bach war von dieser Frage so verblüfft, dass sie sogar kurz auf die Bremse trat. Hinter ihnen hupte ein großer Laster. Bach gab wieder Gas.

»Quatsch, was denkst du denn?«

»Das meine ich ja. Sybille tut so, als sei eine Katastrophe passiert.«

»Nein, verdammt noch mal. Er hat sie zu Weihnachten eingeladen, damit sie beide am Heiligabend nicht alleine rumsitzen. Dann kam eins zum anderen. Vielleicht haben sie was getrunken. Keine Ahnung. Ich glaube, sie mag ihn schon, oder besser gesagt, mochte. Jedenfalls haben sie einige Zeit miteinander verbracht, die Weihnachtstage im Prinzip, und Sybille hatte gewisse Erwartungen in die Beziehung gesetzt.« Bach hob die Hand, als ob sich alles Weitere von selbst erklärte.

»Und dann hat er sie sitzenlassen?«, schlussfolgerte Falck.

»Sie hat ihn observiert. Nachdem sie festgestellt hat, dass Schmidt gar nicht geschieden ist.«

»Hat sie ihm nachspioniert?«

»Das ist wieder typisch Mann! Wie auch immer sie es herausgefunden hat, darum geht es doch jetzt nicht.«

Falck lehnte sich zurück, er konnte Suderbergs heftige Reaktion nicht wirklich nachvollziehen. »So eine Scheidung braucht doch ihre Zeit, oder? Gibt es da nicht dieses Trennungsjahr?«

»Ja, eines, aber nicht vier.«

»Vier? Vielleicht will sich seine Frau nicht scheiden lassen?«

»Nein«, Bach schüttelte langsam den Kopf, »er will das nicht. Hat er ihr selbst gesagt. Und er sagt aber nicht, warum. Aber das bedeutet ja, dass er immer noch an seiner Frau hängt, und das hat Sybille so verletzt.«

Falck schwieg und versank in seinen Gedanken. Vielleicht wollte Schmidt die Scheidung nur deshalb nicht, weil er Angst hatte, seine Kinder endgültig zu verlieren. Vielleicht hatte Sybille zu viel Hoffnung in diese Beziehung gesetzt und war schon zu oft enttäuscht worden.

»Verheiratet zu sein und Kinder zu haben ist schon noch ein stärkeres Band als alles andere, oder?« Steffi Bach schlug jetzt einen versöhnlicheren Ton an. Ob das aber ein Seitenhieb auf Falck sein sollte, war nicht herauszuhören. Offenbar erwartete sie auch keine Antwort von ihm. »Wer weiß, wie lange die Reinders nicht mehr miteinander gesprochen haben. Und nach so vielen Jahren suchen sie jetzt zusammen nach dem Sohn.«

»Mensch, Steffi«, rief Falck plötzlich. »Die Schüttauf ist auch geschieden, wer weiß, ob die sich mit ihrem Mann noch versteht. Fahr die Nächste raus, wir müssen Schmidt anrufen.«

16

Schmidt notierte etwas, grunzte einen kaum verständlichen Dank ins Telefon und legte auf. Dann drehte er sich in seinem Stuhl um.

»Der Exmann von der Schüttauf wohnt in Mobschatz bei Cossebaude. Ich habe sie vorhin noch einmal verhört, aber sie sagt einfach nichts. Für so eine kleine Malerin ganz beeindruckend.«

»Nur weil sie eine Frau ist …«, begann Bach, aber Schmidt winkte unwirsch ab.

»Ja, ja, kannst du nicht einmal was stehenlassen? War als Kompliment gedacht. Und jetzt noch mal: Der Anwalt der Bretzigs hat gedacht, ihr seid von der Stasi?«

»Ja, genau wie die Zetsches.«

Schmidt schnaubte sein Lachen. »Dabei war der Zetsche selbst IM, zumindest sagt das Maschke. Bei dem war ich auch. Der sagt, beide waren Zuträger, das war ein offenes Geheimnis.«

»Aber vielleicht ist es gerade das, was ihnen so Angst macht. Dass sie wissen, wie der Laden lief.« Bach ließ der Gedanke nicht los.

Schmidt nickte, zuckte mit den Achseln. »Ich war vorhin auch bei der Hirschfeld. Die ist einfach nicht aufzufinden! Weg, und zwar, seit ihr Mann ins Krankenhaus kam.«

»Abgehauen?«, raunte Bach.

Schmidt reagierte erstaunlich gelassen. »Tja, wenn ich das wüsste.«

»Und ihr Mann? Wie steht's denn um ihn?«

»Stabil, aber im Koma, mehr weiß ich nicht.« Noch während Schmidt sprach, hatte das Telefon zu läuten begonnen.

»Schmidt, KDD«, meldete er sich. »Endlich!« Schon legte er wieder auf. »Wir dürfen Herrn Schüttaufs Wohnung durchsuchen. Fahrt schon los, ich hole mir noch den Schein.«

Der kleine Ort Mobschatz, im Westen Dresdens in der Nähe der Elbe gelegen, wirkte ruhig und beschaulich. Unten auf der F 6 rauschte der Verkehr in beide Richtungen, hauptsächlich stadtauswärts in Richtung Meißen und Riesa. Eine Straße führte in Serpentinen den Hang hinauf. An deren Scheitelpunkt stand das Haus der Schüttaufs. Bach fuhr noch ein Stück den Berg hoch. Dann stiegen sie aus und liefen zwanzig Meter zurück. In dem Moment gingen die Laternen an.

Auch wenn es mittlerweile länger hell blieb, hatte Falck genug von der kalten Jahreszeit. Er sehnte sich nach Sonne, Wärme und langen hellen Tagen.

Vor dem Gartentor blieben sie stehen. Schüttauf wohnte schon immer hier, wusste Falck, weshalb Frau Schüttauf nach der Scheidung ausziehen musste. Das Haus war gut in Schuss. Angesichts der Tatsache, dass man nur schwer an Baumaterial und Farbe kam, war das eine große Leistung. Vermutlich aber hatte er als Elektromeister gute Beziehungen.

»Alles finster«, bemerkte Bach.

Falck sah auf die Uhr. Schmidt war noch nicht da. Er war wohl wieder Zigaretten holen.

»Schau mal«, sagte Bach leise. Sie stand am Geländer eines schmalen Kellerabgangs. Die Tür zum Keller wies Einbruchspuren auf und war nur angelehnt. »Da war schon wieder einer schneller!«

»Komm!« Falck zog seine Pistole.

»Warten wir nicht auf Schmidt?«, fragte Bach.

»Wir müssen! Vielleicht ist jemand verletzt, oder schlimmer noch!«

»Bist du jetzt nicht nur der Schlauste, sondern auch der Mutigste?« Bach wollte ihre Unsicherheit hinter Witzigkeit verbergen.

»Du kannst ja hierbleiben«, sagte Falck und ging an ihr vorbei die Treppe runter.

Bach folgte ihm. »Hab es doch nicht so gemeint.«

Hatte sie schon, doch dass es ihr gleich leidtat, war tröstlich. Er drückte die Kellertür auf und tastete nach dem Lichtschalter. Immerhin ging das Licht an. Auch hier hatte jemand etwas gesucht, der Einbrecher hatte Kisten und Kartons geöffnet, Schränke beiseitegerückt und eine Leiter benutzt, um auch die obersten Regalböden zu kontrollieren. Sie stand jetzt aufgeklappt mitten im Weg, und Falck stellte sie beiseite. Sie verließen den Durchgangsraum, betraten den Kellerflur und warfen dabei Blicke in jedes Zimmer, das Waschhaus, eine Werkstatt, einen Hobbyraum, einen Partyraum, überall hatte der Einbrecher gewissenhaft gearbeitet, Teppiche und Läufer umgedreht, Poster mit Rennautos und Motorrädern abgerissen, Schubladen und Türen geöffnet, selbst der Ausziehtisch war aufgezogen.

Falck sah sich nach Bach um. Sie zog nun auch ihre Waffe.

Leise stiegen sie ins Erdgeschoss hinauf, machten Licht im Flur. In Wohnzimmer, Küche, Schlafzimmer war alles auf den Kopf gestellt worden.

»Er hat das Bild nicht gefunden«, mutmaßte Falck.

»Woher willst du das wissen?«

»Der wusste, wie man sucht und wo man anfängt; dass es hier überall so aussieht, bedeutet für mich, er hat nichts gefunden.«

Bach hob die Augenbrauen, das hatte sie sich von Schmidt abgeschaut. So machte der es deutlich, wenn ihm Leutnant Falck mal wieder zu gescheit erschien.

Falck winkte verärgert ab und ging ins Obergeschoss. Auch dort bot sich ihm dasselbe Bild. Systematisch hatte der Einbrecher gearbeitet und hatte sich erstaunlich viel Zeit lassen können. War Schüttauf im Urlaub? Wusste das der Einbrecher?

Wieder stand Falck vor einer offenen Dachbodentür. Er bedeutete Bach zu warten, stieg dann die Holzstufen hoch und schaltete das Licht an. Hier gab es eine Menge Verstecke, und in seiner Not hatte der Einbrecher sogar begonnen, die Bodendielen auszuheben. Offenbar war er sich sicher gewesen, das Gemälde hier zu finden.

Als Falck zurückkam, fing Steffi Bach ihn ab und legte warnend den Zeigefinger auf den Mund.

»Da ist jemand im Haus!«, flüsterte sie.

»Schmidt?« Falck schlich sich ins Kinderzimmer, warf einen Blick zum Fenster hinaus, doch der Lada war nicht zu sehen.

»Wir haben doch alles durchsucht!«, hauchte Bach.

Falck nickte, in diesem Falle war er sich sicher. Doch jemand hätte problemlos, wie sie auch, durch den Keller kommen können.

»Ich rufe!«, kündigte Bach an.

Falck hielt sie mit einer Bewegung zurück. Vielleicht war das die Gelegenheit, jemanden in flagranti zu erwischen. Mit der Pistole im Anschlag wollte er ins Erdgeschoss zurück, als Bach ihn festhielt.

»Wir sind die Polizei, nicht die Einbrecher!«, flüsterte sie.

Falck rollte mit den Augen. Vermutlich spielten ihnen die Nerven nur einen Streich. Möglichst leise bewegte sich Falck jetzt Richtung Erdgeschoss. Bach folgte ihm. Auf einmal hörte man aus der Küche Geräusche, als prasselten Reiskörner auf den Boden. Falck drehte nach links ab und winkte Bach, ihm zu folgen. Auf Zehenspitzen durchquerten sie den Flur, passierten Wohnzimmer und Haustür und fanden die Küche leer vor.

»Buh!«, machte es da hinter ihnen, und beide fuhren herum. Schmidt stand in der Kellertür und vergnügte sich prächtig.

»Ihr müsstet euch mal sehen. Hilfe, die Stasi!«

»Bist du bescheuert?«, ging Bach ihn an. »Ich hätte dich erschießen können!«

»Hast ja noch nicht mal entsichert.« Schmidt grinste weiter vor sich hin.

Manchmal zweifelte Falck wirklich an Schmidts geistigem Zustand. Mochte schon sein, dass dem Hauptmann gerade alles zu viel wurde. Aber irgendwann kam der Punkt, an dem Alkohol und Zigaretten auch nicht mehr weiterhalfen. Vielleicht sollte er mal einen Psychiater aufsuchen. Doch wer sollte ihm das beibringen?

»Und das hast du gesehen?«, fragte Bach giftig zurück.

»Ich habe es vermutet, und ich habe recht!« Schmidt zeigte auf Bachs Pistole.

Falck steckte seine Waffe weg, die entsichert gewesen war. »Das Bild ist hier.«

»Glaubst du?«, fragte Schmidt in völlig anderem Ton. Nicht skeptisch, eher interessiert. »Warum?«

»Ist so ein Gefühl.« Er hatte keine Lust, immer alles erklären zu müssen.

»Dann suchen wir es, oder? Mit deinen Gefühlen liegst du ja meist richtig.«

»Aber wo?«, fragte Bach. »Wir haben doch alles durchsucht.«

Falck zuckte mit den Schultern. Sie konnten es einfach nur versuchen. »Jeder nimmt eine Etage, dann wechseln wir.«

Falck streckte den Rücken durch und rieb sich dann die Augen. Erschöpft sah er sich noch ein letztes Mal auf dem Dachboden um. Teuer oder nicht, das Gemälde war ein Holzbrett mit Farbe drauf, so schwer dürfte es nicht zu finden sein. Und hier war es nicht. Schmidt pfiff unten auf seine typische Art. Falck gab auf, es war einen Versuch wert gewesen.

Seine Kollegen saßen in der Küche, sie hatten die Suche wohl schon länger aufgegeben.

»Also gut, gehen wir!«

»Klingeln wir bei den Nachbarn, um nach Schüttauf zu fragen. Ein paar stehen sowieso schon draußen und glotzen.« Schmidt zeigte aus dem Fenster.

Als sie den Keller zum Ausgang durchquerten, zögerte Falck. Bach war schon zur Tür raus, Schmidt, der schon wieder eine Fluppe im Mund hatte, beeilte sich, ihr zu folgen.

»Der kann es nicht lassen«, hörte Falck Schmidt sagen, doch das war ihm jetzt egal. In der Abstellkammer brannte noch Licht. Dort hatte er nur oberflächlich geschaut, weil der Raum so klein war und es auf den ersten Blick gar keine Möglichkeit gab, etwas zu verstecken. Ein paar Holzplatten standen an die Wand gelehnt, hinter denen hatte er nachgesehen. Ein Pappkarton, in dem sich einmal ein Gasheizer befunden hatte, war leer. Noch einmal klappte Falck die Metalltür des Sicherungskastens auf, der in der Wand versenkt war. Dieser war sehr groß für ein normales Einfamilienhaus, dachte sich Falck. Allerdings nicht groß genug für ein Gemälde. Auf dem Boden unterhalb des Kastens entdeckte er Putzbröckchen.

»Was ist denn nun?«, rief Bach in den Keller.

»Warte!«, erwiderte Falck und betrachtete den Rahmen des Elektrokastens genauer. Er schloss die Tür, versuchte mit den Fingernägeln unter den Blechfalz zu greifen, und es gelang ihm, den Kasten auf einer Seite von der Wand zu lösen. Dabei fielen noch mehr kleinere Putzbrocken zu Boden.

»Komm mal einer!«, rief Falck laut. Er wackelte an dem Kasten, der sich nun Stück für Stück aus der Wand löste. Schon standen Schmidt und Bach neben ihm.

»Jetzt machst du noch das Haus kaputt«, spottete der Hauptmann, fasste aber mit an. Gemeinsam zogen sie den Kasten aus der Wand, so weit es der Kabelstrang zuließ.

Schmidt leuchtete mit seiner Taschenlampe in den Hohlraum dahinter und ließ einen belustigten und anerkennenden Ausruf los. Dann griff er so weit hinein, wie es Bauchumfang und Armlänge erlaubten, und angelte einen flachen, viereckigen Gegenstand heraus. Er war nachlässig in Zellophan eingepackt und hatte exakt die Größe des gestohlenen Gemäldes.

»Ich verneige mich vor deiner unendlichen Weisheit!«, sagte Schmidt und legte das Bild auf dem Boden ab. Er löste die Folie und warf einen Blick darunter.

»Volltreffer, würde ich sagen!« Er richtete sich auf und schlug Falck anerkennend auf die Schulter. »Mensch, Junge! Werde mich nie wieder über dich beklagen. Damit möchte ich gern die Schüttauf konfrontieren. Mal sehen, ob sie dann immer noch so hart ist, wie sie tut!«

Wer auch immer es gewesen war, der Reporter wollte jedenfalls nicht zugeben, von wem er den Tipp bekommen hatte. Zumal der Gemäldediebstahl noch immer nicht an die Presse gelangt war, ebenso wenig wie der Mord an Klanghausen. Nun aber war der Journalist vor Ort, und natürlich wollte er auch Fotos machen. Der Mann gehörte zur neuen Kaste der freischaffenden Journalisten, wie er sagte. Er war jung, hatte halblanges Haar und trug leger sitzende Stoffhosen und eine weite Lederjacke. In seiner MZ mit Beiwagen hatten eine Fotokamera mit großem Objektiv, ein Tonbandgerät und ein Notizblock Platz gefunden.

»Sind Sie nicht die Leute, die letztes Jahr vom Dach des brennenden Hauses geholt werden mussten?«, fragte er.

»Wer sind Sie denn überhaupt?«, fragte Schmidt, dem die Presse gerade gar nicht in seine Arbeit passte. Falck war gerade mit nachdenklichem Gesicht aus dem gegenüberliegenden

Haus zurückgekommen. Inzwischen hatte sich herumgesprochen, dass hier etwas los sein musste, denn es hatten sich einige Schaulustige versammelt. Misstrauisch musterte Falck den Journalisten. Seltsame Zeiten, dachte er bei sich. Jahrzehntelang hatte eine gewisse Gleichförmigkeit geherrscht, Sensationen gab es nicht, Nachrichten oder Informationen, die nicht ins Staatsprogramm passten, wurden der Bevölkerung vorenthalten, ob das ein explodiertes Atomkraftwerk war, Würmer in Fischen oder der Mangel an Pappkartons. Jetzt wurde man von Ereignissen und Neuigkeiten geradezu überflutet. Jeden Tag gab es etwas zu schauen, zu erzählen, zu bestaunen. Und die Leute gierten förmlich danach.

»Also«, sagte der junge Journalist, »das geht Sie zwar gar nichts an, aber, hier, bitte schön, meine Karte: Jochen Flieger, freier Journalist!« Er nutzte gleich die Gelegenheit und gab an ein paar Umstehende seine Karten weiter.

Falck spürte eine Berührung am Arm. Es war Steffi, die ihm unauffällig einen Zettel hinhielt. Falck las und nickte.

»Das haben sie mir da drüben auch erzählt«, sagte er leise.

»Oh, Mann«, stöhnte Bach auf. »Und der da?«

»Will das Gemälde fotografieren. Und uns!«

Bach staunte. »Echt? Geil!«

»Findest du? Woher weiß der Kerl überhaupt, dass wir ein Gemälde suchen?«

»Jemand muss ihm wohl einen Tipp gegeben haben.«

»Wer hat Interesse, dass das an die Öffentlichkeit kommt?«

Bach hob die Schultern. »Einer, der das Gemälde wollte, aber nicht bekommen hat und es dem anderen neidet?«

Ein guter Gedanke, überlegte Falck. »Und wer wusste, dass wir ausgerechnet hier suchen?«

Bach sah ihn unglücklich an. Sie musste gar nicht antworten, es lag auf der Hand: die Stasi.

»Also, ich sag's mal so«, begann Jochen Flieger aufs Neue.

»Das ist doch ein Erfolg, oder? Reputation für Sie. Ein hübsches Foto vom Gemälde, Sie lächeln alle schön, und keiner denkt mehr an die Leute auf dem Dach. Ich merke mir, wie nett Sie waren, Sie rufen mich gelegentlich mal an, falls es was Interessantes zu berichten gibt. Eine Hand wäscht die andere.«

»Moment. Junge, du machst hier den zweiten Schritt vor dem ersten«, bremste Schmidt.

»Also machen wir erst das Foto? Sie öffnen den Kofferraum, wir stellen es so hin, und sie alle rechts und links daneben.« Flieger wartete gar nicht erst Schmidts Antwort ab, öffnete den Kofferraum und stellte das Bild auf.

»Eh, Vorsicht!«, rief Schmidt, der von der forschen Art des Mannes völlig überrumpelt war. Er half ihm sogar, die Folie vom Bild zu ziehen, und dachte offenbar nicht mehr daran, dass damit ja mögliche Spuren vernichtet werden könnten.

»So, Sie jetzt links, oder? Und Ihre Kollegen?«

Falck trat schnell einen Schritt zurück, als Schmidt sich suchend nach ihm umsah. Bei Steffi Bach hatte er jedoch Erfolg.

»Oh, sehr schön!«, freute sich Flieger, als Steffi sich in Positur stellte, »jetzt bekommt das Foto noch Glamour. Haben Sie schon mal überlegt, als Model zu arbeiten? Oder an einer Miss-Wahl teilzunehmen?« Dabei schob er die verdutzte Steffi Bach Richtung Kofferraum und stellte sie in Position, was sich diese gern gefallen ließ. »Ich sehe schon die Schlagzeile vor mir: Kühle Blonde, heißer Colt!«, redete er weiter. »Und gab's nicht noch einen dritten?« Fragend schaute er sich nach Falck um.

»Ja, da!« Bach zeigte grinsend auf Falck. Flieger winkte ihn auch schon herbei. »Kommen Sie, nicht so schüchtern! Das wird ein Knaller: Dresdner Kriminalpolizisten finden gestohlenes Gemälde.«

»Er war es! Leutnant Falck«, sagte Bach, und Falck verdrehte die Augen.

»Sie, echt? Falk wie Falke?«

»Nein, mit ck«, verbesserte Falck unwillig, ließ sich dann von Flieger an seinen Platz schieben und blinzelte wenige Sekunden später ins Blitzlicht.

»Was für ein Spinner«, kommentierte er, als der Journalist wenig später mit seinem Motorrad davongefahren war, um seine Fotos exklusiv zu verkaufen.

»Ich fand den lustig«, sagte Bach.

»Und diese langen Haare …«

»Kann man ja schneiden«, erwiderte Bach, als hätte sie schon darüber nachgedacht.

»Journalismus hat der garantiert nicht studiert.«

»Na ja, um ein Foto zu machen und einen Text dazu zu schreiben, musst du auch nicht studieren.«

»Ja, ja, die Eifersucht, die macht aus dem zahmsten Manne einen grantigen Greis. Hat schon Goethe gesagt«, unterbrach Schmidt das Geplänkel von Falck und Bach. Er hatte das Bild wieder ins Auto gelegt und knallte den Kofferraumdeckel zu.

Falck stutzte. »Das hat Goethe nie gesagt, nicht mal ansatzweise.«

»Dann eben Schiller. Ich hoffe, die Techniker kommen bald, damit wir abdampfen können. Die eine Nachbarin da drüben hat mir erzählt, Schüttauf sei mit seiner Familie weggefahren.«

»Sind auch Ferien«, sagte Bach.

»Dann sind sie wohl im Urlaub. Das muss der Einbrecher gewusst haben, deshalb hat er sich schön Zeit lassen können. Habt ihr was erfahren?«

Bach warf einen kurzen Blick zu Falck, um sich noch einmal zu vergewissern. »Ja, allerdings«, sagte sie dann. »Die Familie da drüben erzählte mir, dass vorgestern Nacht ein grüner BMW hier gestanden hat, mit westdeutschem Kennzeichen. F wie Frankfurt. Nicht direkt vorm Haus, sondern etwas abseits, wo unser Trabi jetzt steht. Tobias hat das von anderen Leuten bestätigt bekommen.«

Es war interessant, Schmidts Mienenspiel zu beobachten, zuerst ungläubig, dann nachdenklich, dann grinsend.

»Ach nee, Frau Suderberg mal wieder, herrlich. Von wegen *ich habe euch alles erzählt.* Und? Wollt ihr mir jetzt wieder erklären, dass ich sie nicht festnehmen darf? Mal sehen, was der Richter dagegen sagen kann.«

Frau Dehner staunte nicht schlecht, als sie die Polizei vor ihrer Tür entdeckte, dabei hatte sie jetzt Feierabend und wollte gerade gehen.

»Sie schon wieder«, sagte sie.

»Wir möchten gerne zu Frau Suderberg.«

»Das möchten viele«, antwortete Frau Dehner pampig, was umgehend ein haiähnliches Grinsen in Schmidts Gesicht zauberte.

»Junge Frau«, sagte er übertrieben freundlich, »wir sind hier, um Frau Suderberg festzunehmen, und wenn Sie uns in Ausübung unseres Amtes behindern, müssen wir Sie am Ende noch wegen Widerstands gegen die Staatsgewalt mitnehmen. Mal sehen, wie sich Ihr Jackett in der Untersuchungshaftzelle macht.«

»Das ist ein Blazer«, sagte Frau Dehner völlig unbeeindruckt. »Ich rufe Frau Suderberg mal an, sie ist unterwegs.«

»Moment, sagen Sie uns erst, wo sie ist!«

»Das weiß ich nicht. Sie hat einen Termin.«

Zwischen Schmidt und Dehner entspann sich ein Blickduell. Bach hielt es nicht mehr aus, wandte sich stöhnend ab und ging einfach die Treppe hinauf.

»Wo wollen Sie denn hin?«, fragte die junge Frau.

»Ich will an ihrer Wohnungstür klingeln.«

»Und Sie bleiben jetzt hier mal bitte stehen!«, befahl Schmidt der jungen Frau. »Erzählen Sie mal: Kennen Sie einen Herrn Schüttauf? Kennen Sie Frau Schüttauf? Oder Herrn und Frau Zetsche?«

»Nein, kenne ich alle nicht.«

»Und Herrn Hirschfeld?«

»Auch nicht!«

So kam Schmidt nicht weiter, spürte Falck. Die Frau war hier mit Abstand die jüngste, trotzdem ließ sie sich nicht einschüchtern und gab sich erstaunlich resolut, souverän und selbstbewusst, ein Verhalten, das ihm bei fast jedem Westdeutschen aufgefallen war, dem er bisher begegnet war.

»Hat bei Ihnen kürzlich jemand nachts geklingelt? Also, bei Ihnen daheim?«, wollte Falck jetzt wissen.

Für einen Augenblick verflog ihre Selbstsicherheit. »Ja, tatsächlich. Gestern. Waren Sie das?«, fragte sie.

»Nein, wir wissen nicht, wer das war. Aber es gibt mehrere Vorfälle dieser Art. Hat der Täter Botschaften hinterlassen?«

»Ja! Bei mir hat jemand *Verschwinde, sonst bring ich dich um* mit Kreide an die Tür geschrieben. Die Chefin meinte, das seien nur Neider, weil ich Wessi bin. Aber eigentlich waren bisher alle immer freundlich zu mir.«

»*Ich bring dich um*?«, wiederholte Schmidt und konnte seine Skepsis nicht verbergen.

»Ich hab's sogar fotografiert! Der Film wird gerade entwickelt.«

Jetzt ärgerte sich Falck. Er hätte nicht so vorschnell die Schmiererei an Claudias Tür wegwischen sollen. Man hätte einen Schriftabgleich vornehmen können.

»Gesehen haben Sie niemanden?«, fragte er.

»Nein, leider nicht. Als es klingelte, war ich im Tiefschlaf, da habe ich erst mal gar nicht kapiert, was los ist.«

»Sie leben noch nicht lange da, oder?«

»Nein, erst seit ein paar Wochen. Ich habe zuerst bei der

Chefin gewohnt, jetzt habe ich eine Wohnung hinter dem Hauptbahnhof. Die hat mir die Chefin besorgt.«
»Leben Sie allein?«
»In der Wohnung? Ja. Im Haus gibt es aber noch mehrere Wohnungen. Sie glauben nicht, dass das nur Neider sind?«
Falck überlegte kurz, er wollte der Frau nicht noch mehr Angst machen, aber sie zu belügen war auch keine gute Idee.
»Es hat ziemlich sicher mit unserem Fall zu tun.«
Jetzt verlor Frau Dehner ihr letztes bisschen Hochmut.
»Denken Sie auch, dass die Stasi da mit drinhängt? Die Chefin meint nämlich, ihr Bekannter drüben hatte schon vor der Wende Stasikontakte, wegen der Antiquitäten und der Gemälde und so.«
Falck ließ sich nichts anmerken, und auch Schmidt machte ein Pokerface.
»Kann sein. Es wäre gut, zu wissen, wie weit diese Kontakte reichten. Bis zu Maschke vielleicht? Oder Hirschfeld? Ullrich? Das wollen wir gerade prüfen.«
Jetzt beugte sich Frau Dehner vertraulich vor. »Der Ullrich«, flüsterte sie, »der durfte in den Achtzigern mehrmals in den Westen. Das habe ich gehört, als Hirschfeld mal hier war. Hirschfeld weiß auch, dass der Ullrich von der Stasi war, der hat für irgendeine Abteilung im Handelsministerium gearbeitet. Die hieß seltsam. Das klang fast wie der Name für einen Papageien oder Hund.«
»Ko-Ko?«, fragte Schmidt und verzichtete darauf, Frau Dehner darauf hinzuweisen, dass sie gerade noch behauptet hatte, Hirschfeld nicht zu kennen.
»Ja, Ko-Ko. Export von Kunst- und Kulturgegenständen, das hat er gesagt. So hieß die Abteilung. Die hatten eine GmbH im Westen.«
In dem Moment hörte man Geräusche von oben, und Bach und Suderberg kamen die Treppe runter.

»Ihr habt das Bild gefunden?«, wollte Suderberg wissen.

»Er!« Schmidt zeigte auf Falck.

Der hob verlegen die Schultern. Suderberg sah nicht glücklich aus.

»Und weißt du, wo?« Schmidt lauerte fast darauf, in ihrem Gesicht die Reaktion auf die Pointe zu erhaschen. »In Schüttaufs Haus!«

Suderberg versuchte krampfhaft, sich nichts anmerken zu lassen. »Aha.«

»Ja, da war der Tobias mal wieder schlauer als wir alle, auch als du, liebe Sybille!«

»Als ich?«

»Denkst du, dein BMW ist den Leuten da nicht aufgefallen?«

Suderberg ließ sich von Schmidt nicht beirren. »Als ich kam, war schon eingebrochen worden. Ich nahm an, dass der Einbrecher das Bild gefunden hatte und damit in den Westen unterwegs war.«

Schmidt nickte. »Hätte ich jetzt an deiner Stelle auch gesagt.«

Suderberg zuckte mit den Schultern. »Ist doch schön, ich freu mich. Das Volkseigentum kehrt an seinen Platz zurück.«

»Für dich ist die Sache aber noch nicht beendet«, sagte Schmidt, nahm Suderberg am Arm und zog sie in das Vorzimmer. »Dass du vermutet hast, das Gemälde sei bei Schüttauf, hast du uns verschwiegen.«

»Ich dachte halt, ihr seid selbst so schlau und zieht dieselben Schlüsse. Habt ihr ja auch.« Suderberg wandte sich jetzt an ihre Sekretärin. »Einen schönen Feierabend, Frau Dehner!«

Frau Dehner hängte sich ihre Tasche um und ging, nicht ohne noch einen bedeutsamen Blick mit ihrer Chefin zu tauschen.

Schmidt wartete, bis sie weg war. »Jetzt erzählst du uns mal ganz genau, was du von Ullrich und Hirschfeld weißt. Und wenn du wieder anfängst, auszuweichen, nehme ich dich wirklich mit.«

»Dann frag halt!«

»Was hat dir Hirschfeld über Ullrich erzählt?«

»Er vermutet, Ullrich ist der Drahtzieher des ursprünglichen Geschäfts. Dieser ist mehrmals geschäftlich in die BRD gereist, zweiundachtzig des erste Mal. Er hat dort jemanden getroffen, mit dem er über den Verkauf von Kunstgegenständen verhandelt hat. Dabei ging es auch um das betreffende Gemälde.«

»Wusste Hirschfeld auch Namen?«

»Nein, aber einen habe ich herausgefunden. August Weinert. Von dem sprach ich gestern. Kommt aus Bayreuth. Der ist so etwas wie ein Agent.«

»Ein Geheimagent?«, fragte Schmidt spitz.

»Nein, ein Kunstagent, ein Vermittler, er arbeitet auf Provisionsbasis. Im Prinzip dieselbe Funktion, die Ullrich hier ausübte.«

»Und für wen arbeitet dieser August Weinert? Für den Niederländer, der angeblich mal hier in Dresden war?«

»Das wissen wir nicht, wir vermuten, es gibt eine spezielle Kooperation zwischen diesem Schalck-Golodkowski und der CSU, damals noch unter Franz Josef Strauß. Da gibt es eine GmbH, die der DDR gehört und von einem Westdeutschen geführt wird, über die liefen die Geschäfte. Das Geschäft mit dem Gemälde wurde wohl siebenundachtzig angebahnt, dann starb Strauß. Wir vermuten, dass dadurch einiges durcheinandergeriet. Vor allem nach dem Mauerfall sind alle bemüht, von diesen Geschäften Abstand zu nehmen. Da stehen politische Karrieren auf dem Spiel.«

»Wenn das Geschäft geplatzt ist, warum ist das Gemälde dann weg?«

»Geplatzt habe ich nicht gesagt. Nur die DDR als Veräußerer ist weggefallen. Aber es gibt immer noch Leute, die Interesse an dem Geschäft zeigen. Der Händler zum Beispiel. Der hat seine Kontakte geknüpft, hat investiert, der will das Bild haben und verkaufen. Die Vermittler wollen ihre Provision oder das Bild gleich selbst verkaufen. Und der Kunde will es natürlich. Durchaus möglich, August Weinert ist hier im Osten und versucht das Geschäft auf eigene Faust durchzuziehen, gemeinsam mit Ullrich oder auch alleine, weil er Ullrich und die Stasi als Vermittler ja gar nicht mehr braucht. Da das Bild gestohlen und anscheinend irgendwo versteckt ist, gilt das Prinzip ›Wer zuerst kommt, mahlt zuerst‹.«

»Es war versteckt«, verbesserte Schmidt.

»Ja, genau, Vergangenheitsform«, stimmte Suderberg ihm zu. »Jetzt habt ihr es ja gefunden.«

»Da wir das Bild bei Schüttauf gefunden haben, liegt es nahe, dass Frau Schüttauf das Bild ausgetauscht hat.«

Schmidt zuckte mit den Achseln. »Wäre am logischsten, sie hatte ja das echte Gemälde in ihrer Werkstatt, vielleicht hat sie es nie zurückgegeben, sondern gleich die Kopie.«

Falck machte sich bemerkbar. »Aber warum sollte sie dann darauf aufmerksam machen? Hätte sie geschwiegen, wüsste heute noch niemand davon.« Das war ein klarer Bruch in der Logik.

»Nein, Hirschfeld wusste es«, berichtigte Schmidt.

»Aber er wollte es scheinbar verheimlichen.«

Suderberg hob die Augenbrauen. »Wenn er es weiß, wissen es sicher auch andere. Aber vielleicht hat die Schüttauf den Diebstahl ja gerade deshalb gemeldet, um Verdacht von sich abzulenken, oder in der Hoffnung, sicherer zu sein, wenn alle davon wissen.«

»Oder jemand nahm es der Schüttauf weg«, fügte Bach hinzu.

»Alles Spekulation«, beendete Schmidt ihre Vermutungen. »Lassen wir Ullrich überwachen?«

»Vor allem sollten wir mal nach Frau Klanghausen sehen, oder?«, fragte Bach, »Seit ihrem Versuch, aus dem Fenster zu springen, haben wir nichts mehr von ihr gehört. Das macht mir, ehrlich gesagt, etwas Sorgen.«

Schmidt sah sie nachdenklich an. »Stimmt, wie machen wir das jetzt? Ihr zwei fahrt zur Klanghausen? Und du kommst mit mir mit!«, sagte er zu Suderberg.

»Du willst mich wirklich festnehmen, oder?«, fragte Suderberg mit aufgesetzter Belustigung.

»Ich kann ja nicht alle Regeln außer Kraft setzen, nur weil du … weil wir … na, du weißt schon.«

»Das macht ihr doch nicht wirklich?« Suderberg sah Falck an, als erwartete sie seinen Einwand. Doch Schmidt hatte recht, befand auch Falck, Sybille Suderberg war viel zu sehr in den Fall verwickelt, als dass man eine Ausnahme machen könnte. Er räusperte sich.

»Gegen eine Vernehmung ist nichts einzuwenden.«

»Siehste«, triumphierte Schmidt. »Du kannst froh sein, dass wir dir nicht noch Handschellen anlegen.«

Suderbergs Gesicht verhärtete sich. »Übertreib's mal nicht, Edgar«, schnappte sie. »Irgendwann stehst du wieder da und brauchst meine Hilfe!«

»Wieso sollte ich deine Hilfe brauchen?«

Falck wandte sich ab, auf diesen Streit hatte er keine Lust mehr. Doch bevor er draußen im Treppenhaus das Licht anschalten konnte, bemerkte er eine dunkle Gestalt, die gerade das Haus betreten hatte. Noch war die Haustür hinter ihr offen, fiel aber langsam zu. Falck und die unbekannte Person verharrten für eine Sekunde, dann machte der andere auf dem Absatz kehrt, stieß die Tür wieder auf und rannte hinaus. Bis zu diesem Moment hatte sich Falck noch gar nichts dabei gedacht, erst jetzt, als die Person flüchtete, reagierte er und rannte ihr nach.

Mit beiden Armen stieß er die Haustür auf, bog nach links ab und folgte dem Unbekannten, der am Rand des Altmarktes in Richtung Kulturpalast lief, vorbei am Buchladen, links die Ernst-Thälmann-Straße Richtung Postplatz. Der Flüchtende war nicht sehr groß, lief schnell und umkurvte geschickt die zahlreichen Passanten, die sich auf dem Gehweg befanden.

Falck gelang es trotz aller Bemühungen nicht, den Abstand zu verringern. Auf dem Antonsplatz, auf dem in den letzten Wochen ein Markt entstanden war, auf dem von Obst und Gemüse über gefälschte Markenkleidung und raubkopierte Kassetten bis hin zu Springmessern ziemlich alles angeboten wurde, verlor Falck den Flüchtenden aus den Augen. Er lief noch eine Weile suchend zwischen den Ständen, Buden und Zelten umher, doch bald war klar, dass er dieses Rennen verloren hatte.

Er öffnete den Reißverschluss seiner Jacke, er schwitzte.

»Wollen Battaflei?«, wollte ein vietnamesischer Händler von ihm wissen, dabei nahm er ein Messer hoch und ließ es geschickt auf- und wieder zuklappen.

»Polizei«, erwiderte Falck.

»Du gehen weita!«, forderte der Vietnamese augenblicklich. »Gehen weita!«

Nichts anderes hatte Falck vorgehabt, er musste wieder zurück.

»Tobias.« Eine Frau sprach ihn am Postplatz von der Seite an. Falck drehte sich um und zuckte erstaunt zusammen.

»Ulli?« Er hätte sie unter ihrer Mütze fast nicht erkannt, die Frau, die ihn im Frühjahr Achtundachtzig verlassen hatte, um in den Westen zu gehen. Die ihm das Herz gebrochen und in Kauf genommen hatte, dass es ihm die Karriere zerstörte. Die nur ein paar Wochen nach dem Mauerfall wieder reumütig in die DDR zurückgekehrt war.

Ehe er ausweichen konnte, fasste die Frau ihn blitzschnell an der Schulter und gab ihm einen Kuss auf die Wange. »Machst du einen Bummel?«

»Nein, bin im Dienst. Und du?«, sagte Falck kurz.

»Ich bin mit meinen Eltern hier, die habe ich nur dahinten irgendwo verloren.« Ulrike zeigte nach hinten auf den Markt und lachte verlegen. »Aber wir treffen uns gleich beim Fresswürfel. Wie geht's dir?«

»Viel zu tun, du weißt ja.« Falck kam ins Stottern, ihm war nicht wohl. Er war Ulrike noch immer eine Antwort schuldig. Er hatte sich Zeit erbeten, doch mittlerweile war das auch nicht mehr glaubhaft.

»Das kann ich mir vorstellen. Steht ja jeden Tag was in der Zeitung. Man könnte meinen, alle Leute sind verrückt geworden.« Sie musterte ihn und grinste. »Und? Hast du eine Freundin oder so?«

Typisch Ulrike. Immer direkt, aber er konnte auch sehr ehrlich antworten. »Nein, und du? Also einen Freund?« Falck stöhnte innerlich auf. Es sollte ihm egal sein, wenn er ihr nicht falsche Hoffnungen machen wollte.

»Nein, auch nicht. Ich muss mich erst mal wieder sortieren hier. Habe ja keinen Studienplatz mehr, und einen Job zu kriegen ist gerade schwerer, als man denkt. Na ja, bin ja selbst schuld.«

»Ulli, ich muss wieder, die warten auf mich.« Falck wand sich innerlich. Immerhin hatte er ja nicht einmal gelogen.

»Ja, geht klar, aber wir könnten mal einen Kaffee trinken gehen. Uns wenigstens mal aussprechen. Ich weiß, ich war damals wirklich fies zu dir.«

»Ja, machen wir, Ulli.«

»Wann denn?«

»Du, ich weiß gerade nicht … ich schreib dir, hab ja deine Adresse. Oder ich werfe dir was in den Briefkasten.« Er hob die

Hand und ging zwei rasche kleine Schritte zurück, ehe sie womöglich noch auf den Gedanken kam, ihm einen Kuss aufzudrücken.

»Aber wirklich! Nicht vergessen! Pionierehrenwort!«

Er hob die flache Hand senkrecht über die Stirn. »Pionierehrenwort«, versprach er, und auch darüber ärgerte er sich. Es war nur ein Spaß, kein wirklicher Schwur, aber es ging viel zu vertraut zwischen ihnen beiden zu. Das fühlte sich einfach falsch an, spürte Falck.

Plötzlich stand Bach nehmen ihnen. Sie musste alles mitbekommen haben.

»Na, das klappt ja prima!«, sagte sie spöttisch. Ihrer Stimme hörte man an, dass sie beleidigt, eifersüchtig, verletzt war. Irgendwas davon.

»Kann ich doch nichts dafür, wenn ich sie hier treffe«, murmelte Falck unwirsch, nachdem Ulrike gegangen war.

»Das stimmt, aber du hältst sie dir schön warm, würde ich mal sagen. Falls es mit der anderen nicht klappt, habe ich recht?«

»Das stimmt überhaupt nicht«, sagte Falck, und es hörte sich wie das Gegenteil an. Eigentlich hatte Bach nicht unrecht.

»Ich bin dir übrigens nachgelaufen, weil ich dachte, ich müsste dir helfen. Nicht, dass du denkst, ich wollte dir nachspionieren. Ich nehme an, du hast den Typen nicht erwischt?«

Falck schüttelte den Kopf. »Aber ich bin mir sicher, es war Zetsche, er ist jedenfalls so gerannt.«

»Aber was wollte der bei Sybille? Glaubst du, die hat uns noch immer nicht alles erzählt?«

Davon war Falck überzeugt. »Könnte sein, dass der unser nächtlicher Besucher ist!«

»Stimmt. Der kennt alle. Hirschfeld, Maschke, Schüttauf, Stein. Und er ist weggerannt. Vielleicht hatte er doch nicht bloß Angst vor der Stasi!«

»Und es würde dafür sprechen, dass ich Sybille aus dem

Fenster von Frau Schüttauf wirklich gesehen habe. Vielleicht war Zetsche in der Wohnung, und sie hat ihn gerettet, indem sie den Strom ausgeschaltet hat.«

»Aber warum?«

»Vielleicht sollte Sybille das Bild nicht nur finden, sondern helfen, es zu verkaufen.«

»Aber Tobias, die wird uns doch nicht zweimal derart an der Nase herumführen! Und dass sie an einem Mord und einem versuchten Mord beteiligt ist, kann ich mir wirklich nicht vorstellen!«

»Sicher war das nicht der Plan. Vielleicht wurde sie überrascht, wie schnell die Sache eskalierte?« Falck zuckte die Schultern. Das waren alles Spekulationen, aber immerhin wert, überprüft zu werden.

»Reden wir mal mit Schmidt darüber.«

»Der ist schon los und hat Sybille mitgenommen. Wir sollen bei der Klanghausen nach dem Rechten sehen!«

In Klanghausens Wohnung in der Arndtstraße war alles dunkel, während sonst überall in den Fenstern Licht brannte oder Fernsehgeräte blau flackerten.

Falck stieg aus und wartete auf Bach. Ohne sich absprechen zu müssen, betraten sie dann das Gebäude und gingen die Treppe hinauf.

Bach klingelte vergeblich an der Wohnungstür der Klanghausens und sah sich unschlüssig zu Falck um. Würde die Frau sich etwas angetan haben? Ihr Versuch, aus dem Fenster zu springen, schien eher im Affekt geschehen zu sein. Eigentlich wirkte sie nicht wie eine Selbstmordkandidatin, glaubte Falck. Auf den Verdacht hin die Wohnung aufzubrechen, war sicherlich nicht angemessen. Bach verschaffte ihnen noch einen Moment Zeit, indem sie noch einmal klingelte. Oben öffnete sich eine Tür.

»Die ist nicht da!«, rief eine Frau halblaut. »Seit gestern schon.«

Falck musste ein paar Stufen die nächste Treppe hinaufgehen, um die Frau zu sehen.

»Wissen Sie, wo sie hin ist?«

»Sie wollte wohl Bilder von ihrem Mann sicherstellen«, erwiderte die Frau. »Sie fürchtete, jemand könnte sie stehlen.«

Falck sah zu Bach hinunter. Das konnte nur bedeuten, dass Frau Klanghausen in das verplombte Atelier eingedrungen war. »Gestern ist sie fortgegangen, und seitdem hat sie sich nicht mehr blicken lassen. Da sind Sie sich sicher?« Sicherheitshalber fragte er noch einmal nach.

»Ihr Auto war jedenfalls nicht da, ein hellblauer Škoda.«

»Wissen Sie denn, ob zwischendurch mal jemand hier war?«

»Ja, eine ältere Dame. Die klingelte auch bei Frau Klanghausen, aber da war sie schon weg.«

»Wie sah die Frau aus?«

»Nicht sehr groß, dunkles Haar, aber schon graue Strähnen. Sie war nicht allein, ein Mann war bei ihr. Ziemlich groß, so ein dunkler südländischer Typ.«

Die Beschreibung könnte auf Frau Hirschfeld und Ullrich passen.

»Was die beiden wollten, wissen Sie nicht?«

»Nein, leider nicht.«

»Waren die beiden zu Fuß da?«

»Nein, der Mann fuhr ein Westauto. Ich weiß nicht …« Aus der Wohnung kam auf einmal eine weitere Stimme. »Ein Opel Ascona, sagt mein Mann gerade. Silber.«

»Darf ich Ihnen meine Nummer geben?« Falck ging die letzten Stufen noch hinauf und gab ihr einen Zettel mit seiner Telefonnummer. »Rufen Sie uns an, wenn Ihnen etwas ungewöhnlich erscheint, ja?«

Die Frau nahm den Zettel entgegen. »Stimmt das? Er wurde umgebracht? Der Maler, Wolfgang Klanghausen.«

Es hatte wohl keinen Zweck, das zu verheimlichen, dachte sich Falck. Vermutlich wusste sie es sowieso schon. Deshalb nickte er.

»Wissen Sie, die beiden stritten ja oft. Er hatte ja auch sein eigenes Atelier deshalb, aber Frau Klanghausen machte sich oft Sorgen. Sie fürchtete, die würden ihn eines Tages umbringen und sie auch.«

»Die? Wen meinte sie damit?«

»Na, Sie wissen schon, die Stasi. Und wenn nicht die, sagte sie, dann welche von drüben, damit nicht rauskommt, wer hier alles Geschäfte gemacht hat. Und wissen Sie was, kürzlich war erst einer da, von drüben, der hatte so einen komischen Dialekt. Er stand bei Klanghausens vor der Tür, vor einer Woche vielleicht war das. Als ich vorbeiging, fragte ich, wohin er denn wolle.«

»Hat er sich vorgestellt?«

»Nein, aber das war sicherlich bayrischer Dialekt.«

»Wie sah er aus?«

»Dunkle Haare, zurückgekämmt, mittelgroß, teure Kleidung. Der fuhr auch ein Westauto. Einen VW Passat, sagt mein Mann. Kennzeichen BT.«

»Das könnte dieser August Weinert gewesen sein, von dem Sybille sprach«, sagte Bach, während sie den Trabant wendete. Falck hatte Schmidt über Funk über die neuesten Erkenntnisse informiert und darüber, dass sie zu Klanghausens Atelier fahren wollten. Schmidt hatte ihm im Gegenzug gesagt, dass Frau Schüttauf weiterhin von nichts wissen wollte. Inzwischen hatte sich auch die Spurensicherung mit einer genauen Auswertung gemeldet. In Klanghausens Atelier hatten sich eine Menge Fingerabdrücke gefunden, die sich verschiedenen Personen aus dem Bekanntenkreis zuordnen ließen. Frau Klanghausen, Hirschfeld und seiner Frau, offenbar auch Maschke und Klanghausens Freund Stein. In dessen Wohnung dagegen fand sich nichts, sein Leichnam wurde nun genauer untersucht. Am Mund des Opfers hatte Doktor Otte Fasern von Stoff gefunden, die zu dem Kissen passten, das auf seiner Schlafcouch gelegen hatte. Nun mussten sie Atemwege und Lunge genauestens überprüfen, ob er nicht doch erstickt wurde. Schmidt wollte nun zu Frau Hirschfeld fahren. Sie vereinbarten, sich später wieder zu treffen.

»Vielleicht wusste Herr Schüttauf gar nichts von dem Bild«, überlegte Bach, »Frau Schüttauf aber hat da früher mal gewohnt, kannte sich in dem Haus aus. Angenommen, sie hatte sogar noch einen Schlüssel, hat das Bild versteckt, weil sie glaubte, es sei dort am sichersten.«

»Was macht eigentlich der Hund?«

»Ach, frag nicht, der nervt. Zum Glück habe ich meine Eltern. Die kümmern sich jetzt. Ich weiß aber noch nicht, was mal werden soll, wenn die Schüttauf in den Knast muss. Ich behalte die Töle jedenfalls nicht.«

Falck musste grinsen. Bis dahin würde es wohl noch eine Weile dauern, zu vieles war noch ungeklärt, alles schien hier miteinander verwoben und verstrickt.

Das Polizeisiegel an der Tür zu Klanghausens Atelier war aufgebrochen. Jemand hatte den Plombenstrick einfach aus der Siegelknete gerissen. Die Tür war nur angelehnt. Jemand hatte also einen Schlüssel. Andererseits war es nicht schwer, ein so altes Schloss mit einem Dietrich zu öffnen.

Falck drückte die Tür ein wenig weiter auf. »Frau Klanghausen«, rief er und leuchtete mit der Taschenlampe in den Flur.

»Bleib du an der Tür, ich gehe in den Zimmern nachsehen!« Bach zog ihre Pistole. »Sag mir ja nicht, ich brauch die nicht!«, drohte sie. Falck hatte nichts dergleichen vorgehabt, sondern zog seine eigene Waffe und positionierte sich in der Tür, von wo aus er alle anderen Türen gut sehen konnte.

Bach prüfte ein Zimmer nach dem anderen, verschwand schließlich für längere Zeit in dem größten, das als Atelier diente. Für Falcks Geschmack blieb sie ein bisschen zu lange darin, auch schien sich der Lichtkegel ihrer Lampe nicht mehr zu bewegen. Schon wurde er nervös, überlegte, zu rufen, war schon drauf und dran, seinen Posten zu verlassen, als Bach zurückkam.

»Nichts, niemand!«

»Wieso hat das so lange gedauert?«

»Habe halt gründlich nachgesehen! Aber jemand war hier, hat etwas gesucht. Da ist eine Kommode mit offenen Schubladen, und einige herumstehende Bilder sind umgeworfen.«

Falck wollte sich das selbst ansehen. Mit der Taschenlampe leuchtete er die Stapel Bilder an, die an die Wand gelehnt und nun umgeworfen worden waren. Er versuchte sich daran zu erinnern, wie viele es am Montag gewesen sein mochten. Er steckte die Waffe weg, trat näher und begann, die Bilder nacheinander wieder hinzustellen, um sich so einen besseren Überblick zu verschaffen.

»Lass doch, das ist doch sinnlos!«, maulte Bach.

»Aber war Frau Klanghausen nun hier?«, fragte Falck. Was, wenn sie den Einbrecher dabei überrascht hatte? War ihr etwas geschehen?

»Tobias!«, sagte Bach.

»Ja, ich komme ja schon!« Er richtete noch einen Stapel Bilder auf.

»Tobias!«, rief Bach nun drängender.

Falck schnaufte genervt auf und ging zurück in den Flur, wo ihm Bach plötzlich ins Gesicht leuchtete.

»Was soll denn das?«, fragte er und schirmte seine Augen mit der Hand ab.

»Lass deine Lampe fallen!«, sagte jemand leise. Das war die Stimme eines Mannes.

Falck schaltete seine Lampe ab und ging leicht in die Knie, damit die Lampe nicht kaputtging.

»Wer seid ihr?«, fragte der Fremde.

»Wo ist meine Kollegin?«, fragte Falck.

Für einen ganz kurzen Augenblick zuckte das Licht zur Seite, so dass Falck Steffi sehen konnte, um deren Hals sich ein Arm geschlungen hatte. Sie hatte sich mit beiden Händen in den schwarzen Stoff gekrallt, ihre Pistole war weg. Der Mann musste sich im Haus versteckt haben und hatte Bach überrascht.

»Wir sind Polizisten!«, antwortete Falck jetzt.

»Beweis es!«, zischte der Fremde. »Und mach keinen Blödsinn!«

»Ich hole meinen Dienstausweis heraus«, kündigte Falck an. Langsam griff er in seine Jackentasche und zeigte ihn vor.

»Hast du eine Waffe?«, fragte der andere daraufhin. Für Falck klang das fast bayrisch.

Falck zog seine Jacke beiseite.

»Her damit!«, befahl der Mann.

»Wie? Werfen?«

»Auf den Boden und mit dem Fuß zu mir schieben. Zackig.«

»Ich mach ja schon«, sagte Falck, »bleiben Sie bitte ruhig.« Er nahm die Pistole nur mit zwei Fingern, damit der andere nichts falsch verstand. Dann ging er in die Knie, legte die Waffe ab, richtete sich wieder auf. Er gab ihr mit dem Fuß einen Stoß.

»Mach keinen Mist«, krächzte Bach. »Der hat ein Messer in der Hand.«

»Ganz genau!«, sagte der Fremde. »Und jetzt gehen wir gemeinsam in die Knie!« Das Licht der Taschenlampe sank nach unten und ging dann ganz aus.

»So«, sagte der Fremde eine Sekunde später, »wo ist das Gemälde?«

»In Sicherheit. Wir haben es gefunden, vor wenigen Stunden!«

»Blödsinn!«, zischte der Fremde.

»Sie müssen locker lassen«, krächzte Bach. »Ich krieg keine Luft!«

»Das Gemälde wurde gefunden, es ist in der Asservatenkammer der Polizei. Das wird morgen auch in der Zeitung stehen!« Falck bemühte sich um Deeskalation.

Der Fremde schwieg nun.

»Hören Sie, noch ist nichts passiert. Lassen Sie meine Kollegin gehen. Lassen Sie die Pistolen liegen.«

»Ich glaube euch kein Wort. Deine Kollegin muss mit mir kommen. Du bleibst schön hier, Sportsfreund.«

»Tobias!«, rief Bach verzweifelt.

»Hören Sie, wir sind Polizisten«, versuchte es Falck noch einmal.

»Ich hau jetzt mit ihr ab, und wenn du mir nachläufst, passiert ihr was. Ist das klar? Also bleib schön hier und mach keinen Unfug. Und du, Mädel, bleibst mal ganz locker und machst brav mit.«

Falck hörte, wie der Mann Bach mit sich durch die Wohnungstür und die Treppe hinunterzog.

»Hör doch jetzt mal auf mit dem Mist«, würgte Bach, und die Angst war deutlich herauszuhören.

Falck überlegte panisch, was er tun sollte. So einfach konnte er Bach nicht dem Fremden überlassen.

»Bleib schön, wo du bist, Freundchen!«, rief der Mann ihm von unten zu. Falck tastete nach der Taschenlampe, fand sie auf die Schnelle nicht. Aber er musste sich beeilen, damit der Mann nicht mit Bach verschwand und sie vielleicht noch in ein Auto zerrte. Bach trug die Autoschlüssel bei sich, Falck würde ihr also gar nicht folgen können. Und auch an das Funkgerät hatte mal wieder keiner gedacht, es lag im Auto.

»Tobias«, hörte Falck seine Kollegin flehen. Sie mussten schon eine Etage weiter unten sein. Kurzentschlossen zog er seine Schuhe aus und lief auf Socken die Treppe hinunter.

»Hör jetzt auf zu zappeln, sonst passiert was!«, knurrte der Mann.

Falck folgte den beiden noch eine halbe Treppe hinunter. Dann stürmte er los, hielt sich am Geländer fest und sprang. Er riss den Fremden mit sich, der aber Bach nicht losließ. Gemeinsam stürzten sie die letzten Stufen hinunter. Falck spürte einen scharfen Schmerz im Rücken, als würde ein Messer zwischen seinen Rippen stecken. Auch der Fremde stöhnte vor Schmerz auf und wälzte sich auf dem Boden. Steffi Bach kämpfte unterdessen stumm und versuchte verzweifelt, sich aus dem Griff des Angreifers zu befreien.

Falck gelang es, einen Arm zu packen. Er versuchte dem anderen etwas aus der Hand zu winden, das er für ein Messer hielt. Dann traf ihn unvermutet ein harter Schlag auf den Kopf. Und gleich darauf ein zweiter.

Als er zu sich kam, lag er zwar auf etwas Hartem und Kaltem, doch sein Kopf war weich gebettet. Er öffnete die Augen, sah fast nichts in der Dunkelheit.

»Denk nicht, dass du ewig so liegen bleiben kannst«, sagte Bach.

Lag er etwa in ihrem Schoß? Falck versuchte den Kopf zu heben.

»Nee, warte mal, mach langsam. Sag mir erst, ob du deine Füße fühlen kannst!«

Falck bewegte die Zehen in den Schuhen. »Ja, die fühle ich. Nur mein Rücken tut weh. Ich glaube, ich habe mir die Rippen geprellt.«

»Und wie viele Finger siehst du?«

»Gar keine!«

»Was?«

»Es ist zu dunkel!«

»Blödmann«, rief sie erleichtert und schob seinen Kopf vorsichtig von ihren Beinen.

Falck richtete sich mühsam auf und setzte sich auf die Treppe. Er drehte langsam seinen Kopf, es knackte bedenklich. Eine Weile saßen sie stumm nebeneinander.

»Wollen wir ein Fazit ziehen?«, fragte er schließlich in die Dunkelheit hinein.

»Aber gerne doch: Das ist ein gigantischer Schlamassel. Da hast du einen Kollegen, den du sehr magst, der das aber nicht bemerkt, und gleichzeitig sagst du dir, dass das ganz gut so ist, denn mit einem Kollegen sollte man nichts anfangen. Und du wünschst dir ein Kind, ehe es zu spät ist, und der Trottel hat schon eines, weil er einmal nicht aufgepasst hat. Und dann trifft er auch noch seine Ex, und sie verstehen sich ganz prima, wie in alten Zeiten, während deine eigenen Ex-Typen inzwischen alle drüben sind.«

»Also …« Falck suchte verzweifelt nach Worten, ihm brummte der Schädel, vom Sturz und von Steffis unerwartetem Geständnis und von all den Gedanken, die sich im Kreis drehten. »Also … erst einmal bist du längst nicht zu alt. Drüben fangen die Frauen mit vierzig an, Kinder zu kriegen.«

»Übertreib mal nicht.«

»Zweitens mag der Kollege dich auch und denkt genau dasselbe. Drittens haben meine Ex und ich uns alles andere als gut verstanden.«

»Du hast ihr versprochen, dich zu melden. Das macht man nicht mit jemandem, von dem man nichts mehr will.«

»Na ja, ich war verlegen. Ich wollte irgendwie raus aus der Situation.«

»Ja, schon gut«, unterbrach ihn Bach, aber in versöhnlichem Ton. Jetzt lehnte sie sich ganz leicht an ihn.

»Ich meinte mit dem Fazit aber eigentlich etwas anderes …«, murmelte Falck leise.

»Weiß ich doch. Aber kann ich mich erst mal sammeln? Vor ein paar Monaten noch war mein Leben vergleichsweise langweilig, jetzt versucht alle zwei Wochen jemand, mich umzubringen. Plötzlich habe ich hier mehr Tote als vorher in allen Jahren zusammen. Das ist gerade ein bissel viel auf einmal …«

Falck schwieg, sie hatte ja recht. Hier stürmten in kürzester Zeit mehr Dinge auf sie ein als sonst in einem ganzen Leben. Sie hatten noch nicht einmal richtig kapiert, was geschehen war in den letzten Monaten. Die Mauer war gefallen, nachdem zwei Millionen Menschen das Land verlassen hatten. Ein Moment der Angst, ein Moment der Euphorie und viel Zeit für Hysterie, denn jetzt schwappte der Konsum zu ihnen rüber, und die Begierde wurde geweckt. Jeder wollte Westsachen und Westgeld haben. Von Demokratie war immer weniger die Rede. Man konnte es den Menschen nicht verübeln. Drüben offenbarte sich einem das reinste Schlaraffenland, zumindest in den Schaufenstern. Nach vierzig Jahren Propaganda wollte man nichts mehr hören von Armut, Arbeitslosigkeit, Existenzangst. Und genauso sah es auch in ihnen aus. Alles war neu und damit auch vieles kaputt, jeder wollte neu anfangen, aber man kam gar nicht dazu, das zu verarbeiten, sich dessen bewusst zu werden, weil man von den großen und kleinen Ereignissen einfach mitgerissen wurde.

»Mich nervt, dass wir uns immer alle angiften. Wir wollten doch ein Team sein«, sagte Bach.

»Dann muss man selbst der Erste sein, der damit aufhört«, erwiderte Falck und hoffte, es hörte sich für Bach nicht genauso oberschlau an wie für ihn.

»Stimmt«, sagte Bach leise, und wieder gab sie ihm einen leichten Stoß mit der Schulter. »Du hast dich verändert, Tobias.«

»Das haben wir alle.«

»Ja, stimmt auch, aber du am meisten. Du bist von uns dreien der Erwachsenste, dabei bist du der Jüngste.«

»Ich hätte es mir lieber anders ausgesucht.«

Bach nickte und gab ein leises Geräusch von sich. Sie schien zu weinen.

»Das ist alles so verrückt«, schniefte sie, ehe er sich endlich entschließen konnte, seinen Arm um sie zu legen. »Was ist hier bloß los? Geht das jetzt immer so weiter? Ich habe ja noch nicht mal das vergangene Jahr verarbeitet. Dass sie mich wiederbeleben mussten, dass du uns gerettet hast, und jetzt schon wieder!«

»Du liebe Güte, aber wie?! Ich bin einfach gesprungen. Wir hätten beide draufgehen können. Und wir haben beide Pistolen eingebüßt, oder?«

»Versuch jetzt nicht, das schlechtzureden. Du hast gehandelt. Das alleine zählt doch. Ich wüsste nicht, ob ich nicht nur dagestanden hätte.«

»Bestimmt nicht«, sagte Falck. »Trotzdem: Das Problem bleibt bestehen. Zwei Pistolen sind weg. Das werden wir erklären müssen.«

»Wir konnten ja nicht damit rechnen, dass uns jemand auflauert. Ich habe sowieso das Gefühl, Schmidt stößt uns immer nur ab. Der schickt uns durch die Gegend, damit er seine Ruhe hat. Dann ist es natürlich leicht, nachher zu sagen, das hättet ihr aber so und so machen müssen. Denkst du, das war dieser Weinert aus dem Westen?«

»Hast du sehen können, ob er mit dem Auto wegfuhr?«, fragte Falck.

»Wie meinst du das?«

»Als er weglief? Konntest du ihm auf die Straße nachlaufen?«

»Mensch, Tobias, du lagst hier, und ich dachte, du seist querschnittsgelähmt!«

»Ich hab doch nur gefragt …«, verteidigte er sich.

»Ja, tut mir leid, hast recht. Wir müssen mal versuchen, nicht bei jedem Wort gleich beleidigt zu sein.« Bach erhob sich und reichte ihm die Hand, um ihm aufzuhelfen. »Lass uns Schmidt anfunken!«

Falck nahm die Hilfe dankbar an, denn die Rippen schmerzten höllisch.

Schmidt rieb sich das Gesicht. Kein Wort war ihm über die Lippen gekommen. Vielleicht war er zu müde. Mit der Taschenlampe hatte er schon das ganze Haus durchleuchtet, nun suchte er noch den Hausflur ab, ging sogar hinaus auf die Straße und ließ den Lichtkegel über Bordstein und Kopfsteinpflaster huschen. Sogar in den nächsten Gully warf er einen Blick.

»Keine Aussicht, die Knarren hier noch zu finden?«, fragte er, doch das war nur eine rhetorische Frage.

»Was ist denn mit Sybille?«, fragte Bach.

»Was soll schon sein?« Schmidt kratzte sich am Hals.

»Du hast sie wirklich eingesperrt?« Bach konnte es nicht glauben.

Schmidt hob die Hände, als sei es völlig logisch, dass er das hatte tun müssen.

»Wo ist das Gemälde?«, fragte Falck.

Schmidt hob die Schultern.

»Du weißt es nicht?«

»Doch!« Schmidt deutete mit den Augen zum Kofferraum des Lada.

»Im Ernst?«

»Ja, im Ernst! Ich wüsste gar nicht, wem ich das überlassen

sollte. Das krallt sich doch nur einer der Sesselfurzer und lässt sich dann feiern!«

»Wenn es morgen in der Zeitung steht, werden sie dich fragen, wo es ist!«

»Ja, kann sein, aber darauf lasse ich es erst mal ankommen.«

»Aber das muss doch besonders gelagert werden. Das geht doch kaputt bei der Kälte. Das Holz springt, oder die Farbe blättert ab.« Falck starrte seinen Chef fassungslos an. Unverantwortlich war das.

»Mensch, das hat vierhundert Jahre gehalten, da wird es noch diese Nacht überstehen.«

»Warum hast du es nicht im Museum abgegeben?«

»Weil es jetzt ein Asservat ist.«

»Dann hättest du es in die Asservatenkammer bringen müssen.«

»Mach ich noch, bleib mal bisschen locker!«, sagte Schmidt.

»Heut noch!«

»Ja, heut noch«, beschwichtigte der Hauptmann und beugte sich in den Lada, denn die Zentrale meldete sich über Funk. »KDD Schmidt, kommen.«

Die Feuerwehr meldet einen Notruf aus der Gartensparte auf dem Hellerberg, ein Laubenbrand. Es gibt einen Verletzten, der behauptet, es sei Brandstiftung gewesen. L-Weg, ziemlich weit hinten. Können Sie hinfahren und vor Ort besichtigen? Kommen.

Schmidt sah zu Falck und Bach. Beide dachten nicht nach, nickten ganz automatisch.

»Geht klar, wir übernehmen. Ende.«

»Wie fährt der denn?«, fragte Bach, die wieder am Steuer saß und Schmidts Lada folgte. Schmidt fuhr die Otto-Buchwitz-Straße hinauf, hätte aber vor der Sowjetkaserne links in die Proschhübelstraße einbiegen und die Magazinstraße hinauffahren müssen.

»Weiter oben gibt es noch eine Zufahrt«, wusste Falck. Obwohl es dunkel war, eiskalt und erst Donnerstag, waren schon wieder eine ganze Menge junger Leute unterwegs zu der Diskothek auf der Straße E oder wie immer man dieses Vergnügen nannte, Technoparty, Rave.

Nachdem sie die Kasernen der Sowjetarmee passiert hatten, bog Schmidts Lada links über die Straßenbahngleise ab, fuhr ein Stück die Magazinstraße zurück, bog dann in die Sparte ein, lenkte nach rechts. Von der Dunkelheit gut verborgen, wurde er offenbar von den extrem ausgefahrenen Löchern und Bodenwellen überrascht. Der Lada hüpfte und schwankte wie ein kleines Boot auf rauer See. Bach bremste stark ab. Vom Hauptweg fuhr Schmidt nach links. Sie folgten ihm und konnten weit vor sich nun schon die Lichter der Feuerwehren und des Krankenwagens ausmachen.

Schmidt war schon ausgestiegen und sprach mit einem Feuerwehrmann, als sie ausstiegen.

»Der Verletzte ist da drin?«, fragte er und zeigte auf den Krankenwagen.

Der Feuerwehrmann nickte. »Hat ziemliches Glück gehabt. Hat geschlafen, als das Feuer ausbrach. Den Brandherd haben wir noch nicht ausmachen können. Eine elektrische Heizung war es aber nicht, auch kein Heizstrahler. Das war ja unsere erste Vermutung.«

»Na, wir gucken mal«, versprach Schmidt, dann winkte er seine Kollegen zum Krankenwagen und klopfte an die Schiebetür. »Kripo!«

Ein Sanitäter schob von innen die Tür auf, und Schmidt zeigte ihm seine Marke. »Gut, dass Sie kommen, wir müssten bald los. Die Brandverletzungen sind erstversorgt, der Patient hat Schmerzmittel bekommen, aber er muss dringend ins Krankenhaus.«

»Können wir mit ihm sprechen?«

»Ja, aber an der Hintertür ist es besser!«

Zu dritt gingen sie nach hinten, wo ihnen jetzt beide Flügel der Hecktür geöffnet wurden. Dort lag halb aufgerichtet ein Mann, dessen Hände und Arme mit Bandagen umwickelt waren, auch sein Gesicht war betroffen, wenn auch nicht so schlimm, seine Haare aber waren versengt, die Augenbrauen verschwunden. Der Mann hatte die Augen geschlossen, atmete mit halb geöffnetem Mund, Schweiß stand ihm auf der Stirn.

»Sie sind doch Thomas Ullrich!« Schmidt war das als Erstem aufgefallen.

Falck musste noch einmal genau hinsehen. Dem Mann fehlten alle Haare im Gesicht und auf dem Kopf, seine Augen waren geschwollen. Doch Schmidt hatte völlig recht, es war Thomas Ullrich.

Der reagierte verzögert. Er hob den Kopf und sah sie mit gläsernen Augen an.

»Ist er sehr schwer verletzt?«, fragte Schmidt den Sanitäter.

»Keine Lebensgefahr, aber Brandwunden verursachen schlimme Schmerzen.«

»Herr Ullrich!« Schmidt sprach laut und deutlich. »Herr Ullrich, Schmidt hier, von der Kripo, Sie kennen uns. Was ist passiert?«

»Hab geschlafen«, stöhnte Ullrich.

»Geschlafen? In der Laube? Bei der Kälte? Sie haben doch eine Wohnung.«

Ullrich schüttelte betäubt den Kopf. »Wollte nicht. Vorsichtshalber ....«

»Vorsichtshalber? Befürchteten Sie etwas?«

»Ich hatte Angst.«

Angst, mehr sagte er nicht, aber wenn ein Stasimann Angst hatte, war das tatsächlich besorgniserregend.

»Was ist denn passiert?«, fragte Falck.

»Ich hab geschlafen, plötzlich war Feuer überall, meine Arme brannten.«

»Haben Sie Feuer gemacht? Haben Sie einen Ofen da drinnen?«

»Nein, nichts.«

»Herr Ullrich, haben Sie was gehört? War jemand in Ihrer Laube?«

»War abgeschlossen.«

»Sie sind eingeschlafen und wieder aufgewacht, weil es brannte?«, fragte Schmidt.

»Ja. Ich habe solche Schmerzen!«

»Das Feuer wurde nicht von Ihnen verursacht? Überlegen Sie! Rauchen Sie?«

»Nein. Ich dachte nur, dass mich hier keiner findet.«

»Sie dachten, hier findet Sie keiner? Wer sollte Sie denn nicht finden?«

»Stasi!«

»Stasi? Sie sind doch selbst von der Stasi!«, entfuhr es Schmidt.

Ullrich lachte unter Schmerzen, schüttelte müde den Kopf. »Selbst wenn.«

»Ullrich, wieso brannten Sie? Ihre Hände? War das eine Flüssigkeit?«

Der Sanitäter sprang ein. »Es sah aus, als sei Benzin über ihn verschüttet worden. Zum Glück nur über Arme und Hände, und ein paar Spritzer im Gesicht.«

»Gut, danke, wo bringen Sie ihn denn hin?«

»Uniklinik!«

»Vielleicht hat ja jemand etwas durchs Fenster geworfen. Einen Molotowcocktail«, raunte Bach, als sei es zu absurd, um das laut auszusprechen.

Falck hatte das auch schon in Erwägung gezogen. Wenn

Ullrich geschlafen hatte und ihm jemand eine Flasche mit brennender Flüssigkeit durchs Fenster geworfen hatte, dann konnte er von Glück reden, dass es nur seine Arme erwischt hatte. Und vielleicht hatte gerade das ihm das Leben gerettet. Sonst wäre er unter Umständen erstickt.

Bach zupfte ihn am Ärmel. »Willst du mal lieber zu Claudia fahren? Sie ist doch wieder in ihrer Wohnung, oder?«

Ja, das hatte sie angekündigt. Aber war sie wirklich in Gefahr? Es würde doch keiner einer unschuldigen Frau und einem Säugling etwas antun wollen.

»Fahr hin!«, sagte Schmidt. »Besser ist besser. Schau nach dem Rechten, dann kommst du wieder her. Wenn es nicht sicher genug sein sollte, bring sie ins Präsidium.«

Falck nickte. »Mach ich, aber vorher will ich noch kurz einen Blick da reinwerfen!« Er deutete auf die abgebrannte Hütte.

»Mensch, jetzt fahr doch erst mal!«

»Da gibt's sowieso noch nichts zu sehen!«, mischte sich ein Feuerwehrmann ein. »Wir haben es kontrolliert abbrennen lassen. Da ist kaum noch was übrig, war ja alles Holz und Pappe. Außerdem wissen wir noch nicht, ob da drinnen eine Propangasflasche ist. Nicht, dass die noch hochgeht. Kommen Sie morgen, da ist es ausgekühlt und hell.«

»Ich schau mir das trotzdem mal an«, verkündete Schmidt. »Und du fährst endlich los. Wir treffen uns später im Büro. Wer hat denn den Brand eigentlich gemeldet?«, fragte Schmidt den Feuerwehrmann.

»Die Meldung kam von jemandem, der da vorne wohnt. Da steht ja ein richtiges kleines Haus. Ist zwar nicht erlaubt, aber in dem Fall war das lebensrettend.«

»War Ullrich denn noch drinnen, als Sie kamen?«

»Nein, der war draußen auf dem Rasen, stand unter Schock.«

»Hier steht kein Auto«, bemerkte Bach. »Hat er nicht einen Opel?«

»Vielleicht hat er es irgendwo draußen stehen?«

»Aber hier ist doch extra eine Einfahrt dafür.«

»Vielleicht ist jetzt Frau Hirschfeld damit unterwegs«, überlegte Schmidt.

»Du meinst, die Frau erschlägt ihren Mann mit einer Metallfigur und wirft dann Ullrich einen Molotowcocktail ins Fenster, damit er bei lebendigem Leib verbrennt?«, fragte Falck und schüttelte ungläubig den Kopf. »Und zuerst erschlägt sie Klanghausen?«

»Sie wäre nicht die erste Frau, die so was macht.«

»Und was ist mit Karina Schüttauf? Warst du nicht sicher, dass sie das Bild gestohlen hat?«

Falck hoffte, Schmidt würde sich nicht gleich wieder angegriffen fühlen. Der gab sich erstaunlich gelassen.

»Sie kann doch trotzdem das Bild gestohlen haben und hat dann diese ganze Reihe von Ereignissen in Gang gesetzt. Los, Tobias, fahr endlich zu deinem Kind. Steffi, du kommst mit zur Hirschfeld!«

17

Schon gleich nachdem er die Gartensparte verlassen hatte, ließ ihn ein seltsames Gefühl in den Rückspiegel schauen. Ihm war, als starrte ihn jemand an. Noch einmal sah er nach, drehte sich sogar während der Fahrt immer wieder um. Aber alles blieb dunkel und still hinter ihm. Hilfreich war das kaum, denn die Straße war sehr schlecht beleuchtet. In den Kasernen, die jetzt links von ihm lagen, brannte zwar in den Fenstern Licht, doch die Gebäude waren zu weit von der Straße entfernt, als dass der Lichtschein bis zur Straße gereicht hätte.

Auf der Otto-Buchwitz-Straße herrschte wieder mehr Verkehr, und er musste warten, ehe er sich einreihen konnte, um dann an der Kreuzung zur Doktor-Kurt-Fischer-Allee links abzubiegen. Mehrere Autos folgten ihm, eines überholte ihn. Als er rechts Richtung Alaunpark abbog, folgten ihm zwei Autos. Das machte Falck misstrauisch. Bis zur Kamenzer Straße folgten sie ihm beide noch, dann bog eines der Fahrzeuge links in die Nordstraße ab.

Falck versuchte im Spiegel vergeblich die Fahrzeugmarke zu erkennen. Doch die Scheinwerferform verriet es ihm nicht. Er fuhr weiter und beschloss, noch einmal im Kreis zu fahren, doch da bog das Fahrzeug an der nächsten Kreuzung ab.

»Mannomann«, flüsterte Falck und atmete erleichtert aus. Dann bog er in die Böhmische Straße ein. Hier waren inzwischen zwei Laternen ausgefallen. Er fragte sich, ob das eine Kettenreaktion war und im Laufe der Zeit alle Glühbirnen nacheinander ausfallen würden oder ob jemand sie mit einer Schleuder gezielt abschoss.

Er parkte den Trabant vor Claudias Haus und schaute hinauf. In ihrem Wohnzimmer brannte Licht, das aber genau in dem Moment ausging. Falck langte nach der Klinke und drückte gegen das Holz, doch die Tür öffnete sich nicht. Unschlüssig stand er da und versuchte es dann noch einmal. Schließlich holte er aus seinem Trabant eine Lampe und betrachtete die Tür im Lichtschein genauer. Das Schloss war offenbar repariert worden, so dass man jetzt abschließen konnte. Das war einerseits gut, andererseits kam er jetzt nicht mehr ins Haus. Falck probierte die Klingeln aus, wohl wissend, dass sie schon seit zwei Jahren nicht mehr funktionierten. Er bückte sich nach ein paar Steinchen, um sie gegen Claudias Fenster zu werfen. Sein Rücken und die Rippen schmerzten bei der abrupten Bewegung. Erst der dritte Stein traf, und es brauchte einen vierten, ehe Claudia reagierte und das Fenster öffnete.

»Tobias?«

»Ja. Ich wollte nur mal nach euch schauen.«

»Hier ist alles gut. Mein Vati hat das Schloss repariert und auch die Sicherungen ausgewechselt.«

Schau an, dachte Falck, auf einmal heißt es *mein Vati* und nicht mehr *der Alte*. Er fühlte fast so etwas wie Eifersucht.

»Und sonst war nichts?«

»Nein. Sag mal, willst du nicht hochkommen, oder hast du Dienst?«

»Doch, ich habe Dienst, aber ich komme trotzdem mal hoch.« Falck sah prüfend die Straße entlang, wo weiter hinten gerade die Lichter eines Fahrzeugs erloschen.

»Warte, ich komm schnell runter. Ich habe aber schon den Schlafanzug an!«

»Das macht nichts!«

»Ach, schade!«, sagte Claudia und ließ ihm zwanzig Sekunden Zeit, darüber nachzudenken, was das wohl bedeuten sollte. Dann war sie schon unten, und Falck hörte, wie das Türschloss entriegelt wurde. Sie öffnete die Tür.

»Komm rein, es ist eiskalt!« Sie zog ihn ins beleuchtete Haus und schloss hinter ihm wieder ab. Sie trug tatsächlich einen Schlafanzug und hatte sich noch ihren Wintermantel übergeworfen. Dann küsste sie Falck. Auf den Mund.

»Du riechst etwas streng. Willst du dich waschen?«

»Es tut mir leid. Es war echt anstrengend heute, und vorhin waren wir noch bei einem Brand«, sagte Falck entschuldigend.

»Ich habe leider kein Badewasser, musst dich mit kaltem Wasser waschen.«

»Na ja ...« Er hatte ja wirklich nur kurz vorbeischauen wollen.

»Komm, wir gehen hoch!«

Falck ließ sich ziehen, konnte sein Glück kaum fassen.

Die Wohnung war angenehm warm, zumindest wenn man von draußen kam.

»Ich habe die Kleine gerade gefüttert und ins Bett gebracht«, sagte Claudia und schloss hinter ihm die Tür. Verlegen standen sie sich jetzt gegenüber.

»Du hast mich hoffentlich nicht falsch verstanden«, begann sie schließlich. »Es war mir bloß peinlich, bei meinen Eltern in der Tür zu stehen. Ich habe mich wirklich gefreut, dass du gefragt hast. Und ich habe auch schon drüber nachgedacht, wie das wär ...«

»Ich wollte nicht aufdringlich sein...« Weiter kam Falck nicht, denn Claudia hatte sich dicht an ihn gedrängt und küsste ihn. Wie lange hatte er sich das gewünscht. Obwohl sie schon ganz andere Dinge zusammen gemacht hatten, kam es ihm vor wie der erste Kuss. Ihre Lippen lösten sich, und Claudia sah zu ihm hoch. Langsam zog sie ihren Mantel aus und ließ ihn auf den Boden gleiten. Auffordernd sah sie Falck an. Er küsste sie und ließ seine Hände über ihren Rücken wandern.

»Ich habe noch nicht alle Kilos wegbekommen«, flüsterte sie.

»Du bist total super so«, sagte er und genierte sich sogleich für seine alberne Wortwahl.

»Dafür habe ich umso mehr Busen«, grinste sie, nahm seine Hand und half ihm dabei, das zu überprüfen.

Falck wagte kaum, Claudia richtig anzufassen. Fast ehrfürchtig streichelte er ihre Brust, die nicht mehr nur Lustobjekt war, sondern nun auch ein Kind ernährte. Trotzdem schoss ihm das Blut in sämtliche Regionen seines Körpers.

»Weißt du, dass ich seitdem keinen Sex mehr hatte«, hauchte Claudia und lehnte sich an ihn.

»Ich auch nicht.«

»Das soll ich dir glauben?«

»Glaub es oder nicht«, murmelte Falck und zog Claudia zu sich heran. Das Wissen, dass sie nur im Schlafanzug vor ihm stand, machte ihn verrückt. Er drängte sich an sie, doch sie machte sich los, um ihm die Jacke zu öffnen und von den Schultern zu streifen und den Pullover über den Kopf zu ziehen. Dann schob sie ihm die Hände unter das Hemd und krallte ihre Nägel in seine Haut.

Falck beugte sich über sie, um sie zu küssen, und ließ seine Finger unter ihre Schlafanzughose wandern. Sie beugte sich zurück und knöpfte sich das Oberteil auf.

Er streichelte ihre Brüste, ihre Lippen berührten sich. »Sollte ich mich nicht waschen?«, fragte er noch, während sie sich küssten.

»Nein, so ist es gut«, sie stieß ihm ihren Atem in den Mund.

Falck verlor beinahe die Beherrschung, er schob sie von sich, um sie von ihrem Oberteil zu befreien.

»Du musst ein bisschen vorsichtig sein«, flüsterte sie. Falck konnte den Blick nicht von ihren prallen Brüsten wenden und nickte nur.

»Wollen wir nicht …«, fragte er mit heiserer Stimme, doch sie schüttelte nur den Kopf.

»Nein, mach jetzt!«, drängelte sie und nestelte ungeduldig an seinem Gürtel.

Plötzlich scherbelte es laut, Glas splitterte. Sie fuhren beide zusammen. Nebenan begann Julia zu weinen. Claudia reagierte zuerst und riss die Tür zum Schlafzimmer auf, wo das Kinderbett stand. Falck sah mit einem Blick, dass hier nichts geschehen war. Er rannte ins Wohnzimmer, wo die Scheibe eines Fensters eingeschlagen war. Auf dem Boden lag ein Pflasterstein. Ein dumpfes Geräusch kündete von einem weiteren Geschoss, das allerdings an der Fassade abprallte. Falck schaltete im Flur das Licht aus und lief zurück ans Schlafzimmerfenster, wo er gerade noch erkennen konnte, wie ein Fahrzeug ohne Licht wegfuhr.

»Du hast doch gesagt, es ist alles in Ordnung!«, rief Claudia atemlos und drückte das weinende Kind an sich. Obwohl es dunkel war, konnte Falck die Angst in ihren Augen sehen.

»Das dachte ich auch«, log er.

»Und was ist jetzt?«, fragte sie ängstlich. »Sind sie weg?«

»Ja, weg sind sie. Was los ist, weiß ich aber auch nicht.«

»Und was machen wir jetzt?«

»Erst einmal müssen wir ruhig bleiben. Pack ein paar Sachen für euch zusammen, und dann bringe ich euch weg. Ich muss nur überlegen, wohin.«

»Soll ich wieder zu meinen Eltern?«

»Nein!«, sagte er schnell. Das wollte er auf keinen Fall. Da fiel ihm ein, was Schmidt vorhin gesagt hatte.

»Vergiss es!«, sagte Schmidt zu Falck vor ihrer Bürotür.

»Aber wo soll sie denn bleiben mit dem Kind?«

»Frag doch deine Eltern!«

»Also wirklich nicht, die will ich da nicht auch noch mit reinziehen.«

»Aber mich, oder was?«

»Du steckst doch schon mittendrin!«

»Siehste!«

»Aber dich haben die Täter noch nicht im Visier.«

»Das ist doch nur eine Frage der Zeit.«

Falck fuhr sich ratlos durch die Haare. »Dann frag ich Sybille.«

»Das machst du nicht!«

»Nein? Warum nicht? Sie hat es angeboten.«

»Jetzt sitzt sie aber hier ein, und du rennst jetzt nicht hin, um sie zu fragen!«

»Dann fragst du bei der Leitung nach zwei Mann, die ab sofort Claudias Wohnung bewachen, rund um die Uhr!«

»Mensch, du gehst mir auf den Kranz!«, fluchte Schmidt. Er holte tief Luft. »Also gut. Dann soll sie in meine Wohnung gehen. Aber nur ein paar Tage, hörst du? Höchstens zwei oder so. Und dann muss ich erst mal heim, ein bisschen klar Schiff machen.«

»Danke! Mensch, das ist wirklich …!« Im Überschwang klopfte Falck seinem Chef die Schulter, der das mit einem genervten Stöhnen kommentierte.

Jetzt musste Falck es nur noch Claudia beibringen. Und hoffen, dass Schmidts Bude nicht völlig verqualmt und voller leerer Bierflaschen war.

»Habt ihr eigentlich die Hirschfeld erwischt?«, fragte Schmidt.

»Nee, die ist fort. Nicht mehr aufgetaucht. Ich habe eine Streife hingeschickt, die sie festnehmen sollen, wenn sie wiederkommt.«

Sie schreckten alle drei auf, als Julia im Kinderwagen zu weinen begann. Claudia nahm das Kind auf den Arm. Bach, die mit dem Kopf auf dem Tisch eingenickt war, richtete sich auf und blinzelte verschlafen.

»Das ist die ungewohnte Umgebung«, entschuldigte sich Claudia.

Falck hatte den Kopf zum Schlafen an die Wand gelehnt und wollte jetzt aufstehen. Doch Claudia winkte, er solle sitzen bleiben. Falck bemerkte, dass Steffi Bachs Blick auf ihnen ruhte. Sie hatte ihren vertrauten Umgang miteinander sicherlich längst mitgekriegt. Er fühlte sich irgendwie ertappt. Könnte Steffi Claudia von seiner Beziehung zu Ulrike erzählen? Augenblicklich meldete sich sein schlechtes Gewissen wieder. Was ihn ärgerte. Er hatte doch nichts Falsches gemacht.

»Ist das okay, wenn ich sie füttere?«, fragte Claudia.

»Na klar«, antwortete Bach schnell, zu schnell, denn ihr Blick machte nun deutlich, dass sie nicht ganz zu Ende gedacht hatte.

Claudia setzte sich, nahm das Kind auf den Schoß und machte eine Brust frei. Falck sah beiläufig woanders hin, doch das Blut war ihm ins Gesicht geschossen. Bachs Augen verengten sich für einen kurzen Moment.

Kurz darauf klingelte das Telefon, und Falck meldete sich. »KDD, Falck.«

»Liebig hier«, flüsterte eine Stimme. »Wissen Sie noch, Sie sagten, ich soll anrufen, wenn sich etwas tut. Bei Klanghausens ist jemand in der Wohnung!«

»Unternehmen Sie nichts, wir kommen. Vielen Dank für den Anruf!«

»Was ist denn?«, fragte Bach, da hatte er noch gar nicht aufgelegt.

»Jemand ist in Klanghausens Wohnung. Das war die Frau von obendrüber.«

Falck versuchte einen klaren Gedanken zu fassen. Sie konnten keine Zeit mehr verlieren, selbst jetzt in der Nacht würden sie mindestens zehn Minuten zur Arndtstraße brauchen. In der Zeit konnte der Einbrecher schon wieder weg sein. Und sie waren beide nicht bewaffnet.

»Holen wir eine Streife dazu«, sagte Bach leise, die wohl denselben Gedanken hatte.

»Wie wollen wir den Kollegen denn erklären, dass wir keine Waffen haben?«

»Lieber mache ich mich lächerlich, als noch einmal so was zu erleben wie vorhin.«

»Was habt ihr denn erlebt?«, fragte Claudia dazwischen.

»Ach, nicht so wichtig«, erwiderte Bach etwas barsch. »Dann holen wir eben zwei Streifenwagen dazu, wir machen das schon irgendwie. Lass uns losfahren, kümmern wir uns unterwegs darum!«

»Kommst du klar hier?«, wandte sich Falck noch einmal an Claudia.

»Klar, aber was soll ich denn sagen, wenn hier einer reinkommt?«

Bach kam Falck mit der Antwort zuvor. »Hier kommt niemand rein!«

»Warum bist du denn so schroff?«, fragte Falck, als sie im Auto saßen. Die Verstärkung war organisiert, zwei Streifenwagen sollten ohne Blaulicht und Sirene außer Sichtweite warten.

»Ich bin sauer auf dich«, knurrte Bach nach ein paar Sekunden Bedenkzeit.

»Auf mich?«

»Ja!«, blaffte Bach ihn an. »Du spielst immer die Unschuld vom Lande, aber eigentlich warst und bist du ein Mistkerl.«

»Moment mal, ich bin doch kein Mistkerl.«

»Und die Masche zieht einfach. Das macht dich so erfolgreich!«

»Erfolgreich?«

»Ich habe doch genau gemerkt, dass ihr ... na, du weißt schon. Das sieht man euch an. Das sieht man Leuten immer an. Schon bei unserer allerersten Begegnung damals bist du garantiert direkt aus ihrem Bett gekommen.«

Falck schwieg. Die ganze Situation war ihm unangenehm. Er hätte alles abstreiten können, aber das würde es noch schlimmer machen.

»Was denkst du eigentlich, was ich für ein Leben führe?« Falck war beleidigt und enttäuscht zugleich.

»Verkauf mich ja nicht für dumm. Ich durchschaue dich sowieso. Du redest nie Klartext und hältst dir schön alles offen.«

Falck wollte sich verteidigen, doch erstens waren sie gleich am Ziel, und zweitens hatte Steffi gar nicht unrecht. Seit Tagen und Wochen taktierte er herum. Auch wenn es ihm bisher nichts gebracht hatte außer ein paar hitzigen Gedanken und ziemlich viel Unsicherheit.

»Ist es in Ordnung, wenn wir uns aufteilen? Du gehst hoch mit zwei Leuten, und ich halte unten Stellung?« Steffi hatte übergangslos das Thema gewechselt und gab deutlich zu erkennen, dass die Frage an ihn eigentlich schon ihre Entscheidung beinhaltete.

»Geht in Ordnung. Da steht schon einer! Halte mal an.«

Bach bremste neben dem Streifenwagen, einem Lada, und Falck kurbelte das Fenster herunter.

Der Polizist am Steuer salutierte. »Der zweite Wagen steht am anderen Ende der Straße.«

»Dann kommen Sie beide mit mir, die Kollegin nimmt die anderen beiden Kollegen mit.« Falck stieg aus.

»Wir vermuten einen Einbrecher in der Wohnung einer Künstlerin. Er könnte bewaffnet und gefährlich sein. Die Schusswaffe sollte aber nur im absoluten Ausnahmefall gebraucht werden«, erklärte er auf dem Weg zu Klanghausens Wohnung.

In der Deckung einer Mauer warteten sie auf Bach, die die anderen Uniformierten mitbrachte.

»Wir gehen hoch! Leutnant Bach bezieht hier Stellung, sichert mit Ihnen den Vorder- und Hinterausgang.« Falck zeigte auf die entsprechenden Polizisten. Dann rückten sie vor.

Zusammen mit den beiden Polizisten betrat Falck das Treppenhaus. Er hatte eine Taschenlampe dabei, ließ sie aber vorerst aus. Leise stiegen sie die Treppe hinauf und positionierten sich an der Wohnungstür, die Falck jetzt mit der Lampe anleuchtete. Sie war nicht aufgebrochen. Falck presste sein Ohr ans Türblatt und hörte es drinnen rascheln und klappern. Ein leises Quietschen verriet, dass jemand über Dielen lief oder Schranktüren öffnete.

»Warten wir, bis er herauskommt«, schlug der ältere der Uniformierten vor. »Das ist ungefährlicher.«

Falck stimmte mit einem Nicken zu.

Drinnen war es jetzt still geworden. Falck hoffte, dass Bach unten nicht ungeduldig wurde. Es dauerte eine halbe Ewigkeit. Falck sah auf die Uhr, dann zu dem älteren Hauptwachtmeister hin. Dieser stülpte die Lippen vor und nickte bedächtig. Immer mit der Ruhe, sollte das heißen. Aus dem Augenwinkel nahm Falck eine Bewegung auf der Treppe wahr. Steffi Bach kam leise die Treppe herauf, um sich zu vergewissern. Falck zeigte ihr den erhobenen Daumen. Bach blieb auf der halben Treppe stehen.

Endlich geschah etwas. Jemand schien jetzt innen dicht an der Wohnungstür zu stehen und zu warten. Ganz leise knarrten die Dielen. Die Polizisten machten sich bereit. Die Türklinke wurde nach unten gedrückt, und die Tür öffnete sich einen kleinen Spalt breit. Falck stand, wie die Polizisten, an die Wand gepresst, Bach war zurückgewichen, damit man sie nicht sah, als der Einbrecher sich herauswagte. In dem Moment sprang er vor und griff zu.

»Polizei! Sie sind festgenommen!«, rief er, doch das ging neben dem Aufschrei des Einbrechers unter. Falck glaubte, die Stimme erkannt zu haben, und fühlte sich bestätigt. Der Mann wand sich verzweifelt unter seinem Griff, und es brauchte die Hilfe beider Uniformierten, ihn festzuhalten und Handschellen anzulegen. Ehe Falck irgendetwas sagen konnte, stürmte eine zweite Gestalt aus der Wohnung an ihnen vorbei und stürzte die Treppe hinab. In dem Moment ging das Hauslicht an.

»Schön hiergeblieben!«, hörte Falck Bach unten rufen.

»Was ist denn hier los?«, fragte jemand von einer anderen Etage.

»Polizeieinsatz!«, antwortete einer der Polizisten. Jetzt im Licht erkannte Falck ihn als den früheren Kollegen Kruse aus der Zeit, als er selbst noch in Uniform Dienst getan hatte.

Die beiden Männer richteten sich gleichzeitig auf und zogen den Verhafteten unter den Achseln hoch. »Sie haben sich ganz schön gemausert«, lobte Kruse.

»Danke«, murmelte Falck verlegen.

»Kennen Sie ihn?«, fragte Kruse jetzt und deutete auf den Verhafteten.

»Ernst Zetsche. Und ich nehme an, die andere Person ist seine Frau.«

»Ja, das ist sie. Ich hab sie!«, rief Bach von unten.

»Wir haben nichts getan!«, rief Frau Zetsche mit lauter Stimme.

»Liefern Sie die beiden auf der Schießgasse ab. An Hauptmann Schmidt vom KDD. Wir müssen uns hier noch die Wohnung ansehen.«

»Schmidt?«, fragte Kruse und zog die Nase kraus. »Edgar Schmidt? Nur mal so unter uns: Bei dem müssen Sie achtgeben, das ist ein krummer Hund.«

»Na ja«, sagte Falck zögernd. Es passte ihm nicht, dass über seinen Chef so schlecht geredet wurde.

Kruse lenkte ein. »Na, Sie machen das schon. Haben es ja bisher immer ganz gut gemeistert. So, Kollege, jetzt kommen Sie mal schön mit. Wir machen eine kleine Ausfahrt, Sie müssen aber hinten sitzen«, wandte er sich an Zetsche.

»Seine Frau und er sollen aber getrennt fahren«, mahnte Falck.

»Kriegen wir hin.«

»Kapierst du, was hier los ist?«, fragte ihn Bach, als sie allein in der Wohnung der Klanghausen waren. »Was haben die gesucht?«

»Das Gemälde, nehme ich an. Sie wissen doch nicht, dass wir es haben.«

Bach hob eine Figur an, stellte sie wieder hin. »Aber sind das unsere Täter, die wir suchen?«

Falck war auf einmal erschöpft, und er spürte wieder seinen schmerzenden Rücken. Er störte ihn, dass sie immer nur spekulierten und nie zu einem handfesten Ergebnis kamen. Vielleicht war es gar nicht das Gemälde, das die Zetsches suchten. Etwas musste ihnen so wichtig sein, dass sie trotz ihrer Angst vor der Stasi hier einzubrechen wagten und sich noch mehr verdächtig machten.

»Langsam beginne ich mir wirklich Sorgen um Frau Klanghausen zu machen«, murmelte Bach. »Wir sollten jetzt mal ihre Verwandtschaft abklappern. Nicht, dass wir sie irgendwo tot auffinden.«

Die Müdigkeit hatte Falck mittlerweile überrollt, er hatte nicht mal Lust zu nicken. Es hatte keinen Zweck, hier weiterzusuchen. Das musste er tun, wenn er ausgeschlafen war. Besser war, sie fuhren zurück und verhörten die Zetsches.

»Was haben Sie denn gesucht?«, fragte Schmidt. Er war wieder zurück aus seiner Wohnung, in der es offenbar doch nicht so viel aufzuräumen gegeben hatte.

Frau Zetsche hatte die Arme vor der Brust verschränkt und schwieg. In ihren Augen lag Trotz. Sie war eindeutig die schwierigere Gegnerin, während Herr Zetsche bisher eher weinerlich und ängstlich aufgetreten war. Doch auch aus ihm hatten sie nichts herausbekommen.

»Sie müssen doch irgendeine Erklärung haben, warum Sie mitten in der Nacht in die Wohnung von Frau Klanghausen eingebrochen sind.«

»Klar gibt's eine Erklärung. Ich sage sie Ihnen bloß nicht!«

»Wollten Sie etwas von Frau Klanghausen?«

»Natürlich. Sie sollte uns etwas geben, das uns gehört!«

»Was denn?«

»Das sage ich Ihnen nicht. Sperren Sie uns nur alle ein, Sie werden ja doch nichts erfahren.«

»Wussten Sie, ob Frau Klanghausen daheim war?«

»Nein!«

»Sie mussten also damit rechnen, ihr zu begegnen! Was wäre dann geschehen?«

»Nichts, wir hätten sie gefragt!«

»Sie hatten einen Dietrich dabei, den Sie sicherlich vorsätzlich mitgenommen haben.«

»Ja, für den Fall, dass sie nicht da ist!«

»Frau Zetsche, wissen Sie, wo Frau Klanghausen ist?«

»Nein, weiß ich nicht! Und mein Mann weiß das auch nicht. Fragen Sie ihn.«

Das hatten sie bereits getan. Ohne Erfolg. Falck wusste längst nicht mehr, was er von den beiden halten sollte.

»Wo, glauben Sie, könnte Frau Klanghausen sein?«

»Weiß ich doch nicht. Abgehauen vielleicht. Vielleicht bringt sie das Gemälde gerade in den Westen.«

»Sie haben also doch das Bild gesucht, weil Sie glauben, sie hätte es!«

»Auf Ihre Tricks falle ich nicht rein!«

»Frau Zetsche, Sie machen sich verdächtig. Für den Mord an Klanghausen haben Sie kein sicheres Alibi, auch nicht für die Zeit, als Hirschfeld niedergeschlagen wurde, und nicht für den Tag, als Stein starb. Sie behaupten, daheim gewesen zu sein. Aber das Licht brennen lassen kann jeder.«

»Ich sag gar nichts mehr ohne Anwalt! Ich will einen Anwalt!«

Schmidt grunzte. »Sie sind hier nicht im Westfernsehen. Hier gibt's keinen Anwalt. Wo waren Sie, ehe Sie in Klanghausens Wohnung eingebrochen sind?«

»Daheim waren wir!«

»Welche Beziehung hatten Sie zu Thomas Ullrich?«

»Gar keine, den haben wir gemieden, der arbeitet für die Stasi, als formeller Mitarbeiter. Seine Stellung als Museumswärter ist nur Tarnung. Er ist ein *Oibe*.«

»*Eube*?«

»Offizier im besonderen Einsatz.«

Davon hatte Falck noch nie gehört.

Schmidt offenbar auch nicht, denn er machte ein skeptisches Gesicht.

»Das wissen Sie also? Sollte so etwas nicht geheim sein?«

»Wir wissen es halt!«

»Und welche Funktion übte er aus?«

»Das wissen Sie doch inzwischen selbst. Er führte aus, was andere planten!«

»Wer waren seine Vorgesetzten?«

»Fragen Sie doch in Berlin nach, fragen Sie Schalck-Golodkowski! Warum fragen Sie mich aus? Wenn Sie was wissen wollen, gehen Sie doch direkt zu Ullrich!«

»Wissen Sie, wo er wohnt?«

»Ich?«, fragte Frau Zetsche spitz, und Falck kam der Ton eine Spur zu schrill vor.

»Herr Ullrich liegt im Krankenhaus«, verriet Schmidt, und Falck vermutete, er wollte Frau Zetsche damit aus der Reserve locken. Er selbst hätte es der Frau nicht verraten. »Er wäre beinahe einem Mordanschlag zum Opfer gefallen.«

Frau Zetsche war einen Moment lang sprachlos. »Ich sag's ja«, begann sie dann langsam. »Jetzt bringen sie alle um, die etwas wissen können. Da hängen die Westdeutschen mit drin. Denken Sie, denen würde es gefallen, wenn herauskommt, welche Geschäfte hier liefen? Jetzt tun sie so, als seien sie die Heilsbringer, dabei haben sie geholfen, den ganzen Laden hier jahrzehntelang am Laufen zu halten!«

Falck hatte schon geahnt, dass es darauf hinauslaufen würde. Schmidt hätte es auch geschickter angehen können.

»Wir fürchten, Frau Klanghausen könnte auch etwas zugestoßen sein.«

Frau Zetsche fühlte sich dadurch nur noch mehr bestätigt. »Das fürchte ich auch!«, unkte sie und versank wieder in Schweigen.

Ein Klopfen ließ sie aufschrecken. Ein Polizist steckte den Kopf durch die Tür.

»Hier sind Sie!«, sagte er und blickte die Kollegen vorwurfsvoll an. »Können Sie mal kurz kommen? Es gab einen Anruf aus dem Hotel Bellevue, das sollte Sie interessieren.«

Es war spät in der Nacht, als sie im Hotel eintrafen. Einer der leitenden Angestellten hatte sie in Empfang genommen und zu dem Zimmer geführt, in dem Freiherr von Palitzsch nach dem Einbruch jetzt untergekommen war.

»Wir erhielten einen Anruf von seiner Frau aus Westdeutschland, die in Sorge war, weil ihr Mann sich nicht wie verabredet gemeldet hätte. Nachdem wir Freiherrn von Palitzsch wiederholt nicht erreichen konnten, sahen wir uns gezwungen, sein Zimmer zu öffnen. Und wie Sie sehen: Er ist verschwunden, aber seine Sachen sind alle noch da. Sein Gepäck, sein Mantel. Und auch sein Wagen steht noch unten auf dem Parkplatz. Und sehen Sie bitte hier!« Er deutete auf einige kaum sichtbare dunkle Flecken auf dem Teppich. »Ist das Blut?«

Schmidt betrachtete den Teppich näher. »Sind Sie sich sicher, dass die Flecken nicht schon vorher da waren?«

»Ziemlich sicher, es gehört zu meinen Aufgaben, die Zimmer regelmäßig zu inspizieren.«

»Und Herr von Palitzsch ist von niemandem gesehen worden, wie er das Haus verließ?«

»An der Rezeption ist man sich sicher, ihn nicht gesehen zu haben, aber es gibt natürlich noch andere Ausgänge, die zwar nicht offiziell sind, aber doch nutzbar.«

»Es sind Ihnen auch keine verdächtigen hotelfremden Personen aufgefallen? Oder Fahrzeuge?«

Der Hotelangestellte schüttelte bedauernd den Kopf.

Schmidt richtete sich wieder auf und rieb sich über das Gesicht. »Das Hotel zu betreten oder zu verlassen, ohne dass es auffällt, ist sicherlich ohne Weiteres möglich«, sagte er mehr zu sich selbst.

»Aber auch wenn man eine Person dabeihat, die das vielleicht gar nicht will?«, fragte Falck skeptisch.

»Vielleicht ging er ja freiwillig mit, weil man ihm irgendeine Lügengeschichte aufgetischt hat. Gehen wir raus, ich lass die Spurensicherung kommen.«

»Sieht das nach einer Entführung aus?«, fragte Schmidt draußen und vergaß vor lauter Ratlosigkeit zu rauchen.

»Warum sollte man ihn entführen?«, fragte Falck, der sich noch immer darüber ärgerte, dass seine Idee von einer Entführung Mario Reinders' als absurd abgetan worden war.

»Er ist ein Kunstexperte, und soviel ich weiß, lebt der Mann davon, dass er Gutachten erstellt und Zertifikate ausgibt. Man könnte ihn zum Beispiel dazu zwingen, eine Fälschung als echt zu zertifizieren. Dann wäre sie genauso viel wert wie das Original.«

»Das würde aber bedeuten, man behielte ihn so lange als Geisel, bis der Handel abgeschlossen ist. Oder könnte es womöglich noch schlimmer sein?« Falck verzog fragend das Gesicht.

»Den Gedanken hatte ich auch gerade«, pflichtete Bach bei.

Schmidt langte nach seiner Zigarettenschachtel und musste resigniert feststellen, dass sie leer war. Wütend knüllte er sie zusammen und warf sie weg. »Leute, wir haben zwei Tote, einen Schwerverletzten, zwei Frauen, die wie vom Erdboden verschluckt sind, ein gestohlenes Gemälde und jetzt noch einen entführten Westdeutschen! Das ist doch ein Witz. Leider ein schlechter.«

»Das Gemälde ist immerhin da!«, korrigierte ihn Bach, während Falck sich nach der leeren Zigarettenschachtel bückte und sie Schmidt reichte.

»Was?« Schmidt sah sie abwesend an. »Ach ja.« Er griff sogar ohne zu murren nach der Schachtel und steckte sie ein.

»Du hast vergessen, dass uns jemand die Pistolen weggenommen hat«, merkte Falck müde an. »Am Ende war das vielleicht der Entführer von von Palitzsch.«

»Schluss für heute!«, ordnete Schmidt an. »Ich kann keinen klaren Gedanken mehr fassen.«

18

Falck wachte von allein auf, warf einen Blick auf die Uhr und stöhnte. Es war noch nicht einmal Mittag, also viel zu früh. An Weiterschlafen war jetzt garantiert nicht mehr zu denken, trotz des dunklen Vorhangs. Er setzte sich auf und fuhr sich durchs Haar, damit er nicht ganz so zerzaust auf den Flur gehen musste.

»Haben wir Sie geweckt?«, fragte Frau Schurig aus der Küche, als sie Falcks Zimmertür klappen hörte.

»Nein, keine Sorge. Mir geht gerade zu viel durch den Kopf.« Er schlurfte zum kleinen Toilettenraum, klopfte vorsichtshalber, aber es war frei. Ich muss hier weg, dachte er sich. Das ist doch kein Zustand. Auch den Schurigs zuliebe. Sie würden auch ohne seine paar Mark Untermiete auskommen. Wer wollte schon seinen Lebensabend damit verbringen, in der eigenen Wohnung ständig auf einen Fremden Rücksicht zu nehmen? Er würde bald dreißig werden. Zeit, eine eigene Bleibe zu finden. Ob mit oder ohne Claudia.

Überhaupt, er machte sich viel zu viele Gedanken. Das musste anders werden. Einfach mal die Dinge nehmen, wie sie kamen. Er nahm den Katalog zur Hand, den er in Klanghausens Wohnung gefunden hatte und der seitdem zum Zeitvertreib auf dem Schränkchen der Schurigschen Toilette lag. Klanghausens Ausstellungsobjekte, Bilder und Statuen wurden dort in Schwarz-Weiß-Fotografien abgebildet. Falck staunte nicht schlecht, welche Preise für die einzelnen Stücke aufgerufen wurden. Aber würde er wirklich für eine kleine Metallfigur zehntausend Mark bekommen? Andererseits würde Klanghausen nicht umsonst eine Ausstellung im Westen vorbereitet haben. Falck wusste nicht so recht, was er von Klanghausens Kunstwerken halten sollte, aber er war ja auch kein Kunstexperte, sondern Polizist.

»Ich geh dann mal, bin bestimmt erst am Abend wieder zurück«, gab er wenig später Frau Schurig in der Küche Bescheid.

»Aber Sie haben doch frei, oder?«

»Schon, aber ich habe einiges zu erledigen.«

Falck war noch nie bei Edgar Schmidt zu Hause gewesen. Er wohnte sehr zentral in der Rietschelstraße, ganz in der Nähe des Bezirksgerichts und der Elbe. Die Häuser hier, Altneubauten aus den Sechzigern, wirkten sehr gepflegt. Schmidt wohnte im ersten Obergeschoss. Jetzt zögerte Falck, einfach so bei Schmidt zu klingeln. Er hatte gar nicht darüber nachgedacht, dass Schmidt vielleicht noch schlafen könnte, schließlich war er selbst viel zu früh aufgewacht.

Doch Claudia schlief bestimmt nicht mehr. Vorsichtig klopfte er.

»Ja, wer ist da?«, fragte Claudia.

»Ich bin's, Tobias!«

Claudia öffnete die Wohnungstür. Sie hatte Julia auf dem Arm.

»Schläft Schmidt noch?«, fragte Falck und kitzelte seine Tochter zur Begrüßung an der Wange.

»Der ist gar nicht mehr da, der ist vor einer Stunde los. Komm rein.«

Falck betrat die Wohnung, und Claudia drückte ihm unaufgefordert das Kind in den Arm. Julia glückste auf und patschte Falck sofort fröhlich an die Nase und ans Kinn. Lachend pustete er ihre Finger an und versuchte dabei, seine Rückenschmerzen zu ignorieren, die sich schon wieder bemerkbar machten. Im Badspiegel der Schurigs hatte er einen handgroßen schwarzen Bluterguss neben seiner Wirbelsäule entdeckt.

»War er wütend?«, fragte Falck und schnupperte unauffällig in die Wohnung. Es roch nach Zigarettenrauch, aber eher dumpf und abgestanden. Vermutlich hatte Schmidt gelüftet und dann erst mal darauf verzichtet, zu rauchen.

»Nee, der war eigentlich nett. Ein bisschen grummelig. Er lässt uns im Schlafzimmer wohnen und schläft selbst auf der Couch.«

Falck warf einen Blick in die Küche und dann ins Wohnzimmer, durch welches man das Schlafzimmer erreichte. Die Einrichtung war schlicht und wirkte improvisiert. Keine Pflanzen, wenig Möbel, ein paar Kisten mit Büchern auf dem Boden, als wäre Schmidt gerade erst eingezogen. Dabei wohnte er schon mindestens zwei Jahre hier, wusste Falck.

»Hat dich auch niemand verfolgt?«, fragte Claudia und schaute ihn ernst an.

Falck setzte sich auf die Bettkante und stellte Julia vor sich auf die Füßchen und hielt sie fest. Er hatte gar nicht darauf geachtet, ob ihm jemand gefolgt war. Ziemlich unprofessionell, ärgerte er sich über sich selbst.

Claudia setzte sich neben ihn. »Ist schon komisch, dass die Typen wissen, wo wir wohnen, aber bei Schmidt waren sie noch nicht.«

»Bei mir übrigens auch nicht!«, sagte Falck. »Kannst du es denn hier aushalten?«

»Klar, hier ist es tausendmal besser als in meiner alten Bude. Die Frage ist vielmehr: Kann es Schmidt aushalten? Ich habe schon das Gefühl, dass wir ihn stören.«

»Der muss aushalten. Und er wird aushalten. Vielleicht spornt es ihn an, wieder ein bisschen mehr auf sich achtzugeben.«

»Ist schon etwas unheimlich, das Ganze!« Claudia sah ihn

betreten an. Eine Weile saßen sie nebeneinander und blickten auf Julia, die an Falcks Händen wackelnd und prustend ihre ersten Stehversuche unternahm. Falck musste lächeln und sah zu Claudia. Vielleicht ein klein wenig zu lange.

»Oh, nein!«, rief sie plötzlich. »Vergiss es! Erstens ist das Kind wach, und zweitens kann dein Chef jeden Augenblick wiederkommen!«

Falck nickte und seufzte. Er hatte gar nicht daran gedacht. Aber schade war es trotzdem.

»Ich muss eh gleich wieder los, mir lassen da einige Sachen keine Ruhe.« Vor allem hatte er sich die abgebrannte Laube von Ullrich noch nicht angesehen.

Die Gartenkolonie lag still und wie in Winterstarre da, als Falck zwei Stunden später ankam. Lediglich zwei Männer standen auf dem Weg und unterhielten sich. Ein Polizeiwartburg war direkt vor dem Garten mit der ausgebrannten Laube geparkt. Einer der Uniformierten stieg aus, als Falck sich in seinem Trabi näherte.

Falck zeigte seinen Dienstausweis vor.

»Die Feuerwehr ist erst vor zwei Stunden weg. Es hieß eigentlich, die Spurensicherung kommt, aber Sie sehen ja ...«

»Die kommen schon noch«, beschwichtigte Falck und betrat den Garten.

Von der Laube war so gut wie nichts mehr übrig geblieben. Aus Holz und Pressspan gebaut, das Dach aus Teerpappe, war sie dem Feuer komplett zum Opfer gefallen. Einzig das Fundament war noch intakt, auf ihm wenige verkohlte Reste, von Löschwasser durchnässt und inzwischen gefroren. Vorsichtig betrat Falck das Innere, wo der Grundriss nur noch zu erahnen war, die wenigen Möbel waren Asche und Kohle. Von zwei Stühlen waren die Stahlgestelle geblieben, ein verzinkter Mülleimer hatte sich grotesk verformt. Die Couch, auf der Ullrich geschlafen hatte, war zu einem unförmigen schwarzen Haufen verbrannt. Das Einzige, das den Temperaturen standgehalten hatte, war das Toilettenbecken. Verrußte Scherben lagen herum, ein paar Schuhe waren zu erkennen, ein alter Fernseher, von dem nur die Röhre geblieben war.

Falck bemerkte, dass er auf dem durchgefrorenen Löschwasser keine Spuren hinterließ, und er musste aufpassen, nicht zu stürzen. Er tastete sich zu den Überresten des Bettes vor. Der Teppichboden davor war fast völlig verglüht, doch eine Stelle war zu erkennen, an der der Brandbeschleuniger explodiert sein musste. Das Benzin oder Öl war in alle Richtungen gespritzt. Nicht auszudenken, was passiert wäre, wenn Thomas Ullrich das Benzin direkt ins Gesicht gespritzt wäre.

Falck bückte sich nach ein paar Scherben, die vom Löschwasser angefroren am Boden klebten. Es gelang ihm, zwei größere Exemplare abzulösen. Auch sie waren voller Ruß. Als er ihn abrieb, kam durchsichtiges gewölbtes Glas zum Vorschein. Scherben einer Flasche. Falck sah sich um und fand noch mehr davon, auch den Flaschenhals. Es musste eine Limoflasche gewesen sein. Er klaubte eine Scherbe auf, an der noch ein Stück vom Etikett klebte, so groß wie eine Briefmarke und noch einigermaßen lesbar. Maracuja-Limonade. Ein Strich wie von einem Kugelschreiber verlief diagonal über den ersten Buchstaben. Falck hielt die Scherbe ins Licht und steckte sie dann ein. Dann stellte er sich vor die Laube und imitierte einen Flaschenwurf gegen das nicht mehr vorhandene Fenster. Als er anschließend die verkohlten Reste der vorderseitigen Wand hochbog, fand er darunter die Glasscherben des Fensters.

Falck streckte den Rücken durch und verzog das Gesicht vor Schmerz. Ihm fielen die beiden Polizisten aus dem Polizeiauto auf, die ausgestiegen waren, nachdem sie ihn neugierig beobachtet hatten. Falck betrachtete seine Hände, die schwarz von Ruß waren.

»Wollen Sie sich waschen?«, fragte ihn einer der Polizisten.

»Ja, gern.«

»Kommen Sie mit, da vor.« Der Polizist deutete auf das kleine Haus, in dem der Mann wohnte, der das Feuer entdeckt hatte. Der stand auch schon am Tor.

Falck ging ihm entgegen und stellt sich vor. »Leutnant Falck, Kripo. Darf ich mir bei Ihnen mal die Hände waschen?«

»Kommen Sie nur rein!«

Falck folgte ihm zur Haustür. »Sagen Sie, Sie haben gestern die Feuerwehr gerufen?«

»Ja, das war Zufall. Weil der Wind günstig stand. Bin vors Haus, auch eher zufällig, da roch es so verbrannt. Da bin ich vor zur Kreuzung und habe den Feuerschein gesehen.«

»Kennen Sie den Gartenbesitzer?«

»Vom Sehen.«

»Wissen Sie etwas über ihn? Ist es üblich, dass er dort schläft?«

»Nein, eigentlich nicht. Er war auch nie bei einer Versammlung.«

»Sie sahen das Feuer und riefen die Feuerwehr. Warum sind Sie nicht hingelaufen? Haben Sie irgendjemanden gesehen, der wegrannte?«

»Ich musste zuerst zum Vereinsheim, da gibt's ein Telefon.«

»Und …« Falck verstummte. Irgendetwas irritierte ihn. Er musste nachdenken.

»Ist mit Ihnen alles in Ordnung?«, fragte sein Gegenüber.

Falck nickte, versuchte den Gedanken festzuhalten, der gerade aufgeblitzt war.

»Mensch, na klar!«, rief er einen Augenblick später. »Ich muss los!«

»Und Ihre Hände?«, rief der Mann, doch Falck war schon auf dem Weg zu seinem Trabant.

»Was machst du denn hier?«, fragte Steffi Bach erstaunt. Er hatte unten klingeln müssen, die Haustür war verschlossen, obwohl es mitten am Tag war.

Steffi hatte sich offenbar schnell etwas Vernünftiges angezogen und die Haare notdürftig gekämmt. »Entschuldige, bin gerade erst aufgestanden.«

»Wir haben in Drachhausen einen Fehler gemacht!«

»Ach ja?« Bach lächelte in skeptischer Erwartung.

»Ja, erinnerst du dich? Frau Neundorf sagte doch, die Bretzigs hätten ihr Bescheid gegeben, dass sie die kranke Tante besuchen müssten.«

»Na und?« Bachs Lächeln wirkte eher gelangweilt.

»Ja, woher sollten die Bretzigs das wissen? Frau Neundorf hat doch das Telefon, nicht die Bretzigs.«

»Dann hat sie sich eben seltsam ausgedrückt.«

»Nein, sie sagte, die Bretzigs wären rübergekommen und hätten ihr gesagt, dass sie zur Tante müssten.«

»Und deshalb denkst du jetzt, die Bretzigs haben was mit Reinders' Verschwinden zu tun?«

»Warum sollten sie sonst ihre Nachbarin belügen?«

»Mal davon abgesehen, dass du das nur vermutest, gibt's ja noch andere Gründe, seinen Nachbarn nicht alles zu erzählen. Vielleicht gehen die ja zu einem Swinger-Treffen?«

»Was für ein Ding?«

»Swinger. Leute treffen sich zum Partnertausch. Noch nie gehört?«

»Blödsinn!«, entfuhr es Falck.

»Tobias, unser Naivling. Das gab's doch schon vor dem Mauerfall.«

Dass er naiv war, hatte er schon oft hören müssen. Zu oft. Das ärgerte ihn. Er brauchte niemanden, der ihm die Welt erklärte. Aber hier ging es sicher nicht um irgendwelche Swinger.

»Und jetzt willst du, dass ich mitkomme?«

Falck zuckte mit den Schultern. Ihm ging nicht aus dem Kopf, wie verzweifelt Frau Reinders war, und er wollte sich nicht den Vorwurf machen müssen, sich nicht richtig gekümmert zu haben. Frau Reinders war zur Polizei gekommen, weil sie auf die Hilfe der Polizei hoffte.

»Na ja, geht schon klar. Ich zieh mir was Warmes an! Ich hoffe, wir sind nicht so spät zurück. Ich will morgen meinen Geburtstag nachfeiern und wollte noch was vorbereiten.«

Sie hatten unterschätzt, dass Freitag war und demzufolge viel Verkehr auf der Autobahn herrschte. Als sie endlich Drachhausen erreichten, war es schon Nachmittag.

»Was hast du denn eigentlich vor?«, fragte Bach, nachdem sie über zwei Stunden lang geschwiegen hatte.

Er wusste es nicht und hielt jetzt direkt vor dem Tor der Bretzigs.

»Die sind nicht da!« Frau Neundorf von gegenüber hatte sie wohl gesehen und bereits das Fenster geöffnet, kaum dass sie beide ausgestiegen waren.

»Wieder bei der Tante?«, fragte Falck.

»Ja, anscheinend, sind schon über Nacht weg gewesen.«

»Was mich interessieren würde: Als es das erste Mal hieß, sie müssten zur Tante, kam da der Anruf bei Ihnen an?«

»Nein, das hat mich auch erst gewundert. Aber die Hommels drüben, die haben ja auch Telefon.« Frau Neundorf zeigte auf das übernächste Grundstück ein Stück die Straße hinunter.

»Die Hommels!«, wiederholte Bach.

Falck winkte Frau Neundorf zum Dank. »Wir schauen mal nach!« Er deutete auf Bretzigs Haus und hatte bereits die Klinke vom Gartentürchen in der Hand. Es war nicht verschlossen. »Komm!«, forderte er Steffi mit einer energischen Kopfbewegung auf.

»Ich erkenne dich ja gar nicht wieder!«, staunte Bach.

»Was denkt ihr eigentlich von mir? Ich bin nicht so viel anders als ihr. Ich habe nur keine Lust, immer bei diesem blöden Gestänker mitzumachen.« Dabei versuchte er vergeblich, die Haustür zu öffnen. »Abgeschlossen. Gehen wir ums Haus.«

Bach folgte ihm stumm. Sie gingen linksherum, von da war das Ehepaar Bretzig bei ihrem ersten Besuch auch gekommen. Hinter dem Haus befanden sich eine große betonierte Fläche und einige Nebengebäude, die Ställe gewesen sein mussten und nun als Werkstatt und Garage dienten. Es gab auch einen Hühnerstall und ein dazugehöriges überdachtes und mit Maschendraht eingezäuntes Gehege, darin ein Dutzend Hühner und ein Hahn. Falck schaute sich um und versuchte, einen Blick in die Fenster zu werfen. Er versuchte sogar, in das Kellerfenster des Wohnhauses zu sehen.

»Herr Reinders, Mario Reinders?«, rief er und klopfte ans Glas.

»Der wird sicher nicht antworten können«, sagte Bach.

Falck trat noch näher ans nächste Fenster und ging auf die Knie, um besser hineinsehen zu können.

»Hast du eine Taschenlampe dabei?«, fragte Bach.

»Im Auto, auf der Rückbank«, antwortete Falck. Bach forderte mit einer Fingerbewegung den Schlüssel. Falck gab ihn ihr und ging dann zu einem weiteren Gebäude, das anscheinend als Garage für ein größeres Fahrzeug diente, einen Traktor den Spuren auf dem Beton zufolge. Falck versuchte erst die Blechtür zu öffnen. Dann ging er um das Gebäude herum und kletterte auf einen wackeligen Stapel Holzbretter, um durch das schmale Fenster zu sehen. Schemenhaft erkannte er den Traktor, doch es war zu dunkel, um irgendwelche Details auszumachen. Ohne die Lampe hatte es keinen Zweck. Wo blieb eigentlich Steffi? So lange brauchte es doch gar nicht. Er verlor die Geduld und ging wieder nach vorne, zum Auto. Steffi Bach war nirgends zu sehen.

»Steffi?«, rief er und stellte sich mitten auf die Straße, die in beide Richtungen weithin einsehbar war.

War sie vielleicht zu Frau Neundorf gegangen? In dem Augenblick sah er auf der Straße seinen Schlüssel liegen. Verwundert bückte er sich danach.

»Haben Sie die Bretzigs nicht gesehen?«, fragte Frau Neundorf, die jetzt in ihrer Haustür stand. »Die sind doch gerade angekommen.«

»Aus welcher Richtung?«, fragte Falck und stürzte schon zu seinem Auto, um hektisch aufzuschließen.

»Von da!« Die Frau zeigte in Richtung des Ortskerns.

»Was für ein Auto fahren sie? Welche Farbe?«

»Einen Wartburg, rot!«

Falck ließ den Motor an, knallte die Tür zu, fuhr los. Er konnte nur hoffen, dass sie nicht gewendet hatten. Er fuhr so schnell, wie es der kleine Motor zuließ, und fühlte dabei, wie wenig Traktion die harten Reifen auf dem eisigen Kopfsteinpflaster hatten.

Es ging leicht bergauf und bergab, durch ein kleines Waldstück hindurch, als Falck rechterhand ein Feld bemerkte, auf das parallel zu seiner Straße ein Feldweg zuführte. Es gab nicht viele Möglichkeiten, sich zu verstecken. Falck hielt an, stieg aus und kletterte kurzentschlossen über die Motorhaube auf das Autodach, um einen besseren Überblick zu haben. Dabei bemerkte er auf dem Feld eine Bewegung. Das musste der rote Wartburg sein.

Falck beeilte sich, wieder ans Lenkrad zu kommen und den Trabi auf den Feldweg zu lenken. Er fuhr querfeldein, und der unebene Boden ließ die Räder springen und klappern, manchmal war die Fahrspur so tief, dass der Wagen aufsetzte. Der Abstand zum Wartburg wurde nur langsam geringer. Irgendein Ziel mussten die Bretzigs vor Augen haben. Falck konnte kaum Genugtuung fühlen, dass er wieder einmal recht behalten und die Bretzigs wohl doch etwas mit Mario Reinders' Verschwinden zu tun hatten, und doch wunderte er sich und schüttelte den Kopf über diese dilettantische Kurzschlussreaktion der Eheleute. Was glaubten sie zu erreichen, wenn sie Steffi mitnahmen?

Endlich bog der Wartburg links ab. Falck folgte ihm und erkannte in einiger Entfernung ein paar baufällige und sicherlich verlassene Gebäude, wie von einer LPG. Auf einem verwitterten Schild war noch das Wort *Kläranlage* zu lesen, doch das Werk musste vor Jahren schon geschlossen worden sein. Die Zufahrt war längst verwildert und zugewachsen. Doch der Wartburg bahnte sich entschlossen einen Weg und war auf dem Betriebsgelände bereits hinter einem verlassenen Verwaltungsgebäude verschwunden. Falck fuhr noch ein Stück weiter, beschloss dann aber angesichts der Weitläufigkeit des Geländes, den Trabi besser abzustellen und zu Fuß weiterzugehen. So konnte er beobachten, wohin sie Bach bringen würden. Vielleicht war dort auch Reinders versteckt? Er hoffte inständig, dass sie beiden nichts angetan hatten.

Hinter einem der Gebäude entdeckte er einen früheren Parkplatz, der jetzt von wild wuchernden Hecken umgrenzt war. Falck parkte, stieg aus und musterte das Gebäude. Die meisten Fenster waren kaputt. Vermutlich hatte hier die Dorfjugend ihre Langeweile abgearbeitet. Gardinen hingen in Fetzen heraus. Falck beschloss, durch eines der Fenster im Erdgeschoss zu klettern. Vorsichtig entfernte er Scherben vom Sims und zog sich hoch. Der Raum dahinter war einmal ein Büro gewesen, jetzt stand er leer.

Falck sprang hinein, schlich zur Tür, lauschte und huschte dann über den langen Gang in das Zimmer gegenüber. Auch das war ein früheres Büro und jetzt verlassen und mit eingeschlagenen Fensterscheiben. Von hier konnte er, wie erhofft, das Betriebsgelände überblicken. Er sah niedrige blecherne

Hallen, die Schweineställe gewesen waren, neben siloartigen Türmen, Werkstattgebäuden und Rohrleitungen, die jetzt allesamt verrostet, heruntergekommen und überwuchert waren. Der rote Wartburg war nirgends zu sehen.

Vorsichtig kletterte er durch das Fenster nach draußen, rannte zu den Hallen und schob sich um eine Hausecke. Doch auch von hier aus hatte er keinen besseren Überblick. An einer der Hallen entdeckte er eine offene Tür. Dahinter befand sich ein langer, gekachelter Gang. Am Eingang lagen leere Flaschen und Zigarettenschachteln.

»Steffi?«, rief er hinein und lauschte. Er wagte sich hinein, schlich sich von Tür zu Tür, fand nur leere Räume. Wieder draußen, lief er an den Ställen entlang, erreichte eine weitere offene Fläche, an deren anderem Ende ein Heizhaus mit großem Schornstein stand. Weiter links erkannte er ein großes Areal mit Gewächshäusern. Hier musste es unzählige Verstecke geben. Es konnte ewig dauern, hier jemanden zu finden. Um irgendwo anzufangen, rannte Falck hinüber zum Heizhaus, versuchte es an der großen Blechtür, lief zur nächsten, die auch verschlossen war, und fand endlich einen offenen Eingang, ging leise hinein. Drinnen roch es faulig und nach Schimmel.

»Steffi?«, rief er wieder, lief ein Stück weiter, sah nach rechts und links, fand die Schreibstube, eine kleine Werkstatt, einen Ventilraum, allesamt leer. Nur Laub lag herum und Tierkot. Er verließ das Haus, rannte an Stapeln von Blechen und Holz, an rostigen Containern und uralten verwitterten Paletten mit Glasscheiben vorbei.

»Steffi?«

Die Gewächshäuser waren in keinem besseren Zustand, viele Scheiben waren eingeschlagen, die Stahlgestelle rostig, Pflanzen wucherten wild dort, wo Regen eindringen konnte, an anderen Stellen war alles verdorrt. Falck lief die Reihen der

Gewächshäuser ab, wieder in Richtung des Verwaltungsgebäudes, stutzte. Ihm war etwas aufgefallen. Er betrat das Gewächshaus, dessen Vorderfront offen stand, durchquerte es in seiner ganzen Länge, sah an den Spuren auf dem Boden, dass es offenbar als Durchfahrt diente, kam wieder ins Freie und fand, versteckt hinter Pflanzen und Gewächshäusern, den roten Wartburg. Instinktiv griff er nach seiner Waffe, doch die hatte er nicht mehr. Und im nächsten Moment wurde ihm schwarz vor Augen.

»Na, ausgeschlafen?«, flüsterte jemand, als er wieder zu sich kam. Es fühlte sich tatsächlich an, als hätte er geschlafen, deshalb antwortete er zuerst nicht. Er musste sich erst einmal sortieren. Wo war er überhaupt? Und wer sprach da zu ihm? Außerdem wollte er sich dehnen und strecken, doch das ging nicht.

»Brauchst du gar nicht zu versuchen.«

Das war Steffi. Es musste ihr also so weit gut gehen, wenn sie diesen beleidigten Tonfall anschlug. Nein, er musste sich korrigieren, sie war nicht beleidigt, sie hatte Angst. Er versuchte sich zu bewegen, doch offenbar waren ihm die Hände auf dem Rücken gefesselt und die Füße zusammengebunden. Außerdem hatte man ihm den Mund mit einem Tuch oder einem Streifen Stoff geknebelt.

»Mir ist arschkalt«, flüsterte Bach.

Ihm war nicht kalt, obwohl der Boden unter ihm eine enorme Kälte ausstrahlte, doch seine derzeitige Lage ließ ihm das Adrenalin in die Adern schießen. Sein Kopf dröhnte. Am Hinterkopf pulsierte eine heiße Stelle. Er hätte sie gern berührt, um zu prüfen, ob er eine Platzwunde hatte.

»Ich habe den Knebel durchgekaut, der Stoff ist mürbe. Bringt aber nichts, höchstens, dass wir uns zu Tode quatschen, ehe wir erfrieren.«

Falck spürte, dass Steffi nur redete, um ihre Angst zu überspielen. Er folgte ihrem Rat, begann auf dem Stoff in seinem Mund zu kauen. Es schmeckte ekelhaft, nach Öl und Dreck. Dann ging er zu einer anderen Taktik über, rieb sein Gesicht auf dem Betonboden. Damit tat er sich zwar weh, aber es zeigte Wirkung. Er spannte die Kaumuskeln an und drückte mit der Zunge gegen den Stoff. Schließlich biss er zu und bewegte den Unterkiefer schnell vor und zurück. Es war unglaublich anstrengend, und es machte ihn fast wahnsinnig, nicht mit dem Finger hineingreifen und sich den Knebel aus dem Mund ziehen zu können. Doch endlich spürte er, wie der Stoff einriss und sich ein wenig löste. Mit Zunge und Unterlippe schob er sich das Tuch aus dem Mund, rollte es übers Kinn, indem er seine Wange über den Boden schob. Dann war sein Mund frei.

»Wo sind wir denn?«, fragte er.

»Na, toll, das ging ja schnell. Ich habe ewig gebraucht.«

»Mann, Steffi ...«, mahnte Falck.

»Ja, ja, schon gut ...« Sie verstummte, und Falck hörte sie leise schluchzen.

»Ich halt das nicht mehr aus«, schniefte sie. »Überleg doch mal, was mir alles schon passiert ist. Da werde ich lieber Verkäuferin oder mache irgend so einen Bürojob. Aber hier wirst du ja irre. Gefesselt wie in so einem bescheuerten Winnetou-Film.«

»Wo haben die uns eigentlich hingebracht?«

»Weiß ich nicht, runter irgendwie. Ist doch auch egal.«

»Waren das die Bretzigs?«

»Ja, wer denn sonst!«

Es musste ein großer Raum sein, eine Halle, doch es war stockfinster. Vermutlich waren sie in einem Keller.

»Auf jeden Fall muss ich danach zum Psychiater, das ist ja wohl klar wie Kloßbrühe.«

»Wo bist du denn?«, fragte Falck. Steffi gab sich witzig, doch er ahnte, dass sie in Wirklichkeit kurz vor einem Zusammenbruch stand. Er konnte versuchen, zu ihr zu kriechen.

»Was ist das denn für eine dumme Frage? Hier. Wie soll ich dir das erklären?«

Falck lauschte, ihre Stimme kam von links. Er versuchte, sich in ihre Richtung zu bewegen. Der Schmerz begann in seinem Kopf zu hämmern und verteilte sich hinter Schläfen und Augenbrauen, doch er kam voran.

»Was machst du denn?«, fragte Bach.

»Ich komm zu dir.«

»Ich glaube, wir sind hier nicht allein.«

»Wie meinst du das?«

»Ich glaube, der Reinders ist auch hier.«

Falck machte eine kurze Verschnaufpause.

»Ich glaube, er ist tot«, flüsterte Bach. »Überleg doch mal. Wir haben jetzt Freitag. Er ist seit letztem Sonntag weg. Der ist doch mittlerweile erfroren oder verdurstet.«

»Herr Reinders!«, rief Falck halblaut.

»Tobias, nicht! Bitte!« Bach verstummte wieder.

Falck rollte sich weiter, wälzte sich drei, vier, fünf Mal durch den Dreck, schmeckte Staub, stieß dann mit den Füßen irgendwo an.

»Steffi, sag mal was!«

»Blödmann!«

Das war ganz in der Nähe. »Erschrick nicht, ich glaube, ich bin bei dir.« Falck versuchte sich zu drehen und stieß mit dem Knie gegen einen weichen Widerstand.

»Das ist mein Hintern«, sagte Bach. Falck drehte sich um, so dass sie Rücken an Rücken lagen. Dann versuchte er Bachs Fesseln zu ertasten, vielleicht gelang es ihm, sie zu lösen. Der Strick war dünn, eine Wäscheleine vielleicht, aus groben Fasern, die Knoten festgezurrt. Es war ihm nicht einmal möglich, ein Ende zu finden.

Nach einigen Minuten gab er auf. »Versuch du es mal!«

»Ich glaube nicht, dass das klappt. Meine Finger sind schon ganz gefühllos«, flüsterte Bach. »Du hast nicht zufällig ein kleines Messer einstecken?«

Hatte er nicht. Aber etwas anderes. Er drehte sich. »Kannst du in meiner Hosentasche die Schlüssel fühlen?«

Bach bewegte ihre Arme und tastete seine Taschen ab. »Da ist nichts.«

»Haben sie die mir etwa abgenommen?« Falck ließ sich für einen Moment zurückfallen, er musste sich kurz ausruhen.

»Was ist passiert?«, fragte er dann.

»Gerade als ich mich in dein Auto beugte, um die Lampe rauszuholen, hielten sie hinter mir. Der Mann packte mich und hielt mir ein Gewehr an den Kopf, er zwang mich, einzusteigen. Ich habe den Schlüssel fallen lassen und gehofft, du kommst schnell. Ich habe dich vorhin auch rufen hören, hatte aber noch den Knebel im Mund.«

»Du hast mich gehört? Das heißt, man hört uns oben, wenn wir schreien.«

»Ja, aber wer soll uns denn hören, Tobias? Wer soll denn kommen? Kein Aas verirrt sich hierher.«

»Jugendliche vielleicht, es ist bald Wochenende!«

»Nee, es ist Winter, und außerdem haben die jetzt doch überall Diskos.«

»Haben sie was gesagt? Die Bretzigs?«, fragte Falck. Sie durften jetzt nicht aufgeben. Die Lage könnte schlechter sein. Sie konnten sich bewegen, sie waren zu zweit, sie waren schlau.

»Nein, die sind hier reingefahren, haben mir die Hände und Füße gefesselt und mich hier runtergezerrt.«

»Was ist das, ein Lagerraum? Konntest du nichts sehen?«

»Mensch, hier ist's doch finster wie im Bärenarsch.«

»Aber wenigstens kurz?«

»Das ist einfach nur wie eine große Halle. Da sind Stahlträger.«

»Dann müsste es aber eine direkte Zufahrt geben.«

»Weiß nicht. Sieh dich doch um. Hier ist es doch komplett finster. Nicht ein winziger Lichtschein.«

Falck fühlte, wie ihm die Kälte nun doch in die Glieder kroch. Sollte Reinders wirklich hier versteckt sein, hätte er es keine zwei Tage überstanden. Aber sie beide wollten hier weder erfrieren noch verdursten. Er spürte, wie sich Steffis Verzweiflung langsam auf ihn übertrug, das durfte er nicht zulassen. Er versuchte in eine Sitzposition zu kommen. Mit viel Anstrengung gelang es ihm.

Sitzend rutschte er an Bach heran, tastete nach ihren Händen. Sie fühlten sich an wie kaltes Wachs. Er versuchte es noch einmal mit den Fesseln. Es half tatsächlich, zu sitzen, man hatte eine bessere räumliche Vorstellung. Trotzdem waren die Knoten so fest, dass es ihm nicht gelang, auch nur einen zu lösen. Aber er wollte sich seinen Frust nicht anmerken lassen.

»Willst du mal versuchen, ob du meine Füße befreien kannst?«, fragte er Bach. Er rückte herum, legte seine Beine so, dass sie mit den Fingern an die Fesseln kommen musste.

»Ich versuch's«, sagte Bach mit erstickter Stimme. Falck spürte, wie sie an seinen Fußfesseln nestelte.

»Lass es mich mal bei dir versuchen«, sagte er nach einer Weile, um sie zu erlösen. Er rutschte wieder herum und tastete sich an ihren Beinen entlang.

»Und wenn du dich erst mal aufrichtest? Im Sitzen ist es nicht so kalt.«

»Und dann? Dauert's noch länger, bis wir tot sind?«

»Steffi, red doch nicht so. Leg dich auf den Rücken, ich setz mich auf deine Füße, dann kannst du dich aufrichten.«

Sie machte zwar mit, aber sie sprach nicht dabei, an ihrem

Atem hörte er, wie sie versuchte, der Verzweiflung Herr zu werden.

»Willst du dich kurz ausruhen, wir setzen uns Rücken an Rücken.« Er rutschte wieder nach hinten, bemüht, den Kontakt nicht zu verlieren, als ob sie auseinanderdriften konnten, davonschweben in die Finsternis, wie zwei Kosmonauten, die sich im All verloren. Endlich lehnten sie aneinander. Er tastete nach ihren Händen, um es noch einmal mit ihren Fesseln zu versuchen, doch Bach bewegte sich, ihre Finger griffen nach seinen. Es war kaum möglich, sich richtig zu berühren, und so verhakte sie ihre Finger in seinen. Ihre Schultern bebten.

»Wir kriegen das schon hin«, versuchte er sie über die Schulter hinweg zu trösten.

»Wie denn?«, presste sie heraus. »Sag's mir, wie?«

»Wir sterben hier nicht. Die Bretzigs sind doch keine Mörder. Die wollen Zeit schinden.«

»Die sind schon längst im Westen. Die lassen uns hier verdursten, ich sag's dir.«

»Steffi, so ist das nicht«, widersprach Falck, Bachs Stimmung zehrte an ihm.

»Warum denn nicht? Wir haben schon so viel Schlechtes gesehen, du weißt, dass es so ist. Menschen sind einfach schlecht.«

»Steffi!«

Bach schluchzte. »Ich wollte meinen Geburtstag nachfeiern. Und jetzt hock ich hier, und gleich pinkel ich in die Hose.«

»Selbst wenn, Steffi, das ist nicht schlimm. Wir kommen hier raus. Versprochen!«

Er hatte keine Ahnung, wie viel Zeit vergangen war, als er aufwachte. Ihm war bitterkalt. So kalt, dass es schmerzte. Er lag wieder. Im Schlaf waren sie zur Seite gerutscht, ohne es zu bemerken. Falck warf sich herum und rutschte, bis er mit seiner Stirn ihren Rücken berühren konnte. Er stieß sie an.

»Steffi?«, fragte er. Dann presste er sein Ohr auf ihre Rippen. Sie atmete noch, und ihr Herz schlug, er hörte es durch ihren Jackenstoff.

Er musste jetzt etwas tun, eine Kante, einen Stein suchen.

Es bedurfte einiger seitlicher Rollen, die mit jeder Umdrehung schmerzhafter wurden, um zum Rand der Halle zu gelangen. Dann berührte er eine Wand. Zuerst setzte er sich auf, presste sich gegen das Gemäuer und stemmte sich hoch. Es gelang ihm nach einigen Mühen, und er genoss das Gefühl zu stehen. Er ruhte kurz aus. Jetzt kam er auch besser voran, konnte auf den Sohlen seitwärts rutschen. Eine Bewegung zwar wie ein alberner Tanz, aber effektiver als alles andere. Mit dem Rücken zur Wand schob er sich nach rechts, fand bald die nächste Säule, fasste neuen Mut, so musste es doch möglich sein, eine Tür zu finden.

Das Unglück geschah nur wenige Meter später. Mit dem Kopf schlug er irgendwo dagegen, verlor das Gleichgewicht und konnte keinen Ausfallschritt machen. Ohne jede Chance, sich zu fangen, kippte er um. Es gelang ihm gerade noch, sich zur Seite zu drehen, dann schlug er lang hin, die linke Schulter zuerst, dann der Kopf.

»Tobias!«, rief Steffi, als er aus neuerlicher Bewusstlosigkeit aufwachte. »Tobias?«

Er wollte antworten, hörte die Panik in ihrer Stimme, doch seine Zunge war wie gelähmt.

»Tobias, wo bist du denn? Tobias, hör doch mal auf.«

Falck bewegte seinen Hals, ließ den Kopf kreisen, das ging. Er konnte auch offenbar alles bewegen, stellte er erleichtert fest.

»Hier«, krächzte er.

»Mensch, was machst du denn, ich hab gedacht, die haben dich umgebracht.«

Er merkte auf. »Warte mal. Still!« Bach verstummte.

»Da ist wer!«, sagte Falck, er hatte es klappern gehört.

»Hallo!«, rief Bach, »Hallo, hier!«

»Hier unten!«, half Falck. »Hilfe!«

Nichts tat sich, sie verstummten. Jetzt war es still.

»Wenn die das waren?«, flüsterte Bach. »Die werden uns wieder den Mund zubinden! Ich werd betteln, sag ich dir, das macht mir nichts.«

Plötzlich quietschte es, knarrte. Dann erschien ein kreisrunder Lichtfleck auf dem Boden, viel weiter weg, als Falck es hätte vermuten können. Der Kreis streckte sich zur Ellipse, kam näher. Falck rollte zur Seite, presste sich an die Wand, offenbar war er in eine Nische gestürzt.

»Hallo?«, fragte jemand. Das war Schmidt. Ein zweiter Lichtkegel erschien.

»Eddi!«, rief Bach erleichtert und brach in Tränen aus.

»Steffi!« Das war die Stimme von Sybille Suderberg.

»Tobi?«, fragte Schmidt, sein Lichtkegel huschte hin und her.

»Es heißt Tobias!«, korrigierte Falck und wurde vom Lichtstrahl geblendet.

Rasch war Schmidt bei ihm und schnitt mit einem Taschenmesser seine Fesseln los. Schmidt nahm die Lampe, steckte das Messer weg.

»Sybille, schnell, ich muss ganz doll«, hörte Falck Steffi sagen.

Er setzte sich auf, rieb sich die Handgelenke und tastete seinen Kopf ab. »Wann habt ihr es denn gemerkt?«, fragte er Schmidt.

»Gestern Abend, Claudia sagte, du wolltest eigentlich noch mal vorbeikommen.«

»Gestern Abend? Wie spät haben wir es denn jetzt?«

»Heute ist heute Mittag. Kurz nach zwölf.«

»Nicht dein Ernst!« Falck konnte es nicht glauben. Sie hatten einen Tag hier gelegen.

»Dann habe ich die Runde gemacht. Erst mal zu deinen Vermietern, dann zu deinen Eltern. Dann mit denen zu deinem Bruder und dann zu deiner Schwester. Als Fräulein Bach auch nicht daheim anzutreffen war, ohne dass ihre Eltern wussten, wo sie war, dachte ich mir meinen Teil. Ich rief den Anwalt der Bretzigs an. Der lotste uns hierher.«

»Du vergisst die Hälfte!«, rief Sybille.

Schmidt schnaufte genervt. »Ja doch. Ich habe Frau Suderberg um Hilfe gebeten. Sie hat herausgefunden, wer der Anwalt ist und welche Grundstücke die Bretzigs besitzen.«

»Den Anwalt kannten wir schon«, sagte Falck leise.

»Ja, aber wir nicht!«

»Und ich habe deinen Trabant entdeckt!«, fügte Sybille noch hinzu.

»Ja, hat sie«, gab Schmidt zu. »Ein Grundstück der Bretzigs schließt direkt an diese Anlage an. Vorn, das Feld neben der Einfahrt. Ich wollte schon abhauen, da hat sie deinen Trabant entdeckt.«

»Und die Bretzigs?«

»Die waren nicht da!«

»Wir müssen das Gelände hier absuchen, Mario Reinders muss hier sein.«

Schmidt stöhnte auf. »Wir haben das Gelände doch gerade abgesucht, nach euch nämlich. Da wäre uns Reinders ja wohl aufgefallen. Der Anwalt meint, sie haben noch mehr Grundstücke. Er sucht gerade auf eigene Faust nach den Bretzigs.«

»Aber warum sollten sie uns hierherbringen und Reinders woandershin?«

»Na ja«, Schmidt zögerte, »um es mal vorsichtig auszudrücken: weil er längst hinüber ist?«

Falck schüttelte den Kopf. »Ich glaube, die kennen sich hier gut aus, hier gibt es bestimmt noch viele Verstecke. Die Bretzigs sind keine Mörder.«

»Na, wenn du das sagst«, kommentierte Schmidt.

Bach hatte sich inzwischen erleichtert und stieß nun zu der kleinen Gruppe dazu. »Können wir vielleicht erst mal aus dem Loch hier raus, ehe wir weiter diskutieren? Ich werde das Gefühl nicht los, die Tür schlägt gleich wieder zu.«

Im Freien spürte Falck schlagartig, wie ihn Hunger und Durst, Müdigkeit und Schmerzen übermannten. Ihm wurde schwindlig, er musste sich an der Hauswand festhalten. Suderberg drückte ihm eine Dose 7up und eine Handvoll Kekse in die Hand. So etwas nahm sie meist mit auf ihre Einsätze. Man könne nie wissen, wie lang sie dauerten, meinte sie weise. Falck konnte allerdings weder Kekse noch die Limo zu sich nehmen, so schlecht war ihm.

Bach dagegen war komplett aufgedreht vom Adrenalin. Sie trank ihre Limonade in einem Zug, steckte sich die Kekse im Ganzen in den Mund. Dann machte sie sich mit Suderberg auf die Suche nach weiteren Verstecken, während Schmidt noch bei Falck Stellung hielt.

»Ist doch 'ne Hübsche, deine Claudia!«, meinte er, nachdem er sich inzwischen die dritte Zigarette angezündet hatte. »Und dumm ist sie auch nicht.«

»Ich weiß«, schniefte Falck und ließ sich mit dem Rücken an der Wand zu Boden gleiten. Jetzt öffnete er doch die Dose und nahm einen Schluck. Schmeckte eigentlich auch nicht anders als DDR-Limo, dachte er, und trotzdem war es was Besonderes.

»Ich meine, was soll denn dann das Ganze …?« Schmidt deutete in die Richtung, in die die zwei Frauen verschwunden waren.

»Haben wir nicht gerade andere Sorgen?«, fragte Falck, der von Schmidt alles andere als Beziehungstipps hören wollte.

»Schon, aber damit wirst du dich auseinandersetzen müssen.«

»Habt ihr geredet, oder was?« Das klang aggressiver als gewollt.

Schmidt lachte. »Sie wohnt bei mir, mit deinem Kind, ich werde wohl mit ihr reden dürfen.«

»Was sagt sie denn?«

»Sie weiß nicht, ob du nur aus Pflichtgefühl bei ihr wohnen willst oder weil du sie wirklich magst.«

»Ich mag sie. Wirklich.«

Wieder lachte Schmidt. »Sag das nicht mir!« Er rauchte in Ruhe auf, blies den Rauch in die eisige Luft. Dann warf er die noch nicht ganz aufgerauchte Kippe weg. Eine Zeit lang hielt er aus, während Falck ein paar Kekse aß und spürte, wie es ihm langsam wieder besser ging. Schließlich klopfte sich Schmidt eine weitere Zigarette aus der Schachtel. Gewohnheit, stellte Falck fest, ums Rauchen ging es da sicherlich gar nicht mehr.

»Ich kann schon verstehen, dass du dich nicht entscheiden willst. Bist ja noch jung, und jetzt, nach der Wende, geht das Leben erst so richtig los.«

»Darum geht's gar nicht, ich will nur nichts Falsches machen, und dann die andere …« Er sprach den Satz nicht zu Ende.

»Verlieren?«, fragte Schmidt. »Verstehe ich, aber wenn du weiterhin zwischen drei Frauen herumlavierst, wirst du am Ende gar keine haben.«

»Ich laviere ja gar nicht … Wieso drei?«

Schmidt hob nacheinander Daumen, Zeige- und Mittelfinger. »Claudia, Steffi und die Trulla, die dich vor zwei Jahren hat sitzenlassen.«

»Ulli?« Woher kannte Schmidt Ulrike?

»Mit der bin ich gestern Abend fast zusammengestoßen, direkt vor dem Präsidium. Sie wusste, dass ich dein Chef bin, und hat gefragt, wann du kommst. Sie wollte dich wohl überraschen.«

Das wäre tatsächlich eine Überraschung gewesen, wenn auch keine schöne. »Warst du gestern Abend noch mal im Präsidium?«, fragte Falck.

Schmidt nickte und winkte ab. »Dumme Sache.«

Ehe Falck fragen konnte, kamen Bach und Suderberg zurückgelaufen und deuteten mit Gesten an, in Deckung zu gehen. Schmidt bot Falck die Hand an und zog ihn hoch. Dann versteckten sie sich hinter der nächsten Ecke, zwischen der Halle und den Gewächshäusern.

Suderberg und Bach hatten sich rechts von ihnen in einer Werkstatttür, ihnen gegenüber, versteckt.

»Wo steht denn euer Auto?«, fragte Falck, Schmidt deutete mit dem Daumen hinter sich. Auch sie hatten in einem der offenen Gewächshäuser geparkt.

Motorengeräusch näherte sich. Eindeutig ein Wartburgmotor, Steine knirschten unter den Rädern. Falck und Schmidt wichen weiter zurück und kauerten sich leise hinter einen Holzstapel.

Es war der rote Wartburg der Bretzigs, der langsam heranfuhr. Herr Bretzig saß am Steuer, von der Frau war nichts zu sehen. Bretzig hatte offenbar keinen Verdacht geschöpft, aber plötzlich bremste er abrupt. Etwas musste ihn misstrauisch gemacht haben. Falck sah es im selben Moment. Schmidts Kippe glomm noch vor sich hin, eine feine Rauchsäule, wie von einem Räucherkerzchen, stieg auf. Bretzig schlug die Räder ein und gab Vollgas. Auf dem großen Platz konnte er im großen Kreis wenden und war schon wieder bei der Ausfahrt, ehe Suderberg und Bach über den Platz gerannt waren.

»Los, ins Auto!«, rief Sybille.

Ehe Falck losrennen konnte, hatte Schmidt ihn festgehalten. »Die muss eh hier raus!«

Suderberg war schon an ihnen vorbeigerannt, zusammen mit Bach. Dann startete der BMW-Motor und jaulte auf. Rückwärts kam der Wagen aus seinem Versteck geschossen. Suderberg lenkte scharf ein und stieg auf die Bremse. Schmidt wollte zur Beifahrertür, doch der Platz war besetzt. Falck war schon hinten eingestiegen, rutschte schnell durch. Schmidt setzte sich neben ihn und warf wütend die Tür zu.

Bach drehte sich im Beifahrersitz um. »Weggegangen, Platz gefangen!«, rief sie mit einem Grinsen im Gesicht. Sie genoss es sichtlich, noch am Leben zu sein.

Sybille Suderberg hatte zu tun. Sie beschleunigte ihren Wagen, ließ das Heck ausbrechen, um die Einfahrt ohne Geschwindigkeitsverlust zu erwischen. Dann schaltete sie hoch und ließ die Räder durchdrehen. Der Wartburg war nur noch ein kleiner roter Punkt in der Ferne, von Staubwolken eingehüllt.

Der BMW beschleunigte, wie es Falck noch nie in einem Auto erlebt hatte. Er suchte nach dem Gurt, schnallte sich an und langte dann vorsichtshalber nach dem Türgriff. Er ging davon aus, dass Sybille wusste, was sie tat, und genügend Erfahrung hatte. Sie nahm die nächste leichte Kurve wie ein Rennfahrer, ungebremst ließ sie den BMW schlittern und musste gegenlenken, um das Schlingern abzufangen.

»Mein lieber Scholli«, flüsterte Schmidt. Auch er hielt sich krampfhaft am Türgriff fest.

Bald hatte Suderberg die Distanz zum Wartburg halbiert, als dieser an der Landstraße bremste, um abzubiegen. Suderberg wartete, bis er sich für eine Richtung entschieden hatte, schlug dann das Lenkrad ein und zog die Handbremse an. Steine flogen davon, von den Hinterrädern aufgeschleudert. Bach hielt sich am Angstgriff fest und stemmte sich mit der anderen

Hand ins Armaturenbrett. Für einen Moment sah es aus, als hätte Sybille übertrieben, doch dann fing sie das schleudernde Fahrzeug gekonnt ab, dabei sah sie kurz mit einem Lächeln zur Seite, als hätte sie schon seit Wochen auf diesen Moment des Triumphs gewartet.

Nun waren es nur noch wenige Meter bis zum Wartburg, der blauschwarzen Dunst ausstieß, aber trotzdem nicht schneller wurde. Tempo hundert war für den BMW längst nicht das Limit, für den Wartburg aber gefährlich genug, wenn er nicht in der nächsten Biegung vom eisigen Pflaster rutschen sollte.

»Du willst ihn doch nicht rammen?«, rief Falck, der seinen Kollegen ansah, dass sie dieselbe Frage bewegte.

Suderberg sah ihn kurz durch den Rückspiegel an.

»Ich fahr doch mein Auto nicht kaputt. Ich zeige ihm nur, dass es von mir aus noch ewig so weitergehen kann. Irgendwann muss er anhalten.«

»Du weißt, dass er ein Gewehr hat?«, sagte Bach mahnend.

»Das werden wir sehen!« Suderberg schaltete in den fünften Gang, von dem Falck bisher noch gar nicht gewusst hatte, dass es ihn gab. Sie kamen näher an den Wartburg heran. Der schloss inzwischen zu einem Lada auf. Unsicher, was er tun sollte, zuckte Bretzig nach links, sah einen Bus entgegenkommen, zuckte zurück, dann scherte er doch aus. Suderberg tat es ihm gleich.

»Ähm«, sagte Bach leise. Dann wagte keiner mehr etwas zu sagen. Der Fahrer des Robur-Busses blendete auf. Bretzigs Wartburg schnappte vor dem Lada wieder in die rechte Spur. Suderberg reagierte gelassen, bremste, zog wieder nach rechts, hinter den Lada, ließ den Bus passieren, schaltete einen Gang runter, ließ den Motor röhren, schoss sofort wieder heraus, am Lada vorbei. Die wenigen Meter Vorsprung, die Bretzig herausgeholt hatte, waren sofort wieder zurückerobert. Jetzt fuhr Suderberg so dicht auf, dass sie fast seine Stoßstange berühren musste. Plötzlich hielt sie die rechte Hand nach hinten, schnippte mit den Fingern.

Im Gegensatz zu Falck kapierte Schmidt sofort, nahm seine Pistole und reichte sie Suderberg.

»Willst du etwa schießen?«, fragte Bach entsetzt, doch Suderberg hielt die Waffe hoch, und zwar so, dass Bretzig sie im Rückspiegel sehen musste. Dann wurde sie etwas langsamer. Die Geste zeigte Wirkung, die Bremslichter vor ihnen leuchteten auf, dann fuhr Bretzig rechts an den Straßenrand und brachte den Wagen zum Stehen. Er öffnete die Autotür, blieb aber im Auto sitzen. Als Suderberg hielt und ausstieg, stieg er auch aus und lächelte ihr unglücklich entgegen.

Schmidt war ebenfalls hastig aus dem Auto gestiegen und ließ sich von Suderberg seine Pistole wiedergeben.

»Herr Bretzig, wo ist Reinders?«

»Ich weiß es nicht«, sagte Bretzig. Inzwischen standen auch Bach und Falck vor ihm, und Bretzig war wie erstarrt in seiner schiefen Grimasse.

Da überraschte Bach alle. Sie sprang auf den Mann zu und stieß ihn vor die Brust, so dass er gegen die offene Fahrertür prallte.

»Was hatten Sie denn vor?«, schrie sie ihn an, wobei ihre aufgestaute Angst, die sich hinter ihrer übertriebenen Fröhlichkeit verborgen hatte, aus ihr herausbrach. »Wollten Sie uns verrecken lassen, oder was?«

»Ich wollte doch gerade ...«

»Was denn? Uns umbringen? Mit einem Spaten erschlagen, oder was?«

»Nein, ich wollte Sie doch freilassen. Deshalb bin ich ja gerade dagewesen. Das ist alles aus dem Ruder gelaufen.«

»Sie wollten uns freilassen?«, fragte Bach verblüfft.

»Ja, das alles tut mir leid!«

Bach sah sich ratlos um.

»Wo ist Mario Reinders?«, fragte Falck. »Waren Sie in Dresden und haben ihn entführt?«

Bretzig schüttelte heftig den Kopf. »Nein, nein, so war das nicht. Der kam zu uns.« Es sah aus, als ob es der Mann wirklich ehrlich meinte. »Er kam zu uns, letzten Sonntag. Er wollte sich entschuldigen. Ich weiß nicht, wie er unsere Adresse gefunden hatte. Wir schickten ihn weg. Meine Frau sagte, sie wolle das nicht hören. Er solle sich der Justiz stellen.«

»Sie schickten ihn weg?«

»Ja, und er ist weggefahren!«

»Und warum haben Sie uns eingesperrt?«, fragte Falck.

»Meine Frau sagt, sie hätte gesehen, wie Sie sich mit dem Kaluweit unterhalten haben, als Sie vorgestern da waren. Der ist von der Stasi. Der Mann hat uns beobachtet all die Jahre über. Meine Frau sagt, die Stasi will jetzt Spuren beseitigen.«

»Und Mario Reinders ist weggefahren?«, fragte Schmidt noch einmal nach.

»Er ging weg, ja!«

Falck berührte Schmidt am Arm. »Das Konto wurde leergeräumt«, sagte er leise.

»Was hat Reinders denn gesagt? Wollte er es wiedergutmachen?«, fragte Schmidt.

»Er hat gefragt, ob er etwas tun kann, aber wir wollten nicht mit ihm reden. Wir jagten ihn fort.«

»Warum sagten Sie Ihrer Nachbarin am Sonntag, Sie müssten zur Tante nach Westberlin?«, fragte Falck.

»Ich habe ihr das nicht gesagt, ich war bei meinem Bruder, auf dem Bau helfen. Ich kam nachmittags erst wieder. Das muss meine Frau gewesen sein.«

»Sie waren gar nicht in Westberlin?«, hakte Falck nach.

»Nein, meine Frau sagte, ich solle wieder zu meinem Bruder zurück und dort übernachten. Sie wollte zu ihrem Bruder, der wohnt zwei Dörfer weiter.«

»Warum?«

Der Mann lachte unglücklich auf. »Weil wir dachten, Sie sind von der Stasi!«

»Aber warum haben Sie sich getrennt?«

»Damit mein Bruder informiert ist und ihrer auch.« Bretzig hob fragend die Schultern, schlüssig schien ihm das jetzt auch nicht mehr zu sein.

Falck musste noch einmal deutlicher werden. »Herr Bretzig, Sie dachten vielleicht, wir wären von der Stasi. Ihre Frau aber hatte etwas anderes vor am Sonntag!«

»Sie meinen … Sie meinen, das hat was mit diesem Reinders zu tun?« Jetzt begann Bretzig zu verstehen.

»Herr Bretzig, wo ist Ihre Frau jetzt?«

»Ich weiß es nicht. Wirklich!«

»Haben Sie noch ein Grundstück irgendwo? Eines mit Gebäuden?«

Bretzig nickte, und langsam dämmerte es ihm offenbar. »Uns gehört ein alter Gasthof, mit Tanzsaal, der ist seit Jahren geschlossen.«

Schmidt winkte mit seiner Knarre. »Dann fahren wir dahin, ich steige bei Ihnen mit ein!«

»Hat er dich extra mitgenommen, um uns zu suchen?«, fragte Bach, nachdem sie zu dritt wieder im BMW saßen.

Suderberg nickte, während sie Bretzigs rotem Wartburg folgten. »Er hat sich echte Sorgen um euch gemacht.«

»Und das hat einfach so geklappt? Hat er den Richter überzeugt, dass er dich dafür braucht?«

»Offenbar.« Sybille zog die Mundwinkel runter. »Ich war ja nicht dabei. Vielleicht war es denen auch zu blöd, mich wegen nichts und wieder nichts eingesperrt zu haben. Immerhin bin ich ja sozusagen Ausländerin. Es gibt übrigens eine Neuigkeit: Hirschfeld ist aus dem Koma erwacht. Er kann nicht sprechen, und seine Motorik ist sehr eingeschränkt, jedoch kann er verstehen, was man zu ihm sagt, und versucht zu kommunizieren.«

»Dann müssten wir ihn befragen. Vielleicht sind wir dann der Lösung des Falls näher.« Bach sah nach hinten, als erwartete sie für diese Aussage besondere Anerkennung. Falck nickte, ihr zuliebe. Er bezweifelte die Aussagekraft eines Mannes, bei dem der Schädel zertrümmert und Teile des Gehirns in Mitleidenschaft gezogen worden waren.

»Ich glaube, da vorn ist es schon«, sagte er und deutete auf ein einzelnes verwaistes Gebäude neben der Straße. Es war eindeutig früher ein Gasthof, der dann irgendwann geschlossen worden war, aus Mangel an vermutlich allem. Irgendwie kennzeichnend für die DDR.

Der Wartburg bog auf den unbefestigten Parkplatz ab und hielt. Suderberg stellte den BMW daneben ab.

»Kein Auto da. Auch kein anderes Fahrzeug«, stellte sie fest. Dann stiegen sie aus.

Das Erdgeschoss des Gebäudes war komplett vernagelt. Im Obergeschoss waren die Fensterscheiben eingeschlagen. Ringsum wuchsen Birken und Unkraut. Irgendwann hatte wohl jemand Schutt abgeladen, andere waren seinem Beispiel gefolgt, wodurch eine regelrechte Halde entstanden war.

Auch Schmidt und Bretzig waren ausgestiegen. »Vor acht Jahren hat die HO die Gaststätte aufgegeben. Seitdem haben wir niemanden gefunden, der es nutzen wollte«, erklärte der Mann.

»Da steht ein Fahrrad!«, bemerkte Falck. Es war schlecht versteckt, einfach ins Gebüsch geschoben. »Gehört das Ihrer Frau?«

Bretzig nickte. Ihm schien nicht geheuer zu sein, was hier vor sich ging.

»Gibt es einen Eingang?«, fragte Schmidt, doch Falck war schon losgelaufen. Ihm war noch immer schlecht. Er war müde, hatte Schmerzen, er wollte schlafen. Er wollte einfach fertig werden hier.

Ein Trampelpfad führte durch den überwucherten Biergarten, über den man auf die Rückseite des Gebäudes gelangte. Dort gab es eine Rampe mit einem Dach, dessen Stahlgestell verrostet war und dessen vom Wetter abgefressene Deckplatten aus gewelltem Asbest bestanden. Falck stemmte sich hoch, während die anderen ihm inzwischen ums Haus gefolgt waren. Die Stahltür war unverschlossen. Vorsichtig zog er sie auf.

»Warte!«, bestimmte Schmidt. Er wollte nicht klettern wie Falck, sondern lief zum anderen Ende und benutzte die überwucherte Treppe.

»Sie besitzen ein Gewehr?«, fragte Falck hinunter.

Bretzig verzog das Gesicht zu einem entschuldigenden Grinsen. »Ein Jagdgewehr, das gehörte meinem Großvater.«

»Weiß Ihre Frau damit umzugehen?«

»Ja!«

»Mensch, verflucht«, knurrte Schmidt, nahm seine Pistole wieder heraus. Er tat einen ersten Schritt in den Lagerraum hinter der Tür, dann bückte er sich und hob ein halbmeterlanges Kanteisen auf. »Nimm!«, rief er und gab es an Falck weiter.

»Bitte tun Sie meiner Frau nichts«, bat Bretzig.

Schmidt grunzte nur und bedeutete Falck mit dem Kopf, ihm zu folgen. Sie kamen nicht weit. Als sie die Tür zur Küche aufstießen, krachte ein Schuss, und über ihnen prasselte der Putz aus der Wand.

»Bleiben Sie, wo Sie sind!«, befahl Frau Bretzig. Sie stand etwa fünf Meter entfernt in der nächsten Tür, hatte eine doppelläufige Schrotflinte in der Hand, die sie jetzt direkt auf Falck und Schmidt richtete.

»Gehen Sie einfach weg. Ich kläre die Sache hier selbst.«

Falck hob die Hand. »Frau Bretzig! Das wollen Sie doch gar nicht.«

»Natürlich will ich das! Er hat meinen Sohn umgebracht, jetzt kommt er und redet von Reue. Wo war er denn die ganzen Jahre?«

»Aber jetzt ist er doch gekommen!«

»Geld!«, presste die Frau hervor. »Geld will er mir geben! Was soll ich damit? Es gibt mir mein Kind nicht wieder! Verschwinden Sie jetzt.«

Schmidt nahm Falck am Arm und zog ihn zurück in Deckung neben der Tür. Dann winkte er nach draußen, zeigte auf Bretzig. Bach brachte den Mann ins Lager. Suderberg bedeutete er mit einer Geste, dass sie ihr Autotelefon nutzen sollte, um Verstärkung zu rufen. Falck hatte das beobachtet und versuchte Suderberg davon abzuhalten. Er war sich sicher, dass ein Großkommando mit Sirenengeheul der Situation alles andere als zuträglich sein würde.

Schmidt schüttelte den Kopf und stieß Bretzig unwirsch nach vorn. »Reden Sie mit Ihrer Frau.«

»Was soll ich denn sagen?«

»Mensch, das ist Ihre Frau!«, fuhr Schmidt den Mann an. »Sagen Sie irgendwas. Sie soll das Gewehr weglegen! Hat sie noch Patronen?«

»Wir hatten eine ganze Schachtel.«

»Los jetzt!« Schmidt packte den Mann an der Jacke und zerrte ihn durch die Küchentür.

»Gisela!«, rief Herr Bretzig unsicher. »Gisela, lass das doch. Das bringt uns doch den Heiko auch nicht zurück.«

»Geh! Geh weg!«, war die Antwort seiner Frau. Aber ihre Stimme schien gedämpfter zu sein.

»Gisela, hör doch auf! Bitte! Du bringst uns nur ins Gefängnis!«

»Denkst du, das stört mich? Geh, wenn du nicht dabei sein willst!«

Bretzig sah sich nach ihnen um und hob hilflos die Hände.

»Lass mich reden!«, bat Falck seinen Chef.

»Nie im Leben!«

»Bitte! Sie tut dem Reinders nichts an. Sie hat es bis jetzt nicht getan. Dabei hat sie ihn seit Sonntag in ihrer Gewalt!«

»Die hätte euch im Keller verrecken lassen!«

»Er ist aber gekommen, um uns zu befreien!«

»Und wenn schon. Er ist nicht sie! Du bleibst hier.«

Falck nickte, ging aber im selben Moment einfach los. Er betrat die Küche und winkte Bretzig wieder nach hinten.

»Tobias, du blöder ...«

Schmidt sprach nicht weiter, doch Falck hörte, dass er ihm folgte. Er hatte die Tür erreicht und wagte einen Blick. Ein dunkler Gang führte zur Haustür auf der anderen Seite des Gebäudes, rechts und links waren weitere Türen zu sehen. Auf einer stand *Tanzsaal*. Falck musste den Gang betreten, um zu sehen, was an der gegenüberliegenden Tür geschrieben stand: *Gastraum*. Hinter ihm zischte Schmidt, dass er zurückkommen sollte. Falck ignorierte ihn. Er tastete nach der Tür zum Tanzsaal, sie war angelehnt. Er stieß sie auf und wich sofort zurück. Es krachte, und unzählige kleine Kugeln bohrten sich in die Täfelung im Gang. Holz splitterte.

»Raus, hab ich gesagt, raus hier, weg!«, schrie Frau Bretzig.

Falck presste sich an die Wand, sein Herz hämmerte wild. Vielleicht hatte er die Wut der Frau unterschätzt. Und er fragte sich, ob dieser zweite Schuss nicht Gelegenheit gewesen wäre, hineinzustürmen, doch sicher hatte sie die erste verschossene Patrone schon wieder nachgeladen.

»Frau Bretzig, wie geht es Herrn Reinders?«, fragte Falck mit ruhiger Stimme. »Lebt er noch?«

Die Frau blieb stumm.

»Er muss doch Durst haben, das hält kein Mensch so lange aus ohne Wasser. Das ist Folter! Verstehen Sie? Das macht Sie viel schlimmer als ihn!«

Es dauerte lange, ehe Frau Bretzig antwortete. »Ich habe ihm Trinken gegeben!«

Schmidt war mittlerweile wieder dicht hinter ihm, huschte an der Tür vorbei, die Pistole im Anschlag, deutete an, dass er schießen könnte. Falck schüttelte den Kopf. Er sah kurz nach hinten Richtung Gang, wo sich Bach, Suderberg und auch Herr Bretzig inzwischen eingefunden hatten.

»Sehen Sie, Frau Bretzig, Sie wollen ihn doch gar nicht umbringen«, rief Falck. »Darf ich reinkommen? Ich will sehen, ob es ihm gut geht! Ich habe keine Waffe!«

»Spinnst du?«, zischte Schmidt.

»Mach das nicht!«, flüsterte Bach und wollte ihn am Arm festhalten.

»Das ist zu riskant!«, pflichtete Suderberg ihr flüsternd bei.

Falck winkte sie beide unwirsch weg. Ihm klopfte so oder so das Herz bis zum Hals, und er war sich keineswegs sicher, ob er seinen Instinkten trauen und das jetzt riskieren sollte. Aber er wollte auf keinen Fall, dass Schmidt einen Menschen erschoss, um einen anderen zu retten, das war vollkommen idiotisch.

»Frau Bretzig«, mischte sich Schmidt jetzt ein. »Legen Sie das Gewehr weg, wir müssen sonst andere Maßnahmen einleiten.«

»Sei doch still!«, schimpfte Falck. »Frau Bretzig, ich komme jetzt rein. Sie werden nicht auf mich schießen. Ich bin nicht bewaffnet.«

»Bleiben Sie draußen!«

Falck löste Bachs Hand, die ihn am Arm festhielt. »Ich komme jetzt rein!« Dann trat er in die Tür und hatte vorsichtshalber die Hände gehoben.

Vor ihm tat sich ein großer Saal auf, der wegen der vernagelten Fenster sehr finster war. Im trüben Zwielicht sah Falck das aufgesprungene und staubige Parkett, von der hohen Decke hingen noch die Girlanden vom allerletzten Fest, spröde und vergilbt. Tische und Stühle standen wild durcheinander. Am anderen Ende stand ein Stuhl, auf dem ein Mann saß, in sich zusammengefallen, das Gesicht unter einem braunen Sack aus Stoff verborgen. Seine Füße waren an die Stuhlbeine, die Hände auf dem Rücken gefesselt. Sein Kopf hing leblos nach vorn, und seine ganze Haltung verriet, dass er nur von seinen Fesseln aufrecht gehalten wurde. Hinter ihm stand Frau Bretzig und hielt das Gewehr auf seinen Kopf gerichtet.

»Kommen Sie nicht näher!«, sagte sie tränenerstickt.

Falck schlängelte sich langsam durch Stühle und Tische hindurch.

»Bleiben Sie stehen!«, drohte Frau Bretzig und versuchte, ihrer Stimme Härte und Bestimmtheit zu verleihen. Doch Falck sah ihr an, dass sie kurz davor war, aufzugeben. Das blanke Leid sprach aus ihren Augen.

Falck trat neben den Gefesselten und berührte ihn am Arm. Reinders regte sich, stöhnte, hob kurz den Kopf und ließ ihn gleich wieder sinken. Ein scharfer Geruch ging von ihm aus.

»Es geht ihm nicht gut, Frau Bretzig. Lassen Sie es gut sein, er hat genug gelitten.«

»Er hat Heiko erschossen! Meinen Sohn! Meinen kleinen Heiko. Er war immer ein lieber Junge gewesen.«

»Aber Reinders hat schießen müssen. Er hatte einen Befehl, dem er Folge leisten musste. So war das Recht. Damals. Es ist nicht seine Schuld, andere sind schuld daran.«

»Er ist schuld, und Sie auch. Sie alle!« Sie richtete den Lauf auf Falck.

»Mario ist zu Ihnen gekommen, um sich zu entschuldigen. Er wollte Ihren Sohn nicht umbringen, hat es sich nie verziehen, was geschehen ist. Wir müssen ihm jetzt helfen, er muss sofort ins Krankenhaus.«

»Aber wo ist die Gerechtigkeit?«, fuhr die Frau auf. »Wo ist die Gerechtigkeit? Es wird doch nichts geschehen. Die werden alle davonkommen! Keiner von denen wird bestraft.«

»Nein, so einfach ist das nicht, Frau Bretzig. Sie kommen nicht davon, sie sind doch jetzt schon bestraft. Sie haben keine Macht mehr. Sie werden von allen gehasst und müssen sich von ihren Villen und ihrem Leben in Saus und Braus verabschieden. Mielke sitzt doch schon in Haft. Und Honecker will keiner mehr beherbergen. Der muss bei einem Pfarrer wohnen. Frau Bretzig, schauen Sie sich Mario doch an, das hat er nicht verdient. Und seine Mutter ist genauso verzweifelt wie Sie. Sie hat das alles nicht gewollt, sie will nur ihren Sohn zurück.«

»Ist ja schon gut«, flüsterte Frau Bretzig.

»Wollen Sie, dass es ihr so ergeht wie Ihnen? Sie ist doch auch eine Mutter!«

Frau Bretzig ließ den Lauf der Waffe sinken. »Es ist gut!«

Falck wagte es, sich vorzubeugen, obwohl der Lauf des Gewehrs noch immer in seine Richtung zeigte. Beherzt griff er zu und nahm der Frau das Gewehr aus der Hand. Er klemmte es sich unter den Arm, dann zog er Reinders den Sack vom Kopf. Der Mann war so schwach, dass er kaum Lebenszeichen zeigte.

»Hat jemand ein Messer?«, rief Falck, der Schmidt und die anderen kommen hörte.

»Ich!«, rief Suderberg und eilte zu Reinders, um ihn mit ihrem Taschenmesser zu befreien. Falck zog seine Jacke aus und hängte sie dem Mann um die Schultern.

»Hast du noch etwas zu trinken?«, fragte Falck Sybille.

»Im Auto. Kannst du das holen, bitte?«, fragte sie Steffi Bach und warf ihr den Autoschlüssel zu.

»Und ruf einen Krankenwagen!«, rief Falck seiner Kollegin noch hinterher. »Kriegt sie das hin, mit deinem Telefon?«, fragte er Suderberg.

»Nee! Warte!«, rief sie und lief Bach hinterher.

Herr Bretzig stand inzwischen hilflos neben seiner Frau und beobachtete, wie Falck und Schmidt Reinders auf den Boden legten, ihm den Kopf stützten und dessen Hand- und Fußgelenke massierten, um die Blutzufuhr anzuregen. Reinders kam zu sich, lallte leise, konnte seinen Kopf nicht halten und zitterte am ganzen Körper.

Jetzt zog Bretzig wortlos seine Jacke aus und wickelte sie dem Mann um die Beine. Als Frau Bretzig das sah, schluchzte sie laut auf, kniete sich hin und strich Reinders über Stirn und Wangen. Falck wollte erst dazwischengehen, aber dann hielt er sich zurück. Die Frau war eine andere geworden, die Trauer brach aus ihr heraus und die Reue über ihre Tat. Sie weinte still. Zögernd legte ihr Mann ihr die Hand auf die Schulter.

Es dauerte lange, bis sie wieder in der Lage war, zu sprechen. »Was wird denn jetzt geschehen?«, fragte sie.

»Wir werden sehen«, gab Falck nur vage Antwort. Sie müsste angezeigt werden, wegen Freiheitsberaubung, unerlaubten Waffenbesitzes, Angriffs auf die Sicherheitsorgane, Mordversuchs, Entführung. Die Liste war lang.

»Wir hatten ihn schon von der Tür weggejagt«, begann sie zu berichten, »und ein paar Stunden später stand er plötzlich wieder da, mit dem Geld in der Hand. Mein Mann war nicht da. Ich war so wütend in dem Moment, als ob er mir meinen Sohn mit Geld ersetzen könnte. Warum bist du nicht eher gekommen, dachte ich mir. All die Jahre. Jetzt steht er plötzlich da und bittet um Verzeihung. Hätte er nicht erst mal schreiben können? Wie sollte ich das verarbeiten? Ich habe einfach nur reagiert. Ich habe ihn mit dem Gewehr bedroht und festgebunden. Er hat sich nicht einmal gewehrt. Dann habe ich ihn zuerst einmal in den Schuppen gesperrt und später hierhergebracht. So oft habe ich mir vorgestellt, wie ich ihn umbringe. Können Sie sich das vorstellen? So oft. Drei Mal war ich hier, um es zu tun. Aber ich konnte es nicht, wissen Sie?«

»Ich weiß«, sagte Falck.

»Ich dachte, ich könnte es. Ich habe Hasen geschlachtet und Hühner und Schweine. Ich dachte immer, dass Töten mir nichts ausmacht. Aber einen Menschen umzubringen, das ist was völlig anderes, wissen Sie?«

Falck hob den Kopf und sah sie an. »Ich weiß!«

19

Falck erwachte und streckte seinen Rücken durch, so weit es der Beifahrersitz und die Höhe seines Trabants zuließen. Er hatte eine Weile geschlafen, während Schmidt fuhr. Doch offenbar nicht wirklich lange, wie er jetzt an den Ortsschildern erkannte. Jede einzelne Betonplatte unter den Rädern des Trabis machte sich mit einem leisen Doppelschlag bemerkbar. Es war ein bisschen wärmer und feuchter geworden, die Fahrzeuge wirbelten schmutzige Gischt auf, gegen die die Scheibenwischer nicht richtig ankamen. Bach war mit Suderberg im BMW gefahren, sie waren natürlich längst in weiter Ferne verschwunden. Schmidt sah kurz zur Seite.

»Na, bist du stolz darauf, dass du wieder mal recht hattest?«, fragte er. Er klang dabei nicht gehässig, sondern eher belustigt.

»Was haben denn die Zetsches ausgesagt?«, fragte Falck, statt zu antworten.

Schmidt stutzte. »Wie kommst du denn darauf, dass ich die beiden noch mal vernommen habe?«

»Du warst gestern Vormittag nicht da.«

»Aha, und das lässt dich darauf schließen, ich hätte die Zetsches allein vernommen?«

Falck schwieg und sah seinen Chef nur an. Dieser Mann war für ihn irgendwie nicht zu greifen. Schmidt war kein schlechter Mensch, verhielt sich aber irgendwie undurchsichtig. War es das, was sein ehemaliger Kollege Kruse gemeint hatte, als er sagte, er müsste bei Schmidt achtgeben?

»Die haben nichts weiter gesagt, wenn du es genau wissen willst.«

»Sie sagten, sie wollten sich holen, was ihnen gehört«, half Falck. »Die werden ja nicht das Gemälde gemeint haben.«

»Wieso nicht? Sie könnten glauben, dass sie einen Anspruch darauf haben!«

Falck schüttelte langsam den Kopf. »Die haben so eine Angst vor der Stasi, die werden sich hüten, nach dem Gemälde zu suchen. Hat Klanghausen ihnen vielleicht mal etwas gestohlen?«

»Vielleicht haben sie Klanghausen umgebracht, vielleicht war es ja, weil sie das Gemälde wollten. Vielleicht war es nur ein Versehen. Sie wollten das Geld. Ich meine, zwei Millionen D-Mark, damit kannst du es den Rest des Lebens irgendwo aushalten.«

Falck verstummte. Es passte alles nicht zusammen.

»Gibt es Neuigkeiten bei unserem Freiherrn von Palitzsch?«, fragte er nach einigen Augenblicken.

Schmidt stöhnte. »Dessen Frau befürchtet, ihm sei hier etwas zugestoßen. Ich habe mit ihr telefoniert. Sie hätte ihn beschworen, nicht in die Zone zu fahren, weil es ihr zu gefährlich war.«

»Dabei hat sie ja tragischerweise recht behalten.«

Schmidt wollte erst widersprechen, winkte dann aber nur ab. »Drüben wird jetzt überlegt, eine Soko zusammenzustellen. Sonderkommission heißt das. Die wollen hier einrücken, um Palitzsch zu suchen. Das fehlte mir noch, ein Haufen Wessis, die mir erzählen, wie man es richtig macht. Aber weißt du was …«

Falck nickte. »Du glaubst, er ist gar nicht mehr in der DDR? Er ist schon längst drüben.«

Schmidt schnaufte. »Du kannst einem echt jeden Spaß verderben.«

»Hast du den Ullrich auch vernommen? Im Krankenhaus?«

Falck nahm es Schmidt übel, da musste er sich gar nichts vormachen. Davon abgesehen, dass sie selbst ihr Ding durchgezogen hatten, um Reinders zu finden, war es unfair von Schmidt gewesen, ihn nicht zu informieren.

»Er hat nichts weiter aussagen können. Wollte in seiner Laube übernachten, weil er sich daheim unsicher fühlte. Klingt nicht unlogisch.«

Falck sah das anders. »Aber Ullrich ist doch verheiratet. Seine Frau war nicht mit in der Laube. Um sie hatte er wohl keine Angst?«

Schmidt stutzte kurz. Dann schüttelte er den Kopf. »Kannst du irgendwann mal aufhören, schlau zu sein?«

»Ich versuch es«, versprach Falck. »Was muss man denn dafür tun?«

»Du stinkst!« Claudia hielt sich die Nase zu. »Wo wart ihr denn? Ich habe mir echt Sorgen gemacht.«

»Wir mussten jemanden über Nacht observieren«, knurrte Schmidt.

»Auf einer Müllhalde?« Claudia grinste.

Falck war so müde, er hätte auf der Stelle einschlafen können. Doch er war bei Schmidt in der Wohnung, und hier würde er sich sicherlich nicht hinlegen. Julia hielt schon ihren Mittagsschlaf. Beinahe neidisch betrachtete Falck seine kleine Tochter in ihrem Schlafnest auf dem Bett.

»Ach so …« Claudia war noch etwas eingefallen. »Jemand hat angerufen. Irgendein Hirsch ist aufgewacht, soll ich ausrichten. Ist das Geheimsprache?«

Schmidt musste lachen. »Nein, damit ist Hirschfeld gemeint.«

»Weiß ich doch nicht«, maulte Claudia leicht beleidigt und zog sich zurück.

Willkommen in meiner kleinen Welt, dachte Falck. »Na, ich mach mal los.«

»War eigentlich jemand hier oder hat geklingelt?«, fragte Schmidt.

»Nein, ich war die ganze Zeit hier, da hat niemand geklingelt.«

»Hm«, meinte Schmidt, was Falck veranlasste, noch einmal stehen zu bleiben.

»Was ist denn?«

Schmidt hatte sich mittlerweile auf die Couch gesetzt und seine Post sortiert, die er aus dem Briefkasten geholt hatte. Jetzt hielt er einen Zettel in der Hand, der wie aus einem Notizbuch herausgerissen aussah. Er drehte ihn so, dass Falck ihn lesen konnte. *Verstecken hat keinen Zweck* stand in Druckbuchstaben mit einem schwarzen Filzstift geschrieben.

»Verstecken hat keinen Zweck?«, fragte Claudia. Unbemerkt hatte sie mitgelesen. »Bin damit ich gemeint?«

»Hier passiert nichts«, behauptete Schmidt schnell. »Die Leute im Haus sind alle alt, die lassen niemanden einfach so rein.«

»Ist die Haustür immer zugeschlossen?«, fragte Falck.

Schmidt verzog den Mund und hob die Schultern.

»Heißt das, ich soll lieber nicht mehr rausgehen?« Claudias Schmolllaune war verflogen. »Ich kann doch hier nicht eingesperrt sein mit dem Kind.«

»Ich verstehe das nicht«, sagte Falck. »Wenn jemand will, dass wir die Ermittlungen einstellen sollen, warum sagt er es nicht ganz einfach?«

»So hat die Stasi immer gearbeitet«, sagte Claudia. »Sie haben dir immer gezeigt, dass sie da sind, und haben dich damit langsam, aber sicher fertig gemacht.«

Falck wollte das nicht einsehen. Nicht in diesem Fall. Wenn es hier jemandem um das Bild ging, würde dieser doch zusehen, dass er es in die Hände bekam, und dann damit verschwinden, anstatt sich mit der Polizei anzulegen.

»Was machen wir?«, fragte Schmidt.

»Wir fahren zu Hirschfeld. Claudia bleibt hier. Du öffnest niemandem!«, bestimmte Falck und wandte sich dann noch einmal an Schmidt. »Kannst du bitte noch einmal allen Nachbarn sagen, sie sollen niemanden ins Haus lassen, den sie nicht kennen.«

»Klar, hab ja sonst nichts zu tun.«

Falck ging nicht darauf ein. »Und ich geh mich noch mal kurz waschen!«

Schmidt erhob sich und deutete mit überzogener Geste an, dass Falck gern über die Wohnung verfügen durfte. »Sonst noch was, der Herr?«

»Fahren wir mit dem Lada, mein Tank ist fast leer!«

Schmidt sog Luft durch die zusammengebissenen Zähne. »Blöde Sache!«

»Wieso?« Falck war sofort alarmiert.

»Also … nun ja …. Der wurde geklaut.«

»Ist das dein Ernst?«

Schmidt nickte.

»Aber das Gemälde hattest du abgegeben?«

Schmidt sog noch einmal die Luft ein und hob, schuldbewusst, die Schultern.

»Guck nicht immer so!«, murrte Schmidt, dabei hatte Falck ihn gar nicht angesehen, sondern sich um den Verkehr gekümmert. »Es ist eben passiert! Gestern Abend war es weg.«

»Wer klaut ein Polizeiauto?«

»Heutzutage scheint alles möglich«, war Schmidts lapidare Antwort.

Auf einmal kapierte Falck die Zusammenhänge. »Es war in der Zeitung, hab ich recht?«

Schmidt nickte. »In der Bildzeitung. *DDR-Polizisten finden Gemälde wieder*«, zitierte er. »Du guckst übrigens ziemlich bedeppert auf dem Foto.«

»Mensch, Edgar, kannst du einmal ernst sein? Da ist alles drauf, oder? Der Lada, der offene Kofferraum, es ist sogar das Kennzeichen zu sehen, oder?«

»Kann sein.«

»Und du lässt das Gemälde einfach drin? Hast es nicht mal in deine Wohnung mitgenommen?«

»Ich habe es vergessen! Kann mal passieren! Du denkst auch nicht immer an alles, oder? Da vorn links!«

»Ich weiß, wie man zum Krankenhaus fährt. Liegt Hirschfeld nicht auf der Intensivstation? Kommen wir da überhaupt rein?«

»Wir sind Bullen, die müssen uns reinlassen!«

Ganz so einfach war es trotzdem nicht. Der Chefarzt war erst nicht leicht zu finden und dann nicht leicht zu überzeugen. Hirschfelds Zustand war schwach, und es war eher unklar, wie lange er bei Bewusstsein bleiben würde. Extrem eingeschränkt, hieß es, sei er in Motorik und Sprache. Wie ein Schlaganfallopfer, so sollten sie es sich vorstellen.

Nun standen sie mit Kitteln, Hauben, Schuhüberziehern und Mundschutz in Hirschfelds Zimmer. Geräte piepten und fauchten. Hirschfeld, halb auf der Seite liegend, hatte man den Kopf rasieren müssen. Schläuche steckten in der Nase, aus einem Tropf sickerten Flüssigkeit und Medikamente in seine Adern. Ein Verband verdeckte die Wunde, Drainageschläuche führten Wundflüssigkeit ab. Hirschfelds trübe Augen waren offen. Ebenso sein Mund, seine Zunge sah aus wie ein toter Fisch.

»Sie können reden, wir sehen, ob er reagiert«, sagte eine Schwester.

»Herr Hirschfeld«, begann Schmidt, »hören Sie mich? Schmidt, Kripo.«

»Uhg«, kam es aus Hirschfelds Mund. Der wiederkehrende Ton des Oszilloskops beschleunigte sich.

»Regen Sie sich nicht auf, Herr Hirschfeld«, mahnte die Schwester und strich ihm mit den Fingern über die Wange, »die Männer wollen Sie nur befragen.«

Schmidt beugte sich zu Falck. »Hieß das Ja?«

Falck wusste es auch nicht.

»Herr Hirschfeld, wissen Sie, was geschehen ist?«

»Uhg.«

Wieder beugte sich Schmidt zu Falck. »Das war doch ein Ja, oder?«

»Ahg«, gab Hirschfeld aufgebracht zur Antwort.

»Wissen Sie, wer Sie angegriffen hat?«

»Ahg!« Der Ton des Oszilloskops beschleunigte sich weiter.

»War es jemand, den Sie kennen?«

»Ang!« Hirschfelds Pupillen begannen wild zu wackeln.

»Bleiben Sie ruhig, Herr Hirschfeld, Sie können sich nicht bewegen, das wird aber wieder«, beruhigte die Schwester. »Versuchen Sie, sich nicht aufzuregen.«

»War es Herr Ullrich?«

»Nag.«

»Nicht Herr Ullrich?«, fragte Schmidt.

»Ahg.«

»Also doch der Ullrich?«

»Bei *Nicht Herr Ullrich* hat er Ja gesagt«, analysierte Falck.

»Ahg!«, bestätigte Hirschfeld.

»War es Zetsche?«, fragte Falck

»Nag.«

»Frau Schüttauf?«

»Nag, Ahg!«

»Frau? Eine Frau?«, fragte Falck.

»Ahg! Ahg!«

»Es war seine Frau«, riet Schmidt.

»Ahg!«, brachte Hirschfeld heraus, und das Herztongerät schlug in alle Richtungen aus.

»Ang, ang!«, stöhnte Hirschfeld. Seine Hand fuchtelte wild und unkontrolliert.

»Ein Stift, ein Blatt?«

Die Krankenschwester reichte ihm das Klemmbrett und einen Kugelschreiber. Hirschfeld wollte danach greifen, doch es gelang ihm nicht, den Stift zu halten. Seine Finger waren steif und zu schwach. Ein archaischer, wilder Laut kam aus seiner Kehle, der seine gesamte Wut und Verzweiflung über seine Hilflosigkeit zum Ausdruck brachte.

Falck versuchte es noch einmal. »Es war also niemand in Ihrer Wohnung? Ihre Frau hat Ihnen die Figur auf den Kopf geschlagen?«

»Ang«, bestätigte Hirschfeld. Es wirkte, als wollte er noch etwas sagen, doch die Erschöpfung übermannte ihn. »Ang, nag«, stöhnte er.

»Wissen Sie, wo Ihre Frau ist?«

»Ang.«

»Er weiß es!«, flüsterte Schmidt.

Ein letztes Mal flammte der Widerstand gegen die Erschöpfung in Hirschfelds Augen auf.

»Herr Hirschfeld, daheim ist sie nicht.«

Hirschfeld riss die Augen auf. »Ang«, flüsterte er, und die Verzweiflung übermannte ihn wieder. »Ang.«

Falck griff jetzt nach Hirschfelds Hand. »Sprechen Sie nicht. Drücken Sie meine Hand. Einmal für Ja. Zweimal für Nein. Haben Sie einen zweiten Wohnsitz?«

Hirschfeld drückte zweimal.

»Ist sie vielleicht bei jemandem, den wir kennen?«

Jetzt drückte Hirschfeld nur einmal.

»Zetsche? Maschke? Frau Klanghausen? Ullrich?«

Hirschfeld drückte jetzt fest zu.

»Sie ist bei Ullrich?«, fragte Falck. Noch einmal bekam er denselben festen Druck zur Antwort. Hirschfeld wirkte jetzt einigermaßen zufrieden, oder aber die Erschöpfung überwältigte ihn. Er ließ Falcks Hand los und schloss die Augen.

»Er schläft jetzt«, sagte die Schwester nach einer kurzen Überprüfung.

»War seine Frau jemals hier?«, fragte Schmidt.

»Nicht, dass ich wüsste!«, erwiderte die Schwester.

»Sollte sie kommen, informieren Sie bitte umgehend die Polizei!«

»Hab ich es nicht gesagt!«, meinte Schmidt draußen. »Seine Frau war's! Sie hatte die Faxen dicke mit ihm. Sie wollte das Bild, um damit abzuhauen. Sie haut ihm das Ding über den Schädel. Dann findet sie das Bild nicht, holt sich Ullrich zu Hilfe. Als sie ihn nicht mehr braucht, versucht sie ihn zu beseitigen.«

»Befragen wir Ullrich«, sagte Falck, der sich nicht vorstellen konnte, dass die zarte Frau Hirschfeld ihren Mann erschlug und Ullrich mit einem Molotowcocktail umzubringen versuchte. »Der ist doch auch hier irgendwo.«

Schmidt nickte und zündete sich umgehend eine Zigarette an.

Falck wollte ihm den Genuss nicht gönnen. »Wie geht es denn jetzt mit dem Lada weiter und dem Gemälde?«

Schmidt gab sich lässig. »Der übliche Weg, er taucht irgendwann auf, oder er taucht nicht auf.«

»Edgar, du kannst mir doch nicht weismachen, dass sie das durchgehen lassen in der Direktion. Das Gemälde war im Auto. Es stand in der Zeitung. Die werden dir die Hölle heißmachen!«

Schmidt winkte ab. »Sollen Sie!«

Falck fiel nichts anderes ein, als seinen Vorgesetzten verwundert anzusehen.

Ullrichs schwere Brandwunden waren so dick verbunden, dass er Hilfe für jede Alltagshandlung benötigte. Die Arme des Mannes waren bis fast zur Schulter in Verbände gepackt, so dass er sie so gut wie nicht bewegen konnte. Falck wollte sich erst gar nicht vorstellen, wie man das nur eine Woche aushalten konnte. Essen, trinken, sich kratzen, schreiben, eine Buchseite umblättern und auch der Gang zur Toilette waren ohne fremde Hilfe nicht machbar. Dementsprechend schlecht war Ullrichs Laune, als er die beiden Polizisten an seinem Bett empfangen musste. Auch sein Gesicht war in Mitleidenschaft gezogen. Die Haare versengt, vor allem die Augenbrauen, was ihn seltsam aussehen ließ. Die Haut war mit kleineren Brandwunden gesprenkelt, auf denen Vaseline glänzte. Er würde noch lange damit zu kämpfen haben, vor allem mit den Löchern, die ihm in die Kinn- und Kieferpartie gebrannt waren. Bei seinem starken Bartwuchs würden sie sich nach jeder Rasur bemerkbar machen. Neben seinem Bett stand auf dem Tisch eine Trinkflasche mit einem Strohhalm darin.

»Ich habe Ihnen doch alles schon gesagt«, murrte Ullrich.

Er sollte froh sein, überlebt zu haben, war Falck versucht, ihm zu sagen, doch konnte er verstehen, dass dies inzwischen zweitrangig geworden war. Wer wollte schon derart gezeichnet durchs Leben laufen?

»Sie waren Offizier der Stasi!«, begann Schmidt geradeheraus.

Ullrich zuckte mit den Achseln. Er musste große Schmerzen haben, überlegte Falck. Brandwunden waren grässlich. Sicherlich bekam er Schmerzmittel, vielleicht geriet ihnen das zum Vorteil.

»Womit verdienen Sie jetzt ihr Geld?«, fragte Schmidt.

»Ich bin immer noch Museumsangestellter.«

»Mal sehen, wie lange noch«, kommentierte Schmidt. »Welche Funktion übten Sie im Museum aus? Nicht als Angestellter, sondern als Stasioffizier.«

Ullrich suchte lange nach einer Antwort. »Kontrolle«, sagte er dann.

»Kontrolle über den Verkauf von Gemälden?«, fragte Schmidt.

»Sie haben doch keine Vorstellung.«

»Deshalb frage ich ja. Stimmt es, dass die DDR Gemälde und andere Kunstwerke verschachert hat?«

»*Verschachert*. Wie Sie das sagen. Es diente auch Ihrem Wohl. Man muss nicht stolz sein darauf, aber wenn Not herrscht, verkauft man eben sein Tafelsilber.« Eigentlich sagte er damit nichts anderes als Schmidt, dachte sich Falck.

»Und wie lief das ab?« Schmidt wurde langsam ungeduldig und wollte endlich Fakten.

»Das weiß ich nicht genau. Da waren zig Leute involviert. Gerade, wenn es um Gemälde ging. Die kann man nicht einfach mitnehmen und verkaufen. Es muss einen Interessenten geben, einen Auftraggeber. Das bedarf einiger Vorbereitung, worum sich andere gekümmert haben. Ich sorgte zum Schluss für einen sauberen Ablauf.«

»Gehörte dazu, Klanghausen als Maler zu akquirieren?«

»Das war ja noch der einfachste Part.«

Ullrich hielt etwas zurück, das war klar. Es musste in seinem Interesse liegen, so wenig Informationen wie möglich darüber preiszugeben.

»Wer war in diese Operationen involviert?«

»Offiziell niemand, außer dem Maler und mir«, sagte Ullrich. »Aber man wusste auf vielen Ebenen Bescheid, und sicherlich bekamen andere Wind davon. Die Schüttauf zum Beispiel.«

»Warum sie?«

Ullrich zögerte. »Nicht nur sie, auch Hirschfeld. Maschke vielleicht.«

»Die Zetsches?«, fragte Schmidt.

»Zetsche war zuerst dafür vorgesehen, das Bild zu kopieren. Doch er war nicht gut genug. Aber dadurch hatte er natürlich von der Sache erfahren.«

»Warum Frau Schüttauf?«, fragte Falck noch einmal nach.

»Als Restauratorin steckte sie natürlich tief in der Materie ...«

»Warum war Klanghausen bei ihr? Waren sie befreundet?«

»Weiß ich nicht«, antwortete Ullrich vage.

»Sie sind von der Stasi, Herr Ullrich. Sie wissen das.«

»Also gut, die beiden hatten mal was miteinander, als sie jung waren. Klanghausen war schon verheiratet. Schüttauf wurde wohl schwanger von ihm, hat aber abgetrieben. Dabei ist etwas schiefgegangen. Sie konnte jedenfalls keine Kinder mehr bekommen.«

Falck sah Schmidt an, der erwiderte seinen Blick. Das war endlich mal eine wichtige Information.

»Und sie verband trotzdem eine Freundschaft?«

»Na ja, was weiß ich. Man kommt halt darüber hinweg, irgendwann. Sie haben zumindest beruflich öfter miteinander zu tun gehabt.«

»Kennen Sie den Namen August Weinert?«, fragte Schmidt.

Ullrich antwortete nicht gleich, doch sein Gesicht wurde rot, und er rutschte unruhig in seinem Bett umher. »Woher haben Sie denn diesen Namen?«

»Herr Weinert scheint sich in der Stadt aufzuhalten. Haben Sie Erfahrungen mit ihm gemacht? Wissen Sie, was das für ein Mensch ist?«

»Er arbeitet für einen Kunsthändler. Dessen Namen kenne ich nicht, aber er steht in dem Ruf, mit heißen Kunstgegenständen zu handeln.«

»Heiße?«

»Hehlerware, gestohlene Juwelen, Gemälde, Porzellan, antike Münzen, Grabschmuck, aber auch Schmuggelware aus illegalen Ausgrabungen im Mittleren Osten und in Ägypten. Das ist eine richtige Organisation. Wer weiß, wer da noch alles drinsteckt.«

»Sie sind sehr nervös, Herr Ullrich.«

»Wissen Sie, diesem Weinert eilt schon ein Ruf voraus. Wenn er was besorgen soll, dann macht er das.«

Schmidt hob ahnend den Kopf. »Aha. Können Sie erklären, warum Sie mit Frau Hirschfeld zusammen bei Klanghausens Wohnung gesehen wurden, und zwar, nachdem ihr Mann niedergeschlagen und schwer verletzt wurde?«

»Das war ich nicht!«, behauptete Ullrich.

»Sie wurden erkannt!«, hielt Falck dagegen, obwohl es keineswegs sicher war, was die Nachbarin von Frau Klanghausen genau gesehen hatte.

Ullrich wartete eine Weile und sah Falck dabei fest in die Augen. Falck hielt stand. Lange genug. Ullrich gab auf.

»Sie kam zu mir, sie wusste ja, welche Funktion ich hatte. Sie wollte, dass ich ihr half, das Bild zu finden, damit sie es zurückgeben konnte.«

»Zurückgeben?«, fragte Schmidt skeptisch.

»Sie sagte, dann würde wieder Ruhe einkehren.«

»Und das leuchtete Ihnen ein?« Schmidt blickte zweifelnd. »Und Frau Hirschfeld war sicher, dass Klanghausen das Original gestohlen hat?«

»Der war 'ne arme Sau, der brauchte das Geld. Als die Mauer fiel, platzte das Geschäft. Klanghausen blieb auf seiner Kopie sitzen, bekam sein Geld nicht. Anscheinend hatte er vor, das Bild nach Köln zu schaffen, wo er ja demnächst eine Ausstellung hat. Hirschfeld nahm an, er würde versuchen, es irgendwie zwischen seinen eigenen Bildern zu verstecken.«

»Aber Sie begannen mit der Suche bei Frau Schüttauf?«, fragte Schmidt weiter.

»Wir dachten, sie sei mit beteiligt.«

»Sie waren das in der Wohnung, der sich im Bad versteckt hat? Das war ja gut organisiert. Und Frau Hirschfeld schaltete den Strom im Haus aus.«

»Ja«, erwiderte Ullrich zögernd. Schmidt schien zufrieden zu sein mit dem Verhör. Doch Falck war nicht davon überzeugt, dass Frau Hirschfeld einfach so wusste, wie man den Strom im Haus abschaltete. Außerdem hatte sich Ullrichs Antwort mehr wie eine Frage angehört.

»Warum sollte Schüttauf den Vorfall melden, wenn sie beteiligt war?«, fragte Schmidt weiter.

»Wir vermuteten, Schüttauf und Klanghausen hätten gemeinsame Sache gemacht. Dann hat sich Klanghausen das Gemälde allein unter den Nagel gerissen, daraufhin hat sie den Diebstahl gemeldet.«

»Waren Sie auch in Klanghausens Atelier?«

»Ja, als er tot war!«

»Sie sahen ihn tot?«

»Nein, nein, das war erst am nächsten Tag!«

»Das Polizeisiegel war aber intakt!«

Ullrich hob entschuldigend die Schultern, soweit es ging mit seinen verbundenen Armen. Natürlich, er war Stasioffizier, wieso sollte er keinen Siegelstempel haben?

»Und in Klanghausens richtiger Wohnung waren Sie auch?«, mischte Schmidt sich wieder ein. »Aber Sie fanden nichts?«

Falck wunderte sich immer mehr über Schmidt, der doch genau wusste, wo sich das Gemälde befunden hatte.

»Nein, wir fanden nichts.«

»Was geschah anschließend? Ihr Auto ist weg? Ein Opel Ascona?«

»Ja, Frau Hirschfeld bat mich, das Auto benutzen zu dürfen. Ich habe sie gebeten, mich in meinen Garten zu bringen.«

»Ohne dass Ihre Frau davon wusste?«

»Die weiß, dass ich gelegentlich zu tun habe.«

»Ihre Frau war noch gar nicht hier?«

Ullrich verneinte mit einem Kopfschütteln. »Sie weiß es wohl noch gar nicht.«

»Und Sie machen sich keine Sorgen um sie?«, fragte Falck dazwischen. Es kam ihm vor, als stellte Schmidt keine objektiven Fragen mehr, sondern suchte nach Antworten, die seine These bestätigten.

Ullrich sah ihn abschätzend an. »In gewissem Maße schon.«

»Aber nicht so sehr, dass Sie sie mit in den Garten genommen hätten?«

Ullrichs Augen verengten sich für einen Moment. »Sie weiß sich zu schützen, sie kennt meinen Beruf und ist auf alles eingestellt.«

Schmidt wartete kaum die Antwort ab. »Was geschah, nachdem Frau Hirschfeld Sie im Garten absetzte?«

»Ich aß noch etwas, dann legte ich mich schlafen.«

»Und irgendwann wachten Sie auf, und es brannte.«

Ullrich nickte bestätigend. »Ich hatte fest geschlafen, zuerst verstand ich gar nicht, dass es brannte, vor allem, dass ich selbst brannte. Ich dachte, es sei ein Traum. Doch dann kamen die Schmerzen. Ich warf mich durchs Fenster, versuchte wegzukriechen. Aber meine Hände brannten noch. Ich habe mich gewälzt, dann kam jemand und löschte die Flammen mit einer Decke.«

»Na gut …« Schmidt wollte offenbar hier abbrechen.

»Wissen Sie, wo ich wohne?«, fragte Falck schnell.

»Sie? Nein!«

»Wissen Sie, wo Leutnant Bach ist und wo er wohnt?« Er zeigte auf Schmidt. »Wissen Sie, wer meine Freundin ist?«

Ullrich schüttelte den Kopf. »Nein, warum? Warum fragen Sie mich das?«

Falck fuhr einfach fort. »Welche Beziehung hatten die Hirschfelds zur Stasi? Waren sie selbst IM, waren sie richtige Stasiangehörige?«

Ullrich wurde immer unruhiger. Sein Blick flackerte. Trotzdem antwortete er. »Sie waren IMs und wurden selbst beobachtet.«

»Und die Zetsches?«

»Für die gilt dasselbe.«

»Ist es möglich, dass August Weinert an solche persönlichen Informationen gerät wie zum Beispiel unsere Adressen und Ähnliches?«

»Ich habe den Mann nie persönlich gesehen, nur von ihm gehört.«

Jetzt klinkte sich Schmidt wieder ein. »Könnten Sie sich vorstellen, dass Frau Hirschfeld den Brandanschlag auf Sie ausgeübt hat?«

Ullrich schüttelte entrüstet den Kopf.

»Was hat sie Ihnen über den Überfall auf ihren Mann erzählt?«

»Dass jemand in die Wohnung kam und ihn niedergeschlagen hat.«

»Mehr nicht? Waren Sie da? In ihrer Wohnung? Fiel Ihnen etwas auf?«

Ullrich schüttelte nachdenklich den Kopf. »Nicht, dass ich wüsste.«

Falck nahm Schmidt jetzt kurz beiseite. »Was willst du denn eigentlich damit erreichen?«, fragte er ihn leise. Was auch immer Schmidt da versuchte, es lief darauf hinaus, dass er Ullrich suggerierte, dass Frau Hirschfeld die Täterin war.

»Nichts«, knurrte Schmidt und musste sich wohl eingestehen, dass dieser Versuch zu plump gewesen war.

»Wissen Sie, wo Frau Klanghausen ist, seit sie vom Tod ihres Mannes erfahren hat, ist sie verschwunden?«, fragte er jetzt wieder laut, an Ullrich gewandt.

»Sie wird sich verstecken.«

Vor Leuten wie dir vielleicht, dachte Falck.

»Wir fahren jetzt zu Ihrer Frau, ist sie zu Hause?«, fragte Schmidt, was Falck auch ungeschickt fand. Jetzt wäre es gut möglich, dass Ullrich sie telefonisch vorwarnte.

»Ja, sie ist daheim. Richten Sie ihr aus, was geschehen ist.«

20

Sie kamen noch nicht einmal bis zum Trabant. Noch auf dem Gelände der Uniklinik hielt Suderbergs grüner BMW neben ihnen. Inzwischen war es früher Abend geworden. »Hier seid ihr!«, rief Bach aus dem offenen Beifahrerfenster. »Jemand hat den Lada gefunden. Wir sind auf dem Weg dahin.«
»Wo steht er denn?«
»Auf der Bautzner Straße irgendwo.«
»Wo auf der Bautzner?«, fragte Falck.
»Unterhalb vom Pionierpalast, wo es zur Saloppe geht.«
Falck sah Schmidt an, der hob belustigt die Augenbrauen. Da wollten sie sowieso gerade hin. In dem Neubaublock dort wohnten Ullrichs.
»Was ist, wollt ihr einsteigen?«
»Ich fahre mit dem Trabi hinterher«, sagte Falck. Schmidt zögerte kurz, zeigte dann auf Falck.
»Ich fahr bei ihm mit. Nicht, dass der wieder schlauer ist als alle anderen und sein Ding alleene macht.«
»Ach, ist da jemand neidisch?«, spöttelte Bach, und Suderberg, die gar nichts gesagt, sondern nur streng geguckt hatte, fuhr an.

Natürlich war der BMW vor ihm da. Falck bog in die schmale Brockhausstraße ein, die bis zur Elbe zum Wasserwerk hinunterführte, und parkte hinter dem Wagen. Bach und Suderberg waren schon ausgestiegen und bis zur nächsten Biege gelaufen. Dort stand ein Streifenwagen.

Falck musste gar nicht weiter fragen, als er schließlich Schmidts Lada sah. Der Kofferraum stand offen, das Gemälde war weg. Beide Frauen sahen Schmidt vorwurfsvoll an. Einmal mehr schämte sich Falck für seinen Vorgesetzten. Was musste Sybille Suderberg von ihnen denken? Wahrscheinlich hielt sie alle Ostdeutschen für dämlich und hielt sich nur aus Höflichkeit zurück.

»Seit wann steht der hier?«, fragte Schmidt die beiden Streifenpolizisten.

»Seit gestern wohl«, erklärte einer der Männer. »Jemand hatte das Foto in der Zeitung gesehen, und da kam es ihm verdächtig vor.«

»Das Auto ist nicht aufgebrochen!«, bemerkte Bach. »Auch das Zündschloss ist intakt. Du hast aber den Schlüssel noch, oder?«

Schmidt kramte in seiner Tasche und zog den Schlüssel heraus. »Der Zweitschlüssel liegt im Büro.«

Bach sah ihre Kollegen ratlos an. Schließlich sprach es Sybille Suderberg aus, die diesbezüglich offenbar die geringsten Hemmungen hatte.

»Du hast doch gesagt, der Lada ist aus Stasi-Bestand.« Sie sah Schmidt an. »Und die Stasizentrale ist hier oben, einen Schlüssel haben die sicherlich auch noch gehabt. Kann es sein, dass die das Bild in der Zeitung gesehen haben und sich dann einfach das Auto mitsamt Gemälde geholt haben? Sie wissen sicherlich, wo du wohnst. Und jetzt sind sie garantiert auf dem Weg nach drüben und fragen sich noch immer, wie man so bescheuert sein kann.«

»Jetzt geht das mit der Stasi-Verschwörung wieder los!« Schmidt reagierte deutlich genervt.

»Haben vielleicht die Anwohner noch etwas gesehen? Hat jemand beobachtet, wie der Wagen abgestellt wurde?«, fragte Falck die Uniformierten.

»Nein, aber einer gab an, fast von einem silbernen Opel überfahren worden zu sein, letzte Nacht, gegen elf, als er mit seinem Hund noch mal draußen war.«

»Ullrichs Auto! Konnte er sehen, wer in dem Auto saß?«

»Ja, zwei Frauen, eine ältere und eine etwas jüngere. Die jüngere fuhr.«

»Könnten Frau Hirschfeld und die Frau von Ullrich gewesen sein!«, mutmaßte Falck.

Schmidt zupfte ihn am Arm. »Klingeln wir bei ihr, dann sehen wir weiter.«

Auf ihr Klingeln reagierte niemand. Weder, als sie unten an der Haustür klingelten, noch oben an der Wohnungstür, nachdem sie jemand ins Haus gelassen hatte.

»In dem Block wohnen doch nur Stasileute!«, raunte Suderberg. »Hab ich recht?«

Niemand widersprach.

»Ein Wunder, dass wir überhaupt ins Haus gelassen wurden.«

In Ullrichs Wohnung begann jetzt ein Telefon zu klingeln, niemand nahm ab. Dann endete das Klingeln, um sofort wieder zu beginnen.

»Entweder ist sie weg, oder sie stellt sich tot«, meinte Schmidt.

»Brechen wir die Tür auf!«, schlug Falck vor. Es konnte auch Gefahr im Verzug sein.

»Was sagt ihr?«, fragte Schmidt die Frauen, dem sonst die Meinung anderer grundsätzlich egal war.

Bach hob unschlüssig die Hände, doch Suderberg stimmte erleichtert zu.

»Leg los!«

Ihr konnte es doch recht sein, dass das gefundene Gemälde wieder verschwunden war, überlegte Falck, so gab es wieder

Aussicht auf einen Finderlohn. Er warf einen prüfenden Blick zu Suderberg.

»Was guckst du denn schon wieder so?«, fragte sie ihn.

Falck schüttelte den Kopf, er würde sich hüten, seine Gedanken auszusprechen. Aber Sybille ließ nicht locker.

»Los, sag mal, du guckst mich seit Tagen so komisch an. Bist du verliebt, oder was? Ich bin zu alt für dich, Herzchen!«

»Ach, Quatsch!« Falck spürte zu seinem Ärger, wie er rot wurde.

»Und quitt sind wir jetzt auch, also bilde dir nichts ein!«

»Quitt?«, fragte Falck verblüfft.

»Einmal hast du meinen Kopf gerettet und ich heute deinen!«

Schmidt unterbrach das Geplänkel, indem er den Fuß hob und gegen das Türschloss trat. Es war ein eher unmotivierter Stoß, doch die Tür sprang auf. Aus der Wohnung kam keine Reaktion, auch kein Hundebellen. Falck langte nach dem Lichtschalter, besah sich das Schloss. Die Tür war nur zugeschlagen gewesen, nicht verschlossen. Schmidt hatte sich an ihm vorbeigeschoben und unternahm einen ersten Rundgang.

»Niemand da«, meldete er.

»Suchen wir nach dem Gemälde«, schlug Falck vor. »Nur damit wir es getan haben!« Er wollte Schmidts Protest im Keim ersticken, schnappte sich vom Schlüsselbrett einen kleinen Schlüsselbund und warf ihn Bach zu. »Das müssten Keller- und Dachbodenschlüssel sein.«

»Super, die Frauen dürfen Treppen steigen!«, murrte sie, war aber schon losgegangen. Suderberg folgte ihr wortlos.

Eine Viertelstunde später trafen sie wieder zusammen.

»Nichts gefunden«, begann Falck. »Aber die privaten Unterlagen sind offenbar weg!« Eines der unteren Schrankwandfächer war komplett ausgeräumt.

»Das heißt dann wohl, sie ist mit dem Bild abgehauen«, fasste Bach zusammen.

Falck versuchte seine Gedanken zu ordnen. »Also klaute Klanghausen das Bild? Mithilfe von Frau Schüttauf. Dann aber nimmt sie es ihm weg und versteckt es bei ihrem Exmann? Die anderen, Ullrich, Hirschfeld, Zetsche und wer sonst auch immer, glauben, Klanghausen hat das Gemälde. Sie versuchen es zurückzuholen, einzeln oder gemeinsam. Einer erschlägt Klanghausen, während sich Frau Schüttauf im Knast in Sicherheit wiegt, das Gemälde gut versteckt. Aber warum schlägt Frau Hirschfeld ihren Mann nieder? Wer hat Stein umgebracht? Wer hat den Anschlag auf Ullrich verübt?«

Das war das Stichwort für Sybille Suderberg. »Vielleicht seine Frau selbst. Vielleicht haben sie und Frau Hirschfeld die Sache lange schon geplant.«

Falck staunte und ärgerte sich auch etwas. Sybilles Theorien hörten sie sich ohne Protest an, wogegen er seine Ideen immerzu rechtfertigen musste. Falck fand sie dagegen nicht einleuchtend. Das passte alles noch nicht richtig zusammen.

»Passt doch alles«, rief Suderberg und war von ihren Schlussfolgerungen selbst ganz begeistert. »Ullrich, und somit auch seine Frau, haben Connections bei der Stasi, können Edgars Adresse herausfinden, bekommen vielleicht sogar den Schlüssel für den Lada. Sie stehlen ihn, wechseln das Auto, nehmen das Gemälde und hauen ab in den Westen. Und Frau Hirschfeld weiß, an wen sie es verkaufen können, da Hirschfeld involviert war.«

»Was denn für *Gonnegtschns*?«, fragte Schmidt grinsend.

Falck konnte seinen Zorn kaum noch unterdrücken. »Mensch, Eddi, müsstest du nicht ein bisschen besorgter sein? Du hattest das Gemälde, gibst es nicht ab, und prompt wird es wieder gestohlen? Noch dazu lässt du dich bereitwillig von so einem Schundjournalisten fotografieren.«

»Wir alle haben uns fotografieren lassen!«, verteidigte sich Schmidt.

»Fürchtest du nicht, man könnte dich dafür zur Verantwortung ziehen?«, fragte Falck und bekam unerwartete Hilfe von Suderberg.

»Edgar, ich glaube, du solltest dir wirklich schon mal eine gute Ausrede ausdenken.«

»Und jetzt?«, fragte Bach und nahm Falck das Wort aus dem Mund. »Sollten wir nicht nach dem Opel Ascona fahnden lassen?«

Suderberg nickte. »Ich fürchte nur, die sind längst drüben.«

»Und deine Leute?«, fragte Bach. »Können die im Westen nichts ausrichten?«

»Na ja, es ist ja nicht so, dass ich dort überall Leute hätte.«

»Dann schalten wir eben die westdeutsche Polizei ein!«

»Kommt gar nicht infrage!«, plauzte Schmidt.

Auch Suderberg verzog das Gesicht. »Ihr dürft nicht vergessen, ich bin da gerade eine unerwünschte Person.«

»Was jetzt? War's das einfach?«, fragte Bach empört.

Falck hatte innerlich bereits einen Rückzieher gemacht. Letzten Endes würde wohl Klanghausens Fälschung in der Galerie hängen bleiben, und der Öffentlichkeit würde vorgegaukelt, es wäre das Original.

»Ich gehe heim!«, kündigte er an. »Eigentlich habe ich heute sowieso frei.«

»Ähm«, räusperte sich Schmidt, »und wie soll es eigentlich mit deiner Freundin weitergehen?«

»Da wird sich was finden. Morgen.« Falck winkte ab. Jetzt war er zu müde und zu kaputt, darüber noch nachzudenken.

21

Er konnte nicht schlafen. Die Schurigs sahen sich nebenan irgendeine Samstagabend-Spielshow an, der Ton war wie immer zu laut. Falck hatte sich noch nie darüber beschwert und würde es auch jetzt nicht tun. Doch es lag nicht nur daran, dass er, trotz totaler Erschöpfung, nicht einschlafen konnte. Viel zu viel ging ihm gerade durch den Kopf. Morgen wollte er den Schurigs sagen, dass er bald ausziehen würde. Außerdem musste er an Reinders denken und an die Ungerechtigkeiten, die das Leben manchmal mit sich brachte, im Kleinen wie im ganz Großen. Hatte Reinders nach DDR-Gesetz richtig gehandelt und Heiko Bretzig falsch, so wusste Reinders trotzdem vom ersten Moment an, dass es falsch war, den Mann zu erschießen. Nun galt Reinders in der öffentlichen Meinung als Mörder, Bretzig war das Opfer. Bretzigs Mutter sehnte sich nach Rache und Gerechtigkeit und bekam beides nicht. Reinders' Mutter haderte, weil sie ihrem Sohn in seiner Verzweiflung nicht helfen konnte. Doch diejenigen, die für die Gesetze und die Politik verantwortlich gewesen waren, die die Befehle gegeben hatten, die dafür gesorgt hatten, dass solche Situationen zustande kommen konnten, die entzogen sich jeglicher Verantwortung. Tröstlich war in diesem Moment, dass Mario Reinders auf dem Weg der Besserung war. Im Cottbusser Krankenhaus kümmerte man sich, und seine Eltern waren bei ihm. Frau Bretzig stand zu ihrer Tat, sie würde die volle Verantwortung dafür übernehmen. Man konnte nicht einmal hoffen, dass einer dieser alten Männer so viel Anstand besaß, wenigstens seine Fehler einzugestehen, denn die Geschichte hatte gezeigt, dass keiner jemals bereut hatte.

Überhaupt bereitete ihm der gesamte Fall mit dem gestohlenen Gemälde Kopfzerbrechen. Da passte nichts zusammen. Entweder zog jemand hinter den Kulissen die Fäden, eine einzelne Person oder eine Organisation wie die Staatssicherheit, oder Museumsleute hatten sich zusammengetan, um den Raub zu begehen, und gönnten sich nun gegenseitig die Beute nicht. Die Hauptverdächtige, Frau Schüttauf, saß in U-Haft und schwieg zu ihrem eigenen Schutze. Sie zu entlassen und zu beobachten, war angesichts der Umstände zu riskant. Und Schmidt machte seine Witze, ließ sich für die Zeitung fotografieren, gab das Bild nicht ab, sondern ließ es sich stehlen. Falck stutzte. Er stand auf und ging zu dem Stuhl, über dessen Lehne er seine tagsüber getragene Kleidung immer warf. Er griff in die Hosentaschen, suchte sie einzeln ab, fand aber nicht, was er suchte. Dann untersuchte er seine Jacke, die er achtlos abgelegt hatte. Sie war dreckig und musste unbedingt gewaschen werden. In ihr fand er endlich, wonach er suchte: die Karte des Journalisten. *Jochen Flieger. Vierundzwanzig Stunden erreichbar.* Darauf wollte er es jetzt ankommen lassen. Er ging in den Flur, nahm den Hörer des Telefons ab und tippte Fliegers Nummer ein. Nach dem zweiten Klingeln nahm jemand ab.

»Flieger.«

»Falck, Kripo Dresden.«

»Oh, ach, na? Zufrieden? Berühmt jetzt?«

Falck ging nicht darauf ein, sondern kam gleich zur Sache. »Ich habe da mal eine Frage: Woher wussten Sie eigentlich von unserer Aktion in Mobschatz? Dass ein Gemälde gestohlen worden war, war doch noch gar nicht an die Öffentlichkeit gedrungen.«

»Betriebsgeheimnis!«

»Bekamen Sie einen Tipp?«

»Es gehört zum Berufsethos, dass man seine Quellen nicht preisgibt.«

Die Wohnzimmertür der Schurigs öffnete sich. Frau Schurig wollte nachsehen, wer im Flur telefonierte. Falck im Schlafanzug hob grüßend und entschuldigend die Hand, und die alte Dame zog sich wieder zurück.

»Hör mal, das ist wichtig!« Falck war jetzt absichtlich ins Du verfallen. »Es ist sogar von ganz entscheidender Wichtigkeit. Hier geht's nicht nur um Kunstraub.«

»Ich habe gehört, ein Maler sei ums Leben gekommen, ein Kunstmaler.«

»Ja, kann sein.« Falck blieb bewusst vage.

»Steht das im Zusammenhang?«

»Kann sein, aber ich wollte etwas wissen. Woher hast du deinen Tipp?«

»Ich bekam einen Anruf. Jemand sagte mir, dass in der Gemäldegalerie ein Gemälde gestohlen worden sei. Und in Mobschatz tue sich Verdächtiges diesbezüglich.«

»Von wem kam der Anruf?«

»Darf ich echt nicht sagen!«

»Dann darf ich auch nichts weiter sagen. Dann kann ich auch auflegen.«

»Nee, warte doch mal«, rief Flieger hastig. »Ich kann's echt nicht sagen, verstehst du? Keine Namen und so.«

Falck verstand. »Gut, dann frage ich so: War es eine Frau?«

»Möglicherweise. Aber sag mal ...«

»Also war es eine Frau?«

»Ja, aber der Maler ... wurde der umgebracht?«

»Und die Frau sprach Dialekt?«

»Also, nicht wirklich. Jetzt sag doch mal!«

»Das muss noch geprüft werden.« Falck spürte, wie ihm das Gespräch entglitt. »Kennst du den Namen der Frau?«

»Ja, aber hör mal, das muss hier auf Gegenseitigkeit beruhen. Eine Hand wäscht die andere und so. Du musst jetzt auch etwas liefern.«

»Du kennst die Frau schon länger, nehme ich an, seit ein paar Wochen, oder? Heißt sie Suderberg?«

Flieger schwieg. Falck nahm das als Antwort und legte auf.

Zurück im Bett, war für Falck an Schlaf gar nicht mehr zu denken. Wieso rief Sybille diesen Journalisten an, fragte er sich. Was hatte sie davon, dass das Gemälde fotografiert wurde? Wie überhaupt, konnte sie etwas darüber wissen? Sie war nicht informiert, dass sie das Haus von Herrn Schüttauf durchsuchen wollten. Spionierte sie ihnen nach? Wenn es ihr darum ging, das Bild zu bekommen, wieso würde sie dann wollen, dass es in der Zeitung stand?

Er bekam schon fast Kopfschmerzen davon. Er sollte schlafen, um morgen klarer nachdenken zu können. Er wollte sich mit Steffi darüber unterhalten, vielleicht verstand sie den Sinn dahinter. Er löschte das Licht, schloss die Augen und versuchte alles auszublenden. Doch der Schlaf stellte sich natürlich deswegen noch lange nicht ein. Falck öffnete die Augen wieder, schaltete die Stehlampe ein und stand auf. Leise schlich er in den Flur, zur kleinen Kammer neben der Wohnungstür, in der die Schurigs die Kohlen, ihre Einweckgläser und die Getränke aufbewahrten. Er nahm sich vorsichtig eine Flasche von Schurigs Coschützer Pilsner. Der würde das vermutlich nicht einmal merken.

Falck trank nicht oft Bier. Es machte ihn müde, doch das war jetzt genau der Plan. Leise kehrte er in sein Zimmer zurück, sah sich nach dem Flaschenöffner um, der irgendwo hier liegen musste. Als er ihn ansetzte, die Flasche vor dem Bauch haltend, fiel sie ihm aus der Hand auf dem Teppichboden. Bier schäumte aus der winzigen Öffnung, die er schon aufgehebelt hatte. Falck bückte sich hastig, nahm die Flasche zum Mund

und versuchte den Schaum aufzufangen. Nachdem der Druck entwichen war, hebelte er den Kronkorken ab, trank einen ordentlichen Schluck und verzog das Gesicht. Bier war nicht sein Getränk. Dafür hatte er jetzt eine Bierpfütze auf dem Teppich. Das würde schön riechen. Er setzte sich aufs Bett, trank, hoffte, das Bier täte seine Wirkung, betrachtete den dunklen, nassen Fleck auf dem Teppich. Dann fiel sein Blick auf die Flasche in seiner Hand, er wog sie abschätzend, kaum abgetrunken. Nachdenklich sah er wieder zum Teppich. Dann hob er den Arm und staunte im nächsten Moment über sich selbst, weil er die Flasche auf den Teppich warf. Sie schlug stumpf auf, sprang noch einmal kurz hoch, Bier spritzte wild durch die Gegend, dann kam sie zum Liegen. Falck hob sie blitzschnell wieder auf. Das musste alles noch nichts bedeuten, überlegte er. Man müsste es natürlich nachprüfen. Aber sie würden kaum Zeit dazu haben.

Er stellte die Flasche weg, lief wieder in den Flur und wählte eine Nummer am Telefon.

»Ja?«, meldete sich Steffi Bach.

»Ich bin's, Tobias.«

»Kannst du auch nicht schlafen?«

»Zieh dich an, ich komm dich abholen.«

»Willst du mich ausführen?«

Falck zögerte.

Bach stöhnte leise. »Das war ein Witz.«

Vielleicht sollten sie wirklich mal aufhören damit. »Ich fahre jetzt los!«, sagte Falck und legte auf.

In der Gartensparte war es komplett finster. Einzig die Scheinwerfer seines Trabis spendeten Licht, das mit den Bewegungen des Autos auf und ab schaukelte. Falck stellte den Trabi so vor Ullrichs Garten, dass die abgebrannten Überreste der Laube angeleuchtet wurden. Er ließ den Motor laufen.

Bach hatte zwei Taschenlampen mitgenommen und reichte ihm jetzt eine davon. Vorsichtig betraten sie die Brandruine, während sie den Boden ableuchteten.

Bach bückte sich, langte nach einer der Scherben, wie Falck sie auch schon aufgehoben hatte, und hielt sie ins Licht.

»Das Etikett war durchgestrichen, mit einem Kreuz. Siehst du das?« Sie deutete auf einen zweiten Strich. »Sieht aus, als wäre die Flasche nur im Feuer zersprungen. Wäre sie auf dem Boden zerschlagen worden, müssten die Scherben weiter verstreut liegen. Aber hat das was zu bedeuten?«

Falck zeigte auf die Überreste der Couch und deutete auf eine schwarze unförmige Erhebung. »Ullrich hat angeblich geschlafen, aber da ist ein Deckenstapel.«

»Du meinst, er war gar nicht zugedeckt?«

»Und was hältst du davon?« Er zeigte auf den Blecheimer.

Bach leuchtete in den verrußten Eimer, ließ den Strahl ihrer Lampe über den Boden streifen. Dann entdeckte sie etwas, hob es auf. Es war ein seltsames, von der Hitze verformtes Metallstück.

»Das ist von einem Aktenordner! Das war kein Anschlag, der hat versucht, Unterlagen zu verbrennen.«

»In der Flasche war Benzin oder etwas anderes, deshalb das durchgestrichene Etikett.« Immer wieder wurde davor gewarnt. Kleine Kinder hielten es für Limonade, tranken stattdessen Benzin, Öl, Reinigungsmittel.

Bach spann den Gedanken weiter. »Er legt das Zeug in den Eimer, will Benzin drüberschütten, er verschüttet es, oder die Flasche fällt ihm runter, am Ende hat er sogar eine brennende Zigarette im Mund. Oder es brennt schon, und er will noch Benzin reingießen, mein Vater spritzt auch immer Spiritus rein, wenn der Grill schon brennt. Da kannste reden, wie du willst. Die Leute sind manchmal blöder, als man denkt. Dann gibt's eine Verpuffung, alles gerät außer Kontrolle.«

»Aber was bedeutet das?«, fragte Falck.

»Das bedeutet, wir sollten schleunigst zu Ullrich ins Krankenhaus.«

Falck war derselben Meinung. »Komm! Und auf dem Weg dahin erzähl ich dir was über Sybille!«

»Ich kapier das nicht«, wiederholte Bach jetzt schon zum dritten Mal. »Denkst du, sie nutzt uns aus?«, fragte sie und hörte sich enttäuscht an. »Wäre ja nicht das erste Mal. Aber jetzt wäre es noch mal unverschämter.«

Falck äußerte sich nicht dazu. Er glaubte eigentlich nicht, dass Sybille etwas mit Klanghausens Tod zu tun haben könnte. Aber seltsam war ihr Verhalten schon. Zwar waren sie gestern mit Sybilles maßgeblicher Hilfe gerettet worden, doch offenbar machte die Frau nichts ohne einen gewissen Eigennutz. In Ullrichs Ascona hätten zwei Frauen gesessen, hatte der Zeuge gesagt. Das waren nicht zwangsläufig Frau Hirschfeld und Frau Ullrich gewesen. Eine von ihnen konnte auch Sybille gewesen sein.

»Mensch, guck mal!«, rief Bach plötzlich, schlug ihm unerwartet kräftig auf den Arm und deutete nach vorn. Dort stand am Straßenrand ein silbernes Auto. Es war ein Opel Ascona.

Falck fuhr langsam an dem Wagen vorbei.

»Da sitzt jemand drin!«, stellte Bach fest. »Fahr weiter!«

»Wollen wir nicht nachsehen?«

»Willst du das riskieren? Wir haben keine Waffen!«

»War das ein Mann oder eine Frau?«

»Eine Frau, glaube ich. Fahr da vorn in die Pfotenhauer, rechts rein, ich steig aus, du wendest.«

Falck tat wie geheißen, ließ Bach aussteigen, wendete und kehrte zur Kreuzung zurück. Bach hatte sich hinter einer Mauer versteckt und behielt den Opel im Blick, der etwa hundert Meter weit weg stand. Die Fetscherstraße war nur schlecht beleuchtet, aber nur wenige Fahrzeuge parkten hier, und es war sehr ruhig um diese Uhrzeit. Falck wartete mit laufendem Motor und heruntergekurbelter Scheibe. Plötzlich schien Bach etwas zu sehen. Sie stieß sich von der Wand ab und rannte zum Auto.

»Mach das Licht aus!«, rief sie und stieg ein. »Ich glaube, das war Ullrich, der aus dem Krankenhaus gekommen ist. Er ist ins Auto gestiegen. Hatte Verbände an beiden Armen.«

Sie warteten angespannt. Da näherte sich der Opel Ascona und fuhr weiter in Richtung Käthe-Kollwitz-Ufer, um dort links abzubiegen. Gerade als Falck anfahren wollte, um dem Opel zu folgen, gingen die Lichter eines anderen Fahrzeugs an, das auf der Fetscherstraße in der Gegenrichtung geparkt hatte. Der Wagen fuhr an, wendete dann schwungvoll und folgte dem Opel. Die Polizisten in ihrem Trabant hatte der Fahrer offenbar nicht bemerkt. Falck glaubte, einen VW Passat mit Bayreuther Kennzeichen erkannt zu haben.

»Das muss dieser Weinert sein«, flüsterte Bach, »der uns die Pistolen abgenommen hat. Am Ende hat der den Freiherrn in seinem Kofferraum.«

Falck nickte und musste Gas geben, dabei ließ er das Licht aus. Ullrichs Ascona hatte ordentlich beschleunigt und war schon einige hundert Meter entfernt, auch der VW hatte Vorsprung. Falck beschleunigte und holte etwas Rückstand auf, ließ dann aber das Gaspedal los, um nicht zu nahe zu kommen.

An der nächsten Ampelkreuzung sah Falck die Bremslichter des Opels aufleuchten, der jetzt auf die Brücke der Einheit abbog, obwohl die Ampel Rot zeigte, und dann kräftig beschleunigte.

»Der will zur Autobahn«, vermutete Bach.

Falck fuhr schnell, denn inzwischen war auch der VW abgebogen. Der Opel war längst im Verkehr auf der anderen Seite der Brücke untergetaucht.

Falck hatte Mühe, den Trabi auf der Brücke wieder auf Touren zu bringen, er sah noch die Lichter des VW nach links verschwinden.

»Wenn sie die Autobahn erreichen, sind sie weg.«

»Dann mach hinne, du lässt den Abstand viel zu groß!« Steffi Bach rutschte unruhig auf dem Beifahrersitz hin und her.

Falck nahm die Linkskurve, so schnell es ihm möglich war, Steffis Vorwurf wollte er nicht so stehen lassen, doch ein Trabant war nun mal ein Trabant.

Schon an der nächsten Kreuzung, am großen Platz vor der Carolabrücke, musste der Opel stark bremsen und fuhr bei Rot auf die Kreuzung. Es herrschte noch einiger Verkehr, und der Opel von Ullrich lavierte sich, von wütenden Hupkonzerten begleitet, über die Kreuzung. Der VW war ihm dicht auf den Fersen, nicht gewillt, sich abhängen zu lassen.

Falck erreichte die Kreuzung, als die Ampel gerade auf Grün schaltete. Ein entgegenkommender Autofahrer hupte ihn an, weil er ohne Licht fuhr. Falck ignorierte das, und Bach sah sich nach ihm um.

»Ich glaub, ich spinne!«, murmelte sie.

»Was ist denn?«

»Wir werden auch verfolgt!«

»Sicher?«

»Nee, nicht sicher, aber hinter uns fährt ebenfalls ein Auto ohne Licht.«

Falck sah in den Rückspiegel, konnte aber nichts erkennen, er musste zusehen, dass er den Anschluss nicht verpasste.

Da der VW sich jetzt als Verfolger offenbart hatte, begann der Opel zu rasen. Er schoss am Goldenen Reiter und dem Hotel Bellevue vorbei, bog wenig später auf Höhe des Japanischen Palais auf den Karl-Marx-Platz ab, um zur Hainstraße abzukürzen. Dort brach ihm das Heck aus. Der Fahrer des VW wollte das nutzen, steuerte auf das schlingernde Fahrzeug zu und verpasste es knapp.

»Der wollte den rammen!«, keuchte Bach, fasziniert und entsetzt zugleich.

Falck bremste, sah, wie der Opel wieder beschleunigte und der VW sich mühsam auf Spur brachte. Er beschleunigte wieder, um den beiden auf der Hainstraße nachzusetzen. Dabei konnte er nur tatenlos zusehen, wie die beiden Autos mit voller Geschwindigkeit auf den Bahnhof Dresden Neustadt zurasten. Gerade schaltete die Ampel auf Rot, doch der Opel schoss ungebremst geradeaus weiter, gefolgt von dem VW. Falck und Bach im Trabant mussten warten, bis von rechts und links niemand mehr kam, dann überquerten sie die Kreuzung. Bach sah sich immer wieder um.

»Da ist noch jemand hinter uns, ich bin mir sicher«, flüsterte sie besorgt.

Falck wusste nicht, was er davon halten sollte. Im Moment waren sie nur Beobachter, doch der Fahrer des VW schien keine Skrupel zu haben, das Leben anderer zu riskieren. Falck kam sich vor wie in einem Actionfilm, fehlte nur noch, dass aus dem fahrenden Fahrzeug geschossen wurde.

»Kannst du das Fahrzeug erkennen?«, fragte er Steffi Bach.

»Nein, zu weit weg!«

Ehe sie unter der Eisenbahnbrücke hindurch sein würden, würden die beiden anderen Fahrzeuge auf der Hansastraße uneinholbar davongefahren sein. Falck konnte nur hoffen, sie würden noch einmal aufgehalten werden. An der Fritz-Reuter-Straße vielleicht, wo meistens alle Ampeln auf Rot standen. Doch auch über diese Kreuzung schossen der Opel und der VW ungebremst und wie durch ein Wunder, ohne einen Unfall zu verursachen.

»Was ist mit unserem Verfolger?«, fragte Falck und glaubte im Rückspiegel auf der langen, geraden Straße nun auch ein unbeleuchtetes Fahrzeug auszumachen, konnte es aber nicht näher erkennen. Er wusste, wenn die beiden vor ihm fahrenden

Fahrzeuge erst die Steigung nach dem Hammerweg erreicht hätten, würde der Trabant ab da nicht mehr folgen können.

»Sind sie noch hinter uns?«, fragte Falck. »Ist es Sybilles BMW?«

Bach drehte sich im Sitz um. »Könnte sein.«

In diesem Moment geschah es. An der nächsten Kreuzung hatte der VW den Opel eingeholt und rammte ihn derart, dass der Opel schleuderte und sich drehte. Im nächsten Moment prallte der Wagen gegen einen Laternenmast aus Beton. Der Aufprall war heftig, das Licht ging aus, der Betonmast neigte sich leicht zur Seite.

Der VW kam zum Stehen. Falck drückte sofort das Gaspedal durch, dass der Trabant-Motor aufjaulte. Sie waren gerade rechtzeitig zur Stelle, um zu sehen, wie ein Mann aus dem VW stieg, um zum Opel zu laufen. Als er den Trabant auf sich zurasen sah, blieb er unschlüssig stehen. Falck bemerkte, wie die Funken aus dem Laternenpfahl schlugen, während es im Opel still blieb. Einen Augenblick lang zeigte sich die Unentschlossenheit des Mannes in seiner Körperhaltung, er wollte zu dem verunglückten Opel, doch die Gefahr, erkannt zu werden, war ihm dann wohl doch zu groß. Er rannte zurück zu seinem Auto, sprang hinein und fuhr los, noch ehe er die Tür geschlossen hatte. Im nächsten Moment schaltete auch er das Licht aus und bog auf die Maxim-Gorki-Straße ab.

»Und jetzt?«, fragte Falck, er war überfordert. »Helfen? Hinterherfahren?«

»Der brennt!«, keuchte Bach.

Falck hielt in sicherem Abstand zum Opel an.

»Komm, Tobias, los!« Bach war schon ausgestiegen und losgerannt. Sie steuerte auf die Beifahrertür zu, während Falck sich für die Fahrertür entschied und hinterherlief. Das Auto hatte sich durch die Attacke des VW einmal um sich selbst gedreht und den Mast frontal getroffen. Die beiden Insassen hingen bewusstlos in ihren Gurten. Die Fahrerin und auch ihr Beifahrer Ullrich bluteten aus verschiedenen Gesichtswunden.

»Hier läuft was aus!«, rief Bach und riss an der Tür, die offenbar klemmte. Auch die Fahrertür ließ sich nicht gleich öffnen. Die Geräusche, die der Laternenmast machte, klangen gefährlich. Es knisterte und knackte, kleine Blitze zuckten. Falck riss mit aller Kraft an der Fahrertür. Dann trat er einen Schritt zurück und schlug mit einem energischen Tritt das Fenster ein. Im selben Moment gelang es Bach, die Beifahrertür aufzureißen. Falck hatte sich schon ins Auto gebeugt und die beiden Sicherheitsgurte gelöst. Bach zerrte Ullrich aus dem Wagen und schleifte ihn vom Auto weg. Inzwischen hatten andere Autos angehalten, und die Leute eilten ihnen zu Hilfe. Ein Mann wollte Falck helfen, die Frau zu bergen.

»Wir kriegen sie nicht durchs Fenster!«, keuchte Falck.

»Dann durch die andere Tür!« Sie rannten um das Auto herum, und auch Bach kam wieder dazu. Mittlerweile roch es bedenklich stark nach Benzin.

»Gehen Sie, wir machen das!«, befahl Falck dem Helfer.

»Quatsch nicht!«, widersprach der Fremde und packte entschlossen die Frau, um sie hinter dem Steuer hervorzuziehen. Bach und Falck griffen mit zu, und gemeinsam gelang es ihnen, die Frau vom Auto wegzutragen. Kaum waren sie zehn Meter entfernt, gab es eine dumpfe Verpuffung, und das Benzin fing Feuer.

Es breitete sich schnell aus, und die Hitze wurde sofort unerträglich. Trotzdem wollte Bach noch einmal zurück zu dem Autowrack. Falck hielt sie fest.

»Lass mich doch. Das Bild ist da drin!«

»Das lohnt sich doch nicht. Das ist zu gefährlich!«

»Verdammt noch mal, das Bild ist vierhundert Jahre alt.«

»Steffi! Lass gut sein!«

Langsam breitete sich die brennende Benzinpfütze aus, die riesige Explosion blieb aus.

»Siehst du, ich hätte noch locker Zeit gehabt!«, schniefte Bach und verdrückte ein paar Tränen. Im nächsten Moment loderte eine Stichflamme auf, die meterhoch in den Nachthimmel schoss. Die Leute wichen erschrocken ein Stück zurück, aus der Entfernung näherten sich Sirenen.

»Steffi, ich weiß, was die Zetsches gesucht haben«, sagte Falck leise.

»Was meinst du?«, fragte sie leise zurück.

»Zetsche hatte doch gesagt, dass er die erste Kopie gemalt hat. Seine Arbeit wurde ihm aber nicht abgenommen. Die ist da im Kofferraum.«

»Das da ist nicht das Original?« Bach zeigte auf den brennenden Opel.

»Das Gemälde, das ich in Schüttaufs Haus gefunden habe, war nicht das echte, es war Zetsches Kopie. Die wurde ihm offenbar gestohlen. Jemand hat wohl gedacht, er könnte von Palitzsch dazu zwingen, ein Gutachten für dessen Echtheit auszustellen.«

Bach riss die Augen auf. »Und Sybilles Auto wurde am Haus von Schüttauf gesehen. Aber sie hat das Gemälde gar nicht *gesucht*, sie hat es dort *versteckt*. Damit wir es finden. Und du hast es gefunden.«

Falck nickte. »Und dann ruft sie den Journalisten an, damit der uns gleich samt Gemälde fotografiert.«

Bach wollte schon ein euphorisches Grinsen aufsetzen, besann sich dann aber gleich wieder. »Aber warum, Tobias? Ich kapier das alles nicht.«

»Warum? Damit kommen alle aus ihren Verstecken, zwei Leute sind ausgeschaltet. Ullrich und seine Frau. Weinert hat sich gezeigt, sein Auto ist auch kaputt. Und während wir hier rumgurken, kann Sybille schön alles beobachten und sich ihre

Gedanken machen.« Hinter ihnen kamen die Feuerwehr und ein Krankenwagen heran. Von dem Wagen, der sie verfolgt hatte, gab es keine Spur.

»Glaubst du wirklich, dass sie uns alle hinters Licht führt? Nachdem du ihr das Leben gerettet hast?«

»Wir sind quitt. So hat sie es vorhin erst gesagt!« Falck hob die Schultern. Es sprach leider alles dafür. Zwanzigtausend D-Mark Finderlohn waren nicht zu verachten. Oder mehr noch. Sie kannten Sybille Suderberg doch kaum. Sie wussten von ihr nur, was sie selbst erzählt hatte, die Geschichte von ihrer toten Schwester, ihr angeblicher Rauswurf bei der westdeutschen Polizei. Vielleicht war sie gar nicht die, die zu sein sie vorgab. Vielleicht hatte sie sie von Anfang an nur benutzt. Vielleicht war die Verlockung doch zu groß gewesen, zwei Millionen Mark zu kassieren. Im Westen sollte es den Leuten doch sowieso immer nur ums Geld gehen.

»Wir müssen den Feuerwehrmännern erklären, wer wir sind.« Falck hob den Arm und machte die Männer auf sich aufmerksam. »Fang den Krankenwagen ab. Die Ullrichs dürfen hier nicht verschwinden, ohne dass wir mit ihnen gesprochen haben.«

Bach nickte, doch dann hielt sie ihn am Ärmel fest. »Frau Hirschfeld war aber nicht im Auto, oder?«

»Nein, ich habe nachgesehen!«

Bach riss die Augen auf. »Auch im Kofferraum?«

»Hier ist nichts. Nur verkohlte Koffer und das Reserverad.« Der Feuerwehrmann hatte den Kofferraum geöffnet. Er schwitzte unter seiner schweren Bekleidung, schob sich den Helm ein Stück nach oben.

Falck warf selbst einen Blick hinein. Er erkannte die Überreste zweier Koffer und einiger Tragetaschen. Obenauf hatte jetzt vom Löschschaum aufgeweichte Pappe gelegen. Vorsichtig versuchte er sie abzulösen. Im Licht der Taschenlampe sah er ein angesengtes Brett, die Farbschichten hatten Blasen geschlagen, alles war nass und rettungslos verloren. Er konnte nur hoffen, dass er mit seiner Vermutung richtig gelegen hatte.

»Leutnant Falck!«, rief Bach und winkte ihn zum Krankenwagen, in dem Ullrich versorgt wurde. Dessen Augen waren blau unterlaufen, und auf seinem Nasenrücken befand sich ein tiefer Schnitt.

»Geht es meiner Frau gut?«, fragte er.

Bach nickte. »Nach erster Untersuchung ist sie nicht schwer verletzt. Sie muss geröntgt werden, aber offenbar hatten Sie beide großes Glück. Erzählen Sie uns, was geschehen ist?«

»Ich weiß nicht ... meine Frau holte mich aus dem Krankenhaus ab. Wir fuhren los, dann bemerkten wir, dass wir verfolgt wurden...«

Bach unterbrach ihn. »Meinen Sie nicht, es wäre jetzt besser, endlich die Wahrheit zu sagen? Sie haben in Ihrer Laube versucht, Unterlagen zu verbrennen, dabei ist das Feuer außer Kontrolle geraten. Ist es so? Was waren das für Unterlagen?«

Ullrich schloss die Augen einen Moment. »Meine Stasiakten. Soweit ich sie bekommen konnte. Und die meiner Frau. Wir wollten weg von hier.«

»Haben Sie das Gemälde gestohlen? War das Ihr Plan von Beginn an?«

»Nein. Dieses Auto ... das stand plötzlich um die Ecke.«

»Es stand bei Ihnen um die Ecke?«, hakte Falck nach.

»Der Lada, mit dem Gemälde im Kofferraum, stand einfach so da?«, wiederholte Bach mit etwas zu schriller Stimme. Ihr schien es genauso absurd.

»Ja, meine Frau erkannte es von dem Bild aus der Zeitung. Sie fährt mit dem Fahrrad zur Arbeit, jeden Tag an der Elbe entlang, und schiebt dann das Rad dort die Straße hinauf. Da stand der Lada plötzlich. Sie sagte, der Kofferraum sei nicht verschlossen gewesen, und das Gemälde habe darin gelegen. Das war unsere Gelegenheit.«

Bach runzelte die Augenbrauen. »Und das hat sie nicht gewundert, dass das Auto dastand und ausgerechnet auch das Bild darin lag?«

Ullrich hob die Schultern und schwieg.

Falck wusste jetzt gar nicht mehr, wem er hier trauen konnte. Dass das Auto zufällig da abgestellt wurde, war genauso unwahrscheinlich wie jedes andere Szenario.

»Wem wollten Sie es verkaufen? Hatten Sie Kontakte?«

»Wir wollten erst mal weg. Ich habe Verwandtschaft drüben. Die wissen nicht, dass wir bei der Stasi sind. Dann wollte ich sehen, wie wir das Bild loswerden können. Ein paar Namen kenne ich ja.«

»Wissen Sie, wo sich Freiherr von Palitzsch befindet, der Gutachter?«

Ullrich schüttelte den Kopf, und Falck glaubte ihm. Ullrich war im Krankenhaus gewesen, und seiner Frau traute Falck eine Entführung nicht zu.

»Als Sie sich in der Wohnung von Frau Schüttauf vor uns versteckten und der Strom ausfiel, war das Frau Hirschfeld?«

Ullrich zögerte, schüttelte dann den Kopf. »Ich war allein da. Mit dem Stromausfall hatte ich nichts zu tun, ich habe nur die Gelegenheit genutzt, abzuhauen. Da hatte ich auch noch gar nichts weiter zu tun mit Frau Hirschfeld. Sie kam erst zu mir, nachdem ihr Mann niedergeschlagen wurde.«

»Wo ist Frau Hirschfeld jetzt?«, fragte Falck. Auch der Stromausfall konnte kein Zufall gewesen sein.

Ullrich schüttelte nur den Kopf. Falck rieb sich über das Gesicht. Jetzt waren sie zwar einen Schritt weiter und doch wieder zwei Schritte zurückgegangen.

»Haben Sie gesehen, wer in dem VW saß?«

Ullrich schüttelte wieder nur den Kopf.
»Kennen Sie August Weinert persönlich?«
»Nein, das sagte ich Ihnen schon. Ich bin sicher, Hirschfeld kennt ihn persönlich. Die Hirschfelds durften siebenundachtzig in den Westen. Die haben da verschiedene Leute getroffen. Verwandtschaft und auch Leute aus dem Kunsthandel. Die wurden natürlich von Genossen beschattet. Könnte sein, dass da dieser Weinert dabei war.«

»Das sagt er doch nur, um abzulenken«, mutmaßte Bach kurze Zeit später. »Dem trau ich keinen Meter weit. Wir müssen die beiden Frauen finden, Frau Hirschfeld und Frau Klanghausen. Die können doch nicht beide weg sein.«

»Wir müssen nach dem VW fahnden. Der muss verbeult sein.«

Bach winkte ab. »Hab ich schon veranlasst.« Dann grinste sie. »Du müsstest dich mal sehen. Siehst aus wie ein Indianer.« Sie hob die Hand und rieb ihm den Ruß aus dem Gesicht. »Geht nicht ab, soll ich Spucke nehmen?« Schon nahm sie den Daumen zum Mund.

Falck wich aus. »Hör mal auf mit dem Quatsch.«

Bach wurde schlagartig ernst. »Tobias, ich bin todmüde. Ich will ins Bett. Manchmal denk ich, dass sie sich doch einfach gegenseitig umbringen sollen. Was schert es mich.«

»Und wenn Frau Hirschfeld wirklich hinter all dem steckt?«

»So eine kleine alte Frau.«

»Sechzig ist noch nicht alt! Und Hirschfeld hat selbst gesagt, dass sie es war, die ihm mit der Figur den Schädel eingeschlagen hat.«

»Ich war nicht dabei, Tobias. Wer weiß, was der Mann erzählt, immerhin hat er eine Delle im Gehirn. Können wir heim? Bitte! Für heute warst du doch schon schlau genug, das muss genügen!« Bach nahm ihn am Ärmel.

Falck machte sich unwillig los. »Warum ihr euch immer lustig machen müsst.«

Bach griff noch einmal zu. »Mach ich doch gar nicht. Ich meine das ganz ernst.«

»Und was machen wir jetzt mit Sybille?« Falck war noch immer bei dem Fall. »Ich sag dir, die hat den Strom im Hochhaus ausgeschaltet.«

»Woher sollte sie denn gewusst haben, dass wir da sind?«

»Das war anders. Sie hat Ullrich beobachtet, dann erst kamen wir, und sie half ihm aus der Bredouille, indem sie den Strom ausgeschaltet hat. Und sie hat auch den Lada bei Ullrich abgestellt.«

»Du meinst, sie hat gemeinsame Sache mit Ullrich gemacht? Hörst du dir selbst zu, wie absurd das klingt? Und außerdem ist mir das jetzt völlig wurscht. Ich muss schlafen. Du auch. Ohne Schlaf hält es kein Mensch aus.«

Falck spürte, wie auch seine Kräfte schwanden, er wehrte sich nur aus Prinzip dagegen, den Tag so zu Ende gehen zu lassen. Das Feuer war gelöscht. Die Ullrichs mussten ins Krankenhaus und waren erst mal ausgeschaltet. Claudia und Julia waren bei Schmidt. Sybille machte ihr eigenes Ding und würde sich nicht in die Karten schauen lassen. Sie waren keinen Schritt weiter, wieder war alles noch undurchsichtiger geworden. Falck hoffte nur, dass Sybille nicht ein zweites Mal ihre Naivität ausgenutzt hatte.

»Also gut, ich bring dich heim!«

22

Es war Sonntagmorgen, und Zetsche saß zusammengesunken und unglücklich am Vernehmungstisch.

»Wann haben Sie denn bemerkt, dass Ihre Kopie des Gemäldes verschwunden war?«, fragte Falck. Er musste ein Gähnen unterdrücken. Nach nur fünf Stunden Schlaf war er von allein aufgewacht und hatte nicht mehr einschlafen können. Nun saß er hier und wünschte sich, er wäre im Bett geblieben. Zetsche war kaum eine Antwort zu entlocken. Er war einfach nur verbittert, dass sein Bild verbrannt war.

»Bemerkt habe ich es vorgestern.«

»Aber seit wann war es weg? Wissen Sie das nicht? War jemand im Haus? Hatten Sie mal Besuch?«

»Nicht, dass ich wüsste. Und ich kontrolliere nicht ständig meine Bestände. Es kommt ja einiges zusammen. Die Bilder stapeln sich.«

»Warum suchten Sie vorgestern danach?«

Zetsche zögerte einen Moment zu lang und entlarvte damit schon seine Lüge. »All das Gerede über das Gemälde hat mich dazu veranlasst.«

»Wieso glaubten Sie, dass ausgerechnet die Klanghausens das Bild hätten?«

»Wir haben ja überall gesucht, Sie haben uns nur zufälligerweise in Klanghausens Wohnung erwischt.«

»Aber wie sollten die Klanghausens zu Ihrer Kopie kommen?«

Zetsche war müde. »Keine Ahnung. Es war eben eine

Möglichkeit. Wir wollten sicher sein. Uns gingen die Ideen aus.«

Falck glaubte ihm nicht. »Sie hatten einen Verdacht!«, bestimmte er.

Zetsche wurde unruhig, er haderte mit einer Antwort. »Erika, Klanghausens Frau, war gelegentlich bei uns. Die Frauen verstanden sich ganz gut, meine und Wolfgangs, und ich glaube, sie versuchte gelegentlich ein wenig zu vermitteln zwischen mir und ihm. Die Fronten waren ja verhärtet. Wir dachten, vielleicht hat sie meine Kopie heimlich mitgenommen.«

»Aber warum?«

»Es war ja nur unsere Theorie. Weil wir es uns nicht anders erklären konnten.« Zetsche zuckte mit den Achseln.

»Und jetzt suchten Sie das Bild, weil Sie glaubten, es als das Original verkaufen zu können«, mutmaßte Falck. Zetsche behielt sich vor, zu schweigen.

»Freiherr von Palitzsch«, sagte Falck und beobachtete den Mann genau. »Können Sie mit diesem Namen etwas anfangen?« Durchaus möglich, dass die Zetsches den Mann aus dem Hotel entführt hatten, ehe sie in Klanghausens Wohnung einbrachen.

Zetsche schüttelte den Kopf. »Noch nie gehört.«

Falck musste akzeptieren, dass sich Zetsche in diesem Falle völlig neutral verhielt. Das Haus des Malers war schon durchsucht worden, von dem Freiherrn gab es keine Spur.

»Wussten Sie eigentlich, dass Frau Schüttauf mal eine Affäre mit Klanghausen hatte?« Schon bei dem Wort Affäre hatte Zetsche hastig aufgesehen.

Nun versuchte er seine Reaktion zu überspielen. »Das erzählte man sich.«

»Ullrich sagte, Frau Schüttauf hätte damals abtreiben müssen und konnte deshalb später keine Kinder mehr bekommen.« Das sollte Zetsche zwar nichts angehen, doch Falck hatte bei ihm einen Nerv getroffen. Zetsches Mundwinkel bewegten sich, unter seinem Auge begann ein Nerv zu zucken.

»Gibt es irgendwas, das wir vielleicht noch wissen müssten?«

Zetsche atmete tief ein, lehnte sich dabei zurück, als müsste er Anlauf nehmen, dann beugte er sich zu Falck. »Werden Sie es für sich behalten? Meine Frau soll es nicht erfahren. Aber auch ich hatte mal eine Affäre mit der Schüttauf. Es ist schon ewig her, zwanzig Jahre oder länger. Die Frau strebt nach Höherem, wenn Sie verstehen, was ich meine. Zuerst glaubte sie sich bei Klanghausen gut aufgehoben, als dessen Karriere dann stagnierte, versuchte sie es bei mir. Ich war damals drauf und dran, meine Frau zu verlassen, da hatte sich Karina schon wieder jemand anderen gesucht.«

»Jemand anderen?«

Resigniert hob Zetsche die Hand und ließ sie wieder fallen. »Es ging ihr wohl nur um ihre Karriere.«

»War es Hirschfeld?«, fragte Falck.

Zetsche nickte. Er war verletzt von diesem Verrat, noch immer. »Der hatte damals die Museumsleitung gerade übernommen. Aber es gab noch andere.«

»Maschke?«

Zetsche wiegte den Kopf. »Nein, der nicht, der war zu wenig wichtig. Der hatte damals gerade fertig studiert. Ein Kunsthistoriker und zu kleines Licht.«

»Meinen Sie, Frau Hirschfeld konnte von der Affäre Ihres Mannes mit Frau Schüttauf erfahren haben?«

Zetsche senkte beinahe schuldbewusst den Kopf. »Sie war bei mir…«

»Frau Hirschfeld?«

»Ja, vor zwei Wochen vielleicht. Wir sprachen viel in letzter Zeit. Man macht sich ja so seine Sorgen. Keiner weiß, wie es weitergeht. Möglicherweise ist mir bei dem Gespräch eine Andeutung rausgerutscht.«

So etwas rutschte einem wohl nur aus purer Gemeinheit heraus, überlegte Falck. Es gab also nicht nur einiges, das die beiden Familien verband, sondern sehr wohl auch einiges, das sie spaltete. Vielleicht war die Ablehnung von Zetsches Kopie des Gemäldes ausschlaggebend für diese Bosheit, für einen lang gehegten Groll.

»Hatten Sie in letzter Zeit Kontakt zu einer Frau aus Westdeutschland?«

Zetsche runzelte die Stirn.

»Relativ groß, blond, schick gekleidet«, half Falck nach und überlegte, wie weit er noch gehen durfte. »Fiel Ihnen so eine Frau vielleicht in der Nähe Ihres Hauses auf?«

»Nein, wirklich nicht.«

Es klopfte an der Tür. Falck bat herein.

Ein Polizist steckte seinen Kopf in die Tür. »Leutnant Falck, das könnte Sie interessieren. Ein verunfallter VW Passat wurde gefunden!«

»Gut, ich komme!«

Falck saß allein im Auto. Das war ihm ganz recht. Er war es leid, immer belächelt zu werden. Außerdem war es die beste Möglichkeit, seinen Gedanken freien Lauf zu lassen, ohne dass er abgelenkt wurde.

Immer mehr fühlte er sich bestärkt in seinem Gefühl, dass hier kein organisiertes Verbrechen mitwirkte, schon gar nicht eine im Untergang begriffene Geheimpolizei. Es zeichnete sich ab, dass sie es hier mit einer komplexen Beziehungstat zu tun hatten. Möglich, dass Frau Schüttauf zu einem einzigen großen Schlag ausgeholt hatte, um sich für alle Enttäuschungen und Erniedrigungen zu rächen. Mit mindestens drei Männern hatte sie eine Affäre gehabt und hatte sich jedes Mal Hoffnungen gemacht. Und doch war es nie mehr als eine Liebschaft gewesen, für die sie auch noch bitter büßen musste, weil sie keine Kinder mehr bekommen konnte. Sie brachte den Stein ins Rollen, indem sie den Diebstahl anzeigte. Fast als hätte sie gewusst, welche Lawine sie damit auslöste.

Er bog von der Goetheallee in den Vogesenweg ab, wurde langsamer und sah sich auf Höhe des Waldparks suchend um. Beim Tennisplatz konnte er einen Streifenwagen stehen sehen. Ein Stück weiter, zwischen den Bäumen, erkannte er den VW. Den beiden Polizisten vor Ort zeigte er seinen Ausweis, um sich dann das Auto aus der Nähe anzusehen.

Vom Zusammenprall mit dem Opel war die rechte vordere Seite stark verbeult, das rechte Rad stand schief, die Aufhängung war gebrochen. Es musste einige Mühe erfordert haben, den Wagen von der Unfallstelle bis hierher zu fahren.

Falck betrachtete den verbeulten Wagen von allen Seiten. Dann öffnete er die Fahrertür, sie war nicht verriegelt. Sogar der Schlüssel steckte noch im Schloss. Falck besah sich das Lenkrad und den Schaltknüppel näher, mit bloßem Auge waren keine Fingerabdrücke erkennbar. Auch das Armaturenbrett war auffällig sauber. Falck kniete sich auf den Fahrersitz, untersuchte den Beifahrersitz und die Rückbank, erkannte aber nur den üblichen Schmutz, sonst nichts Verdächtiges. Keine Kleidung, keine Utensilien, keine Waffen. Er kletterte wieder aus dem Wagen und öffnete die Heckklappe. Doch auch hier war nichts zu entdecken. Kein Koffer, keine Tasche. Er hob die Bodenmatte an und den Deckel vom Ersatzradtank. Außer dem Ersatzrad gab es nichts zu sehen. Kein Schuh, kein Jackenknopf, nicht einmal ein langes graues Haar, das darauf hindeuten könnte, von Palitzsch hätte hier gelegen.

Einmal mehr war Falck ratlos. »Bestellen Sie bitte die Spurensicherung«, befahl er und sah sich dann um. Es konnte doch kein Zufall sein, dass der Wagen hier stand. Weinert musste hier in der Nähe sein. Falck setzte sich wieder in seinen Trabant und startete den Motor.

Er fuhr den Vogesenweg weiter entlang und bog dann zweimal ab in die Prellerstraße, eine attraktive Wohngegend, nahe zur Elbe und zur Loschwitzer Brücke. Überall großzügige Grundstücke mit einzeln stehenden Häusern, Gärten und vielen Bäumen. Früher war das mal ein großbürgerliches Viertel gewesen. Doch wie überall in der DDR waren auch hier viele Häuser dem Verfall preisgegeben, beheizt nur mit Kohle und von den Bewohnern notdürftig instand gehalten, wie es die Mittel eben zuließen. Falck fuhr die eine und andere Straße langsam ab und hielt dann an einem Grundstück, das ungepflegt und völlig überwuchert war, ganz offensichtlich verlassen. Hier stand ein kleineres zweistöckiges Haus mit Holzveranda und Wintergarten. Dem Dach fehlten teilweise Ziegel. Falck stieg aus und lief vor dem Grundstück einmal auf und ab. Teilweise begrenzte eine Mauer das Grundstück, zum größten Teil aber ein mannshoher Zaun. Vor dem linken Mauerstück lagen einige Putzklümpchen auf dem Gehweg. Falck zögerte nicht und zog sich an der Mauer hoch, um darüber hinwegsehen zu können. Das Gras im Grundstück stand mehr als einen Meter hoch, es war seit Jahren ungemäht, von Kälte und Feuchtigkeit nur ein wenig niedergedrückt. Es war eindeutig zu erkennen, dass hier jemand entlanggegangen sein musste. Falck schwang sich über die Mauer hinweg und landete sicher im hohen Gras. Dann folgte er dem Pfad, der vom eigentlichen Eingang wegführte, um die Veranda herum, wo eines der Fenster angelehnt war. Er stieg auf den Sandsteinsims, warf einen vorsichtigen Blick ins Innere, um dann durchs Fenster einzusteigen.

Drinnen war es dunkel und kühl, es roch nach feuchtem Holz und Schwamm. Das Zimmer war leer, der Holzfußboden staubig und von der Feuchte aufgequollen, Tapete löste sich von den Wänden, Farbe platzte von der hohen Decke. Vorsichtig drückte er die Tür auf und stand in einer großen Diele. Es war alles ruhig um ihn herum. Falck drehte eine Runde und sah in jedes einzelne Zimmer der großen Wohnung. Aber die Räume waren alle leer. Falck betrat leise das Treppenhaus und ging langsam die Treppe hinauf. Oben war die doppelflügelige Wohnungstür verschlossen. Er langte nach dem Türknauf, doch die Tür ließ sich nicht öffnen. Falck betrachtete den Fußboden genauer. Er konnte Spuren entdecken, die darauf hinwiesen, dass hier jemand ein- und ausgegangen war.

Falck beschloss, unkonventionell vorzugehen, er wollte keine Zeit mehr verlieren. Er stellte sich links neben die Tür und presste sich mit dem Rücken an die Wand. Er würde sehen, was geschah, wenn er klopfte, und falls Weinert aus der Tür trat, konnte er ihm in den Arm fallen. Falck streckte den Arm aus und klopfte so energisch, wie er konnte.

»Herr Weinert«, rief er. »Aufmachen, Polizei!« Nichts geschah.

Falck streckte noch einmal den Arm aus und klopfte mit dem Handrücken. Er zuckte zusammen, als ein Knall ertönte. Das Holz der Tür splitterte. Ehe er realisierte, was geschah, knallte es noch sieben Mal. Von der Seite konnte Falck die Löcher in der Tür erkennen. Ganz klar. Das war ein Versuch, ihn umzubringen.

Erst jetzt realisierte er das. Weinert musste mindestens noch eine Pistole haben, mit weiteren acht Schuss. Falck bewegte sich nicht und hörte, dass sich jemand von innen der Tür näherte.

Die Schüsse mussten draußen zu hören gewesen sein, doch welcher DDR-Bürger sollte dem großen Wert beimessen, es würde sich angehört haben, als hämmerte jemand am Sonntag. Er saß hier in der Falle und konnte nur warten oder Weinert dazu zwingen, zu handeln. Er entschied sich für Letzteres.

Falck gab ein Krächzen von sich, als sei er verletzt. Und wirklich reagierte der Mann hinter der Tür darauf. Ein leises Keuchen war zu hören. Falck holte Luft und stieß ein raues »Aaah« aus und erzielte erneut Wirkung. Der Mann hinter der Tür versuchte jetzt sicher, durch eines der Schusslöcher zu spähen. Falck hörte ein Rascheln.

»Aaaah!«, stöhnte Falck lauter. »Hilfe!«, krächzte er.

Jetzt hörte er, wie die Tür entriegelt und leise aufgezogen wurde. Er presste sich fester gegen die Wand und wartete angespannt. Eine Hand mit einer Pistole erschien. Falck packte sofort zu und drehte dem Mann die Waffe aus der Hand. Sie fiel polternd zu Boden.

Doch Weinert gab sich nicht so schnell geschlagen. Seine linke Faust traf Falcks Kopf. Falck duckte sich, riss an Weinerts Arm und trat ihm gleichzeitig mit dem Knie in den Unterleib. Der Mann stöhnte auf und schnappte nach Luft, trotzdem versuchte er, nach der zweiten Waffe zu greifen, die in seinem Gürtel steckte. Falck trat noch einmal zu, doch Weinert wehrte den Tritt ab und konterte blitzschnell. Ein ekelhafter Schmerz fuhr Falck ins Schienbein. Wütend boxte er Weinert in den Magen und versuchte, dessen Waffe zu greifen. Was Falck auch gelang, doch sie verhakte sich in Weinerts Gürtel. Weinert schmetterte noch einmal seine Faust auf Falcks Kopf und ließ ihn Sterne sehen. Doch Falck gelang es unter Einsatz all seiner Kraft, Weinerts Arm zu greifen und auf den Rücken zu drehen, dass dieser wild aufschrie und nichts anderes tun konnte, als der Bewegung nachzugeben, damit ihm nicht der Arm ausgekugelt wurde.

Falck packte Weinert mit der anderen Hand im Genick. Dann schob er ihn in die Wohnung und stieß ihn mit Schwung gegen die nächste Wand. Er presste sich mit seinem Gewicht dagegen und riss dem Mann die Waffe aus dem Hosenbund. Die drückte er ihm kräftig gegen den Rücken, während er darauf achtete, dass er Weinerts Arm weiterhin nach hinten gedreht hielt.

»Keine Bewegung mehr!«, keuchte Falck. Vor Anstrengung war ihm schwarz vor Augen. Der Kopf und sein Bein schmerzten und der Rücken sowieso. »Sind Sie Weinert? August Weinert?«

»Ja, das bin ich. Aber bitte nicht …«, keuchte Weinert.

»Bitte nicht was?«, schnaufte Falck.

»Nicht erschießen, bitte, ich flehe Sie an!« Weinert war ungefähr so groß wie er, vielleicht ein bisschen schwerer, sein Haar war, wie schon von der Nachbarin Klanghausens beschrieben, schwarz und nach hinten gekämmt.

»Aber Sie haben doch gerade versucht, mich umzubringen!«

»Aber doch nicht mit Absicht! Bitte!« Weinert war den Tränen nahe.

»Nicht mit Absicht?« Falck drückte den Arm des Mannes etwas höher.

Weinert stöhnte vor Schmerz. »Ich hab doch nur … ich will nur nicht … Bitte, ich verschwinde auch wieder. Ich gehe und komme nie wieder!«

»Sie gehen? Was soll das denn heißen?« Falck verstand nicht, was der Mann eigentlich sagen wollte. »Was wollten Sie nicht? Reden Sie endlich mal Klartext, Mann!«

»Ich wollte doch nur das Gemälde abholen. Aber mit der Stasi will ich nichts zu tun haben! Ich mische mich nicht ein, wirklich. Lassen Sie mich, bitte!«

»Sie haben gestern versucht, Ullrich und seine Frau umzubringen!«

»Nein, das war ich nicht, wirklich!« Weinert schrie die Worte fast hinaus.

»Und Sie wollten meine Kollegin als Geisel nehmen!«

»Aber doch nur, weil ich Angst hatte. Was sollte ich denn tun? Ich hatte die Adresse von Klanghausen bekommen, und plötzlich waren Sie da. Ich dachte, Sie würden mich genauso beseitigen wie Klanghausen!«

»Was? Beseitigen? Was denken Sie denn, wer wir sind?« In seinem Zorn drehte Falck Weinerts Arm noch weiter nach oben.

Weinert stellte sich auf die Zehenspitzen, um dem Schmerz auszuweichen. »Ich weiß es doch nicht«, rief er verzweifelt.

»Ich bin Polizist! Was glauben Sie, was wir machen?«

»Das kann ich doch nicht wissen! Es wird so viel erzählt …«

»Was wird denn erzählt? Dass wir Leute umbringen? Beseitigen?«

»Oh, Gott, nein, bitte nicht. Ich wollte mich nicht einmischen, ich wollte Ihnen nichts tun. Ich wollte nur das Bild holen.«

»Wer hat Sie herbestellt?«

»Keine Ahnung, ich hatte nur den Auftrag, das Gemälde zu holen. Dann komme ich hierher und erfahre, dass Klanghausen und sein Freund tot sind und Hirschfeld im Koma liegt. Dann bin ich Ihnen begegnet. Ist doch klar, dass ich dachte, Sie wollen mich auch umbringen!«

»Jetzt hab ich aber genug von dem Quatsch!«, fuhr Falck den Mann an. Er ließ ihn los, machte einen schnellen Schritt zurück und hielt die Waffe auf ihn gerichtet. »Ich kann das nicht mehr hören. Was denkt ihr da drüben eigentlich alle von uns?«

»Nichts, wirklich. Nicht von allen, natürlich, aber von der Stasi.« Weinert hatte sich umgedreht und lehnte sich jetzt mit dem Rücken an die Wand. Fast flehend hielt er die Hände vorgestreckt. »Bitte, ich wollte schon längst weg sein, ich wollte gestern abhauen, aber mein Auto ist weg!«

»Weg?«, fragte Falck misstrauisch. Er hatte beschlossen, sich von niemandem mehr an der Nase herumführen zu lassen. Schon gar nicht von einem Westdeutschen.

»Ja, es war weg, vor zwei Tagen schon. Ein VW Passat!«
»Stand es hier?«
»Ja, draußen auf der Straße! Bitte, ich beschwöre Sie!«
»Waren Sie bei meiner Freundin daheim? Und bei meiner Kollegin?«
»Nein, Himmel, ich weiß doch gar nicht, wo die wohnen!« Weinert lachte verzweifelt auf.
»Sagt Ihnen der Name Sybille Suderberg etwas?«
»Suderberg? Ja, von ihr kam eine Anfrage, soweit ich weiß.«
»Eine Anfrage? Was heißt das?«
»Sie wollte in Erfahrung bringen, ob das Bild schon auf dem Markt ist, sie wollte wohl wissen, wer daran Interesse hat!«
»Und wissen Sie, wer Interesse hat?«
»Ja, es handelt sich um einen niederländischen Unternehmer, der Kunst kauft für seine Privatsammlung. Das Geschäft war schon seit einigen Jahren ausgemacht.«
»Haben Sie das Frau Suderberg so mitgeteilt?«
»Ich nicht! Nein. Aber andere. Sie wusste jedenfalls davon.«
»Kennen Sie Freiherrn von Palitzsch?«
»Natürlich, der Kunst-Experte, wir hatten oft schon miteinander zu tun.«
»Wissen Sie, wo er jetzt ist?«
»Nun ja, er wohnt in München, hat aber Aufträge, die ihn durch ganz Deutschland führen.«
»Ich will wissen, wo er sich jetzt aufhält!«, sagte Falck scharf.
»Jetzt? Woher soll ich das wissen?«
»Ist er hier? Im Haus?«
»Hier?«
Weinert wollte ihn offensichtlich nicht verstehen, was Falck immer ärgerlicher werden ließ. Er versuchte es mit einer anderen Frage.
»Ihre Auftraggeber, Herr Weinert. Wo sind die? In Köln?«
»Ja, ja, in Köln. Ich sag Ihnen alles, ja? Aber bitte …«

»Sagen Sie es bloß nicht! Unterstehen Sie sich!«, drohte ihm Falck. Er hatte keine Lust, sich Weinerts hysterischem Verfolgungswahn noch einmal auszuliefern. Doch in einem war er sich nun völlig sicher. Hier war keine Geheimorganisation am Werk, keine Stasi, hier war mit der Meldung des Diebstahls durch Frau Schüttauf eine Lawine an Ereignissen ausgelöst worden.

»Wissen Sie, wo Frau Klanghausen und Frau Hirschfeld sind?«

»Die hab ich ja gesucht. Von denen hatte ich mir Hilfe erhofft. Ich weiß ja gar nicht, wie ich hier wegkomme. Sehen Sie, dort habe ich geschlafen, im Dreck!« Anklagend zeigte er auf eine alte Matratze.

»Warum sind Sie nicht in ein Hotel gegangen?«, fragte Falck.

»Na, weil …«

»Moment, sagen Sie es nicht: weil Sie glauben, die Stasi kontrolliert alles.« Falck sah ihn triumphierend an. Weinert verzog kläglich das Gesicht.

»Wie sind Sie auf dieses Haus gestoßen?« Falck war noch nicht fertig mit seinem Verhör.

»Es wurde mir als Übergabeort für das Gemälde genannt.«

Falck nickte und ließ endlich die Waffe sinken. Weinert schien wirklich kein Mann fürs Grobe zu sein, anders als Ullrich es dargestellt hatte. Er hatte sich nur in seiner Todesangst vor der Stasi verteidigt. Er wirkte alles andere als trainiert, und die Erleichterung, dem Tod entronnen zu sein, die Tränen in seinen Augen, das alles wirkte echt.

»Sie kommen jetzt mit mir mit. Wir gehen erst durchs Haus, ich muss mich überzeugen, dass von Palitzsch nicht hier ist!«

»Warum soll er denn hier sein? Ich verstehe das nicht«, begann Weinert wieder zu klagen.

»Dann«, sagte Falck mit erhobener Stimme, »gehen wir zu meinem Auto und fahren ins Präsidium. Dort werden Sie vernommen. Wie ein jeder andere normale Mensch. Sie haben acht Schüsse auf einen Polizeibeamten abgegeben, das muss protokolliert werden. Und Sie müssen uns alles erzählen, was Sie über die Vorgänge hier wissen.«

Falck machte eine auffordernde Geste mit der Pistole. Eine Frage bewegte ihn gerade besonders. Auch wenn keine Organisation dahintersteckte, musste es trotzdem eine Erklärung dafür geben, warum Claudia, Steffi, Sybille und Schmidt belästigt wurden. Was für ein Aufwand, die Adressen herauszukriegen und dann dorthin zu fahren, um zu klingeln, herumzulungern oder Hauswände zu bemalen. Nur um Angst zu schüren, erschien ihm das zu aufwändig.

»Der hat wirklich das ganze Magazin leer geschossen?«, fragte Steffi Bach, die Falck von zu Hause abgeholt hatte, um ihr auf der Fahrt die ganze Geschichte zu erzählen. Inzwischen war es fast Mittag.

Er nickte. Auch wenn Weinert die Angst ins Gesicht geschrieben gestanden war angesichts der vielen Türen, die sich hier im Präsidium hinter ihm schlossen, brauchte Falck erst einmal eine kurze Pause. Der Westdeutsche war sicher in einer Untersuchungshaftzelle untergebracht, die Vernehmung konnte warten. Zuerst musste Falck die Schüsse verarbeiten, die auf ihn abgegeben worden waren.

Das mit der Wende, das hatten sie sich eigentlich anders vorgestellt. Kam es ihm nur so vor, weil er Polizist war, oder ging hier seitdem wirklich alles drunter und drüber? Es gab eine Regierung, die keiner ernst nahm. Es gab Gruppen, die für sich beanspruchten, die Definition eines neuen Sozialismus oder der Demokratie zu kennen. Das Ministerium für Staatssicherheit sollte aufgelöst werden, knapp hunderttausend Männer und Frauen würden somit ohne Arbeitsplatz sein. Ein Aspekt, der so gut wie nie erwähnt wurde. Es gab eine

Armee, die streikte, und eine Polizei, die sich mit der Bevölkerung gut stellen musste und bei der keiner genau wusste, welche Gesetze nun gelten sollten. Es gab große Bevölkerungsteile, die sich nichts sehnlicher wünschten als eine Wiedervereinigung, ohne zuzulassen, dass man es erst mal auf anderem Weg versuchen könnte. Und das, da stimmte Falck seinem Chef zu, konnte nur in einer völligen Übernahme enden, der sich alle bereitwillig hingaben.

Falck kurbelte am Lenkrad, stellte den Wagen in der Roßbachstraße, in der Nähe von Schmidts Wohnung, ab. Dann sah er sich um.

»Aber du glaubst nicht, dass er ein Killer ist, oder so?«

Falck schüttelte den Kopf. »Ich möchte ihn gern ohne Schmidt verhören.«

»Das hättest du doch jetzt tun können, Schmidt hat doch gar keinen Dienst.«

»Erstens wollte ich dich dabeihaben, und zweitens muss ich erst etwas anderes klären.« Falck sah sich um, während er sprach.

»Na gut. Und warum willst du diesen Weinert ohne Edgar vernehmen?«

»Weil Weinert Sybilles Namen kannte, und ich fürchte, Schmidt ist zu voreingenommen ihr gegenüber.«

Bach nickte.

»Und warum sind wir jetzt bei Eddis Wohnung? Wozu brauchst du mich?«

»Als Zeugin.«

»Wofür? Willst du deiner Claudia einen Heiratsantrag machen?«

Falck schwieg.

Bach berührte seinen Arm. »Tut mir leid, ich muss erst wieder lernen, die blöden Sprüche sein zu lassen. Früher war ich gar nicht so. Diesen Ton, den hab ich von Schmidt. Glaub mir, ich will das gar nicht. Aber was machen wir nun hier? Schmidt beobachten? Denkst du, Sybille …«

Bach war verstummt und blickte nach links, von wo sich auf der Querstraße eine Frau näherte. Falck hatte sie schon ein paar Augenblicke eher entdeckt, konnte aber nicht erkennen, wer sie war. Es wirkte, als habe sie sich ihre Mütze zufällig sehr weit in die Stirn und den Schal besonders hoch über die Nase gezogen. Ohne den Trabant zu bemerken, überquerte sie die Roßbachstraße und lief die Rietschelstraße weiter in Richtung Elbe.

Falck öffnete die Tür und stieg aus. Bach folgte ihm umgehend, und gleichzeitig warfen sie die Autotüren zu.

»Ist das nicht …?« Bach verstummte.

»Ja«, sagte Falck.

»Wusstest du, dass sie hier sein würde?«

»Ich habe es geahnt. Bleib ein Stück zurück, ich will zuerst mit ihr reden.«

»Wenn du meinst!«

Falck nickte, und gemeinsam liefen sie los. An der Kreuzung angelangt, war die Frau an Schmidts Haustür vorbei in Richtung Terrassenufer gelaufen. Falck beschleunigte. Schließlich hörte die Frau seine Schritte und drehte sich zu ihm um.

»Tobias«, sagte sie erfreut und ging ihm entgegen, als wollte sie ihn umarmen oder ihm einen Kuss geben.

»Ulrike.« Er wich zurück.

»Was machst du denn hier?« Sie überspielte die kleine Dissonanz, schob die Mütze hoch und zog den Schal unter das Kinn.

»Was machst du hier?«, fragte er zurück.

»Ich wollte ein bisschen spazieren gehen. Wusstest du, dass ich hier bin?«, fragte Ulli und tat freudig erstaunt.

»Ich war gerade bei deinen Eltern und wollte mit dir sprechen. Die sagten, du seist irgendwo unterwegs.« Es war eine plötzliche Eingebung gewesen, die ihn zu der Wohnung geführt hatte, wo Ulrike mit ihren Eltern wohnte, noch bevor er zu Steffi Bach gefahren war. Die beiden hätten nicht verblüffter sein können, als sie ihn vor der Tür stehen sahen.

»Du wolltest mit mir sprechen?« Sie wollte nach seiner Hand greifen. Er zog sie weg.

»Ulrike, hör auf damit.«

Auch das überhörte sie geflissentlich. »Das trifft sich gut. Ich wollte auch mit dir reden. Ich habe Karten für eine Faschingsfeier und wollte dich fragen, ob du mit mir hingehen möchtest!«

Fasching? Falck schüttelte den Kopf, allein der Gedanke daran kam ihm absurd vor. Er hatte gerade genug maskierte Menschen um sich herum.

»Hör zu, Ulli! Warst du das, die bei Claudia einen Stein ins Fenster geworfen hat? Hast du ihre Tür beschmiert? Und warst du auch bei meiner Kollegin?« Er deutete auf Steffi Bach. Ulrike warf einen knappen Blick über seine Schulter. Ihr Blick verhärtete sich.

»Das ist doch Blödsinn, warum sollte ich das tun?« Jetzt lächelte sie ihn wieder an.

»Du belästigst alle Leute, die mit mir zu tun haben. Selbst bei Sybille Suderberg warst du. Ich bin dir noch nachgerannt. Und jetzt meinte sogar mein Chef, er hätte dich zufällig gesehen. Leider hab ich das jetzt erst kapiert!«

»Tobias, das ist Quatsch, wirklich, totaler Humbug!«

»Ja? Dann sag mir mal bitte, warum bist du hier?«

»Ich wollte spazieren gehen! Ist ja wohl nicht verboten.«

»Ulli, das ist Psychoterror, was du da veranstaltest!«

»Ach, red doch kein Unsinn!« Ulrikes Lächeln war auf einmal unsicher.

»Das sind Straftaten, die du hier begehst. Du machst anderen Leuten Angst. Ulli, das hat alles keinen Zweck mehr. Mit uns, das ist schon lange aus, und das wird auch nichts mehr. Du musst das verstehen, und du musst aufhören mit diesem Nachstellen!«

»Aber Tobias«, wieder versuchte Ulrike nach seiner Hand zu greifen, »ich habe damals einen Fehler gemacht. Ich wollte ja auch gar nicht in den Westen, meine Eltern wollten das. Die wollten auch, dass ich mit dir Schluss mache. Aber wir können es doch noch mal versuchen. Jeder hat eine zweite Chance verdient, findest du nicht? Du weißt ja gar nicht, was du verpasst. Du hast mich doch geliebt!«

Falck fuhr sich durchs Haar. »Kann sein, aber das ist zwei Jahre her, und du hast mir ganz schön wehgetan damals.«

»Ich mach's wieder gut!«, fiel ihm Ulrike ins Wort. Sie machte einen Schritt auf ihn zu. Aber Falck wich zurück.

»Nee, Ulli, such dir jemand anderen, und hör auf, die Leute zu belästigen. Da hört der Spaß nämlich auf.«

Ulrikes Gesichtszüge verhärteten sich, aus ihren Augen war auf einmal jegliche Reue verschwunden. »Du machst wirklich einen Fehler, Tobias. Einen sehr großen Fehler. Guck dir die Schlampe doch mal an, mit der du das Kind hast. Die hat das doch absichtlich gemacht. Oder die kleine Nutte, die für diese Wessifrau arbeitet, wie ekelhaft die nach billigem Parfüm stinkt!«

»Meine Güte, Ulrike!« Falck sah sie ungläubig an.

Doch Ulrike war noch nicht fertig und zeigte auf Steffi Bach. »Und die da ist doch auch nicht besser, weil sie keinen abkriegt, will sie dich mir wegnehmen!«

»Niemand nimmt hier jemandem was weg. Ulli, krieg dich ein, sonst muss ich dich anzeigen!«

Ulrike ballte die Hände zu Fäusten und presste sie sich gegen die Oberschenkel. »Das wagst du nicht, Tobias!«

»Ganz sicher, ich bin Polizist. Nimm dich zusammen, ich bitte dich.«

»Dann erzähl ich allen, dass du bei der Stasi warst. Wirst schon sehen!«

Falck zuckte mit den Schultern. »Dann mach das.« Allerdings kam er sich nicht besonders schlau vor in dem Moment.

»Mach ich auch! Du wirst schon noch sehen, ich mach das!« Ulrike lief mit wütenden Schritten davon, drehte sich dann allerdings noch einmal um. »Das wirst du bereuen!«

Falck sagte nichts und war erleichtert, sie davonziehen zu sehen.

»Mannomann«, stöhnte Bach, »das war ja 'ne Nummer. Ich wusste gar nicht, dass du so hart sein kannst!«

War er hart gewesen? Es kam ihm nicht so vor. Und Steffi sah nicht, wie ihm das Herz bis zum Hals schlug. Es war nicht schön, dass er Ulrike gegenüber hatte müssen so deutlich werden, gleichzeitig war er froh, dass es wirklich nur sie gewesen war, die die Leute belästigt hatte. Er befürchtete allerdings, dass man Ulrike im Auge behalten musste.

»Tobias?«

Er sah sich um. Claudia war mit Julia aus dem Haus gekommen und setzte das dick eingepackte Mädchen in den Kinderwagen. »Was machst du denn hier?«, fragte sie und sah unsicher erst ihn, dann Steffi an.

»Willst du mal Luft schnappen?«, fragte Falck.

»Ja, ein bisschen. Es ist langweilig da oben.«

»Ist Schmidt nicht da?«

»Nein, der ist schon vor Stunden weg. Wolltest du zu ihm?«

»Ich wollte zu dir«, log er. »Du kannst in deine Wohnung zurück, wenn du magst, es ist alles erledigt.«

»Wirklich? Weißt du jetzt, wer das in meinem Haus war?«

Falck nickte.

Claudia sah ihn auffordernd an. »Ja, und? Willst du es mir nicht sagen?«

»Es war seine Exfreundin«, mischte Bach sich jetzt ein. »Sie hat ihn schon vor Längerem verlassen und ist in den Westen. Jetzt ist sie wieder da und wollte ihn zurückhaben.«

»Und jetzt will sie ihn nicht mehr?«, fragte Claudia. Die Information hatte sie offenbar keineswegs beruhigt.

»Ich denke, das hat sich erledigt«, meinte Bach.

»Sie denkt?« Claudia sah Falck an, der verlegen schwieg. Wieder antwortete Steffi. »Er war sehr deutlich, meine ich.«

»Hat man sie eingesperrt?«

Jetzt war Falck schneller mit der Antwort. »Nein, aber es wird nichts mehr passieren. Und wie gesagt, ich habe dir ja angeboten ... also, wenn du magst...«

Claudia nickte. »Ja, das wäre schön!«

»Gut, wollen wir später darüber reden, wie wir das genau machen? Wir haben noch zu tun!«

»Ja, gut, bis später!«

»Na, dann ist das ja geklärt«, sagte Bach trocken, als sie wieder im Büro waren. Schmidt war nicht da und offenbar auch vorher nicht da gewesen.

Falck fragte nicht nach, was sie damit genau meinte. Es klopfte kurz an der Tür, und ein junger Kollege kam herein.

»Das kommt von Doktor Otte!«, sagte er und hielt Falck eine Mappe hin.

Falck wartete, bis die Tür sich wieder geschlossen hatte, dann schlug er sie auf. Es war der Obduktionsbericht von Hans Peter Stein, Klanghausens Freund. Bach stellte sich hinter ihn, und beide lasen stumm.

Aus dem Bericht ging hervor, dass Doktor Otte in Steins Rachen und den Bronchien feinste Fasern gefunden hatte, die nach gründlicher Untersuchung von einem Kissen stammten, das auf Steins Schlafcouch gelegen hatte. Außerdem wies Steins Leber schwere Schäden auf, auch die anderen Organe waren durch exzessiven Alkoholkonsum geschädigt, jedoch deutete nichts auf ein Herz- oder Organversagen hin. Es lag also nahe, dass Stein umgebracht worden war. Jemand hatte ihn mit dem Kissen erstickt. Möglich, dass Stein nicht in der Lage gewesen war, sich zu wehren, da man in seinem Blut einen Alkoholwert von drei Komma sieben Promille gemessen hatte.

»Da hatte Eddi wohl unrecht«, murmelte Bach und ging zu ihrem Platz.

»Inwiefern?«

»Dass er Sybille vorwarf, sie sei schuld an Steins Tod, weil er sich totgesoffen habe mit ihrem Geld.«

»Was meinst du, wo Schmidt ist?«, fragte Falck. Hatte er wirklich nur Claudia und dem Kind aus dem Weg gehen wollen?

»Keine Ahnung. Es ist ja noch kein Dienst. Was machen wir jetzt?« Bach sah ihn fragend an.

»Vernehmen wir Weinert!«

»Wie? Weg?«, fragte Bach zehn Minuten später konsterniert.

Der Beamte in der Untersuchungshaftabteilung hob die Schultern und suchte etwas in den Unterlagen.

»Hier«, sagte er schließlich. Er hatte den Vorgang gefunden und zeigte Falck das betreffende Formular.

»Ich habe den Mann doch erst vor zwei Stunden gebracht. Die Gründe der Festnahme habe ich protokolliert. Bewaffneter Angriff auf die Sicherheitsorgane. Er war zur Vernehmung vorgesehen. Das ist doch der übliche Weg«, beschwerte sich Falck und sah nur oberflächlich auf das Formular.

Der Mann nickte geduldig. »Das ist richtig, aber das ist nicht meine Entscheidung, Genosse.« Falck zog die Augenbrauen hoch.

»Tobias!«, rief Steffi Bach, die sich die Zeit genommen hatte, das Formular genau zu studieren. Sie deutete auf die Unterschrift. Das war eindeutig Schmidts Schrift.

»Gibt es Ungereimtheiten?«, fragte der Wachhabende.
»Nein, nein, alles in Ordnung«, sagte Falck leise.

»Da rührt sich nichts, oder?« Bach schaute sich um. »Kein Auto weit und breit.«

Falck beobachtete das Haus in der Prellerstraße, in dem Weinert ihn beinahe erschossen hätte. Er verstand einfach nicht, warum Schmidt Weinert aus der Haft geholt hatte. Wollte er ihn selbst vernehmen? Hatte Weinert ihn irgendwo hingeführt? Warum hatte Schmidt nichts gesagt? Es gab keinen Grund, warum Schmidt und Weinert hier sein sollten. Doch zuhause war Schmidt nicht, und Suderberg ging nicht ans Telefon. Dieses Haus hier war der einzige Anhaltspunkt.

»Lass uns reingehen! Dort über die Mauer.«

Bach zog sich als Erste hoch, Falck kletterte hinterher.

Diesmal versuchte er es zuerst an der Haustür, die jedoch verrammelt war, so dass sie wieder durch das Fenster im Hochparterre einsteigen mussten. Vorsichtshalber machten sie eine Runde durchs Erdgeschoss, bevor sie sich dann zu zweit in den modrigen Keller hinunterwagten, der aber außer Spinnweben und Schimmelgeruch nichts zu bieten hatte. Zuletzt nahmen sie sich das zweite Obergeschoss und den Dachboden vor. Es hatte sich seit Falcks erstem Rundgang mit Weinert nichts geändert. Es gab keinen Hinweis auf Weinerts Verbleib, lediglich ein paar Spuren, die darauf hindeuteten, dass er hier ein, zwei Nächte übernachtet haben musste. Die Matratze, eine Decke, die vermutlich aus seinem Auto stammte, ein paar leere Fischdosen und Wasserflaschen.

»Das war wohl nichts«, sagte Bach. »Und nun?«

Falck lehnte sich müde an ein Fensterbrett, er wusste es auch nicht.

»Die ganze Zeit denke ich, dass die Lösung ganz nahe liegen muss«, fuhr Bach fort.

Falck stieß sich vom Fensterbrett ab. Ihm war eine Idee gekommen. »Vielleicht hast du ja recht, versuchen wir es bei Sybilles Sekretärin.«

Bach hob zweifelnd die Schultern und nickte.

Durchs Fenster gelangten sie wieder ins Freie, überquerten die hohe feuchte Wiese und kletterten über die Mauer. Schweigend schloss Falck den Trabant auf, während Bach noch einmal die wenigen Meter zum Tor zurückgelaufen war. Sie bückte sich, um sich das Klingelschild genauer anzusehen. Dann sah sie sich nach ihm um. Allein ihr Blick veranlasste Falck, ebenfalls zurückzugehen.

»Hab ich nicht gesagt, die Lösung liegt ganz nahe?«, sagte sie triumphierend und zeigte auf das alte, verblichene Klingelschild, das schon bessere Tage gesehen hatte. Ein Name war auf der unteren Klingel trotzdem noch zu erkennen. Maschke.

23

Nur eine knappe Viertelstunde später klingelte Falck an Maschkes Haustür im Plattenbaugebiet Prohlis.
»Ja?«, fragte Maschke durch die Gegensprechanlage.
»Kripo Dresden, Bach und Falck, wir möchten kurz mit Ihnen sprechen!«
Der Mann zögerte kurz. »Gut, ja, geht klar«, sagte er dann, doch der Türöffner summte nicht.
Falck wartete fünf Sekunden. Dann klingelte er noch einmal.
Maschke meldete sich sofort. »Hat wohl nicht geklappt, ich versuch es noch mal.«
Es geschah nichts. Falck klingelte noch einmal.
»Seit einiger Zeit spinnt die Klingel, weil Jugendliche daran herumzündeln«, erklärte der Museumskurator.
Tatsächlich waren Rußspuren zu erkennen, und einige Klingelschilder wirkten angeschmolzen. Jetzt summte der Türöffner. Als sie im dritten Stock angekommen waren, stand Maschke schon in der Tür und erwartete sie mit ernstem Gesicht.
»Herr Maschke, lassen Sie uns herein?«, fragte Bach und machte deutlich, dass das keine Frage, sondern eine Aufforderung war.
Maschke ließ sich von ihr sanft in die Wohnung drängen. Falck blieb in der offenen Tür stehen. Maschkes Getue mit dem Türöffner kam ihm verdächtig vor.
»Sie haben nichts dagegen, wenn ich mich kurz bei Ihnen umsehe?«, fragte Bach noch einmal in energischem Ton.

Maschke sah sie unsicher an, stellte sich ihr aber nicht in den Weg. Steffi Bach begann mit ihrem Rundgang.

»Sie wohnen allein?«, fragte sie laut, als sie im Wohnzimmer stand.

»Ja, ich habe weder Frau noch Kinder.«

»Trotzdem eine Dreiraumwohnung«, merkte sie staunend an und ging vom Wohnzimmer durch den Flur ins Schlafzimmer, wobei sie noch einen Blick ins Bad warf.

Maschke sah Falck entschuldigend an. »Na ja, ich hatte halt Beziehungen. Sie wissen ja, wie das war.«

Bach kommentierte das nicht und inspizierte den Raum, der normalerweise als Kinderzimmer gedacht war. »Sie malen?«, fragte sie Maschke.

»Ach, nur ein bisschen in der Freizeit. Ich habe nicht wirklich Talent.«

»Kann ich mal sehen?«, fragte Falck.

»Natürlich«, antwortete Maschke, obwohl die Frage an Bach gerichtet war. Bach nahm Falcks Platz an der Tür ein, um notfalls Maschkes Fluchtweg zu versperren.

Im Kinderzimmer entdeckte Falck vor der Fensterwand eine Staffelei, an den Wänden hingen einige laienhaft gemalte Bilder, soweit Falck das beurteilen konnte. Maschke hatte also nicht gelogen. Ein großer Kleiderschrank verstellte die Stirnwand komplett. Falck öffnete noch einmal alle Türen, obwohl Bach das schon getan hatte. Mäntel, Hosen und Hemden hingen an der Kleiderstange, in den Schrankfächern lagen Unterlagen und Malutensilien. Pinsel, Farbe, Becher mit Terpentin, die Maschke vermutlich aus der Restaurationswerkstatt gestohlen hatte. Er ging zurück in den Flur.

»Gehört Ihnen das Haus in der Prellerstraße?«, fragte Bach.

Maschke verzog das Gesicht. »Also, na ja, im Prinzip ja.«

»Im Prinzip?«

»Ja, es gehört mir. Steht aber seit zehn Jahren leer.«

»Warum?«

»Ich habe die Wohnung hier bekommen. Ist ja viel besser, Zentralheizung, alles trocken. Das Haus konnte ich nicht mehr unterhalten. Meine Mieter oben zogen vorher schon aus, weil das Dach undicht war, und die Wasserleitungen waren kaputt. Ich hatte sogar überlegt, ob ich es der Stadt schenken soll, weil es keiner haben wollte. Zum Glück habe ich es nicht gemacht.«

»Zum Glück?«, wiederholte Bach.

»Ja, mir wurde gesagt, dass es bald viel mehr wert sein würde. Man hat mir auch schon ein Angebot gemacht.«

»Ach ja? Von wem? Kennen wir diese Person?«

Maschke hob die Schultern und lächelte unglücklich.

»Hieß diese Person Suderberg?«, fragte Bach, und Maschke musste gar nicht antworten, um das zu bestätigen.

»Wann waren Sie zuletzt in dem Haus?«

Maschke winkte ab. »Ewig her, vor zwei Jahren vielleicht.«

»Kennen Sie August Weinert persönlich?«

»Wen bitte?«

Bach sah Falck wieder an, der nickte ihr aufmunternd zu.

»August Weinert, ein westdeutscher Geschäftsmann aus Bayreuth.«

»Nein, den kenne ich nicht!«

»Wo waren Sie gestern Nacht?«

»Ich? Hier, daheim!«

»Zeugen?«

»Nein, wer denn, warum denn?«

»Gestern Nacht kam das Ehepaar Ullrich bei einem Unfall beinahe ums Leben. Weinert sagte, jemand hätte sein Auto gestohlen. Mit diesem wurde Ullrichs Wagen gerammt.«

Maschke glotzte ungläubig vor sich hin, dann verstand er. »Denken Sie etwa, ich war das?«

»Wissen Sie, wo Frau Hirschfeld und Frau Klanghausen sich gerade befinden?«, hakte Falck ein.

Auf Maschkes Gesicht breitete sich das Entsetzen aus. »Nein, hören Sie, das muss ein Missverständnis sein!«

»Wie war der ursprüngliche Plan? Haben Sie gemeinsam das Gemälde verkaufen wollen? Hirschfeld, Klanghausen, Ullrich und Sie?«

»Bitte?«

»Danach begannen Sie, sich gegenseitig umzubringen? Zwei Millionen D-Mark sind eben ein bisschen mehr als eine halbe Million, nicht wahr?«

»Nein, um Himmels Willen, wovon sprechen Sie denn da?«, rief Maschke entsetzt, und Falck war fast geneigt, ihm Glauben schenken, denn der Mann schien kein guter Schauspieler zu sein.

»Wann haben Sie zuletzt Freiherrn von Palitzsch gesehen?«

»Da waren Sie dabei, im Museum!«

»Nein, wir sind gegangen, dann wurde in sein Hotelzimmer eingebrochen, und nun ist auch er verschwunden!«

»Wie bitte?« Fast klang es wie ein Flehen.

»Haben Sie noch weitere Grundstücke, von denen wir wissen sollten? Garagen? Einen Garten?«, fragte Bach.

»Nein! Ich habe mit der Sache nichts zu tun! Das müssen Sie mir glauben!«

»Wir müssen Sie in Gewahrsam nehmen. Hier geht es nicht allein um Diebstahl. Es geht um Entführung, Raub, Erpressung, Mord.«

»Doppelmord!«, verbesserte Falck, woraufhin Bach ihn fragend ansah. »Herr Hirschfeld ist heute Morgen im Krankenhaus verstorben!«

Es war ein leises Geräusch, beinahe wie das Pfeifen einer Maus, aber es war deutlich zu hören gewesen. Bach hatte es auch gehört und sah Falck noch einmal fragend an. Der zeigte auf Maschke, damit sie ihn im Auge behielt. Dieser war mittlerweile so bleich im Gesicht, dass man fürchten musste, er kippte gleich um.

»Setzen Sie sich!«, befahl Falck und half dem Mann auf den Boden. Dann zeigte er auf das Zimmer. Bach sah ihn weiter fragend an.

»Frau Hirschfeld, ich habe gelogen«, sagte Falck jetzt mit lauter und klarer Stimme. »Ihr Mann ist nicht tot, sein Zustand ist unverändert!« Er öffnete mit einem Schwung die Schranktür, hinter der sich die Kleiderstange befand, und schob mit einer raschen Bewegung sämtliche Kleidung an den Bügeln beiseite.

»Sag mal …?«, begann Bach, verstummte aber, als sie sah, wie Falck gegen die Rückwand drückte. Mit einem Schnappen löste sie sich und gab einen Spalt hinter dem Schrank frei, in dem ein Mensch stehend Platz finden konnte.

»Kommen Sie raus!«, forderte Falck auf und bot eine Hand an.

Frau Hirschfeld ließ sich von Falck aus ihrem Versteck helfen. »Das war wirklich gemein von Ihnen!«, flüsterte sie ihm zu.

Falck hatte lange überlegt, ob er die Lüge wagen sollte, doch manchmal musste man wohl gemein sein, um nicht andauernd an der Nase herumgeführt zu werden.

»Es tut mir leid. Aber erklären Sie mir, was Sie die letzten Tage getan haben. Sie wurden mit Herrn Ullrich gesehen!«

»Er kam zu mir und bot seine Hilfe an.«

»Ihr Mann sagte aus, Sie hätten ihm die Figur auf den Kopf geschlagen!«

»Was?«, keuchte die Frau entsetzt. »Sie lügen doch schon wieder!«

»Nein. Wir haben ihn besucht, Hauptmann Schmidt und ich. Er war bei vollem Bewusstsein und hat eindeutig ausgesagt, dass Sie ihn niedergeschlagen hätten!«

»Das würde er nicht tun!« Frau Hirschfeld schlug sich die Hände vor das Gesicht. »Das ist nicht wahr. Sie müssen ihn falsch verstanden haben!«

»Sie wissen nicht, wo sich Frau Klanghausen befindet?«, fragte Falck.

»Nein!« Beide schüttelten den Kopf.

»Und warum haben Sie sich versteckt? Was haben Sie mit ihm zu tun?« Falck zeigte auf Maschke.

»Ich wusste nicht mehr wohin, als Thomas Ullrich plötzlich weg war.«

»Wollten Sie beide sich vielleicht mit dem Gemälde absetzen?«

»Nein!«, keuchte die Frau entsetzt. »Was sollte ich damit? Ich bekomme einfach den Anblick nicht aus dem Kopf, wie mein Mann daliegt.«

»Ihr Mann hatte früher ein Verhältnis mit Karina Schüttauf, das haben Sie kürzlich erfahren!«

Frau Hirschfeld schüttelte nur den Kopf.

»Die Frau hatte offenbar einige Verhältnisse, nur mit Ihnen nicht, Herr Maschke! Obwohl Sie es darauf angelegt hatten.«

Maschke schüttelte den Kopf. »Das ist doch absurd«, flüsterte er.

»Frau Hirschfeld«, Steffi Bach war näher an die Frau herangekommen, »haben Sie noch ein Grundstück? Ein Häuschen, irgendwo? Wir finden es sowieso raus!«

»Ich habe einen Garten«, sagte Maschke leise. »Aber da ist nichts!«

»Einen Garten? Wo?«

»Am Elbhang beim Waldschlösschen.«

Die Gartenkolonie lag auf der anderen Elbseite. Der Weg aus Prohlis über die Loschwitzer Brücke zog sich, auch wenn wenig Verkehr herrschte. Sie fuhren schweigend. Maschke und Klanghausen saßen eingezwängt auf der Rückbank, Bach hatte sich auf dem Beifahrersitz nach hinten gedreht, so dass sie beide im Blick hatte. Inzwischen hatte ihr regulärer Dienst begonnen. Schmidt musste sich wundern, wo sie blieben. Oder auch nicht.

Als die sie Bautzner Straße passiert hatten, entlang der über und über mit Sprüchen und Parolen beschmierten Mauer der Stasizentrale, querte Falck die Straße und parkte den Trabant oberhalb der Gartenkolonie am Elbhang.

Maschke führte sie durch die leere Gartenanlage. Vor seinem Gartentor suchte er umständlich nach dem richtigen Schlüssel, er zitterte vor Aufregung und Kälte. Nacheinander betraten sie endlich den Garten, um vor der Laubentür wieder darauf zu warten, dass der Schlüssel gefunden wurde.

»Bitte schön!«, sagte Maschke und öffnete die Tür.

»Gehen Sie vor!«, befahl Falck und bedeutete Steffi Bach und Frau Hirschfeld, draußen zu bleiben. Durch einen engen Vorraum, in dem sich eine kleine Kochnische befand, kamen sie in den finsteren, ebenfalls sehr kleinen Wohnraum. Die Fenster waren von außen mit Fensterläden verschlossen, nur durch den Türspalt kam ein wenig Licht.

»Ich sag Ihnen ja, hier ist nichts!«, sagte Maschke, als ihn ein Stöhnen aus einer der dunklen Ecken zusammenfahren ließ. Er sprang zurück, Falck hielt ihn auf.

»Was ist das?«, fragte er, bekam aber keine Antwort von Maschke, der sich gegen ihn stemmte und weglaufen wollte. Falck hielt ihn fest und riss den Mann zu Boden.

»Steffi!«, rief er. »Nicht bewegen!«, befahl Falck, nahm nun doch die Handschellen heraus und fesselte Maschkes Hände auf dem Rücken. Wieder ein Stöhnen. Jemand versuchte zu sprechen. Falck sprang auf, ließ den gefesselten Maschke am Boden liegen und rannte aus der Laube nach draußen. Dort kämpfte Bach mit einer sich heftig wehrenden Frau Hirschfeld.

Falck packte die Frau von hinten um die Taille, hob sie wie ein Ringer hoch und warf sie zu Boden. Nun konnte Bach ihr die Handschellen anlegen, und gemeinsam zogen sie Frau Hirschfeld auf die Beine.

»Ich hab damit nichts zu tun«, keuchte die. »Wirklich, ich will nur weg, ich will zu meinem Mann!«

»Sie bleiben jetzt erst mal hier!«, schnaufte Bach. Falck machte sich daran, die Fensterläden zu öffnen, woraufhin drinnen Maschke vor Schreck aufschrie.

»Das war ich nicht!«, rief er. »Damit haben wir nichts zu tun!«

Falck rannte zurück in die Laube. In der Ecke lag Frau Klanghausen auf einer Matratze am Boden, zwei Decken waren über sie geworfen, sie war gefesselt und geknebelt.

»Wirklich!«, beteuerte Maschke. »Glauben Sie mir doch, ich habe damit nichts zu tun.«

Falck ignorierte ihn und erlöste die Frau von ihrem Knebel.

»Gott sei Dank«, stöhnte sie auf, »Gott sei Dank!«

Maschke versuchte sich aufzurappeln, was ihm mit den am Rücken gefesselten Händen nur schlecht gelang. »Ich bin unschuldig, ich schwöre!«

»Lügner! Du elender Lügner!«, schnappte Frau Klanghausen und versuchte sich freizustrampeln.

»Bleiben Sie doch ruhig!«, ermahnte Falck sie, während er mit seinen Schlüsseln versuchte, ihre Handschellen zu öffnen. Kaum war das gelungen, warf sich Frau Klanghausen mit noch gefesselten Füßen auf Maschke und schlug verzweifelt auf ihn ein.

»Du hättest mich hier verhungern lassen, du Schwein!«, schrie sie hysterisch. »Hättet mich ja gleich erschlagen können, wie meinen Mann!«

Falck zog die Frau zurück und hielt sie fest, bis sie sich beruhigt hatte. Inzwischen standen auch Steffi Bach und Frau Hirschfeld in der Laube.

»Also, was ist hier los?«, fragte Bach.

»Weggefangen haben die mich, auf der Straße«, fuhr Frau Klanghausen auf, »haben mich in ein Auto gezerrt und verschleppt. Wo das Bild ist, wollten sie wissen!«

»Das ist nicht wahr!«, widersprach Frau Hirschfeld atemlos, »das ist alles nicht wahr.«

Frau Klanghausen hatte sich endlich ihrer Fußfesseln entledigt und rappelte sich auf. »Was bist du nur für eine Heuchlerin?«, fuhr sie die Hirschfeld an und musste von Falck wieder zurückgehalten werden. »Meinen Wolf habt ihr umgebracht und Hans-Peter auch. Ihr habt doch was miteinander, das weiß jeder, jeder weiß das!«

»Das ist eine Lüge!«, bäumte Maschke sich auf, sackte jedoch sogleich wieder in sich zusammen.

Falck sah Steffi Bach an. »Kannst du dich auf die Suche nach einem Telefon machen? Ruf die Zentrale an, ich pass hier auf!«

In dem Moment sackte Frau Klanghausen in seinen Armen zusammen. »Kann ich heim? Ich kann nicht mehr, und ich ... ich muss mich waschen!«, bat sie schwach.

Falck strich ihr beruhigend über den Rücken. »Wir warten hier auf Verstärkung, und Sie kommen erst mal ins Krankenhaus, damit Sie untersucht werden können.«

»Na, zufrieden?«, fragte Bach, als sie Stunden später wieder im Büro saßen. Draußen wurde es langsam wieder dunkel. Schmidt war immer noch nicht da. Steffis Frage schien ernst gemeint.

Falck zog abschätzig die Mundwinkel nach unten. Sie konnten nicht zufrieden sein. So ziemlich alle Beteiligten waren inzwischen inhaftiert. Frau Klanghausen musste im Krankenhaus bleiben. Nach mindestens zwei Tagen Gefangenschaft war sie trotz der Decken stark unterkühlt und dehydriert. Zu ihrem Schutz hatten sie eine Wache bestellt. Aber geklärt hatten sie gar nichts. Jeder schob die Schuld einem anderen zu. Und von Palitzsch, der Kunstexperte aus dem Westen, blieb verschwunden. Sie konnten nur hoffen, dass er nicht irgendwo gefangen war und erfror. Dann hätte die Volkspolizei wohl endgültig jede Reputation verspielt.

Bach sah ihn nachdenklich an. »Das war ganz schön gemein heute Nachmittag, als du gesagt hast, Hirschfeld sei tot. Damit scherzt man nicht.«

Falck fühlte sich sowieso schon schlecht genug deswegen. »Ich wusste mir nicht anders zu helfen, ich hatte das Gefühl, sie ist da irgendwo in der Wohnung.«

»Trotzdem«, murmelte Bach.

»Die Handschellen, mit denen Frau Klanghausen gefesselt war, sind übrigens aus Polizeibestand.« Das störte ihn am meisten.

Bach tat es mit einer Handbewegung ab. »Hat doch nichts zu bedeuten heutzutage.«

»Können wir noch mal in die Laube fahren?«, bat er.

»Was willst du noch finden?«

»Irgendwas, das uns weiterbringt!«

Bach seufzte, hob die Schultern und nickte. »Meinetwegen.«

Es war bereits dunkel, als sie bei Maschkes Garten ankamen.

»Ich frage mich die ganze Zeit, wo das verdammte echte Gemälde ist«, sagte Bach, als sie die Laube betraten.

»Kann durchaus sein, dass wir es nie finden. Wenn Klanghausen es versteckt hat, wird es nie jemand erfahren.«

Falck leuchtete den Vorraum aus und richtete dann den Strahl seiner Lampe ins Innere des Wohnraums. Vielleicht lag ja auch hier die Lösung des Problems näher, als sie dachten. Bach hatte es heute bereits einmal bewiesen. Er bückte sich und hob die Matratze an, auf der Frau Klanghausen gelegen hatte. Bach griff in den Spalt des Fußbodenbelags, um ihn anzuheben, doch auch darunter war nichts. Sie ging in den Vorraum und öffnete den Unterschrank der Kochstelle.

»Vielleicht war es ja der Hirschfeld, der den Klanghausen mit der Figur erschlagen hat«, rief Bach aus dem Vorraum. »Dann befahl er seiner Frau, ihm das Ding auf den Kopf zu hauen, um den Verdacht von sich abzulenken.«

Falck, der gerade die Türen des alten Buffets geöffnet hatte, das an der Rückwand stand, hielt einen Moment inne. Das war gar keine so schlechte Idee und würde die seltsamen Umstände und Frau Hirschfelds Entsetzen erklären. Aber wer ließ sich freiwillig auf den Kopf schlagen?

Er untersuchte jetzt das Hängeregal an der Wand, in dem ein paar Bücher standen, aber auch da war nichts zu finden. Er stellte sich auf die Zehenspitzen, um auf der alten Vitrine nachzuschauen, und ertastete mit den Händen auf einmal oben etwas Metallenes. Es war ein Handschellenschlüssel.

»Ach, sieh mal an!«

Schon stand Steffi Bach neben ihm, zückte ihre Handschellen und hielt sie Falck hin. Er probierte den Schlüssel aus. Er passte.

»Warum liegt der hier?«, fragte sie.

»Ich vermute, Frau Klanghausen sollte nicht sterben. Jemand sollte kommen und sie befreien. Deutet zumindest darauf hin, dass noch mehr Leute beteiligt waren.«

Bach blies die Backen auf. »Inzwischen glaube ich, wir werden das hier niemals ganz aufklären.«

24

Falck wälzte sich einmal mehr im Bett herum. Er konnte nicht mehr schlafen. Zu viele Gedanken gingen ihm durch den Kopf. Schmidt war nicht zum Dienst erschienen, ohne sich abzumelden, und zu Hause ging er nicht ans Telefon. Claudia hatten sie nicht fragen können, sie war in ihre Wohnung zurückgekehrt, fest entschlossen, sich nicht noch einmal vertreiben zu lassen.

Die Befragungen der Inhaftierten hatten nichts gebracht, außer der Erkenntnis, dass weder Steffi noch er irgendeinen Eindruck auf die Beteiligten zu machen schienen. Frau Schüttauf schwieg lächelnd. Herr und Frau Zetsche wiederholten ihre Aussagen. Frau Hirschfeld und Maschke gaben sich unwissend. Seine Erklärung, warum er die doppelte Wand im Schrank hatte, war fadenscheinig, angeblich, weil er früher gelegentlich Malutensilien aus den Werkstätten der Gemäldegalerie heimlich mit nach Hause genommen hatte, um sie dort zu verstecken. Die Ullrichs, beide unter Bewachung im Krankenhaus, sagten nicht mehr, als sie sowieso schon gesagt hatten.

Wenn jeder den anderen beschuldigte und keine Indizien vorlagen, würde kein Richter der Welt einen Schuldigen festmachen können.

Frau Klanghausen hing an einem Infusionstropf, war erschöpft und stand unter Schock. Der Beamte vor ihrer Tür wusste, dass er niemanden hineinlassen und sich melden sollte, falls jemand Zutritt verlangte.

Falck fragte sich ein ums andere Mal, warum Schmidt August Weinert aus der Haft geholt hatte. Hatte er seinem Protokoll keinen Glauben geschenkt, weil er ihn, Falck, für einen Wichtigtuer, einen blutigen Anfänger hielt? Dabei hatte er ihm doch längst das Gegenteil bewiesen.

Jetzt stand Falck auf. Er musste nicht leise sein und auf die Schurigs Rücksicht nehmen. Aus alter Gewohnheit standen seine Vermieter unter der Woche auch früh auf. Er grüßte in die Küche und ging zum Telefon. Doch bei Schmidt nahm noch immer niemand ab. Er rief Bach an.

»Kannst du auch nicht schlafen?«, fragte sie.

»Ich mache mir Sorgen um Edgar. Der würde doch nicht einfach vom Dienst wegbleiben, ohne uns Bescheid zu sagen.«

»Meinst du, wir müssen was unternehmen?«

»Ich hole dich ab, okay? Etwa in einer halben Stunde, muss noch tanken!«

Bach stand schon an der Straße, als Falck ihr Haus erreichte. Und er spürte auf einmal, wie er sich freute, sie zu sehen, in ihr eine Verbündete zu haben in dieser Zeit.

»Was guckst du denn so?«, fragte sie, nachdem sie eingestiegen war.

Falck langte auf den Rücksitz. »Hab ich an der Tankstelle gesehen!«

»Du hast eine Bild-Zeitung gekauft?« Sie nahm die zusammengerollte Zeitung. »Wieder was über uns?«

Falck nickte. »Indirekt.«

Bach faltete die Zeitung auf. *Kunstexperte in der DDR vermisst. Polizei vermutet Gewaltverbrechen* lautete die Überschrift. Bach las laut vor: »*Seit zwei Tagen wird der weltweit anerkannte Kunstexperte Freiherr Alexander von Palitzsch vermisst. Er sollte in Dresden die Volkspolizei in einem groß angelegten Fälschungs- und Betrugsfall unterstützen. Die örtlichen Behörden geben vor, mit Hochdruck nach dem Mann zu suchen. Nach Aussagen unseres Ostdeutschland-Experten wird vielmehr ein Betrug auf höchster Regierungsebene vermutet, wo sich, wie hinreichend bekannt ist, immer noch unzählige Stasimitarbeiter tummeln. Daher ist es nicht weiter verwunderlich, dass von Regierungsseite keinerlei Interesse an der Aufklärung des Falles besteht. Es ist mit dem Schlimmsten zu rechnen. Die Ehefrau, Gudrun von Palitzsch, ist zutiefst besorgt: ›Ich habe meinen Mann gewarnt, allein zu fahren.‹«*

Bach ließ die Zeitung sinken. »Ach du Scheiße.«

Frau Dehner war bereits in der Detektei und öffnete auf ihr Klingeln die Tür. »Frau Suderberg ist nicht da. Und das dürfen Sie mir gerne glauben«, sagte sie unerwartet schnippisch.

»Und wo ist sie?«, fragte Falck.

»Ich weiß es nicht, echt jetzt.«

Diese Beteuerungen stimmten Falck erst recht misstrauisch.

»Ist sie vielleicht in ihrer Wohnung?«, fragte Bach und steuerte bereits zielsicher auf Sybilles Büro zu.

Doch Frau Dehner stellte sich ihr wie nebenbei in den Weg. Man sah ihr den Gewissenskonflikt förmlich an. Sie wollte loyal ihrer Chefin gegenüber sein, merkte aber auch, dass Bachs und Falcks Anliegen dringlich war.

»Ich sagte Ihnen doch, sie ist nicht da. Sie können gerne nachsehen!« Sie öffnete die Bürotür, ließ Bach einen Blick hineinwerfen.

»Haben Sie auch Zugang zu Frau Suderbergs Wohnung?«, fragte Bach.

»Nein, habe ich nicht. Ich habe auch keinen Schlüssel. Sie sagte, sie sei verreist für ein paar Tage, sie wusste selbst nicht, für wie lange.«

»Verreist? Allein?«

»Wie ich schon sagte. Mehr weiß ich nicht.« Die junge Frau hob entschuldigend die Schultern und lächelte. Mehr würden sie auf diese Art und Weise aus ihr nicht herauskriegen, das war Falck klar. Da konnte Bach noch so hartnäckig nachfragen.

»Jetzt ist mal Schluss hier«, sagte Falck energisch. »Was auch immer Sie hier für Sybille tun, ich bin ziemlich sicher, dass weder Sybille noch Sie eine Arbeitsgenehmigung, geschweige denn eine Aufenthaltsgenehmigung haben. Ein kleiner Hinweis an die Behörden wäre also durchaus möglich, wenn Sie verstehen, was ich meine. Ich vermute mal, dass Sie nicht ganz freiwillig in die DDR gekommen sind. Kann es sein, dass man Sie drüben mit einem Haftbefehl sucht?«

Das war ein Schuss ins Blaue, doch Frau Dehner blieb der Mund offen stehen, und sie schnappte nach Luft. »Hören Sie mal ...«

»Nee, jetzt hören *Sie* mal«, unterbrach Falck. »Sie müssen nicht denken, dass wir hier alle dämlich sind, wir haben vielleicht nicht so geile Klamotten und waren noch nie in Spanien oder Amerika, aber wir lassen uns nicht für dumm verkaufen!«

»Hab ich auch nie behauptet!« Frau Dehner sah ihm direkt in die Augen.

»Dann rücken Sie jetzt endlich damit raus, was mit Sybille los ist!«

Frau Dehner wägte wohl noch kurz ihre Optionen ab, dann gab sie nach. »Also gut, aber Sie dürfen es ihr nicht verraten. Sie kümmert sich doch um mich, obwohl sie das nicht müsste.«

»Großes Pionier-Ehrenwort!«, sagte Bach ernst.

»Was heißt denn das?« Frau Dehner runzelte unsicher die Stirn.

Bach winkte ab. »War nur ein Witz!«

»Hier hat gestern ein Mann geklingelt. Ich würde es gar nicht wissen, wenn mir nicht die Nachbarn davon erzählt hätten. Die waren sich jedenfalls sicher, dass er nicht von hier war!«

»Nicht aus Dresden? Woher konnten sie das wissen?«

Dehner schüttelte den Kopf. »Nicht aus der Zone!« Sie biss sich gleich auf die Unterlippe. »Entschuldigung, ich meine: nicht aus der DDR.«

»Schon gut!«, winkte Falck ab. »Wie sah der Mann aus?«

»Mittelgroß, dunkles Haar, nach hinten gekämmt. Sybille hat ihm aufgemacht und ist dann eilig mit ihm weggegangen, wohin, weiß ich aber nicht. Ehrlich!«

»Das muss Weinert gewesen sein!«, sagte Falck, als sie sich von Frau Dehnert verabschiedet hatten und wieder draußen auf der Straße standen. Inzwischen war ein starker Wind aufgekommen, die Wettervoraussichten hatten sogar einen Orkan angekündigt.

»Und jetzt?«, fragte Bach.

»Das echte Gemälde ist noch immer nicht gefunden worden. Ich bin sicher, Klanghausen hat es gestohlen. Vielleicht schon vor Längerem.«

»In seinem Atelier war es aber nicht, das haben wir mehrmals durchsucht. Bei seinem Freund Stein war es auch nicht. Überleg doch mal, das kann theoretisch überall sein!«

Falck nickte erst und schüttelte dann den Kopf. »Aber Klanghausen kennt sich aus mit Bildern, er weiß, wie man es lagern muss und wo man es verstecken muss, damit es nicht zufällig gefunden wird. Wenn, dann ist es in seiner Wohnung. Vielleicht wusste ja seine Frau gar nichts davon. Du hast doch gesehen, wie vollgestellt die Bude war. Lass uns noch mal da hinfahren!«

Bach deutete nach hinten. »Und Frau Dehner wollen wir nicht mitnehmen?«

»Auf keinen Fall. Ihr traue ich im Moment noch weniger als Sybille.«

Falck gab auf. Nach einer Stunde Suche war er sicher, hier war kein Gemälde. Keine doppelte Wand. Kein Hinweis. Keine Spur von irgendwas. Zum wiederholten Mal schaute sich Falck in der Wohnung Klanghausens um. Es war wirklich zum Verrücktwerden. Er ging ins Wohnzimmer. Irgendwo hörte er Steffi Bach rumoren. Vermutlich verschob sie die Schränke. Das hatte er auch schon gemacht. Inzwischen hatte er seinen ganzen Elan verbraucht. Enttäuscht setzte er sich an den Schreibtisch und sah ein viertes Mal einen Briefstapel und die Schubladen durch. Wieder geriet ihm der Ausstellungskatalog in die Hände, den er schon mal mit nach Hause genommen hatte. Er warf ihn gelangweilt beiseite. Das Heft rutschte über die glatte Tischplatte und fiel zu Boden. Falck stöhnte genervt auf und bückte sich, um es aufzuheben. Dann stutzte er und zog ein Blatt Papier heraus, das zwischen den Seiten des Katalogs hervorschaute. Es war ein Brief.

»Steffi! Komm mal, bitte!«, rief er und hielt ihr das Blatt hin, als sie neben ihm stand. Interessiert las sie.

»Sechsundzwanzigster Februar, das ist heute«, sagte sie und reichte ihm das Blatt zurück. Es war die schriftliche Auftragsbestätigung eines westdeutschen Transportunternehmens, Klanghausens Werkstücke am heutigen Tag abzuholen und nach Köln zu transportieren. Noch einmal hielt Falck ihr das Blatt hin. Sie las es noch einmal.

»Ja, und? Wie du siehst, ist ja niemand hier, oder?«, sagte sie.

Falck tippte auf das Firmenzeichen im Briefkopf.

»Burgstädt Transport GmbH«, las sie laut vor. »Inhaber A. Weinert.« Sie verstummte. »Ich kapier gar nichts mehr!«

»Wir müssen in Klanghausens Atelier, dort sind die Werkstücke.«

»Aber das ist doch als Tatort gesperrt.«

»Und interessiert das jemanden?«

Es hatte niemanden interessiert. Klanghausens Atelier war komplett ausgeräumt. Dabei war die Tür neu versiegelt gewesen, sein geronnenes Blut noch auf dem Boden im Bad, sein Urin im Toilettenbecken.

»Alles leer!«, staunte Bach.

Die Wohnung bot nun keinerlei Versteck mehr. Sämtliche Bilder, die an den Wänden gelehnt hatten, waren verschwunden, Möbel hatte es sowieso kaum welche gegeben. Der große Tisch in der Mitte des Ateliers stand noch, kaum mehr als ein großes Holzbrett auf zwei Böcken.

»Das Gemälde muss hier gewesen sein. Klanghausen hat es versteckt. Zwischen einem seiner Bilder vielleicht, hat es Ullrich nicht so gesagt? Der Transport war schon eingefädelt.«

Bach zuckte mit den Achseln. »Aber wenn Weinert sowieso den Transport übernommen hat, wieso dann dieses ganze Hin und Her mit ihm? Wieso war er in Maschkes Haus?«

»Jemand hat ihn da hingelockt, um ihn abzulenken oder aus dem Spiel zu nehmen«, mutmaßte Falck.

Bach winkte unwillig ab, man sah ihr an, dass sie keine Lust hatte, weiter zu spekulieren. »Lass uns gehen. Mir gefällt es hier nicht.«

Als sie wieder auf der Straße standen, sahen sie einen Mann aus dem Haus gegenüber kommen.

»Entschuldigen Sie bitte«, sprach Bach ihn an. »War heute ein großes Auto hier oder ein Lastkraftwagen?«

»Ja, schon in aller Früh.« Der Mann wollte weitergehen.

»Konnten Sie vielleicht das Nummernschild erkennen? Oder die Personen, die im Auto saßen? War da vielleicht eine Frau dabei?«

»Das war ein Transporter, ein kleiner Laster von Mercedes mit westdeutschem Kennzeichen, irgendwas mit B. Leute waren genug dabei. Drei, die arbeiten mussten, drei, die zugesehen haben.«

»Ach ja?«, fragte Bach ehrlich erstaunt.

»Na ja, die Frau hat mal was getragen, wollte sich dann aber nicht mehr die Hände dreckig machen. 'ne große Blonde, bestimmt aus dem Westen, der andere sah auch aus wie ein Wessi, langer Mantel und so 'ne geschniegelte Frisur. Und dann noch so ein ungepflegter Kerl.«

»Ungepflegt?«

»Ja, weiß auch nicht, hat pausenlos geraucht.«

Bach zog die Augenbrauen hoch. »Und noch ein weiteres Auto? Ein BMW?«

»Keine Ahnung, war aber 'ne große Kiste. Grün. Vor einer Stunde oder so sind die los.«

»Das war Schmidt«, sagte Bach erstaunt, als der Mann weg war. »Und Sybille und der Weinert, vermute ich. Aber wieso hängt Eddi bei denen rum? Ich kapier das nicht. Ich denk, die können sich nicht ausstehen?«

Falck zeigte Richtung Löbtauer Straße. »Da ist eine Telefonzelle, ich ruf jetzt jemanden an. Ich muss da mal was nachfragen.«

»Tobias, ich bin wirklich ratlos«, sagte Bach wenige Minuten später.

»Ich auch.« Es hatte nur dieses Telefonat gebraucht, um endgültig alles durcheinanderzubringen. Sie hatten erfahren, dass Schmidt nie einen Durchsuchungsbefehl für Zetsches Villa beantragt hatte, dasselbe galt auch für Maschkes Wohnung. Dabei hatte Schmidt sich beklagt, keine Befehle bekommen zu haben. Ebenso hatte Sybille nie in U-Haft gesessen oder war sonst in irgendeiner Form festgehalten, geschweige denn polizeilich registriert worden. Dabei hatte Schmidt sie doch höchstpersönlich zur Schießgasse gebracht.

»Tobias, jetzt hab ich's!«, flüsterte Bach und wurde ganz weiß im Gesicht. »Eddi hat die Kopie von Zetsche geklaut!«

»Warum?«

»Verdammt noch mal, die führen uns an der Nase herum! Edgar war doch bei den Zetsches, hat sie angeblich beobachten wollen. Dabei hat er nur auf die Gelegenheit gewartet, reinzugehen und die Kopie zu klauen.«

»Wir haben doch das Haus durchsucht, da wäre uns doch das Gemälde aufgefallen, egal ob Original oder Fälschung!«

»Nein. Das war anders. Wir haben uns aufgeteilt! Du warst oben, ich im Keller, Eddi im Atelier.«

Falck zwang sich, Steffis Idee nicht einfach abzutun, egal, wie absurd sie ihm erschien. »Gut, also, er sieht es und klaut es dann, aber wozu?«

»Tobias, die haben sich gar nicht gestritten. Nie. Die arbeiten zusammen!«

»Wer?«

»Tobias, stell dich doch nicht so an, du bist doch immer der Schlauste! Sybille und Edgar! Die wollen das Gemälde! Die wollen das selbst verkaufen. Von wegen Finderlohn!«

»Aber wie ...?« Falck verstummte. »Wieso die Fälschung?«

»Ist doch klar. Zuerst kommen sie nicht von der Stelle. Das echte Gemälde ist weg. Irgendeiner hat es. Sybille weiß aber, dass es drüben bei dem Händler noch nicht angekommen ist, also muss es noch hier in Dresden sein. Dann meldet die Schüttauf den Diebstahl. War sicherlich nicht geplant. Aber Edgar übernimmt die Angelegenheit. So hat er immer die neuesten Informationen. Aber das Bild ist weg, und Leute sterben. Keiner kann dem anderen mehr trauen. Da kommt doch so eine Kopie zur richtigen Zeit, erst recht, wenn sie in der Zeitung ist. Das wirbelt Staub auf, alle werden aufmerksam. Schmidt lässt sich den Lada klauen mit dem Bild drin, nee, der stellt die Karre sogar bei den Ullrichs ab. Die beobachten das Auto, sehen, wie Frau Ullrich das Bild nimmt und dann ihren Mann abholt.«

»Aber dadurch taucht doch das echte Gemälde nicht auf!«
»Stimmt, aber alles bleibt in Bewegung. Hat ja auch funktioniert. Alle sind aus den Löchern gekrochen, die Ullrichs, die Hirschfeld, Maschke und Weinert. Das waren Sybille und Edgar, die uns in der Nacht verfolgt haben, als wir den Ullrichs hinterhergefahren sind.«
»Aber die waren doch in Drachhausen, um uns zu suchen! Die konnten den Lada nicht beobachten!«
»Aber Sybille hat doch bestimmt Leute! Die Dehner zum Beispiel.«
»Und was ist mit von Palitzsch?«
»Tja, der mag wohl im Notfall die Kopie als echt erklären, mit Bestechung oder durch Erpressung!«
»Aber für wen?«
Bach hob vielsagend die Schultern. Sybille? Ihr war zuzutrauen, dass sie in ein Devisenhotel marschierte und sich den Mann einfach schnappte.
Falck wiegte den Kopf. Das alles klang nicht unwahrscheinlich, aber ein Punkt war nicht schlüssig. »Aber wieso sollte Schmidt bei so was mitmachen? Da hat Sybille doch nichts davon!«
Bach riss die Augen auf. »Erstens: Nimm einfach mal an, die sind zusammen.«
»Du meinst, ein Paar?«
»Ja, da brauchst du gar nicht abzuwinken. Hat schon Ina-Maria Federowski gesungen, Gegensätze ziehen sich an. Zweitens: Du weißt doch, Sybille hat uns schon einmal ausgenutzt für ihre Interessen.«
»Und jetzt?« Alles klang logisch, trotzdem war er noch ratloser als zuvor.
»Wir müssen hinterher!«, bestimmte Bach.
»Jetzt? Mit dem Trabi? Nach Köln?« Falck sah sie entsetzt an.

»Na klar! Eine Stunde Rückstand, das ist noch nicht so schlimm!«

»Wir fahren was weiß ich wie lange nach Köln, acht Stunden, zehn? Ich war noch nie im Westen, und ich habe keine Ahnung wohin!«

»Doch! Wir wissen wohin«, trumpfte Bach auf. »Du hast den Katalog und den Brief im Auto, da steht die Adresse drauf!«

»Ich hab noch nicht mal Westgeld zum Tanken!«, murmelte Falck. Ihm brach der Schweiß aus.

»Ich habe hundertsiebzehn D-Mark und sechzig Pfennig, haben mir meine Eltern gegeben.«

Falck sah sie zweifelnd an. »Herrgott, Steffi, wir sind Polizisten, wir haben Dienstwaffen dabei, wir haben keine Erlaubnis, keinen Befehl, wir betreten ein fremdes Land, ohne jede Befugnis und ohne Handlungsfreiheiten. Die können uns verhaften und anzeigen.«

Bach grinste und boxte ihn sanft gegen den Arm. »Wie sagt man jetzt so schön: No risk, no fun!«

25

Auf DDR-Gebiet war die Fahrt für Falck und Bach noch halbwegs vertraut. Als sie sich der Grenze näherten, wurden sie deutlich unruhiger und nervös. Weil sie keinen besseren Weg kannten und nicht riskieren wollten, sich auf Landstraßen zu verirren, hatten sie den kleinen Umweg über Magdeburg in Kauf genommen, der sie zur Transitautobahn in Richtung Braunschweig führte.

Beim letzten Tanken in der DDR wurde Falck auf einmal klar, dass er gar nicht wusste, ob sie in der BRD das Zweitaktgemisch auftreiben würden, das der Trabi benötigte. Im Kanister hinten im Kofferraum schwappten noch zehn Liter, die sie aus alter Gewohnheit immer dabeihatten. Im Westen würden sie damit nicht weit kommen. Sie mussten darauf hoffen, dass sich der Handel in der BRD schon auf diese Art Nachfrage eingestellt hatte. Immerhin fuhren die DDR-Bürger seit drei Monaten zu Zehntausenden in den Westen, um einzukaufen, Verwandte zu besuchen oder einfach nur, um zu gucken. Als die Grenzanlagen Helmstedt/Marienborn in Sicht kamen, die Gebäude des Zolls und der Grenztruppen, die aufgeteilten Fahrspuren, die überdachten Fahrbahnabschnitte und Schranken, grinste Bach, die am Steuer saß, doch auch sie konnte ihre Anspannung nicht verbergen. Als sie schließlich dort, wo noch bis vor wenigen Monaten für die meisten DDR-Bürger jeder Traum vom Westen endete, einfach so durchgewunken wurden, lachte Bach triumphierend. Eigentlich war das der Moment für Falck, in dem er verstand, was wirklich geschehen war. Sie durften in den Westen. Einfach so.

Seiner Nervosität tat das jedoch keinen Abbruch, ganz im Gegenteil. Auch wenn er Westberlin schon kennengelernt hatte, war es doch so, dass er jetzt erst das erste Mal wirklich westdeutschen Boden betrat. Dies nun war also das Land des ehemaligen Feindes, das waren die Menschen, die frei lebten, freie Entscheidungen trafen und eine freie Presse hatten. Hier gab es also all die schönen Dinge, die ihnen vorenthalten worden waren. Das war das Land der Verheißungen, das Land, in dem es Adlige und Reiche gab, Menschen, denen riesige Häuser, Villen und Schlösser gehörten. Das war das Land, in welchem man es angeblich nicht so ernst genommen hatte mit der Entnazifizierung, und hier war die Armee ihres einstmals allerschlimmsten Feindes stationiert, die amerikanischen Truppen. Hier, hieß es, landete man auf der Straße, wenn man nicht mithalten konnte oder einem das Schicksal übel mitspielte. Das war das Land, in dem es Arbeitslosigkeit und Drogen gab, in dem Gewaltverbrechen und Bandenkriege an der Tagesordnung waren. Durch das Seitenfenster des Trabants betrachtete Falck die Umgebung.

Es sah alles ganz normal aus.

Kurz nach der Grenzpassage mussten sie im Shop einer Shell-Tankstelle eine Straßenkarte kaufen. Eigentlich ein banaler Vorgang, trotzdem war der Besuch für sie aufregend. Das hier war kein Vergleich zu den tristen Minol-Tankstellen mit Kassiererhäuschen, die er kannte. Dieser seltsam angenehme Geruch des kleinen Ladens, in dem es so gut wie alles zu kaufen gab, die Auswahl an Kaugummis und Süßigkeiten, Getränken, Kugelschreibern und Feuerzeugen und die Unzahl an bunten Zeitschriften ließen ihm den Kopf schwirren. Dass sich neben dem drehbaren Ständer mit den Straßenkarten ausgerechnet das Regal mit den Sexmagazinen befand, sorgte endgültig für Verwirrung bei Falck.

Von jetzt an fuhr Falck, und Steffi Bach dirigierte ihn, mit der Karte auf den Knien. Für einen Augenblick fühlte sich Falck an seine Kindheit erinnert, wenn im Urlaub seine Mutter den Vater durch fremde Städte dirigiert hatte, während seine Schwester, sein Bruder und er sich auf die Rückbank gekniet und den nachfolgenden Fahrzeugen durch das Heckfenster zugewunken hatten.

Falck schwitzte anfangs auf den westdeutschen Autobahnen Blut und Wasser. Bei den Autobahnauffahrten war er es gewohnt, bis zum Auffahrtsende zu fahren, dann stehen zu bleiben und zu warten, bis er sich einfädeln konnte. Hier beschleunigte man schon auf der Auffahrt und musste hoffen, dass sich eine Lücke ergab, ehe die Auffahrt zu Ende war. Der Trabant mit seiner dürftigen Beschleunigung war für solche Manöver besonders schlecht geeignet, doch nach einer Weile hatte Falck den Dreh raus, gewann an Sicherheit und reizte den Motor des kleinen Wagens voll aus. Trotzdem kam er sich wie ein Hindernis vor, wenn sogar die großen Laster den Trabant überholten.

Je weiter sie nach Westen kamen, desto weniger Trabis und Wartburgs waren zu sehen, bis sie schließlich das Gefühl hatten, die einzigen Ossis weit und breit zu sein. Den Transporter oder Sybilles grünen BMW entdeckten sie natürlich nicht.

Irgendwann an einer Autobahnraststätte löste Steffi ihn ab. Falck bemerkte die teils belustigten, oft einfach nur neugierigen Blicke der anderen, wenn sie den Trabant sahen. So weit im Westen war man den Anblick offenbar noch nicht gewöhnt. Da Steffi jetzt fuhr, hatte er mehr Zeit, sich die Umgebung anzusehen. Er bestaunte die vielen bunten Werbetafeln, die besseren Straßen, die vorbeiziehenden Ortschaften, die alle irgendwie heller und sauberer waren als die DDR-Orte, trotz des grauen feuchten Wetters.

Als es an der Zeit war, noch einmal zu tanken, fuhren sie

von der Autobahn ab und ließen sich von einem freundlichen Tankstellenbetreiber helfen, das Zweitankgemisch selbst herzustellen, indem sie Benzin und Öl in einem Kanister zusammenkippten und kräftig schüttelten.

»Wo wollt ihr denn hin?«, fragte der Mann, während er sich interessiert das Innere des Trabants ansah.

»Nach Köln«, antwortete Bach.

Der Mann lachte auf. »Himmel, ausgerechnet heute!«

»Warum?«, fragte Bach, und ihre Stimme klang etwas eingeschüchtert.

»Nee, macht mal. Ihr werdet euren Spaß haben«, sagte er gutmütig grinsend.

Vielleicht meinte er den vorhergesagten Sturm, der sich bereits mit wilden Böen angekündigt hatte und an Bäumen und Fahnenmasten zerrte. Falck überlegte. Vielleicht amüsierte ihn auch der Gedanke, dass der Trabant umgeworfen werden könnte. Und schon war da wieder dieses Gefühl, dass man sich über sie lustig machte.

Der Tankwart füllte ihnen noch den Kanister auf. Als sie bezahlen wollten, winkte er freundlich ab und wünschte ihnen noch eine gute Reise. Falck runzelte die Stirn. Er verstand diese Leute einfach nicht. Sie bedankten sich artig und setzten die Fahrt fort.

Irgendwann tippte ihm Bach an die Schulter. Er musste eingenickt sein.

»Schlaf jetzt nicht, Tobias, ich muss wissen wohin!«, ermahnte sie ihn.

Falck stemmte sich im Autositz hoch und staunte nicht schlecht, als er in der Ferne bereits den Kölner Dom erkannte.

»Soll ich dich ablösen?«, fragte er. Der Sturm ließ das Auto hin- und herschwanken. Auch vor ihnen mussten die Autofahrer immer wieder gegenlenken, um nicht von der Straße gedrückt zu werden.

»Nein, ich fahr weiter!«, erwiderte Bach zu seinem Glück. »Sag aber mal schnell, welche Ausfahrt wir nehmen müssen.« Schweiß stand ihr auf der Stirn.

Falck bemühte sich, auf der nicht vielversprechenden Karte die richtige Ausfahrt auszumachen. Das würde nicht leicht sein, sich in der Stadt zurechtzufinden. Die Kölner Innenstadt war eng und verzweigt, von Einbahnstraßen durchzogen, und die kleinen Pfeile auf der Karte waren kaum zu erkennen.

»Verdammt, was ist denn hier los?«, keuchte Bach, als sie die Kölner Innenstadt erreicht hatten.

Falck hatte es die Sprache verschlagen. Fassungslos starrte er auf die unüberschaubare grölende Menschenmasse vor ihnen.

»Ach du Scheiße!«, sagte Bach tonlos. »Kölner Karneval! Und heute ist Rosenmontag!«

»Und die nehmen das richtig ernst!« Falck konnte sich gar nicht sattsehen an den verkleideten Menschen. Die ganze Stadt war auf den Beinen, überall liefen Clowns, Hexen, Krankenschwestern, Schornsteinfeger, Frösche, falsche und womöglich auch echte Polizisten und andere bunte Gestalten herum. Niemand schien heute zu arbeiten, niemand schien mehr nüchtern zu sein. Der Sturm war den Feiernden offenbar egal, auch wenn er Hüte, Schirme und Schilder mit sich riss, Wimpel, Fähnchen und Papierblumen durch die Straßen fegte. Restaurants und Kneipen platzten aus allen Nähten. Und nachdem der Erste den Trabant aus der DDR entdeckt hatte, war es auch kaum noch möglich, vorwärtszukommen. Die Leute lachten, klatschten, klopften auf das Wagendach und an die Scheiben. Immer wieder mussten sie halten, weil man sich mit dem Auto und mit ihnen fotografieren lassen wollte. Bonbons und Schokoriegel prasselten auf die Motorhaube, und unzählige Male forderte man sie zum Mitfeiern auf.

Natürlich hatte es Fasching auch bei ihnen im Osten gegeben. Als Kind hatte Falck sich immer darauf gefreut, als Cowboy oder Indianer durch die Gegend zu ziehen, und auch die Erwachsenen hatten ihren Spaß bei Faschingsveranstaltungen. Doch was die Kölner befallen hatte, war Wahnsinn. Ein Ausnahmezustand, der wohl drei Tage anhalten würde. Und wie es aussah, mussten sie mitten hinein ins größte Chaos.

»Gibt's denn hier keine Straße, die länger als fünfzig Meter ist?«, fluchte Bach einige Zeit später.

Falck hatte das Gefühl, sie wären schon fünf Mal an der Spiesergasse vorbeigefahren, die Adresse, an die Klanghausens Kunstwerke geliefert werden sollten. Die Beschilderung war anders als in Dresden, und der Trubel, die Hektik, die Straßensperren, der heftige Wind, der Wimpel und Plastiktüten mit sich riss, und die Heerscharen Kostümierter, die die Fahrbahn blockierten, taten ihr Übriges. Mussten sie ausgerechnet an Karneval hierherkommen?

»Halt doch mal an!«, bat er.

»Wo denn?«, fragte Bach ungehalten. »Da steht Elisenstraße.«

»Dann sind wir hier falsch. Bei der Spiesergasse gibt es keine Elisenstraße.«

»Menschenskind, du hast doch die Karte, dann sag halt, wo ich langfahren soll.« Bach riss ihm wütend die Karte aus der Hand. »Hier rechts, dann wieder rechts in die Mohrenstraße. Danach links. Merk dir Gereonshof.« Sie warf Falck die Karte wieder in den Schoß.

Falck zog es vor, zu schweigen. Steffi war wütend genug. Inzwischen hatten sie auch den Überblick verloren, was ihren Tankinhalt betraf. Nach dem Stand der Kilometer musste er noch eine Weile reichen, doch so genau wusste man das nie.

Als sie die Spiesergasse endlich erreicht hatten, fanden sie keinen Parkplatz. Und vielleicht war es sowieso nicht gut, den Trabant hier abzustellen, das Auto war viel zu auffällig, selbst zwischen den Leuten, die singend durch die Gassen zogen. Schmidt, Suderberg oder wer immer involviert war, konnte das Auto entdecken.

»Da vorn muss es sein!«, sagte Bach. Sie hatte sich wieder beruhigt und deutete auf ein eher unscheinbares Haus, das nicht aussah, als beherbergte es eine Galerie. Weder ein Transporter noch der BMW waren zu sehen.

»Und jetzt?«, fragte Falck.

»Warten und beobachten!« Bach stellte sich in eine Lücke, in der eigentlich Parkverbot herrschte, und stellte den Motor ab. »Ich müsste mal auf Toilette.« Suchend sah sie sich um. »Da hinten war eine Kneipe, ich geh mal!«

Die Kneipe war vor lauter Menschen kaum als solche auszumachen. »Viel Glück!«, wünschte Falck.

»Du sollst das Haus beobachten, nicht den ollen Katalog ansehen!«, schimpfte Steffi, als sie wieder zurück war.

»Hier passiert gar nichts«, sagte Falck, klappte Klanghausens Ausstellungskatalog wieder zu und legte ihn auf die Rückbank.

»Ich habe nachgeschaut, da steht nichts an der Klingel. Keine Galerie oder so was Ähnliches. Ob wir falsch sind?«

Falck hatte gar nicht bemerkt, dass Bach auch zu dem Haus gegangen war. Vielleicht hatte er mit offenen Augen geschlafen, während der Sturm an ihrem Trabant zerrte und drückte? »Es gibt im Register keine zweite Spiesergasse.«

Bach lehnte sich resigniert zurück. »In der Kneipe haben sie übrigens meine Verkleidung gefeiert!«, sagte sie nach einer kurzen Pause.

»Welche Verkleidung?«, fragte Falck.

Bach schenkte ihm diesen leicht belustigten, mitleidigen Blick, den er nur zu gut kannte. Er hatte mal wieder einen Witz nicht verstanden. Dann zeigte sie mit beiden Händen auf sich.

»Haben die bemerkt, dass du von der Polizei bist?«

Bach stöhnte auf wegen seiner Begriffsstutzigkeit. »Lieber Himmel, nein, die haben sich über meine Verkleidung als Ossi kaputtgelacht. Sie haben mir sogar zu meinem gut imitierten Sächsisch gratuliert.«

Falck saß verdutzt da.

»Dabei habe ich doch ganz normale Klamotten an«, jammerte Steffi. »Sind das meine Haare? Oder woran sehen die, dass ich aus der DDR komme?«

»Ich glaube, es ist alles zusammen, unser Auftreten, unsere Klamotten. Alles.«

Aber Steffi hatte gar nicht zugehört. »Und außerdem rede ich doch gar nicht so ein schlimmes Sächsisch!« Unvermittelt schlug sie mit dem Handrücken auf Falcks Arm. »Dort! Schau mal!« Bach zeigte nach vorn.

Auf der anderen Straßenseite kam ihnen Frau Klanghausen entgegen. In ihrer Künstlerkleidung fiel sie unter den kostümierten Kölnern gar nicht weiter auf. Ihr Haar wurde vom Sturm zerzaust, ihr Poncho flatterte wie eine Fahne. Sie suchte offensichtlich nach einer Hausnummer. Als sie das richtige Haus entdeckt hatte, sah sie erst die Klingelschilder durch und klingelte dann. Bach und Falck in ihrem Trabi hatte sie nicht bemerkt.

»Was machen wir?«, fragte Falck.

»Hast du gesehen, welche Klingel sie gedrückt hat?«

»Ja. Erdgeschoss.«

Frau Klanghausen stand immer noch vor der Haustür. Es tat sich offenbar nichts.

»Da oben!«, rief Bach und zeigte in den dritten Stock, wo sich gerade ein Fenster öffnete. Ein Mann mit dunklem Haar und Vollbart streckte den Kopf heraus und zog sich, ohne dass Frau Klanghausen ihn bemerkte, wieder zurück.

»Ob das vielleicht der *Schwarze* ist, von dem anfangs gesprochen wurde?«, fragte Falck flüsternd. Bach erwiderte nichts, wie gebannt starrten sie die Frau vor der Haustür an, die sich mit ratlosem Gesicht abgewandt hatte und langsam die Straße Richtung Trabant entlangging. In dem Moment öffnete sich die Haustür, und zwei Männer kamen heraus, die der Klanghausen betont unauffällig folgten. Die Frau war jetzt schon fast beim Trabant angelangt, als die Männer beschleunigten.

»Die wollen was von ihr!« Bach stieß die Fahrertür auf und ging der Frau ein paar Schritte entgegen. »Entschuldigen Sie!«, sagte sie laut. »Sind Sie von hier? Wir haben uns verfahren!«

Frau Klanghausen sah erschrocken auf. Die beiden Männer hinter ihr sahen sich kurz an und liefen dann weiter, als hätten sie nie etwas anderes vorgehabt.

»Die haben das Atelier einfach ausgeräumt!«, sagte Frau Klanghausen leise. Fast zu leise angesichts des Lärms. Sie hatten zu dritt in der Gaststätte in der Nähe Platz gefunden. Es war eng und laut, und sie saßen dicht an dicht nahe der hochfrequentierten Toilette.

»Das war aber so abgesprochen. Sie hatten einen Vertrag«, sprach Bach gegen die allgemeine Lautstärke an.

»Ja, schon, aber wer denkt denn, dass sie das einfach ohne mich durchziehen würden?«

»Deshalb sind wir hier. Glauben Sie, Ihr Mann hat das Original in der Gemäldegalerie gegen die Kopie eingetauscht?«

»Ja, das glaube ich. Er hat so schwer gearbeitet dafür, hat es verflucht. Das hat Monate gebraucht und einige Versuche gekostet, wissen Sie. Er wollte ja seine eigene Kunst machen und keine Bilder kopieren. Wir beide wollten das. Unser Leben ist der Kunst verschrieben, verstehen Sie? Diese Kopie anzufertigen war eine Last, eine Zeitverschwendung für ihn, er hat das nur fürs Geld gemacht. Und plötzlich heißt es, er könnte nicht bezahlt werden, plötzlich war niemand mehr zuständig. Ich kann mir gut vorstellen, dass er dann selbst versucht hat, es zu verkaufen.«

»Aber er hat Ihnen nichts davon erzählt?«

Die Frau lächelte unglücklich. »Ach, wissen Sie, er war sehr eigen, er hat oft sein eigenes Ding gemacht.«

»Wissen Sie, wer bei dem Coup noch beteiligt war? Maschke? Oder Frau Schüttauf?«

»Die Schüttauf vielleicht, die hatte ja Zugang in der Gemäldegalerie, sie kannte dort das ganze Personal. Maschke und Hirschfeld wollten sicher nur auf den Zug aufspringen.«

»Glauben Sie, das echte Gemälde ist in seinem Atelier gewesen?«

Frau Klanghausen wiegte den Kopf. »Ich weiß nicht. Vielleicht hat es ja diese Schüttauf. Die tut immer so unschuldig. Aber sie hat es faustdick hinter den Ohren.«

»Kann es sein, dass er es ihr zur Aufbewahrung gegeben hat?«

Frau Klanghausen zuckte die Achseln und seufzte. »Das ist nicht unwahrscheinlich«, sagte sie zögernd.

»Warum sind Sie denn hier?«, fragte Falck die Frau.

Sie zuckte unglücklich mit den Achseln. »Na ja, ich muss doch trotzdem sehen, dass keiner was kaputtmacht.«

»Aber wie eine richtige Galerie sieht das hier nicht aus.«

Sie nickte unglücklich. »Ja, das habe ich auch bemerkt.«

»So, Liebelein«, fragte jetzt die Kellnerin, die sich zu ihrem Tisch durchgekämpft hatte, »wollt ihr nur klönen oder auch wat trinken oder essen?«

Just in dem Moment fuhr am Fenster ein Laster vorbei. Es war mehr ein großer Schatten, der vorbeihuschte, ein Schriftzug war auf die Schnelle und in der Dämmerung nicht zu erkennen gewesen. Falck sprang auf, schob sich durch die aufgedrehte

Menge zur Tür. Draußen sah er die Bremslichter des Lasters aufleuchten, dann öffneten sich auch schon beide Türen. Drei Männer stiegen aus. Zwei in Overalls, einer in Zivil. Das war Weinert, erkannte Falck. Sie gingen um den Kleinlaster herum, und einer der Männer öffnete die Plane, indem er das Halteseil aus den Laschen zog. Kaum war ein Spalt offen, sprang noch ein vierter Mann von der Ladefläche. Die Männer lachten, einer rubbelte dem letzten scherzhaft die Schultern warm.

Bach war Falck zur Tür gefolgt.

»Wat macht ihr denn hier für jeheime Sachen?«, rief ihnen die Kellnerin hinterher.

»Polizeieinsatz!«, behauptete Bach.

»Schätzelein, dat kannste sonst wem erzähln, aber nich mir! Ich ruf gleich die richtigen Bullen.«

»Ist schon gut. Das brauchen Sie nicht!«, bat Falck. »Wir sind gleich weg.«

Die Kellnerin musste grinsen. »Wat haste denn für ne ulkige Sprache?«

Dein Dialekt ist aber auch nicht von schlechten Eltern, dachte sich Falck, ersparte sich aber eine Antwort.

»Fangt mir bloß keine Schießerei an.« Die Kellnerin drohte mit dem Zeigefinger. Dann verschwand sie in der Kneipe.

»Was machen wir jetzt?«, flüsterte Bach. »Erst mal beobachten?«

»Ja, aber wir gehen näher ran. Da ist eine Hofeinfahrt!« Er zeigte auf die Häuserzeile auf der anderen Straßenseite. »Sag der Klanghausen, sie soll sitzen bleiben und etwas essen.«

Bach ging nach drinnen und kam kurz darauf mit ihren Jacken zurück. Gemeinsam überquerten sie die Straße und versuchten, wie normale Passanten zu wirken. Weinert war inzwischen ins Haus gegangen. Falck und Bach wechselten die Straßenseite, passierten unbemerkt den Laster und sahen, wie die Männer große, flache Holzkisten, Kartons und Körbe ausluden. Als sie vor einer Häuserlücke standen, gingen sie dort unauffällig in Deckung, um die Männer weiterhin beobachten zu können.

Inzwischen waren einige Autos langsam vorbeigekommen, Karnevalsvolk spazierte verkleidet, singend und grölend durch die Gassen. Dann näherte sich ein großer, schwerer Mercedes, der mehr schlecht als recht vor dem Laster parkte. Den Fahrer kümmerte das offenbar überhaupt nicht.

»Der hat ein gelbes Kennzeichen! Für die Niederlande, oder?«, stellte Bach fest. »Was, wenn die das Gemälde direkt in seinen Kofferraum legen?«

»Kennzeichen merken, die Polizei rufen!«, sagte Falck leise, aber bestimmt.

»Kannst du es erkennen?«, fragte Bach nach.

»Ich geh hin!«, entschied Falck, als er an der Schulter festgehalten wurde.

»Schön hierbleiben!«, sagte eine bekannte Stimme.

Verblüfft fuhren Falck und Bach herum. Hinter ihnen standen Schmidt und Suderberg.

»Was macht ihr denn hier?«, sagte Sybille Suderberg eher wütend als erstaunt.

Bach hatte als Erste die Sprache wiedergefunden. »Nee, andersherum: Was macht ihr denn hier, muss es lauten.«

»Wir ermitteln!«, kam es fast unisono von Schmidt und Suderberg.

»Verarschen kann ich mich selber«, entrüstete sich Bach. »Ihr habt uns doch von Anfang an an der Nase herumgeführt. Ihr wollt euch das blöde Gemälde selbst unter den Nagel reißen.«

»Was?« Suderberg lachte ungläubig auf.

»Das Scheißgeld, zwei Millionen, dafür kann man auch schon mal seine Freunde verarschen!«

»Steffi!«, Sybille lachte fast verzweifelt auf. »Glaubst du das wirklich?«

»Warum dann diese ganze Geheimniskrämerei, die angebliche Streiterei? Was macht ihr uns da vor? Ihr seid doch zusammen, hab ich recht?«

»Und selbst wenn, kann es dir egal sein«, murrte Schmidt, peinlich berührt.

Bach stampfte wütend mit dem Fuß. »Ist es mir ja eigentlich auch, aber nicht, wenn wir hier die Trottel sind! Ihr erklärt uns jetzt erst mal, was hier los ist! Wer hat denn Klanghausen umgebracht, und wieso habt ihr den Weinert aus der U-Haft geholt? Der hat auf Tobias geschossen!«

»Steff, krieg dich mal wieder ein!«, stöhnte Schmidt.

Es fehlte nicht viel, und Steffi Bach wäre auf ihn losgegangen. Sie ballte die Fäuste. »Halt deinen Mund!«, zischte sie ihren Chef an. »Verstehst du nicht? Der hätte ihn um-ge-bracht.«

Jetzt ging Suderberg dazwischen. »Steffi, wer Klanghausen und Stein umgebracht hat, wissen wir nicht. Ich denke, die haben sich das alle gemeinsam ausgedacht«, erklärte Suderberg. »Erstens war Weinert nicht in U-Haft, sondern wurde nur zur Vernehmung festgehalten, zweitens glauben wir, dass er von Palitzsch entführt hat, und wir dachten, er könnte uns zu ihm führen!«

»Und, konnte er?«, fragte Falck.

Suderberg sah Schmidt an, als erhoffte sie sich Hilfe von ihm.

Das war Falck Antwort genug. Von Palitzsch war noch nicht wieder aufgetaucht. »Aber was sind denn das für Methoden?«, fragte er konsterniert. »Schon mal was von Regeln und Gesetzen gehört?«

»Lass mich dir mal was sagen, Tobias«, begann Suderberg. »Du weißt ja gar nicht, wie frustrierend das ist, wenn keiner sich an die Regeln hält, nur du bist das arme Schwein, das das durchziehen muss. Manchmal heiligt der Erfolg die Mittel.«

»Nein, da muss ich dir ausnahmsweise mal widersprechen«,

sage Falck, den Suderbergs dozierender Tonfall schon immer gestört hatte. »Wir sind nun mal die Polizei, und wenn die sich nicht an Regeln hält, wer denn dann?«

Jetzt drängte Bach sich wieder vor. »Und warum habt ihr uns nichts gesagt? Wir eiern hier herum wie Idioten …« Sie war sichtlich beleidigt.

»Weil Eddi den Ruhm allein einheimsen wollte«, sagte Falck und sah Schmidt an.

Der zog die Mundwinkel nach unten. »Na ja, und die zwanzigtausend Mark Finderlohn.«

Bach sah ihn wütend an. »Ich sag's ja: Was macht man nicht alles für Geld?«

»Sei mal nicht so überheblich, liebe Steffi. Ich brauche das Geld«, meldete sich Suderberg wieder zu Wort. »Falls du es vergessen hast: Ich muss den Tod meiner Schwester aufklären. Ich habe hier nichts mehr, ich kann nicht an mein Konto, ich kann nicht in meine Wohnung, ich benötige Anwälte und Zeit. Das kostet alles, Eddi wollte mir einfach nur helfen. Vom Geld hat er nie etwas gewollt. Und ihr werdet bald merken, zwanzigtausend klingt viel, aber eigentlich ist es nichts!«

Die Ansage ließ Bach verstummen, und auch Falck wusste nichts entgegenzusetzen, außer dass sie mit Ehrlichkeit unter Umständen weiter gekommen wären.

»Oh, nee, was macht denn die?«, stöhnte Suderberg plötzlich auf. Falck drehte sich um und sah Frau Klanghausen, die das Restaurant verlassen hatte und auf den Laster zusteuerte. Schon hatten die Männer sie registriert, und es dauerte noch einen Moment, ehe man sie erkannte. Im nächsten Augenblick schon drängte man sie ins Treppenhaus.

»Ob die ihr etwas antun?«, fragte Bach besorgt. »Wir müssen ihr doch helfen!«

Suderberg hielt sie auf. »Wir wissen noch nicht, wer der Typ mit dem Mercedes ist. Bestimmt ein holländischer Händler!

Außerdem, wie stellst du dir das vor? Alle reinstürmen? Drei Volkspolizisten und eine suspendierte Hauptkommissarin? Die Polizei rufen? Was wollen wir denen erklären? Glaub mir, das hat keinen Zweck.«

»Und sonst? Sie abmurksen lassen?«

»Egal!«, meldete sich Schmidt zu Wort. »Wir gehen da jetzt rein. Das Bild muss irgendwo dort versteckt sein. Und vermutlich ist von Palitzsch auch da drin. Der Frau muss geholfen werden. Worauf warten wir noch?«

Suderberg sah ihn an und gab sich kurz darauf geschlagen. »Aber lass uns wenigstens genau überlegen, wie wir das tun.«

»Da, guckt!«, rief Bach halblaut, die den Hauseingang im Blick behalten hatte. Falck stand am nächsten und konnte erkennen, wie Frau Klanghausen aus einem Fenster im Erdgeschoss kletterte, dann die Straße hinunterrannte, auf sie zu, so schnell es ihre klappernden Schuhe zuließen.

Falck wartete ab, ob noch jemand anderes aus dem Haus kam, doch nichts geschah. Dann rannte er aus der Deckung, über die Straße und fing die Frau ab. Die schrie erschrocken auf, verstummte aber, als sie ihn erkannte, und ließ sich von ihm beiseiteziehen.

»Wieso laufen Sie denn weg?«, schimpfte Bach. »Haben wir nicht gesagt, Sie sollen in der Gaststätte bleiben?«

»Aber es kann doch nicht angehen, dass der Typ mir alles einfach wegnimmt. Ich habe keine Quittung für Wolfis Stücke, und das sieht doch gar nicht aus wie eine Galerie!«, verteidigte sich die Frau.

»Was haben die da drinnen mit Ihnen gemacht?«, fragte Falck.

»Die haben mich gefragt, was ich hier will, ob ich allein gekommen bin. Ich hab gesagt, ich bin allein, dann wollten sie den Chef holen und haben mich in ein Zimmer gesperrt. Aber das eine Fenster ließ sich entriegeln, da bin ich dann rausgeklettert.«

»Haben Sie von Palitzsch gesehen?«

»Wen?«

»Ein Mann um die sechzig, silbernes Haar, Spitzbart.«

»Nein, der war nicht dabei. Das ist eine große Wohnung, mit einigen Zimmern, und ich glaube, denen gehört das ganze Haus.«

»Auf jeden Fall sind die jetzt gewarnt«, sagte Suderberg.

»Aber was machen wir denn jetzt?«, fragte Klanghausen.

Suderberg überlegte kurz. »Sie machen heute gar nichts mehr. Kommen Sie mit, wir suchen ein Hotel oder eine Pension. Hoffentlich finden wir jetzt überhaupt noch irgendein Zimmer, damit Sie dort bleiben können.«

26

Es war dunkel geworden, und Falck fror. Orkan Vivian gab sich alle Mühe. Es fauchte und stürmte, und jeder normale Mensch hätte sich in seine Wohnung zurückgezogen, doch hier war heute nichts normal. Suderberg war noch gar nicht so lange weg mit der Klanghausen, aber es fühlte sich an wie eine Ewigkeit. Auch Bach war kalt. Nur Schmidt war offenbar immun gegen Wind und Wetter. Wie immer hatte er die Jacke und den Hemdkragen offen und rauchte eine Zigarette nach der anderen.

Am Haus tat sich nichts, was ihnen recht sein sollte, solange Suderberg nicht wieder zurück war. Falck beobachtete einen Obdachlosen, der mit einem Handkarren durch die Straße zog, auf der Suche nach einem Platz für die Nacht. Die anderen Passanten würdigten ihn keines Blickes. An der nächsten Hausecke standen zwei junge Männer, die miteinander tuschelten und dann etwas austauschten, nichts Legales, das war eindeutig. Vermutlich Geld und Drogen. Weiter weg schrie jemand mit Säuferkehle, dass sich Soundso verpissen sollte. Vor der Kneipe sangen die Leute lautstark, und niemand störte sich daran. Endlich kam Suderberg wieder und hatte jedem von ihnen einen heißen Kaffee in Plastikbechern mitgebracht.

»Ist nur billige Automatenbrühe«, sagte sie, doch für Falck war es eine echte Wohltat. Er trank in kleinen Schlucken und blickte sich um. Es war schon seltsam, sowenig die Obdachlosen und Säufer beachtet wurden, sowenig kümmerte man sich auch um sie, die hier auf der dunklen Straße herumstanden. Man wich ihnen bestenfalls aus.

»Wo hast du die Frau untergebracht?«, fragte Schmidt.

»Gleich da hinten um die Ecke, in einem kleinen Hotel. Blauer Löwe. Das letzte freie Zimmer. Frag nicht nach dem Preis.«

»Da tut sich was!«, flüsterte Bach.

Eine Person kam aus dem Haus, lief zum Mercedes, machte sich erst am Kofferraum zu schaffen, stieg dann ein, um loszufahren.

»Ihr bleibt hier! Passt auf, wir folgen dem Mercedes. Eddi, komm!« Suderberg warf ihren Becher weg und lief los. Der Mercedes war schon an der nächsten Ecke. Ehe Falck und Bach etwas sagen konnten, waren die beiden weg. Doch ihnen blieb kaum Zeit, darüber nachzudenken, denn es kamen zwei weitere Männer aus dem Haus und stiegen in den Laster.

»Mist, unser Auto steht da hinten!«

»Komm, gehen wir einfach vorbei!« Falck nahm sie am Arm, und sie hakten sich unter und liefen die Straße entlang wie ein Liebespaar. Der Laster hatte Mühe, auszuparken. Das verschaffte ihnen etwas mehr Zeit, zu ihrem Trabi zu gelangen.

»Ich fahre«, bestimmte Bach. Es war keine Zeit für Diskussionen, Falck überließ ihr das Steuer.

Sie konnten dem Laster mühelos folgen, denn aufgrund der vielen Menschen auf den Straßen kam er kaum voran. Außerdem war er groß genug, um auch im Großstadtverkehr nicht einfach verloren zu gehen. Sicherlich war dem Fahrer nicht bewusst, dass er verfolgt wurde. Nachdem sie die Innenstadt mit dem dichten Getümmel hinter sich gelassen hatten, war die einzige Herausforderung, jedes Mal dieselbe Ampelphase zu erwischen. Falck fragte sich insgeheim, ob es nicht besser gewesen wäre, sich noch einmal aufzuteilen, damit wenigstens einer das Haus im Blick behalten könnte. Doch wie hätten sie sich verständigen sollen? Sie hatten im Trabi ein einziges

Funkgerät. Suderberg hatte ihr Autotelefon. Doch sie hatten ja nicht einmal Kleingeld, um ein öffentliches Telefon zu benutzen.

»Kommt es dir nicht komisch vor, dass wir keine Polizei einschalten sollen?«, fragte Bach nach einigen Minuten. Zwischen ihnen und dem Laster waren drei bis vier Autos, und Steffi musste sich anstrengen, unauffällig hinter dem Verfolgten zu bleiben und nicht den Anschluss zu verlieren. »Wieso sollte das denn nicht gehen? Kann man doch alles erklären, Dienstausweis haben wir auch. Die würden uns schon nicht gleich verhaften. Stell dir vor, die Klanghausen wäre nicht rausgekommen.«

»Ruhm und Geld«, kommentierte Falck lapidar und langte nach hinten, um sich den Ausstellungskatalog von der Rückbank zu holen.

»Ich meine, wir können ja nicht einmal jemanden verhaften hier im Westen. Wie soll das weitergehen?«, überlegte Bach weiter laut, und Falck überließ sie ihren Gedanken. »Und kommt es dir nicht auch komisch vor, dass Schmidt und Suderberg schon wieder gemeinsam unterwegs sind und den Mercedes verfolgen? Der hat doch was in den Kofferraum getan. Und hätten Sie nicht sehen müssen, wenn der von Palitzsch ins Haus gebracht wurde, oder hinaus? Wenn der nun noch in dem Kofferraum ist? Wenn die nun doch …?« Sie sah ihn an. »Was machst du denn nun schon wieder mit dem blöden Katalog?«

Falck antwortete nicht. Er musste unbedingt den Gedanken behalten, der ihm in den Kopf geschossen war. Er blätterte hektisch weiter, bis er die richtige Stelle gefunden hatte. Dann sah er auf.

»Steffi, dreh sofort um! Wir müssen zurück! Jetzt, jetzt gleich!«

»Und der Laster?«

»Egal, der ist egal, die wollen uns bloß weglocken. Schau hier!« Er zeigte auf die Fotos der Figuren, die nicht mehr zur Ausstellung gehörten, sondern als Tatwaffen in der Asservatenkammer lagen. »Hier, die Figur, mit der Klanghausen erschlagen wurde, heißt *Der Verräter*, und die Figur, mit der Hirschfeld angegriffen wurde, heißt *Der Gierige*! Die Klanghausen hat doch gesagt, ihr ganzes Leben drehe sich um die Kunst. Genau das hat sie gesagt, Steffi. Die Klanghausen hat ihren eigenen Mann erschlagen. Und mit Hirschfeld hatte sie dasselbe vor.«

»Aber wie soll sie bei Hirschfeld in die Wohnung gekommen sein?«

»Vielleicht hat er sie in die Wohnung gelassen und gesagt, sie sollten warten, bis seine Frau wiederkommt. Die Klanghausen ist ihm dann hinterher, als er zur Toilette ging, und hat ihm auf den Kopf geschlagen.«

»Aber sie lag doch gefesselt in der Gartenlaube! Wie willst du das erklären?«

»Die Handschellenschlüssel, Steffi! Deshalb lagen die auf dem Schrank. Sie hat sich selbst dort eingesperrt. Erst hat sie sich die Füße gefesselt, dann den Knebel angelegt, dann sich selbst die Handschellen angelegt, das ist machbar, ganz sicher. Sie hatte sogar eine Matratze und Decken, damit sie nicht erfriert. Und für den Fall, dass wir sie nicht finden, hat sie die Schlüssel dort deponiert, damit sie sich selbst wieder befreien kann. Und entweder hat sie das Auto der Ullrichs gerammt, oder es war doch Weinert mit seinem VW.«

»Aber sie wollte sich doch aus dem Fenster stürzen, als wir bei ihr waren und ihr mitgeteilt haben, ihr Mann sei tot!«

»Sie hat gewartet, bis ich noch mal hinschaue, dann ist sie zum Fenster gerannt. Und richtig gewehrt hat sie sich erst, als wir beide an ihr herumzerrten!«

»Aber warum haut sie denn nicht ab, wenn sie die Männer

niedergeschlagen hat? Sie weiß doch, dass wir ermitteln. Warum diese Umstände, die angebliche Entführung?«

»Wegen des Gemäldes! Zwei Millionen D-Mark! Zwei Millionen, überleg nur, was man damit anstellen könnte. Ich bin sicher, das war keine Flucht, als die Klanghausen da gerade aus dem Fenster kletterte, warum sollten die Männer sie auch unbeaufsichtigt in einem Erdgeschosszimmer zurücklassen. Die haben besprochen, wie sie uns loswerden können. Und das ging am besten, wenn die uns weglockten.«

»Dass du immer so ein Schlaumeier sein musst!«, stöhnte Bach und sah sich dabei schon nach einer Wendemöglichkeit um. Nun mussten sie zusehen, wie sie wieder zurückkamen. So weit war es nicht, aber im Dunkeln absolut unübersichtlich.

»Oh, nein, Einbahnstraße!«, stöhnte sie.

»Egal, fahr einfach rein!«

Das Haus lag still da. In der Erdgeschosswohnung brannte kein Licht. Falck probierte es an der Haustür, sie war zu. Ohne lange nachzudenken, klingelte er in einer der oberen Wohnungen.

»Ja?«, fragte jemand nach.

»Wir sind's«, raunte Falck, und tatsächlich ertönte der Türsummer. Sie beeilten sich, ins Haus zu kommen, und näherten sich vorsichtig der Wohnungstür. Bach deutete an, die Tür eintreten zu wollen. Falck zeigte stumm, dass sie warten sollten. Von drinnen waren Geräusche zu hören. Jemand sprach. Eine Frauenstimme antwortete. Anfangs war nichts zu verstehen, doch die Stimmen wurden lauter und näherten sich der Tür.

»Tut mir leid, *lieve frouw*«, sagte ein Mann mit eindeutig niederländischem Akzent, »so können wir den Geschäft nicht zustande kommen lassen.«

»Ich verstehe das auch nicht. Wir haben doch das Zertifikat.«

»Sie könne ein *certificaat* haben, doch mich kann das nicht täuschen, dieses Gemälde ist nur *een kopie*. Und ich kann mir schlecht vorstelle, dass *een* Experte wie ihm sich so gewaltig irrt.«

»Ich kann Ihnen das echte Bild besorgen, ich brauch nur noch Zeit!«, flehte Frau Klanghausen jetzt.

»Wenn Sie denken, *mevrouw*, meine *contact* haben Sie!«

Ehe Falck und Bach reagieren konnten, öffnete sich die Tür. Der Holländer und Frau Klanghausen erstarrten beim Anblick der Polizisten. Frau Klanghausens Miene versteinerte.

»Und wer sind Sie, *als ik mag vragen*?«, fragte der Holländer, der einen flachen Koffer in der Hand hielt. Er war modisch gekleidet, sportlich und gepflegt. Falck schätzte ihn auf sechzig. Seine grauen Haare waren frisiert wie bei einem Filmstar. Mit dem seidenen Schal um den Hals und den protzig großen Ringen an den Fingern verströmte er Reichtum und Macht.

Bach hatte ihre Pistole gezückt und deutete wortlos nach drinnen. Frau Klanghausen und der Mann wichen wieder zurück, und Bach und Falck folgten ihnen auf den Fersen. Falck schloss die Tür.

»Sie gestatten mal?«, sagte er und klopfte dem Mann die Kleidung nach einer Waffe ab.

»Also, wenn Sie hier sind, die Gemälde zu stehlen, dann haben Sie leider keine Glück. Das ist *een nep*, eine Fälschung«, sagte der Holländer.

»Das habe ich nicht gewusst«, rief Frau Klanghausen, »was kann ich denn dafür, dass der Herr von Palitzsch das nicht erkannt hat?«

»Was ist in dem Koffer?«, fragte Falck.

Der Holländer gab sich ruhig und souverän. »Der gehört mir, und Sie werden mir den ganz bestimmt nicht wegnehmen. Das bereuen Sie sonst, *meneer*!«

»Wir wollen Ihnen nichts wegnehmen. Wir sind Polizisten!«

»Aus der DDR!«, zischte Frau Klanghausen.

»Aah, Polizisten aus der *Duitse Democratische Republiek, hè?* Sie haben hier keine Befugnis. Deshalb werde *ik* jetzt von hier *weglopen.*« Der Mann wollte sich zur Tür vorbeidrängen, doch Falck hielt ihn auf.

»Ich möchte gern wissen, wo das Gemälde versteckt war.«

»O ja, es war wirklich gut versteckt, eine Art *dubbele muur* ... wie sagt man? ... doppelte Wand in einer Kiste. Aber leider war es *een copie*. Eine sehr gute, ja, aber nichts, was ich *mijn* Kunden *verkopen* kann.«

»Frau Klanghausen, Ihr Mann hat zwei Kopien hergestellt? Und Sie wissen nicht, wo das Original ist?« Bach wendete sich jetzt an Frau Klanghausen, die starr und stumm an ihr vorbeiblickte, nicht bereit, sich zu irgendetwas zu äußern.

»Wo ist von Palitzsch?«, fragte jetzt Falck.

Frau Klanghausen kniff die Lippen zusammen.

»Frau Klanghausen, lebt er noch? Wo ist er?«

Die Frau schwieg weiter.

»Also, ich glaube, *ik* werde hier nicht mehr gebraucht, *hè?*«, sagte der Holländer und machte wieder Anstalten, zur Tür zu gehen.

»Wissen Sie eigentlich, dass wegen dieses Gemäldes zwei Menschen sterben mussten?«, fragte Falck den Holländer.

»*Het spijt me*, das tut mir sehr leid. Aber das ist nicht meine Sache. Ich wollte die Gemälde nur kaufen. Das klären Sie bitte miteinander, denn *ik* werde jetzt gehen. Und Sie werden mich nicht aufhalten, *menheer.*«

Da hatte der Holländer zweifelsohne recht. Das konnten sie tatsächlich nicht. Sie hatten keinerlei Befugnis, wussten nichts vom hiesigen Rechtsgebrauch, es sei denn, sie schalteten die westdeutsche Polizei ein. Und dann würde das ein Riesending von womöglich internationalem Ausmaß werden. Noch dazu konnte man dem Mann bisher gar nichts anlasten, nicht einmal Hehlerei, denn er hatte schließlich nichts gekauft.

»Niemand geht irgendwohin«, meldete sich auf einmal eine andere Stimme aus der Tiefe der Wohnung. Es war Weinert, der eine Pistole in der Hand hielt und langsam auf sie zukam.

»*Godzijdank,* endlich kommst du!«, sagte der Holländer vorwurfsvoll.

»Die Waffen auf den Boden!«, befahl Weinert. Und Bach bückte sich ohne Widerworte und legte ihre Pistole ab. »Du auch!«, befahl Weinert Falck, der seine Waffe erst aus dem Holster nehmen musste, um sie dann abzulegen. »Sammle sie ein!«, befahl Weinert der Klanghausen, die sich beeilte, dem Befehl nachzukommen.

»Wo ist von Palitzsch?«, fragte Falck.

»Machen Sie sich um den keine Sorgen, ihm geht es gut. Und wenn alles glattgeht, wird er heute Abend noch nach Hause gehen können.«

»Ist er noch in Dresden? Hier im Haus?«

»Damit Sie beruhigt sind: Er ist hier, Sie eifriger kleiner Volkspolizist. Ich wünschte, wenigstens eine der Kugeln gestern hätte Sie erwischt.« Weinert lächelte und wandte sich an den Holländer. »Und du, du gibst mir jetzt den Koffer!«

Das kam für den Mann überraschend, doch er bewahrte völlige Ruhe. »Nee, den willst du *niet!*«, sagte er leise.

Weinert ließ sich nicht beirren. »Stell ihn hin, dann kannst du gehen.«

»Den stell ich nicht hin. Und ich sage dir noch mal: Du willst den nicht. August, wie lange kenne wir beide uns? Du *weet,* wer *ik* bin. *Twee Millione* sind *niet* so viel, dass du dich damit ewig verstecken kannst. Wenn du den Koffer nimmst, wirst du dein restliches *leven* nicht mehr froh, *ik zeg dat. Mijn mannen* finden dich! Sie finden jeden!«

Weinert hob die Waffe an. »Ich habe diesen ganzen Scheiß hier nicht umsonst gemacht. Stell den Koffer ab. Ich gehe hier ohne das Geld nicht weg.«

Der Holländer regte sich nicht und sah Weinert fest in die Augen. Fast bewunderte Falck den Mann für seine Unerschrockenheit. Aber er wusste auch, dass die Situation so nicht geklärt werden konnte.

»Dir tun die zwei Millionen doch nicht weh, Hans. Ich lass dir dein Leben, und du bekommst ein Gemälde mit Zertifikat.«

»August, dein *certificaat* ist nichts wert. Glaubst du etwa, *ik* kann kein Zeitung lesen? Und außerdem es geht um das Prinzip, das musst du *begrijpen*. *Ik* bin nicht der geworden, der *ik* bin, weil ich solche Männern wie dir nachgegeben habe. Und *ik* weiß auch, dass du *niet* der Mann bist, der mich erschießt!«

»Soll ich erst jemanden abknallen, damit du siehst, dass ich sehr wohl der richtige Mann bin?« Weinert richtete die Waffe auf Bach, die dem Holländer am nächsten stand.

»Warum immer ich?«, stöhnte Bach. Im nächsten Moment klingelte es an der Tür.

Niemand reagierte, nicht einmal Weinert. Noch einmal klingelte es. Frau Klanghausen machte eine kleine Bewegung.

»Warte!«, befahl Weinert. »Das sitzen wir aus.«

Es klingelte unablässig, immer wieder. Dann stellte sich eine kurze Pause ein, und Falck verlor die kleine Hoffnung, die er gehabt hatte. Ihm imponierte das Verhalten des Holländers, der dem Tod buchstäblich ins Gesicht sah. Trotzdem wünschte er, der Mann würde seinen Koffer abstellen und Weinert ziehen lassen, egal, ob mit oder ohne Frau Klanghausen.

Plötzlich vernahmen sie noch ein anderes Geräusch, es knirschte und knackte und schabte: Jemand versuchte, die Tür aufzubrechen.

»Pass auf sie auf! Schieß, wenn sich nur einer bewegt!«, befahl Weinert Frau Klanghausen und ging in den Flur. Die Frau hob langsam die Pistolen an, die sie Falck und Bach abgenommen hatte, wie ein Cowboy aus einem schlechten Western.

Doch sie schien ebenso entschlossen zu sein wie der Holländer. Trotzdem ging Falck beherzt auf sie zu.

»Frau Klanghausen…«, begann er. Da kniff die Frau die Augen zusammen und drückte mit beiden Zeigefingern ab. Doch nichts geschah. Beide Pistolen waren gesichert. Falck fasste augenblicklich zu und drehte ihr beide Pistolen aus der Hand. Klanghausen schrie auf vor Schmerz und Wut. Bach sprang vor, packte sie und drehte ihr den Arm auf den Rücken. Im Treppenhaus war ebenfalls ein Gerangel zu hören, bis es sich anhörte, als fiele ein schwerer Sack zu Boden.

»Hier draußen alles klar!«, rief Schmidt.

»Hier drinnen auch!«, erwiderte Falck. Frau Klanghausen stöhnte unter Steffis Griff.

»Die hätte wirklich auf dich geschossen!«, keuchte Bach, hatte noch immer Mühe, die Frau zu bändigen.

Falck nickte. Dass seine Waffe gesichert war, hatte er gewusst, bei Bachs Waffe hatte er nur spekulieren können.

»Und wegen eines Geldkoffers haben Sie Ihren Mann erschlagen und seinen Freund erstickt?«, fragte Bach Frau Klanghausen und war hörbar erschüttert.

»Was wissen Sie denn schon, was ich mitgemacht habe«, zischte Frau Klanghausen. »Ein Egomane war er, ein grässlicher Mensch, und ich habe mein ganzes Leben an ihn verschwendet!« Verzweifelt versucht die Frau, sich aus dem Griff von Steffi Bach zu winden, was ihr aber auch nach mehrfachen Versuchen nicht gelang.

»Vielleicht waren Sie auch neidisch auf seinen Erfolg? Und eifersüchtig auf Frau Schüttauf und darauf, dass Sie nicht eingeweiht waren in den Diebstahl?«, fragte Falck.

»Sie kommen sich wohl ganz besonders schlau vor!«

»Wie sind Sie denn in Hirschfelds Wohnung gekommen? Und in Maschkes Laube? Oder hat Hirschfeld Sie hineingelassen, damit Sie den Überfall fingieren? Haben Sie absichtlich zu fest zugeschlagen? Hat er absichtlich behauptet, es wäre seine Frau gewesen, damit Sie beide gemeinsame Sachen machen können?«

»Ich weiß nicht, wovon Sie reden!«, fauchte die Frau, der gerade klar geworden sein musste, dass sie sich um Kopf und Kragen redete.

Es würde ihnen auch so gelingen, ihre Schuld nachzuweisen, dachte sich Falck. Weinert war jedenfalls von Anfang an involviert gewesen in den Fall. Sicherlich war von Palitzsch auf sein Betreiben hin nach Dresden bestellt worden.

»Ich möchte Ihnen gratulieren zu Ihre *goede werk*, Ihrer guten Arbeit«, meldete sich nun der Holländer zu Wort. »Kommen Sie eigentlich aus Dresden?«

»Ja«, sagte Falck automatisch und ärgerte sich sofort, dass er darauf überhaupt geantwortet hatte.

»Einmal war ich da, vor fünf Jahren vielleicht, eine ganz wunderbare Stadt!« Er wandte sich zur Tür, wurde aber noch einmal von Schmidt und Suderberg aufgehalten, die den bewusstlosen Weinert ins Zimmer zerrten.

»Darf ich wissen, wie Sie heißen?«, fragte Suderberg.

Der Mann griff nach ihrer Hand, deutete galant einen Handkuss an. »*Schoonheid*, das müssen und das wollen Sie nicht wissen. Wir sind alle gut hier, und ich gehe jetzt. Bestimmt haben Sie alle Besseres zu tun! *Tot ziens,* auf Wiedersehen!« Er verbeugte sich höflich und ging rückwärts aus der Tür. Es hielt ihn keiner auf.

»Und jetzt?«, fragte Bach, als der Mann weg war.

»Tja ...« Suderberg musste kurz nachdenken. »Den hier können wir nicht mitnehmen«, sagte sie und zeigte auf den am Boden liegenden August Weinert, dem Schmidt die Hände mit seinen Handschellen auf den Rücken gebunden hatte. »Offiziell sind wir ja alle nicht hier. Wir können aber der Polizei einen Hinweis geben, sobald wir hier raus sind, dass von Palitzsch hier ist und Herr Weinert maßgeblich an seiner Entführung beteiligt war. Ich denke, von Palitzsch kann das der Polizei dann selbst erklären. Frau Klanghausen dagegen können wir mitnehmen.«

»Fahren wir jetzt heim?«, fragte Falck.

»Nee, ich habe eine andere Idee. Wir bleiben hier, und morgen sehen wir uns ein bisschen um. Wenn wir schon mal da sind, kann ich euch auch ein bisschen herumführen im Westen. Ihr seid herzlich eingeladen.« Suderberg schaute sie grinsend an und machte eine einladende Bewegung mit der Hand.

»Und Frau Klanghausen?«, fragte Bach und deutete fast abfällig auf die Frau, die es inzwischen aufgegeben hatte, sich unter ihrem festen Griff zu wehren.

Suderberg winkte ab. »Da fällt uns schon was ein!«

»Wieso seid ihr eigentlich zurückgekommen?«, fragte Falck.

»Wir haben den Mercedes überholt und gesehen, dass der Holländer nicht darin saß. Da war uns klar, dass sie uns gesehen haben mussten und uns loswerden wollten.«

»Wo ist denn nun der olle Schinken?«, mischte sich Schmidt ein.

»Ich vermute, das weiß nur der, der ihn wirklich gestohlen hat«, sagte Falck.

»Klanghausen!« Schmidts Antwort kam wie aus der Pistole geschossen.

Falck schüttelte den Kopf. »Nein, Klanghausen hat nur die Kopie geliefert.«

Schmidt stutzte kurz und schlug sich dann vor die Stirn. »Hirschfeld! Jetzt geht mir ein Licht auf!«

Falck nickte. »Ich bin davon überzeugt, er hat es gestohlen und versteckt. Möglich, dass die beiden hier noch involviert waren!« Falck zeigte auf Frau Klanghausen und Weinert. »Frau Schüttauf hat den Diebstahl lediglich bemerkt und gemeldet.

Wir können nur hoffen, dass Hirschfeld irgendwann wieder in der Lage sein wird, sich zu artikulieren.«

»Und warum erschlägt sie ihren Mann?«, fragte Bach und sah dabei Frau Klanghausen an, die ihr giftige Blicke zuwarf.

»Vielleicht aus Wut und Rache? Vielleicht erfuhr sie erst jetzt von der Affäre ihres Mannes mit Frau Schüttauf? Vielleicht hat es Zetsche ihr erzählt? Da sie sowieso aus Dresden verschwinden wollte, glaubte sie wohl, es würde bis dahin niemand bemerken. Stein erstickte sie, damit er der Polizei keinen Hinweis auf die Vergangenheit ihres Mannes geben konnte.«

»Aber wieso engagiert Hirschfeld mich, das Bild zu suchen?«, fragte Suderberg.

»Als Alibi, um den Verdacht von sich zu lenken. Vielleicht hat er dich auch nur benutzt?« Einen kleinen Anflug von Genugtuung konnte Falck nicht unterdrücken.

»Warum versuchte Frau Klanghausen, Hirschfeld zu erschlagen?«, fragte nun Schmidt, und es störte ihn gar nicht, dass die Frau ihm direkt gegenüberstand.

Auch dazu hatte Falck eine Vermutung. »Weil sie das Geld nicht mit ihm teilen wollte. Vielleicht glaubte sie, das Gemälde gefunden zu haben, als sie die zweite Kopie fand, und erst Weinert erkannte die Fälschung. Deshalb suchten sie überall. Ich nehme an, sie spannten Ullrich ein. Weil sie aber das Original nirgendwo finden konnten, kamen sie auf die Idee, von Palitzsch zu entführen und zu erpressen. Vielleicht erzählt sie uns irgendwann alles.« Er sah die Frau an.

»Ich schreie, sobald wir auf der Straße sind!«, drohte Frau Klanghausen. Ihre Körperhaltung verriet, dass Falck mit seiner Version des Tathergangs gar nicht so falschlag.

»Ich glaube, das interessiert hier gerade keinen«, mutmaßte Falck.

»Durchaus möglich heute«, bestätigte Suderberg nickend.

»Sie können mir nichts nachweisen. Nichts. Alles nur Mutmaßungen!«, rief die Frau. »Ich bin hier das Opfer!«

»Ja, ja, schon gut«, sagte Sybille Suderberg gelassen und zückte dann die eigenen Handschellen, eindeutig ein westdeutsches Modell, wie Falck sofort auffiel. Sie waren leichter und geschmeidiger. Suderberg ließ sie um die Handgelenke von Frau Klanghausen zuschnappen. Dann sah sie Falck an.

»Wie bist du denn eigentlich draufgekommen, dass unsere Künstlergattin hier die Ursache allen Übels ist?«, fragte sie ihn mit einem leichten Lächeln in den Mundwinkeln.

»Wieso denkst du automatisch, dass die Idee von Tobias war?«, fragte Bach leicht beleidigt.

»War doch so, oder?«, lachte Sybille. »Also?«

Falck hob die Schultern. »Ich habe die Figuren im Katalog gesehen, mit denen Klanghausen und Hirschfeld niedergeschlagen wurden. *Der Verräter* und *Der Geizige*, so lauteten deren Titel. Da ging mir ein Licht auf.«

»Was?« Frau Klanghausen lachte böse auf. »Was? Das war blanker Zufall!« Dann schloss sie hastig den Mund.

»So viel dazu«, meinte Suderberg trocken.

»Das bedeutet nichts«, flüsterte Klanghausen, »das habe ich nie gesagt! Da müssen Sie mir erst mal das Gegenteil beweisen!«

»Das kann dieses kleine Ding hier wunderbar«, sagte Sybille seelenruhig und kramte aus ihrer Manteltasche ein Gerät, das die Größe eines Walkmans hatte. »Das hier ist ein Diktiergerät. Und wie Sie sehen, nimmt es die ganze Zeit schon auf. Gehört zur Standardausrüstung einer Privatdetektivin. Ist nicht immer die feine Art. Aber man muss sich zu helfen wissen.«

Auf einmal regte sich Weinert auf dem Boden und stöhnte leise.

»Also dann, lasst uns nachsehen, ob es von Palitzsch gut geht, dann hauen wir ab und rufen die Bullen. Sollen die sich selbst einen Reim auf die ganze Geschichte machen!«, rief Suderberg und nickte ihnen auffordernd zu. »Außerdem sollten wir Steffi noch ein nachträgliches Geburtstagsgeschenk besorgen! Ich kann das Geld ja erst mal vorschießen, und ihr gebt es mir später zurück.«

»Typisch Wessi! Geizkragen«, maulte Schmidt.

»Ach, halt die Klappe!«, sagte Suderberg, knuffte ihn vertraulich in die Seite und gab ihm dann zur Überraschung aller einen Kuss auf den Mund.